Adieu Shanghai

DU MÊME AUTEUR
chez le même éditeur

Le Pentateuque ou les cinq livres d'Isaac, 2000
Abraham le Poivrot, 2002

ANGEL WAGENSTEIN

Adieu Shanghai

Traduit du bulgare par

Krasimir Kavaldjiev et Veronika Nentcheva

L'Esprit des Péninsules

L'Esprit des péninsules
4, rue Trousseau, 75011 Paris
Tel : 01 49 23 97 44
espritdespeninsules@wanadoo.fr
Diffusion et distribution : Harmonia mundi

En mémoire de Manfred Durniok,
l'homme qui a feuilleté la Chine pour moi.

Émergeant d'un désert de ruines déblayées, l'édifice moderniste du Philharmonique, ses fenêtres défoncées, les courbes frivoles de ses murs et de son toit, se dressait solitaire, jaune et inesthétique dans cette partie frontalière de la grande ville que l'on appelait Berlin-Ouest. Certains l'appelaient Berlin libre. Mais trêve de disputes : jamais l'appellation des choses n'exprime leur vraie nature.

Non loin de là se trouvait le Mur. Pas la Grande Muraille chinoise, à l'est, mais l'autre — à l'ouest. Ce Mur donc, moins imposant et par la suite voué à la destruction, divisait les hommes et les mondes, les idées et les idéaux, les souvenirs et les jugements non seulement sur ce qui était arrivé mais aussi sur ce qui aurait dû arriver si un chat noir n'avait traversé la route sous son nez. Les jugements sur ceci ou cela variaient : on n'avait pas la même façon de voir les choses de part et d'autre du Mur.

J'étais assis au troisième rang, tout à droite, dans la pénombre de la salle entièrement vide. L'unique source de lumière venait du faible éclairage des sorties de secours; même la scène où, à cette heure matinale, avait lieu la répétition, paraissait lugubre et oppressante. On répétait le Concert pour violon et orchestre *de Tchaïkovski; le chef d'orchestre, Herbert von Karajan, s'était probablement levé du mauvais pied car il ne cessait de maugréer en sourdine — irritable et hargneux. Quelque chose clochait; par deux fois il quitta la scène, fâché, pour y retourner peu après en boitant — il semblait souffrir des genoux.*

Son retour ne fit pas taire tout de suite les chuchotements des musiciens. Dans un coin, quelqu'un partit d'un rire étouffé, ailleurs on entendit tinter la corde d'un violon, puis à nouveau des échanges à mi-voix et des petits rires. Je ne sais ce qu'il avait entendu — ici, dans la salle, les messes basses ne parvenaient qu'à la manière d'une rumeur indistincte —, toujours est-il que le maestro, pris de colère, se mit à crier, oui, c'est le mot, à crier, sa voix se cassant en un fausset léger et ridicule :

– N'ai-je pas déjà interdit qu'on parle chinois, hein ? Oui ou non ?

Il était soupe au lait, ce grand Autrichien, voire, osons le mot, quelque peu hystérique, car il exigeait une obéissance absolue et ne tolérait aucune gaminerie de ce genre en répétition. Surtout pas ce matin où tout lui paraissait sonner faux et aller de travers. Probablement soupçonnait-il ses musiciens de rire de lui ou bien de comploter, usant exprès de ce chinois incompréhensible qui de toute évidence l'agaçait. D'autant que dans l'orchestre — un des plus cotés d'Europe — ne figurait pas le moindre Chinois.

Il donna quelques coups sur le pupitre avec sa baguette, leva les mains, mais dès le début il fut clair que, cette fois encore, ça n'irait pas. Karajan laissa échapper une obscénité et brisa son instrument avec colère. C'est bien ça — il le brisa telle une allumette ou comme le maître énervé qui casse en deux son crayon devant ses élèves. On courut lui en chercher un nouveau. Il devait s'agir d'une sorte de rituel car personne ne s'étonna que l'on fût prêt à partir en catastrophe pour trouver une nouvelle baguette.

Tandis que, exaspéré, il jetait sur le côté les deux moitiés de sa baguette, il se tourna de trois quarts vers la salle et c'est alors qu'il m'aperçut. La main en visière, il interrogea la pénombre et lança sur un ton peu amène où perçait même une note menaçante :

– Vous là-bas, qui êtes-vous ?

Je répondis.

Il ne réagit pas — il ne m'autorisa pas à rester, mais ne me mit pas à la porte non plus. Il se retourna sans un mot et frappa le pupitre de sa baguette toute neuve.

– Attention ! On reprend ! dit-il, pour recommencer à crier une petite minute après : Stop, stop, stop !

Quelle foire ! Ce concert pour violon et orchestre n'aurait manifestement pas lieu aujourd'hui.

Le soliste, l'air tranquille et absent, se retira et s'assit un peu plus loin, sur une chaise vide. Le violon posé sur ses genoux, son visage n'exprimait ni ennui ni irritation : il attendait que passe l'orage. Depuis ma place je voyais ses longs cheveux d'un blanc immaculé et son pâle visage allongé, mais la lumière n'était pas assez forte pour que je pusse distinguer ses traits avec précision. Et pourtant c'est lui qui m'intéressait, c'est avec lui que je voulais discuter : M.D., le producteur de films, m'avait introduit dans la salle non sans me promettre de repasser en fin de répétition pour me présenter à cette célébrité mondiale. Car c'est lui qu'il me fallait : le violoniste Theodor Weissberg.

Bien entendu, on serait en droit de demander qui j'étais en réalité. Et ce qu'au-delà d'une simple prise de contact je cherchais dans la salle de concert vide par ce gris matin berlinois.

Je ne cherchais rien de particulier — je voulais tout simplement apprendre davantage de détails et confronter certains souvenirs contradictoires d'événements avérés. Des histoires vraies d'il y a longtemps, presque oubliées, que d'aucuns trouvaient bizarres et invraisemblables. Mais quoi de plus invraisemblable que l'Histoire ? Je pense à l'Histoire avec un grand H, la science du passé, — et non à sa version épurée, simplifiée et polie à l'usage des écoliers — celle qui recèle quantité de contradictions et de questions sans réponse, illogique et souvent absurde, fruit de millions et de millions de hasards — à l'image de la vie elle-même. Comme le fond obscur de l'être, où certaines créatures en dévorent d'autres, tandis que des aspirations prosaïques étouffent les nobles idéaux de leurs tentacules pour en sucer la moelle, cependant qu'en *surface tout semble prévisible, ordonné et raisonnable — une manière de recueil de problèmes mathématiques avec corrigé à l'usage des classes supérieures.*

Alors, qui suis-je ? Ni un héros, ni une victime. Un figurant anonyme dans une scène de foule du drame. Un second rôle qui n'a pas droit à la parole. C'est pour cela que je me garderai d'imposer mes propres appréciations, jugements et autres points de vue. Lesquels déforment toujours les choses selon l'endroit où l'on choisit de se tenir. Un même phénomène, ou événement, observé par différentes personnes sous différents angles, paraît différent. D'aucuns diront : les choses ne se sont pas passées comme ceci mais comme cela. Et ils auront raison. Tout comme ceux qui pensent le contraire. Tout dépend si tu es sur scène ou dans la salle, si tu participes aux événements ou bien si tu les épies par le trou de la serrure, ce qui réduit ton champ d'observation à un misérable interstice. Tout dépend des choses que tu as retenues et de celles que tu as oubliées. Car d'aucuns possèdent l'étonnante capacité de retenir les moindres détails de la guerre, et oublient dans le même temps ce qui l'a provoquée. D'autres se souviennent du nom de l'épicier de leur enfance, mais oublient celui du Premier ministre de l'époque. Les gens sont différents. Chacun a droit à ses propres souvenirs et à sa propre amnésie, et personne n'est censé se mêler des affaires d'autrui.

C'est pourquoi, par moments, je préférerai rester à l'écart voire m'effacer. Pour être franc, je ne veux pas participer aux scènes de foule, encore moins supporterais-je les monologues déchirants — je veux être simple spectateur. Assis dans la salle, au troisième rang. Car les choses existent en dépit de nos points de vue — telles quelles. Les daltoniens ne distinguent pas les couleurs, d'autres sont aveugles et ne les voient pas du tout, d'autres encore sont sourds ou bien perçoivent mal les hautes et les basses fréquences. Nous autres humains sommes différents mais les choses, les couleurs et les sons, existent en dehors de nous, et peu leur importe que nous les contestions ou bien les jugions diversement — chacun à sa manière. Purement et simplement, elles existent !

Pardonnez-moi, vous ne me reverrez plus dans la salle vide. Et je sollicite votre indulgence si de temps à autre ma partialité, ma sympathie ou mon aversion, affleurent à la surface — comme le sang qui suinte à travers le bandage jusqu'à former une vague tache évocatrice de la plaie ouverte qu'il recouvre. Cela arrive tout seul, malgré moi.

C'est ce que j'essaie de dire en entamant mon récit de Hongkew, faubourg de Shanghai — ville portuaire à l'embouchure du fleuve Yang-Tseu-Kiang.

⋆

Hongkew, district de Shanghai : un chapitre peu connu de la chronique de la tragédie juive de la Deuxième Guerre mondiale.

Cet opus historique se déroula dans la confusion d'une nouvelle Babel, où se mêlaient les quartiers chinois, surpeuplés jusqu'à la suffocation, les coins huppés des International Settlements — *«concessions» internationales au statut semi-colonial, les hôtels et les restaurants de première classe interdits aux Chinois, les clubs pour gentlemen anglais sur* Bubbling Well Road *et sur le boulevard du Bord-de-l'Eau, les tavernes de marins avenue Édouard-VIII, près des cottages français et des magasins de luxe de Frenchtown, rue Lafayette, avenue Joffre, avenue Foch et route Cardinal-Mercier, la bigarrure de* Yatse Road *et les ruelles alentour où s'ouvraient des échoppes pleines à craquer de toute une pacotille d'ambre, d'ivoire et de faux or. Mais aussi les bordels puants des quartiers de Nantao et Chapey, ou encore les marais infestés de rats et de maladies au-delà du fleuve, à Pootung.*

Quoique victime de la première invasion japonaise de 1932 et quoique rasée en 1937 par l'aviation du pays du Soleil Levant dont les troupes l'occupèrent pendant longtemps, la ville continuait de vivre dans le faste et une insouciance baignée par les mille lumières aveuglantes du boulevard Nanking. Mais elle connaissait également le désespoir lugubre des bouges, le chômage et la misère sans issue.

Rien que pendant les six premiers mois de l'occupation, les services municipaux ramassèrent dans les rues les cadavres de plus de trente mille victimes de la famine ou de maladies. Et ce dans l'ombre même de l'imposant Broadway, palais de vingt-deux étages, où en une nuit le représentant diplomatique de l'Allemagne nazie, le baron Ottomar von Dammbach, perdit au poker quatre-vingts mille dollars shanghaiens au profit de Sir Elias Ezdras, séfarade « bagdadi », ainsi que l'on nommait les juifs établis sur la route de la Soie dès le XIe siècle. Après le traité de Nanking, en 1842, qui mit fin à la guerre de l'Opium, lorsque les Anglais entreprirent la construction du port de Shanghai près du delta du Yang-Tseu-Kiang, les Bagdadis occupèrent rapidement d'importantes positions économiques dans la région. Environ un siècle plus tard, leurs banques et comptoirs finançaient et assuraient les livraisons d'étain, de caoutchouc brut et de quinine à destination du Troisième Reich. Troisième Reich auquel ne répugnait pas l'argent juif lorsque le besoin s'en faisait sentir. Quant aux Bagdadis, propriétaires de la Shanghai Banking Corporation, *de la* Yokohama Specie Bank *ou de la* Sassoon House, *ils n'avaient rien contre leur très fiable partenaire allemand dans la mesure où celui-ci leur garantissait des revenus considérables.*

Porte géante de la nouvelle Chine ouverte sur le monde, Shanghai fut jadis — dans les années trente puis pendant la Deuxième Guerre mondiale, du jour où celle-ci éclata, le 1er septembre 1939, jusqu'au 2 septembre 1945 à minuit lorsque le Japon capitula, en passant par Pearl Harbor et Hiroshima — un nœud d'intérêts économiques, politiques et militaires, d'intrigues diplomatiques et d'ambitions personnelles. Un lieu de rencontre pour criminels, aventuriers internationaux, espions, spéculateurs, hommes déracinés et persécutés, personnages en quête de sensations fortes ou d'argent facile. Les Chinois, véritables maîtres de ce pays ancien, s'échinaient à gagner leur bol de riz quotidien, tandis que d'autres, collaborateurs ou marionnettes de l'occupant japonais, se livraient à des manœuvres complexes pour sauvegarder ou faire fructifier ce qu'ils avaient volé à leur propre peuple. Tout cela tandis que grondait, tantôt lointaine, tantôt proche, une interminable et sanglante guerre civile, qui faisait rage sur plusieurs fronts entre la République chinoise pro-japonaise dirigée par l'homme de paille Wang Tchingwei, les divisions nationalistes de Tchang Kaï-chek et l'Armée populaire de libération des communistes commandée par Mao Tsé-toung.

Shanghai — ville de magnificence et de misère, lieu de l'extrême humiliation des coolies aux pieds nus, aussi inséparables de leurs rickshaws que les petites prostituées de leurs marins ivres, ville où la douceur de la porcelaine côtoyait la brutalité militaire, ville de l'opium et de la déchéance. Mais aussi ultime port de l'espoir, symbole d'une volonté acharnée de vivre. Car tandis que les grandes démocraties regardaient impassiblement s'accomplir le génocide tramé par Hitler, Shanghai, ville ouverte, demeurait le seul endroit au monde qui pût accueillir et offrir un salut cher payé à une vingtaine de milliers de juifs allemands et autrichiens, des intellectuels pour la plupart, ainsi qu'à trois mille huit cents coreligionnaires qui étaient parvenus de justesse à fuir d'autres pays occupés — avant que l'épaisse fumée des fours crématoires ne vienne obscurcir le ciel de l'Europe.

Hongkew est le nom du quartier qui devint leur ghetto.

Shanghai est la ville de leur malédiction mais aussi de leur salut.

En guise d'introduction à la *45e Symphonie* de Joseph Haydn, dite «des adieux».

Il commençait à faire nuit. La lumière à regret du coucher, voilée par la fine brume qui stagnait au-dessus des eaux du Whangpoo, filtrait à peine dans la pénombre de l'usine sidérurgique à moitié détruite. Le ciel encore lumineux apparaissait par les fenêtres défoncées et les grandes brèches causées par les ondes de choc. Les colonnes de béton et les poutres de fer renversées jetaient des ombres vacillantes sous la lumière des lampes-tempête et des lanternes chinoises portées par des silhouettes qu'on distinguait à peine dans la pénombre. Les nouveaux arrivants franchissaient les portails effondrés ou se faufilaient à travers les brèches et les amas de briques.

Comme dans une scène du théâtre de l'absurde, par les escaliers de fer mal éclairés affluaient de tous côtés d'étranges personnages vêtus de manière incongrue. Tout un monde de souvenirs revenus à la vie, dans lequel les femmes portaient des robes de soirée démodées qu'elles n'avaient vraisemblablement pas revêtues depuis belle lurette, de coquets petits chapeaux à voilette d'avant la guerre — autant de toilettes semblables à celles que l'on enfilait pour aller écouter un concert solennel au *Musikverein* de Vienne ou pour se rendre à une réception officielle au palais Charlottenburg de Berlin. Certains hommes portaient des costumes que l'on aurait jadis qualifiés d'«habillés», à l'exception çà et là d'un smoking usagé assorti d'un pantalon de coutil. D'autres se promenaient en sandales, dans des vêtements de coton élimé de dockers ou d'éboueurs.

Les nouveaux venus accrochaient leurs lampes et autres lanternes de papier sur les ferrailles hérissées, sur les restes de machines, où ils pouvaient. Mais le local — un vaste hangar traversé de rails sur lesquels avaient jadis roulé des trains de marchandise — se révélait trop spacieux pour être éclairé par ces flammèches clignotantes semblables à des lucioles égarées dans la panse noire de l'usine.

Les gens se saluaient avec cérémonie, comme après une messe dominicale ou un mariage. Ici et là, on s'inclinait pour baiser la main d'une dame, mais un témoin bien placé aurait pu distinguer, malgré l'éclairage misérable, les gants de dentelle déchirés d'où dépassait l'extrémité des doigts, comme tatoués par l'indélébile teinture noire des ateliers de traitement du cuir ou de la soie grège.

Cependant, de ce rituel presque parodique, émanait une sincère et joyeuse excitation, le pressentiment d'un important événement à venir.

Les gens continuaient d'investir le hangar et, dans le silence solennel et quelque peu tendu, seuls leurs pas se faisaient entendre et, de temps à autre, des chuchotements et des rires étouffés.

Au fond du hangar on avait improvisé une estrade au-dessus de laquelle, sous l'effet du courant d'air humide et chaud aux relents de vase et de poisson pourri, flottait une banderole de bienvenue où était inscrit en grandes lettres rouges :

WELCOME ! GOD BLESS AMERICA !

Les petits drapeaux américains peints à la main sur des bouts de papier de riz ou de tissu de coton, évoquaient le coup d'envoi d'un tournoi de base-ball entre deux collèges de province.

Mais on était à mille lieues d'une compétition entre collégiens !

Sur l'estrade étaient ordonnés des chaises et des pupitres de fortune en bois brut, tandis qu'en contrebas, dans l'espace vide barré de rails, s'alignaient des bancs grossiers entre lesquels les nouveaux venus circulaient, perdus, à la recherche d'une place. Devant, quelques rangées restaient inoccupées — visiblement réservées aux invités d'honneur.

Ils arrivaient enfin. Franchissant d'un pas aussi martial qu'incongru les portails arrachés par les explosions et réduits en tortillons de tôle, une cinquantaine de *marines* américains, sous le commandement d'un officier, firent leur entrée au rythme des godillots ferrés.

Des applaudissements éclatèrent et leur écho retentit dans l'espace désert. Debout, les gens en tenue de soirée ou en bleu de travail acclamaient les invités. Les *boys* ne s'étaient apparemment pas attendu à pareil accueil dans ce décor insolite car ils saluaient de la tête à gauche et à droite, quelque peu intimidés, avant de s'installer sur les bancs de devant.

Les mains haut levées, le capitaine américain applaudissait à son tour, en se tournant de tous côtés, l'assemblée de smokings et de haillons, de sorte qu'on ne comprenait plus qui étaient les véritables héros de cette étrange célébration : les Américains ou les habitants de ces ruines.

Un homme mal vêtu, cheveux poivre et sel sur un front dégarni et visage de cire dont l'expression insinuait qu'il avait passé des années penché sur un microscope ou bien dans le blanc silence d'un hôpital, vint à la rencontre du capitaine et, s'inclinant avec réserve, se présenta en anglais :

– Professeur Sigmund Mandel de l'autonomie de Hongkew. Soyez le bienvenu, *sir*. Si vous voulez bien me suivre : votre place est au premier rang.

En conduisant le capitaine à sa place, il s'arrêta à mi-chemin pour lui présenter un officier japonais des services sanitaires qui, assis seul à l'extrémité d'un banc, fumait en dissimulant une cigarette dans le creux de sa main.

– *Sir*, permettez-moi de vous présenter le colonel Okura. Il lui revient quelque mérite à ce que… comment vous dire… à ce que nous ayons pu voir ce jour se lever.

Plongé dans ses pensées, le petit Japonais aux lunettes à forte correction tressaillit et se leva en tâchant d'écraser discrètement sa cigarette, tandis que son visage restait sombre et impénétrable. Il fit le salut militaire en faisant claquer ses talons, bien que son grade fût supérieur à celui du capitaine américain. Celui-ci le regarda, sans répondre à son salut, avec étonnement. Et pour cause : après la capitulation japonaise du 2 septembre sur le pont du croiseur américain *Missouri*, la place d'un officier japonais, même dégradé, était sinon devant le tribunal militaire des alliés, tout au moins dans un camp de prisonniers.

Le capitaine continuant son chemin, le professeur Mandel adressa un sourire quelque peu confus au Japonais, avant de suivre son invité de marque.

Une minute plus tard, comme s'ils avaient attendu que l'officier américain eût pris place, apparurent sur l'estrade, les uns après les autres, les musiciens peut-être les plus déguenillés au monde — tous vêtus de la même combinaison de smokings loqueteux et de pantalons de coutil.

Serrant son violon sous le bras, un homme dont les cheveux tombaient presque aux épaules s'avança, s'inclina de manière un peu raide et eut un signe maladroit de la main pour faire cesser les applaudissements. D'une voix que l'émotion rendait si faible que certains spectateurs durent imposer le silence avec force « chut ! », il annonça :

– En l'honneur de nos distingués invités américains, la formation de chambre de Shanghai auprès de l'Orchestre philharmonique de Dresde va interpréter la *Symphonie des adieux* numéro 45 de Joseph Haydn.

Quelqu'un essaya d'applaudir à nouveau mais un sévère « chut ! » général tua dans l'œuf cette envie déplacée.

Dans le silence soudain instauré, solennel et chargé d'attente, les musiciens faisaient circuler une bougie au moyen de laquelle chacun rallumait la sienne, fichée sur le pupitre de fortune.

Les jeunes *marines* américains échangeaient des regards — il était peu probable que chez eux, dans l'Illinois ou le Minnesota, ils aient eu l'occasion d'assister à l'interprétation de la *Symphonie numéro 45* de Joseph Haydn.

Une symphonie écrite en d'autres temps et selon d'autres données humaines, interprétée dans les salons étincelants de quelque palais ou sur les scènes les plus exigeantes. À présent, elle allait sonner plus étrangement et plus tristement que ne l'aurait souhaité Haydn — dans cette usine désaffectée et à moitié détruite de Hongkew, district de Shanghai.

Le violoniste qui avait assumé le rôle du conférencier, connu jadis sur toutes les scènes d'Europe et d'Amérique comme le virtuose Theodor Weissberg, attendit patiemment que s'achevât le mystère du rituel des bougies voulu par Haydn lui-même, avant de poursuivre :

– Parties : *Allegro assai, Allegretto, Presto-Adagio.*

Theodor Weissberg s'assit devant son pupitre, attendit un instant et hocha la tête.

Les premiers accords de la *Symphonie des adieux* retentirent.

Ce n'était pas un concert ordinaire : en ce début de soirée aux relents de vase et de poisson pourri, les gens entassés dans la panse de l'ancienne usine sidérurgique faisaient leurs adieux à Shanghai…

PREMIÈRE PARTIE

1

C'était en début de soirée, le 10 novembre 1938.

Dans la salle de gala, le concert avait commencé.

Tamisée à l'extrême, la faible lumière des lustres de cristal ravivait par contraste l'éclat des bougies fichées sur les pupitres en acajou rougeâtre massif. Theodor Weissberg était vêtu d'un impeccable smoking — d'ailleurs, ainsi que l'exige le cérémonial de pareils concerts, tous les autres interprètes du Philharmonique de Dresde portaient le même habit.

En tenue de soirée, le public de l'orchestre comme des loges avait retenu son souffle. La *Symphonie numéro 45* en *fa* dièse mineur était rarement jouée et il n'avait pas été facile de trouver une place pour assister à la représentation.

Dans la loge centrale où jadis, bien avant la République de Weimar, au temps du chancelier de fer *fürst* Otto von Schönhausen, également connu sous le nom de Bismarck, s'asseyaient les Hohenzollern et leurs courtisans, avaient pris place ce soir-là quatre officiers S.S. Aux yeux du public, c'était un signe important des profonds changements survenus en Allemagne. Le plus gradé des quatre était le *Hauptsturmführer* Lothar Hassler, un très bel homme blond aux yeux bleus, comme surgi d'une de ces affiches à la gloire de l'invincible race aryenne datant des Jeux olympiques de 1936 et dont les lambeaux flottaient encore sur les façades berlinoises. Son profil viril de guerrier viking n'était pas sans évoquer les personnages des films de Leni Riefenstahl.

Le moins gradé des officiers, un adjudant ou quelque chose de ce genre, se pencha vers Hassler pour lui présenter obligeamment le programme ouvert.

– *Allegro assai*, dit-il. Je crois que cela signifie «assez gai».

– J'ai bon espoir... murmura Hassler, maussade. J'ai bon espoir qu'on s'amusera assez ce soir.

Il savait ce qu'il disait, le *Hauptsturmführer*; il parlait peu mais il trouvait toujours les mots justes.

Tandis que la symphonie de Haydn déversait ses «adieux» tendres et fluides, les derniers naïfs firent leur deuil de leurs douces illusions sur la bonne vieille Allemagne, ce conte d'hiver qui se terminerait au bout de quelques semaines, quand seraient chassés à coups de pied les *lumpen* nazis qui s'étaient incidemment emparés du pouvoir.

Car ce 10 novembre 1938 resterait dans l'histoire comme la «Nuit de cristal», non par allusion aux lustres du *Konzerthaus* de Dresde mais au tintement cristallin des vitrines juives brisées.

De joyeux gaillards ivres de bière cassaient des vitrines dans toute l'Allemagne et jusque dans l'Autriche annexée peu de temps auparavant au milieu des manifestations de liesse des populations locales. Par cette nuit de cristal si gaie, les éclats de verre tintaient et crissaient sous les bottes.

Dans les rues, on promenait de vieux juifs apeurés, tirés de leur lit, au cou desquels pendaient des écriteaux portant l'inscription : «*JUDE*».

Brûlaient les synagogues de *Fasanenstrasse* et de *Oranienburgerstrasse* à Berlin, brûlait celle de *Schwedenplatz* à Vienne, brûlaient celles de Leipzig, de Munich, de Francfort et de Stuttgart. Par cette nuit de novembre où l'on donnait d'élégants concerts brûlaient encore deux cents synagogues.

Allegro assai, assez gai !

Lothar Hassler porta à ses yeux les jumelles de spectacle; il balaya du regard le public silencieux et s'arrêta à la loge d'en face, sur le visage d'une jeune femme à la chevelure d'or cuivré, tendrement éclairé par la faible lumière des lustres. C'était la mezzo-soprano Elisabeth Müller-Weissberg, connue en Allemagne et jusqu'au Carnegie Hall, épouse du violoniste sur qui l'instant d'après se déplaça le cercle miroitant des jumelles.

L'officier s'attarda longuement sur lui : il observait avec curiosité cette célébrité mondiale, membre de l'Académie prussienne des arts tandis que, dans la *Hauptstrasse* se déroulait une retraite aux flambeaux. Les gens chantaient gaiement, au rythme du roulement des tambours :

Auf der Heide blüt ein Blü-melein
Ein ! Zwei !
Und das heisst E-e-erika…

C'est là précisément, à l'angle de la fameuse librairie Meersohn et fils, qu'un joyeux gaillard eut l'idée de dresser un bûcher de livres. Marx, Heine, Freud, Feuchtwanger, Stefan Zweig, Thomas et Heinrich Mann, Bertolt Brecht et Ana Seghers, Friedrich Wolf et Lionhard Frank, Baruch Spinoza et Marcel Proust, Franz Kafka et Henri Bergson firent d'excellents boutefeux. Einstein et sa structure quantique de l'irradiation lancèrent une gerbe d'étincelles après s'être envolés au-dessus des flammes, la reliure du livre battant comme les ailes d'un oiseau.

Ne crois pas que ces charcutiers et autres vils poivrots savent qui tu es, Albert, mais nous, nous le savons bien. Depuis l'endroit où tu es parvenu à t'enfuir, ce qui se passe dans ton ex-patrie t'afflige sans doute, mais nous, on s'amuse — ne dis-tu pas toi-même que tout est relatif ? Nous travaillons d'après ta formule juive, Alberto, mille excuses, pardonne-nous ! L'Énergie dont nous disposons pour vous écraser est égale aux Masses qui nous soutiennent multipliées par la Vitesse de la lumière élevée au carré avec laquelle nous envahirons le monde. Voilà la situation, cher Albert, et adieu ! Il est grand temps qu'on comprenne qui sont les vrais maîtres de l'Allemagne — les juifs ou nous !

La formule $E = mc^2$ tomba au beau milieu de la galaxie enflammée et lança une gerbe de joyeuses étincelles.

2

Deux musiciens — le hautboïste et le corniste — ramassèrent leurs partitions, soufflèrent leur bougie et sortirent en silence — tel est le rituel quand on interprète la *Symphonie des adieux* de Haydn.

Mais à leur grande surprise, là-bas, dans les coulisses, plusieurs soldats d'assaut en uniforme les attendaient. Ils embarquèrent sans façon les musiciens et les traînèrent dehors. Naturellement, les deux hommes tentèrent de résister et de comprendre ce qui se passait mais un gradé vêtu d'une culotte à la hussarde et chaussé de bottes cirées, tout sourire, mit son index sur la bouche :

« Chut ! Silence ! Ne perturbez pas le concert ! » Nulle hargne dans ses mots, prononcés d'un ton bienveillant, presque amical. Au bout du compte, les amis, ça, vous comprenez, ce n'est pas un bazar juif mais une prestigieuse salle de concert : donc, comme on dit, ne nous manquons pas de respect !

Sans ôter son archet des cordes de son instrument, Theodor Weissberg distingua à travers les flammèches des bougies les gaillards en chemise brune emmener les deux musiciens et il jeta un regard perplexe au violoniste placé à côté de lui.

D'autres violonistes se doutaient également de ce qui les attendait, mais au concert comme au concert — chacun de leurs mouvements était suivi par le public silencieux qui, lui, ne soupçonnait rien. Ils rangèrent leurs partitions, soufflèrent les bougies sur leurs pupitres et, jetant un regard angoissé et perplexe sur le premier violon, quittèrent la scène un par un d'un pas hésitant.

Parvenus dans les coulisses, l'histoire de leurs deux collègues se répéta presque à l'identique : « Chut ! Silence ! Du respect pour les compositeurs aryens ! »

Celui qui paraissait être l'adjudant de Lothar Hassler se pencha à l'oreille de celui-ci :

– Il est scandaleux que tous ces musiciens soient juifs !

– Pas tous. Certains ne se doutent même pas qu'ils ont une grand-mère juive. Cela ne fait rien, ils l'apprendront bientôt. Ce qui est scandaleux, c'est que nous ayons permis que l'Allemagne ressemble à une synagogue… Mais silence, c'est son tour maintenant.

Le violoniste Theodor Weissberg, que la critique des deux rives de l'océan classait parmi les virtuoses les plus doués de l'Allemagne, ramassa ses partitions, souffla sa bougie, la dernière, et sortit d'un pas de somnambule. C'était le final de la *Symphonie numéro 45* en *fa* mineur de Joseph Haydn, dite «des adieux». Après quoi la scène fut plongée dans la pénombre.

Un bon moment de silencieuse obscurité passa avant que les lustres de cristal resplendissent à nouveau de tous leurs feux et que la salle éclate en applaudissements. Mais les musiciens ne vinrent pas saluer.

C'était le dernier concert du Philharmonique de Dresde.

3

Il restait deux mois et demi avant le nouvel an lunaire; on pouvait désormais espérer que les autorités japonaises adoucissent le régime et que les membres d'une même famille puissent enfin se rendre visite. Selon le calendrier julien, on était en novembre. Un temps maussade. Un temps de chien pour tout dire, si les chiens errants n'avaient été dévorés jusqu'au dernier depuis longtemps des quartiers les plus au sud de Lunghua et de Nanshih jusqu'aux limites septentrionales de la ville immense, Chapei et Hongkew.

L'air était glacé et humide, imprégné d'une odeur collante de friture, de vase et de canaux. Les relents de la mer n'apportaient guère de fraîcheur, mais plutôt la puanteur des innombrables marais de l'embouchure du Whangpoo, le bras gauche du grand Yang-Tseu-Kiang par lequel arrivaient jusqu'ici les long-courriers.

La nuit tombait. Sur les centaines de jonques circulant entre les coques des bateaux qui s'élevaient, menaçants, au-dessus d'elles, on allumait des lanternes de papier. D'innombrables lumières vacillantes qui se réverbéraient dans les eaux grasses et sales, souillées de mazout et parsemées d'îlots de crasse. Depuis les jonques, des marchands s'égosillaient dans une langue qu'ils croyaient être de l'anglais, proposant fruits, légumes et poissons, mais aussi talismans et autres petites divinités en corne de bœuf et en néphrite.

Plus haut, penchés au-dessus des parapets des navires, des voyageurs en transit bayaient aux corneilles, désœuvrés. Ils n'avaient aucune envie de débarquer, alertés par les rumeurs de pick-pockets et d'escrocs professionnels agissant dans le port, mais aussi parce que, d'ici une heure ou deux, ils poursuivraient leur route vers le sud, Singapour, Hongkong ou Macao, plus loin encore pour certains d'entre eux — jusqu'à Manille ou Bombay. Les passagers parvenus à destination dévalaient les passerelles des navires alignés sur le quai et l'achat de souvenirs, fruits ou légumes, était le cadet de leurs soucis — il s'agissait principalement de civils japonais, négociants, employés de banque, représentants de commerce des succursales des grandes firmes de Tokyo récemment ouvertes, qui empruntaient les lignes régulières de la compagnie maritime de Kôbe reliant les îles et le continent. Des officiels, accueillis par des chauffeurs en uniforme et les représentants des consulats ou des grandes banques, partaient rejoindre l'aéroport de Lunghua pour gagner en avion l'intérieur du pays — Pékin ou même le nouvel État de Mandchoukouo sous contrôle japonais. Plus tard, quand les navires militaires avaient commencé à faire défaut, des bateaux à vapeur débarquaient du renfort pour les troupes d'occupation : des soldats parfois accompagnés d'un officier à lunettes miniature qui respirait l'autosatisfaction des samouraïs.

Loin au-delà des docks et des entrepôts, des petits bâtiments jaunes de l'état-major japonais et de l'administration portuaire, des représentations navales, de la douane et de la police des frontières, au-dessus des grues et des montagnes de malles et de balles, au-delà des lourdes eaux noires du fleuve sur lesquelles dansaient les petites lumières des jonques, le ciel nuageux reflétait le trouble halo orangé des hôtels et des bureaux alignés sur le boulevard huppé qui longeait le fleuve et qu'on appelait le *Bound*. C'est vers lui qu'affluaient les torrents de lumière aveuglante de la Concession internationale, cet autre monde des boulevards que les gens des jonques n'avaient jamais vu mais dont ils entendaient colporter les légendes depuis l'enfance.

Car le peuple des jonques naissait sur l'eau, vivait sur l'eau, et les ombres de ses ancêtres avaient pataugé dans l'eau des rizières jusqu'aux genoux, du côté des plaines marécageuses de l'embouchure du fleuve, sans jamais approcher les flamboyants édifices dans le style colonial britannique, les cercles de jeux, les courts de tennis, les clubs de gentlemen, les hôtels et les restaurants devant lesquels des géants sikhs aux turbans immaculés, un poignard à lame courbe fiché dans leur ceinture, montaient dignement la garde, solidement campés sur leurs jambes écartées.

Accoudé au bastingage et mâchouillant l'embout en carton de sa cigarette russe éteinte, c'est à de semblables pensées que s'abandonnait le capitaine du *Tcheliabinsk*, caboteur mangé par la rouille et montrant tous les stigmates de la négligence, dont on disait qu'il avait survécu à la guerre russo-japonaise de 1905, à la débâcle près de Tsushima, ainsi qu'aux revirements dramatiques de la révolution d'Octobre dans sa version extrême-orientale.

Le *Tcheliabinsk*, tel un poussif tramway des quartiers périphériques suivant en boucle le même itinéraire, venait de l'embouchure du Mékong où il avait embarqué du caoutchouc brut en provenance des plantations françaises d'Indochine du sud. À Shanghai, il complétait son chargement avec du coton et de la soie grège qu'il déchargerait au nord, à Da-Liang — Dalnyi, en russe — avant de le laisser poursuivre son long voyage à bord du Transsibérien. Le capitaine observait les dockers escalader en courant la passerelle, chargés de grosses balles d'où seules dépassaient leurs jambes osseuses, et revenir en portant sur leur dos des caisses en cèdre brut de Sibérie où se lisait, tracée au pochoir, la même inscription : «*Uralmash-USSR*».

Il ne fut pas autrement troublé lorsqu'un docker laissa échapper une balle pour s'effondrer de tout son long, inanimé, sur le pont humide et poisseux. C'était probablement à cause de la faim car il s'en fallait encore de deux heures avant qu'il ne touche les cinquante *cents* shanghaiens largement suffisants pour s'acheter une écuelle de riz garnie de quelques morceaux de poireau frit et une timbale de thé vert. Le capitaine, impassible, donna un ordre lapidaire et deux matelots emportèrent l'homme défaillant dans la cabine dont la porte métallique ovale était frappée d'une croix rouge.

Une heure plus tard, deux dockers sortirent de la cabine, et personne, à bord du caboteur ou sur le quai, ne prêta attention à cet incident insignifiant. Les deux hommes entreprirent de descendre la passerelle, une caisse «*Uralmash*» sur le dos : l'intégration d'un docker de plus dans l'anonyme et impersonnelle fourmilière humaine ne changeait en rien l'équation — immense, chaotique, à plusieurs millions d'inconnues — de pauvreté sans issue et de richesse incommensurable nommée Shanghai. Chaque matin les autorités municipales ramassaient sur le pavé les victimes de la faim, et un candidat de plus ou de moins à pareil sort ne revêtait pas la moindre signification statistique.

Il a déjà été dit que cela se passait au mois de novembre. Le 10 novembre, pour être précis, dans la nuit de mercredi à jeudi. Il s'agissait de l'année 1938.

Il restait encore neuf mois et douze jours avant que la guerre n'éclatât en Occident.

4

Hilde tira les rideaux de sa fenêtre et fut aussitôt déçue de ce qu'elle découvrit. Non qu'elle sût précisément à quoi s'attendre, mais la scène qui s'offrait à ses yeux démentait largement et les affiches touristiques et les espoirs de ceux qui leur avaient prêté foi. Le paysage était morose : des façades enfumées, du linge étendu, et en contrebas, si bas que l'on aurait dit que l'hôtel se trouvait au sommet du mont Blanc, s'étirait un espace infini de rails, un entrelacs compliqué de flèches, de fils et de sémaphores, de rames à l'abandon, ainsi qu'une petite locomotive solitaire — à cette distance, elle ressemblait à un jouet qui soufflait et manœuvrait mollement de-ci, de-là. Le petit hôtel était décent, très pratique pour des voyageurs aux indemnités journalières modestes — un hôtel deux étoiles, dont l'une en voie d'extinction.

D'ici on n'apercevait ni la tour Eiffel ni Montmartre, ni l'Arc de Triomphe ni le sombre ruban argenté de la Seine qui sinuait à travers la ville dont elle reflétait le ciel. Elle connaissait tout cela sans l'avoir jamais vu : le boulevard Saint-Michel et le Louvre et Notre-Dame, il lui semblait même qu'elle connaissait personnellement le propriétaire du bistrot d'en bas, au coin de la rue. Elle n'était jamais allée à Paris, mais pendant qu'elle étudiait passionnément, presque voluptueusement, la langue et la littérature françaises à l'université d'Humboldt — entreprise qui avait tourné court à mi-parcours suite à l'épuisement complet du maigre héritage de ses parents —, elle avait *feuilleté* cette ville époustouflante, elle se l'était imaginée.

Elle avait ardemment rêvé de contempler sa splendeur réelle, et pas seulement son reflet dans les pages des livres et les images des films, de respirer son air, d'entendre ses sons, de l'effleurer du bout de la langue pour en goûter la saveur, de boire un café chez cette connaissance née de sa propre imagination — cet aimable voisin provençal du bistrot du coin : « Bonjour, mademoiselle Hilde, comme d'habitude ? Un café et un croissant, n'est-ce pas, mademoiselle Hilde ? »

Mais, en dépit de l'amertume momentanée suscitée par la vue qui s'offrait depuis la fenêtre de l'hôtel, elle était heureuse d'être là, d'avoir échappé, ne fût-ce que pour un instant, à l'atmosphère étouffante de Berlin, de ce grenier de l'Europe comme l'avait appelé Ehrenbourg. Elle avait provisoirement laissé derrière elle les angoisses, les rumeurs, les cours de théâtre sans avenir, les idiots qui ne pensaient qu'à te culbuter en échange d'un rôle secondaire et de deux répliques qu'on te faisait cent fois reprendre devant la caméra sans que tu en comprennes la raison. Toute une journée pour ne gagner que cinq Reichsmarks si tu portais leur accoutrement, six et demi si tu fournissais toi-même le costume, à condition que celui-ci convînt au film dont tu ignores tout et qu'il est fort probable que tu ne verras jamais. Et les infatigables efforts des assistants pour te toucher les fesses comme par inadvertance ou pour te mettre dans leur lit, et l'inaltérable autant que stupide espoir de la figurante de se faire un jour remarquer, que le réalisateur confortablement installé dans son fauteuil de toile agite son doigt, appelle la scripte et demande : « C'est qui la blonde, là-bas ? » Alors cette absurdité prendrait fin et se révélerait l'inéluctable destin qui devait ouvrir la voie royale d'une carrière cinématographique. Mais rien de tel n'arrivait jamais à aucune des figurantes.

Enfin si, cela s'était produit une fois, de manière tout à fait inattendue — c'est d'ailleurs la raison pour laquelle elle s'était réveillée ce matin-là à Paris et non dans sa mansarde du Grünewald berlinois.

Quelqu'un frappa à la porte avec circonspection; dans l'entrebâillement apparut la tête chauve de Werner Gauke, le légendaire photographe manchot de l'UFA.

Il avait perdu un bras près de Verdun durant la guerre de 14-18, mais cela ne l'empêchait nullement d'exceller en tant qu'artiste photographe dont les études — magistrales démonstrations d'équilibrisme entre le clair et l'obscur — avaient plus d'une fois eu l'honneur des vitrines de *Friedrichsstrasse* et de *Kurfürstendam* ainsi que de certaines revues prestigieuses. Qui plus est, pour la plus grande perplexité des non-initiés, il avait la réputation d'être un homme à femmes.

– On est prêt, ma petite poupée ? Prends les trois costumes, on va bosser toute la journée. J'ai commandé une voiture, je t'attends au café d'en bas.

– Une douche et je descends.

– Dix minutes, poupée ! Bise !

Il embrassa l'air et s'esquiva.

La première déception se produisit en bas, au bistrot : en lieu et place du Provençal de son imagination, elle découvrit une matrone bouffie, manifestement une ancienne prostituée qui avait investi dans ce petit bistrot toutes les économies accumulées à force de battre les trottoirs parisiens. Et le café d'ouvrier bon marché, servi non dans une tasse mais dans un bol à bouillon où l'on sentait la généreuse présence de chicorée, ne valait en vérité guère mieux que l'ersatz qu'on proposait dans n'importe lequel des bistrots de Babelsberg, autour des studios de tournage de l'UFA. Restaient les croissants. Mais n'est-ce pas pour cela que Paris sera toujours Paris — pour sa tour Eiffel, son Moulin-Rouge et ses croissants !

Et puis ça a commencé. Baisse les yeux ! Appuie-toi contre le parapet — encore, encore ! Plus souple, ne reste pas plantée comme une souche ! Maintenant, allonge-toi sur le banc — encore, qu'on voie mieux pointer tes seins ! Bouge sur ta droite, poupée — tu me caches l'Obélisque !

Le malheureux Werner, enrobé et très alourdi par les années, croulant sous la batterie d'étuis de cuir des appareils photo et des objectifs qu'il portait en bandoulière, n'avait de cesse d'éponger, de son unique main et au moyen d'un immense mouchoir, sa calvitie transpirante. Il faisait montre d'une incomparable imagination pour accomplir dignement la tâche qu'on lui avait assignée. Celle-ci consistait ni plus ni moins à constituer un expressif jeu de photos d'une belle Allemande sur un fond de décor parisien.

C'est par suite d'un concours de circonstances que Hilde était devenue l'objet de ses efforts.

À partir de 1933, tous les studios de tournage — d'UFA jusqu'à Bavaria Film en passant par TOBIS et Terra — furent placés sous le contrôle du ministère nazi de la Propagande que dirigeait le boiteux Joseph Paul Goebbels, lequel évoquait davantage un escroc professionnel qu'un *Reichsminister*. L'union de gauche « Pour un cinéma populaire », aux destinées de laquelle avaient présidé en des temps meilleurs Heinrich Mann, Bertolt Brecht, Käte Kolwitz ou Béla Balázs, fut démantelée. Hollywood avait à point nommé aspiré Ernst Lubitsch et Georg Pabst, ainsi que Emil Jannings, Lia de Putti, Paula Negri, Elisabeth Bergner, Greta Garbo, Peter Lorre et Billy Wilder. Bien avant cela, le légendaire « ange bleu » Marlene Dietrich, tout comme le réalisateur Joseph Sternberg, avaient également pris le large, direction Beverly Hills. Fritz Lang, quant à lui, s'était évaporé juste après l'avènement des nazis pour réapparaître en France où il tourna son fameux *Liliom*.

Les écrans allemands étaient orphelins; la grande époque de *Kule Wampe*, de *Docteur Mabuse*, de *Metropolis* et de *La Rue sans joie* était révolue.

Le cinéma classique allemand était mort.

C'est alors que sonna l'heure de gloire de Leni Riefenstahl.

La carrière de cette actrice médiocre, aussi sportive que passionnée, âgée d'une trentaine d'années, avait débuté par des films «de montagne» ni bons ni mauvais, ce qui n'avait pas empêché *Tempête sur le mont Blanc* d'être projeté jusqu'au fin fond de la Russie soviétique. Chaque créateur a son heure et pour peu qu'il ne la laisse pas passer, le chemin du succès et de la gloire lui est ouvert. Celle de Leni Riefenstahl sonna en 1935, lors du Congrès du Parti national-socialiste de Nuremberg. Elle avait alors tourné *Le Triomphe de la volonté*. Une œuvre pompeusement pathétique, assez semblable à de nombreux documentaires soviétiques de la même époque, à l'inversion des horizons près — c'est ainsi que la notion de «race» remplaçait celle de «classe». Il s'ensuivit une nouvelle série de films de la néophyte chérie du Parti. *Notre Wehrmacht* marqua un sommet et devint une œuvre culte qui établit définitivement les paramètres esthétiques du nazisme. La Riefenstahl prit une part active à la création de ce cliché devenu norme d'État — l'image du soldat allemand, puissant et invincible, non pas aussi musclé qu'un gorille mais plutôt empreint d'une beauté nordique un rien féminine. Le modèle alimentait la fierté nationale sans que personne ne prêtât attention au fait que ni le Führer, ni Goering, pas plus que Himmler ou Bormann, ne semblaient issus de cette matrice aryenne. Il se pouvait d'ailleurs qu'au modèle en question ne correspondissent que quelques beaux gosses de la classe dirigeante — homosexuels pour la plupart si l'on en croyait la rumeur.

Les Jeux olympiques de Berlin donnèrent un coup d'accélérateur propice à la carrière de Riefenstahl avec *La Fête des peuples* — pathétique éloge du sang aryen. L'Afro-américain Jesse Owens, le légendaire athlète olympique, vainqueur de toutes les épreuves auxquelles il prit part, jeta bien une ombre sur la belle puissance infinie de la race blanche, mais rien de bien grave — les créateurs savent que l'ombre ne met que davantage en valeur la lumière. Le succès colossal du film, en particulier au sein de l'élite nazie, inspira Riefenstahl pour la suite : en 1938, presque à la veille de la guerre, elle mit en chantier le second épisode : *La Fête de la beauté*.

Et ce fut l'heure de Hilde.

Car cette jeune femme remarquablement belle, svelte, blonde aux yeux bleus, personnifiait la future mère allemande d'enfants allemands bien portants, parfaite représentante de la race supérieure — telle que déterminée par la Matrice. Tout en la pinçant, les assistants lui susurraient à l'oreille des compliments sur ses yeux — où il était question de purs lacs scandinaves et autres sottises de la même eau —, les maquilleuses connaissaient déjà la séduisante figurante et l'embrassaient sur la joue en s'exclamant : «Notre walkyrie est de retour !»

Qu'une grâce si unanimement reconnue finisse par attirer le regard de la réalisatrice de *La Fête de la beauté* n'a rien d'étonnant.

– Comment t'appelles-tu ? lui demanda Leni Riefenstahl en promenant tendrement un doigt autour de ses lèvres.

Confuse, la jeune femme sentit le feu lui monter au visage. Peu lui importait que la grande Riefenstahl fût lesbienne ou n'exprimât ainsi qu'une sympathie toute maternelle — ce dont rêvait toute jeune figurante s'était produit : le réalisateur l'avait distinguée au sein de la masse impersonnelle et appelée à lui.

– Hilde Braun, répondit-elle après avoir avalé sa salive.

– Tu es magnifique, Hilde. J'aurai besoin de toi. Appelle-moi quand vous serez de retour de Paris.

– De Paris ? demanda Hilde, stupéfaite.

Personne ne savait encore pourquoi Riefenstahl avait soudain décidé d'inclure dans sa *Fête de la beauté* une série de clichés figurant une Allemande typique sur fond de décor parisien. Quelqu'un lui avait peut-être soufflé l'idée, à moins que l'instinct inné des créateurs ne lui eût fait pressentir ce que, selon toute probabilité, réservait un avenir proche. Car l'odeur de la guerre imminente flottait dans l'air : à Munich, le ministre britannique des Affaires étrangères Arthur Neville Chamberlain, dont personne ne pouvait dire avec certitude s'il était très malin ou tout à fait idiot, avait déjà condamné l'Europe.

Quoi qu'il en soit, *Fräulein* Hilde Braun obtint un contrat et une avance de cinq cents Reichsmarks, une somme énorme pour elle, en retour de l'autorisation que ses photos soient utilisées sans restriction tant dans le film que dans les pages de *Der Stürmer*, le journal du véritable Aryen, ainsi que l'affirmaient les publicités.

5

Hilde gravissait quatre à quatre l'infinie volée de marches qui menait au Sacré-Cœur. Ils n'avaient pas pris le funiculaire de Montmartre car à chaque détour de l'escalier Werner était saisi d'idées de photographies toutes plus géniales les unes que les autres. Elle s'arrêta et se tourna pour attendre son lourdaud de galant qui, outre sa corpulence, traînait aussi sa batterie complète d'appareils photo et d'objectifs en bandoulière. Ici, il ne disposait d'aucun assistant — indice significatif des efforts consentis par le Reich pour économiser les devises étrangères dont il avait tellement besoin. Werner finit par la rattraper et, tout essoufflé, entreprit d'essuyer les fines gouttes de sueur qui perlaient à son front.

– Alors, notre petite poupée est contente ? demanda-t-il enfin.

Hilde promena son regard émerveillé sur Paris — tel un conquérant sur le point d'envahir cette ville plongée dans une fine brume jusqu'à l'horizon. Comme recouverts d'un voile rose pâle par le coucher du soleil, se devinaient la tour Eiffel, la Seine et ses ponts, l'île de la Cité et Notre-Dame, l'Obélisque et la Madeleine... La ville infinie, éternelle, vaniteuse, pécheresse, intime et hautaine à la fois ! Le soir approchait et Paris, drapé dans une cape de brume transparente, se préparait pour ses mystères nocturnes.

Dans un élan de sincérité, elle embrassa le photographe sur la joue mais il protesta avec bonhomie :

– Pas comme ça ! Ce genre de baisers est réservé aux vieux oncles. Je pense que je mérite mieux que ça : c'est moi qui ai soufflé à Leni Riefenstahl l'idée de Paris. Moi et personne d'autre. Et je vais te dire pourquoi : ça fait longtemps que j'ai des vues sur toi.

Il voulut l'embrasser sur les lèvres mais Hilde, avec la vivacité d'une ablette, se dégagea, toujours aussi enjouée, et se remit à escalader en courant gaiement l'escalier menant au temple de meringue.

Une fois parvenue là-haut, elle s'accouda au parapet de pierre; à ses pieds s'étendait la ville majestueuse. Alors elle sentit sur sa main la paume du photographe et son haleine chaude qui effleurait son visage. Elle ne retira pas sa main mais le regarda avec étonnement puis braqua à nouveau les yeux sur la ville.

– J'envie les gens dont Paris est la ville natale, moi qui n'en ai pas ou presque. Stuttgart est peut-être mon plus beau souvenir d'enfance. Mais c'était il y a longtemps, c'est fini à jamais. Dix ans que je n'y suis pas retournée, je ne sais même pas si la tombe de mes parents est toujours à sa place. Et Berlin, cette ville grise et repoussante. Tous les jours, j'allais en train à Potsdam. Puis Babelsberg… puis…

– Puis les studios de tournage UFA, Werner Gauke le manchot…

Elle caressa tendrement la main qui reposait sur la sienne. Peut-être voulait-elle exprimer ainsi ses dispositions amicales et le fait qu'elle ne prêtait aucune attention à son handicap.

– Oui, dit-elle, l'UFA, Werner Gauke. Le génial mage du clair-obscur. N'est-ce pas ce qu'on écrit sur toi ? Mais ce qu'on n'écrit pas, c'est qu'il s'agit de mon seul ami dans ces pavillons répugnants puant le mastic et la peinture, où tout n'est que mensonge de celluloïd.

– C'est comme ça, parfois. Un mensonge en vingt-quatre images par seconde. Mais pas toujours. Sais-tu comment on appelle le rapport idéal des parties sur l'écran ? «Le nombre d'or». Dans les chefs-d'œuvre, il est vraiment en or, ma grande ! dit-il avant d'ajouter de but en blanc : Toi aussi, tu possèdes le nombre d'or. Je serais capable de m'amouracher de toi comme un gamin.

– Évite de le faire parce que j'en suis pour ma part incapable. Je crains de ne pouvoir tomber amoureuse de personne. Jamais.

– Ne sois pas pressée. Tu n'as que vingt-trois ans…

– À vingt-trois ans, on sait tout ce qui vaut la peine d'être su. Ce que l'on apprend par la suite n'est que détails du paysage.

6

Ils dînèrent dans un petit restaurant pour touristes, là-bas, derrière la basilique. Les alentours grouillaient de peintres qui, depuis des années, dessinaient sous les yeux des visiteurs une même et unique chose — le Sacré-Cœur, souvenir de Paris à dix francs. À l'aune de cet artisanat, rien d'étonnant à ce que Van Gogh eût été canonisé —

la rue escarpée où se trouvait leur restaurant s'appelait Saint-Vincent.

Hilde touillait le contenu de son assiette du bout de sa fourchette, buvait une gorgée de vin puis se remettait à touiller.

– Tu bois beaucoup mais tu ne manges pas, fit remarquer Werner d'un ton sentencieux.

Ne voulant pas être en reste, elle répondit sur un ton brusque :

– Et toi, tu manges beaucoup mais tu ne bois pas.

Quelque chose l'obsédait : d'évidence, ses pensées l'entraînaient bien loin du fameux *coq au vin* posé devant elle.

– Tu ne m'as jamais parlé de ta femme, de tes enfants, reprit-elle peu après avec indifférence. Combien en as-tu, au fait ? Deux, trois ?

– Deux. Tu tiens vraiment à ce que je t'en parle ?

– Pas vraiment. Mais je connais bien mes compatriotes.

Elle consulta sa petite montre : 21 heures 26.

– C'est l'heure où les solides *Bürger* allemands entre deux âges entreprennent de raconter à leur jeune et désirable compagne à quel point ils se sentent seuls chez eux et combien leur femme, pourtant fidèle, ne les comprend pas... Ou quelque chose du même genre.

Le photographe éclata d'un rire sincère.

– Tu es une diablesse !

– Eh oui. Est-ce que je sens le soufre ?

– Arrête ton cinéma. Tu embaumes *Mon boudoir*. Ne t'en ai-je pas offert un flacon ce matin ? Sinon, je suis très attaché à ma famille. Mais cela ne m'a jamais empêché d'observer le paysage alentour. Ce penchant te dérange ?

– À vrai dire, non. Au moins, tu es honnête. D'ordinaire, les hommes se croient obligés de mentir avant d'obtenir… la chose.

Il la regarda longuement — comme s'il voulait lire sur son visage la réponse avant même d'avoir posé la question.

– Penses-tu que j'aurai une chance d'obtenir cette «chose» ?

– Écoute, mon cher Werner. Mon ami ! Ceci est du *coq au vin*. Mais il existe aussi le *vin au coq*. En l'occurrence, le coq c'est toi, et nous avons bu assez de vin pour commencer à dire des bêtises. Allons-nous-en, je suis fatiguée.

7

C'était en pleine nuit; seule la lumière orange d'une lampe de chevet éclairait la petite chambre d'hôtel. Hilde, en pyjama, lisait lorsque la porte s'ouvrit et que Werner s'insinua dans la pièce en catimini. Seul le manchot de Verdun était capable de serrer sous son moignon une bouteille de champagne et de tenir deux coupes dans son unique main.

– Je peux ?

– Tu me le demandes après être rentré, répondit Hilde avec indifférence.

Feignant de ne pas l'avoir entendue, il s'assit sur le bord du lit, posa silencieusement les verres sur la table de chevet, puis tira la bouteille de sous son bras amputé au niveau du coude et servit le champagne.

Hilde ne but pas. Elle laissa son verre sur la table de chevet, prit ensuite celui de son compagnon et le posa à côté du sien.

– Écoute-moi bien, Werner Gauke, photographe international, Werner Gauke, mon seul ami. Écoute-moi bien et que tout soit clair et net entre nous. Car demain tu retournes à Berlin.

– Pour autant que je sache, nous partons tous les deux.

– On t'aura mal informé. Tu pars seul. Moi je reste. Je ne veux pas jouer les mannequins aryens aux seules fins de satisfaire les caprices artistiques de Leni Riefenstahl. Sens-tu l'odeur du soufre à présent ?

– Tu embaumes toujours *Mon boudoir*. As-tu bien réfléchi à ce que tu fais ?

– J'ai tout prévu. Du premier au dernier article du code moral.

– Il y a aussi le code pénal.

– Qui n'est valable que pour ceux que la justice tient entre ses mains.

– Tu as raison. Alors on ne te reverra plus à Babelsberg ?

– De toi à moi ? Plus jamais. Pour commencer, j'ai cinq cents marks. Je les ai gagnés honnêtement aujourd'hui. Tu gardes les négatifs. À la gloire de *Der Stürmer*. On verra pour la suite.

Le photographe demeura pensif, passa sa main sur son visage, soupira.

– Tu me mets dans de beaux draps vis-à-vis de mes chefs. Cette stupide idée de photos dans un décor parisien, c'était la mienne.

– Excuse-moi mais c'était la moindre des choses que je pouvais faire pour toi. J'aurais pu te mettre dans de plus beaux draps encore, mais j'ai eu pitié de toi. Je suis juive.

Le photographe ne prit pas immédiatement conscience de ses mots, mais une seconde plus tard, il sursauta littéralement sur sa chaise.

– Quoi ? Qu'as-tu dit ?

– Tu as bien entendu : je suis juive par mon père et par ma mère.

Ses paroles pénétraient lentement dans son cerveau. Puis Werner éclata soudain d'un rire sincère.

– C'est une blague, pas vrai ?

– Tout juste, mon cher Werner ! Une blague juive sur Isidore, converti au christianisme et devenu Siegfried. Et il n'y a pas plus de Hilde Braun que de Hildebrand Braun ou de Brunhilde Braun. Mon nom de naissance est Rachel Braunfeld. C'est mon père qui en a décidé ainsi après que mes parents ont emménagé à Stuttgart. Du temps de l'Empire austro-hongrois, il dirigeait à Vienne une entreprise : *Chapeaux Braunfeld, fournisseur de la cour.* Quand l'Empire a volé en éclats, les choses ont changé. Il a fait faillite et mes parents se sont retrouvés à Stuttgart. Là, on n'aimait pas les chapeaux juifs et les fournisseurs de la cour n'étaient guère à la mode. Ma famille s'est convertie afin de survivre. Les Braunfeld sont devenus Braun. Quant à moi, je suis un croisement entre le judaïsme et le christianisme, sans rapport aucun avec votre grande race aryenne.

8

Tous deux se tenaient devant le wagon-lit, sous les voûtes enfumées de la gare de l'Est.

Hilde brisa le silence la première.

– C'est toi le plus expérimenté. Que dit-on en pareil cas ?

– Rien que des bonnes choses en guise d'adieux.

– Bien. Je savais que tu étais grand photographe et grand coureur de studios. Que tu avais des idées géniales dans ces deux domaines. Je comprends seulement maintenant à quel point tu es chouette. Désolée si tout ça te cause des soucis. Mais *c'est la vie* *. Merci pour tout. Je ne t'oublierai jamais. À toi maintenant.

* *Les passages suivis d'une astérisque sont en français dans le texte. (N. d. E.)*

– Oui, c'est à moi… Les mots me manquent pour qualifier le coup que tu portes à la race aryenne tout entière. Je n'en dirai rien à Leni Riefenstahl — pourvu qu'elle continue de croire au Bien et à la vocation de l'Allemagne à régénérer le monde. Je ne t'oublierai jamais — tu es la fille la plus courageuse que j'aie connue et la première qui m'ait échappé.

Il fourra sa main dans la poche intérieure de sa veste pour en sortir un portefeuille, qu'il serra entre sa poitrine et son moignon, et se mit à fouiller dedans avec dextérité.

Il en sortit un papier qu'il glissa dans la poche de la veste de son amie.

– C'est un chèque de service de deux mille francs. On me l'avait donné en cas de circonstances imprévues. La circonstance imprévue, c'est toi. Je dirais même que tu es une catastrophe naturelle. Prends-le, je me débrouillerai, un vieux renard de studio comme moi… Et maintenant, tu as le droit de me donner un baiser d'adieu.

Elle l'étreignit et l'embrassa chaleureusement sur la joue en se hâtant de lui dire :

– Je sais bien qu'on n'embrasse ainsi que les vieux oncles. Mais le monde est plein d'amants, tandis que les bons vieux oncles sont une denrée aussi rare que précieuse ! Je t'aime !

La locomotive siffla; le contrôleur invita les voyageurs du wagon-lit à monter.

– Bonne chance, Hilde… ou comment t'appelles-tu déjà ? Ça ne sera pas facile pour toi, mais tu t'en sortiras. Je le sens. Attends un peu sur le quai, j'agiterai mon mouchoir à la fenêtre pour toi.

Lorsque Werner eut baissé la vitre de son compartiment pour se pencher au dehors, elle n'était plus là. Il la découvrit dans la foule qui s'éloignait vers la sortie de la gare.

– Hilde ! l'appela-t-il puis il cria plus fort : Hilde !

Sans se retourner, elle agita la main en signe d'adieu. Puis elle se perdit au milieu de la foule.

9

On ne pouvait pas dire qu'Elisabeth, la femme du violoniste Theodor Weissberg disparu dans les entrailles de la terre, fût belle au sens généralement admis du terme. Pour tout dire, ses traits étaient même quelque peu irréguliers, mais son port majestueux, noble et fier, n'en imposait que davantage à présent qu'elle marchait enveloppée dans un majestueux manteau de renard bleu qui devait coûter une fortune. Une dame pareille, au beau milieu d'une rue enneigée, ne constituait pas un spectacle ordinaire dans cette somptueuse cité de Dresde qui avait vu défiler une foule d'aristocrates dont la lointaine lignée conduisait directement au *Zwinger* — le musée des musées allemands. Vrai, elle ne manquait pas d'allure cette dame Elisabeth Müller-Weissberg !

Une neige humide tombait sur l'asphalte pour fondre aussitôt. Les taxis se faisaient rares : le rationnement de l'essence avait rendu ce service presque inaccessible. Elle n'avait pas le temps de faire la queue à la station, aussi partit-elle à pied. Car c'était pour elle une journée particulière.

Au terme d'une longue et vaine course d'une instance à l'autre, elle avait fini par obtenir, après intervention de l'influent directeur de l'Opéra d'État, un rendez-vous avec l'officier nazi Hassler. Ses conversations téléphoniques avec l'adjudant de celui-ci lui laissèrent l'impression que le *Hauptsturmführer* faisait traîner les choses exprès, attribuant ainsi une signification et une importance particulières à ce rendez-vous.

Les épouses des musiciens du Philharmonique de Dresde ne savaient rien du sort de leurs maris arrêtés. Toutes leurs tentatives pour les retrouver se heurtaient à un mur de silence aussi glacial que poli de la part des services de police impériaux, lesquels affirmaient tout ignorer à ce sujet. Au bout du compte, quelqu'un avait soufflé à madame Müller-Weissberg que la solution de l'énigme ne se trouvait pas au sein de la police, ni même au bas de l'échelle de la Gestapo, mais plutôt du côté de l'élite municipale et plus précisément encore des chefs de la S.S.

Ce jour-là elle devait enfin rencontrer ce Lothar Hassler qui faisait l'important et voulait passer pour quelqu'un d'aussi inaccessible qu'un prince du Pendjab perché sur son éléphant blanc.

Elisabeth s'arrêta devant un massif édifice baroque de la fin du XIXe siècle, bâtiment visiblement à usage militaire, puis piqua droit sur les gardiens en uniforme à l'entrée. Elle déclina son identité et indiqua le nom de la personne chez qui elle se rendait; dans sa guérite vitrée la sentinelle dit quelques mots dans le combiné et, au bout d'une petite minute, il la laissa aimablement passer sous l'aigle immense qui emprisonnait entre ses serres la couronne de feuilles de chêne dorées entourant le svastika.

D'un pas assuré, elle traversa la salle animée dont les mosaïques et les colonnes de marbre évoquaient davantage un vénérable établissement bancaire qu'une officine nazie, puis se dirigea vers le large escalier. Plus d'un homme se retourna pour la suivre d'un regard admiratif. La cantatrice Müller-Weissberg était très célèbre et cette notoriété se lisait dans les yeux des officiers qui la saluaient respectueusement en lui cédant le passage.

Les procédures habituelles auprès de l'adjudant, de la secrétaire, etc., furent expédiées et Elisabeth se retrouva dans un vaste bureau, entièrement capitonné d'une boiserie de chêne massif terni par les années, qui rendait ce lieu sombre et inhospitalier.

Au fond, un lourd bureau, une table de réunion en chêne massif; dans un coin, un divan et des fauteuils de cuir vert; ce cabinet mal chauffé laissait penser qu'il avait appartenu à quelque gros bonnet avant d'être occupé par les nouveaux maîtres de l'Allemagne. L'adjudant qui l'avait laissée passer devant lui claqua des talons et annonça :

– Madame Müller-Weissberg, par votre ordre.

Lothar Hassler se redressa derrière son bureau et écrasa nerveusement sa cigarette dans le cendrier.

Elle avança, d'un pas moins assuré cette fois, dans le vaste cabinet enténébré; Hassler vint à sa rencontre.

– Je suis enchanté de faire votre connaissance, madame.

Il s'inclina pour lui baiser la main mais elle la retira, confuse, en évitant son regard — elle avait le sentiment d'être tombée dans un piège.

L'officier dardait sur la cantatrice un regard vitreux et vaguement ironique, attendant qu'elle parlât la première.

Mais elle se taisait, ne sachant par où commencer ni comment.

– Permettez, dit-il enfin en tendant les mains pour l'aider à se débarrasser de son coûteux manteau de renard bleu.

La femme hésita puis finit par ôter sa pelisse que l'officier S.S. jeta négligemment sur le dossier d'un fauteuil.

D'un geste de la main il l'invita à s'asseoir près de la table basse où trônait une carafe de cognac en cristal. Hassler remplit deux verres, leva le sien en un silencieux toast de bienvenue, mais Elisabeth ne broncha pas.

– Allons droit au but, monsieur Hassler, se décida-t-elle enfin à dire, se jetant brusquement à l'eau : Où est mon mari ?

– C'est ce qui s'appelle attraper le taureau par les cornes ! fit Hassler. Soit. Je suis votre admirateur, vous le savez bien. Et je ferai tout mon possible pour vous le prouver.

Elle leva sur lui des yeux pleins d'espoir.

– Je vous en serais très reconnaissante. Libérez-le, je vous en supplie !

– Je le voudrais bien, chère madame. Pour vous, rien que pour vous. Nous ne sommes pas des aventuriers frivoles qui dilapidons le talent de la nation. Nous croyons aux hommes d'esprit sans lesquels nos discours sonneraient creux et ne seraient que du vent... Mais le cas de votre mari n'est pas aussi simple que cela.

– Pourquoi ? Ne compte-t-il pas, comme vous avez bien voulu le dire, parmi les «talents de la nation» ?

– Dans son cas, ça n'a aucune importance. Car il est juif. Simplement juif. Tout autre jugement est superflu. Les documents en notre possession prouvent incontestablement son origine non aryenne.

– Il ne s'en est jamais caché. Est-ce pour me dire cela que vous avez accepté de me recevoir ? Où est-il ?

– Oui, où est-il ?... Je n'en sais rien, j'ai ordonné des recherches. En tout cas, sans vouloir me mêler de votre vie intime, je vous conseillerais cependant de réfléchir à l'avenir de votre mariage. Je comprends les difficultés d'ordre moral mais la situation a totalement changé chez nous. La morale personnelle ne saurait être placée plus haut que les intérêts de la nation. Un divorce vous serait mutuellement profitable, croyez-moi. Je pense à votre prestige, à votre carrière. Vous êtes aryenne et lui...

– ... juif, vous venez de le dire. Mais c'est un problème qui ne regarde que nous !

– C'est aussi un problème pour la nouvelle Allemagne, une affaire d'État, chère madame, corrigea Hassler avec amabilité. Vous-même pressentez ce qui plane dans l'air. Nous regrettons, il est vrai, ce qui s'est produit lors de cette nuit de novembre dernier, mais il ne nous est pas toujours possible de contenir la légitime colère des foules.

– Je ne crois pas que vous essayiez le moins du monde de le faire. Tout cela est le fait de vos hommes.

– Mes hommes ? Vous me jugez trop sévèrement. Le curé d'un village est-il responsable si l'un de ses fidèles se saoule comme un porc et brise les vitres de son voisin à coups de bouteille ?

– Laissons de côté les curés de campagne, monsieur Hassler. Vous m'avez conviée pour fixer les conditions de sa libération.

Otto Hassler sourit doucement.

– Vous vous exprimez de manière imprécise, ma chère. Au téléphone, je vous ai parlé des « modalités ». Parlons-en donc. Quant aux conditions, c'est nous qui les dictons. À moins que… ?

Elisabeth hésita un instant puis ouvrit son luxueux sac en crocodile avant d'en renverser silencieusement le contenu sur la petite table.

Quelques bijoux en or massif, une dizaine d'anciennes monnaies en or, des bagues, un crucifix en platine incrusté de diamants, un majestueux diadème de turquoises, un collier de perles sans compter quelques babioles en or et ivoire de moindre importance.

Otto Hassler n'eut pas même un regard pour ce petit trésor : il ne quittait pas la femme de son œil scrutateur. Puis il se mit à fouiller négligemment les objets précieux, comme avec répugnance.

– Votre mari ne vaut-il pas plus que cela ? Il n'est certes pas l'égal d'un Paganini mais tout de même…

Elle le regarda, confuse, puis ôta son alliance qui s'en vint rejoindre les autres bijoux. L'anneau tourna sur lui-même avant de s'immobiliser en tintant sur la table de verre.

– Je n'ai rien d'autre. C'est tout. Et puisse-t-elle vous rester en travers de la gorge !

– Quelle grossièreté ! Qui l'eût cru d'une dame qui a chanté au Carnegie Hall... Mais comme vous voudrez, madame.

Otto Hassler s'approcha de son bureau et sortit d'un tiroir deux passeports qu'il jeta sur la petite table, au milieu des bijoux de famille.

– Eh bien, grossièreté pour grossièreté. Voici vos passeports. L'autorisation de quitter le territoire du Reich est valable quatre mois, pendant lesquels vous devez régler vos affaires et aller au diable avec votre juif ! Mais en échange de votre liberté je veux...

L'officier contourna la petite table, s'approcha d'Elisabeth, l'obligea rudement à se lever et la serra contre lui. Elle sentit l'odeur légère de la cigarette qu'il venait de fumer ainsi que la lavande de son eau de Cologne.

– En échange de ta liberté, je te veux toi ! Tout a un prix que tu devras payer... et pas seulement avec des babioles.

Elisabeth resta comme pétrifiée; son visage devint aussi pâle que de la cire. Elle jeta un rapide regard instinctif sur la porte tapissée de cuir — peut-être dans l'espoir qu'à ce moment même entrerait l'adjudant transformé en sauveur, qu'un miracle se produirait. Mais aucun miracle ne survint, même le téléphone s'abstint de sonner.

Lothar Hassler, sans la quitter des yeux ni se hâter, glissa la main dans son profond décolleté, cherchant ses seins.

Désespérée, Elisabeth scruta à nouveau la porte mais ni la secrétaire ni l'adjudant n'apparaissaient.

Ils ne devaient jamais apparaître.

10

Hilde marchait ou plutôt flânait sur la rive gauche tout en dévorant goulûment un magnifique quignon de pain. Seuls les touristes mangent leur baguette dans les rues de Paris, car ils ne craignent pas de rencontrer quelque personne de connaissance.

Hilde n'avait pourtant aucune raison valable d'être insouciante — cela faisait déjà trois bonnes semaines qu'elle attendait un signe de la Préfecture de police en réponse à sa demande de prolongation de son autorisation de séjour. Aucune autre nouvelle qu'un froid silence quoiqu'elle eût précisé être juive et menacée par les lois antisémites du Troisième Reich. Son visa arrivait bientôt à échéance et la clandestinité était sévèrement réprimée en France — à condition, bien entendu, que l'immigré indésirable se fît pincer par les autorités. Au-delà de son propre cas, Paris grouillait de personnes en possession de visas périmés, de faux papiers ou sans papiers du tout, mais la situation deviendrait désespérée si la police française s'avisait de l'escorter *manu militari* jusqu'à quelque poste-frontière allemand. Pratique banale, quasi quotidienne, et en pareille éventualité, inutile d'espérer tirer la moindre larme à quiconque si elle se jetait en sanglotant dans les bras de la Gestapo et, repentie, demandait pardon pour son acte irréfléchi.

Le printemps touchait à sa fin. En contrebas coulait la Seine sillonnée par des petits bateaux et des chalands chargés à ras bord. Sur toute la longueur du parapet de pierre longeant le fleuve, des peintres avaient exposé leurs aquarelles, des bouquinistes proposaient non seulement de vieux livres jaunis mais aussi des cartes de Noël du siècle passé, des affiches publicitaires de marques de cacao ou de liqueur oubliées depuis l'enfance ou encore de vieilles enseignes en tôle émaillée où un index tendu indiquait la direction des urinoirs. Il devait exister des collectionneurs pour toutes sortes de colifichets, surtout s'ils étaient achetés à Paris.

Elle longea le quai Voltaire; sur la rive opposée, le Louvre s'élevait dans toute sa splendeur. Le couchant était rouge, angoissant, annonciateur d'une matinée de vent fort. En face, les fenêtres du grand musée flambaient comme dans un incendie, le fleuve en reflétait les flammes que les vaguelettes berçaient avant de les éteindre.

Si Hilde s'était un tant soit peu intéressée à la politique, elle aurait su que, couchant sanglant ou pas, les lendemains de l'Europe s'annonçaient en effet assez venteux.

La répétition générale pour la guerre à venir — l'impitoyable carnage civil en Espagne — s'était terminée par la victoire de la phalange fasciste sur le Front populaire républicain. Les Brigades internationales, qui marquaient l'apogée de la solidarité mondiale avec la République, avaient subi une lourde défaite. Au nord des Pyrénées, les camps français débordaient de troupes en déroute parlant toutes les langues du monde. Dans la foulée, l'Allemagne nazie avait successivement englouti l'Autriche et la Tchécoslovaquie, sous l'œil distrait et indifférent de l'Occident.

Mais à l'Ouest comme à l'Est, on gardait en mémoire le fameux proverbe : « L'appétit vient en mangeant. » Aussi tous les pays européens concentraient-ils des troupes à leurs frontières. On prenait des mesures exceptionnelles de sécurité, on mobilisait discrètement des officiers de réserve et on affirmait en chœur que les traités étaient respectés, que la situation était sous contrôle et qu'il n'y avait aucune tension militaire. Comme disait la chansonnette : *« Tout va très bien, madame la marquise »*...

De son côté, la population connaissait bien l'histoire de cette marquise à laquelle on ne cessait d'assurer que tout allait bien, quoique sa propriété fût en flammes, car les prix des produits alimentaires de première nécessité s'étaient eux aussi partout mis à flamber.

Et si quelqu'un entretenait encore l'illusion qu'à force de compromis diplomatiques et d'amuse-gueules territoriaux laissés au Reich le conflit se limiterait à l'Europe, il suffisait d'ouvrir les journaux pour comprendre ce qui se passait en Extrême-Orient. Là-bas, depuis le début des années trente, le Japon avait durablement pris pied sur le continent, en Mandchourie, où le pays du Soleil Levant avait créé le nouvel État de Mandchoukouo. L'homme de paille Puyi, de la dynastie royale chinoise, avait accordé aux Japonais la plus totale et indivisible jouissance de ces territoires limitrophes de l'alliée des Soviets, la République populaire de Mongolie.

Les affrontements qui avaient opposé en juillet 1938 près du lac Hanka et, dix mois plus tard, près de Halhyin Gol, les troupes de l'armée rouge d'Extrême-Orient à la sixième armée japonaise de Kouang-tong placée sous le commandement du général Rippo Ogisu — combats des plus sanglants que les agences télégraphiques du monde entier présentaient sous le jour de simples incidents frontaliers — pouvaient être considérés comme le prélude d'une guerre à venir. Plus bas, au sud-est de l'Asie, l'Indochine française était ébranlée par des émeutes anti-coloniales menées par un membre jusqu'alors inconnu du Parti communiste français, ancien habitué des cafés de Montparnasse et des prisons de Saigon et de

Bangkok, le poète et journaliste Nguyên Tat Thanh, connu sous le pseudonyme de Hô Chi Minh.

Des nuages noirs s'accumulaient dans le ciel, l'Eurasie se hérissait dans l'attente de la tempête. Mais Hilde ne s'y intéressait aucunement, elle était à mille lieues de la politique.

Quai des Grands-Augustins, elle poursuivit sa route. Après avoir obliqué en direction de l'un des ponts menant sur l'île de la Cité, elle s'arrêta pour contempler l'architecture à la fois fine et puissante de Notre-Dame, sa rosace gothique surplombant le porche, ses vitraux multicolores et ses deux clochers.

Souvenirs d'école : Quasimodo, Esméralda et *tutti quanti*.

Elle demeura longtemps à contempler ainsi la cathédrale médiévale en grignotant sa baguette. Une voix douce et chaude la fit tressaillir :

– Je vous offre la cathédrale. Elle est à vous !

Elle n'avait pas vu à quel moment était venu s'accouder près d'elle ce jeune homme brun au large visage méridional de paysan et aux pommettes saillantes — probablement le cousin du Provençal qui tenait le bistrot imaginaire. Dans son visage et son comportement se lisaient la franchise et la bonne humeur propres à la jeunesse.

– Merci, vous êtes très généreux.

– Oh, c'est trois fois rien. Vous êtes Américaine ?

La bouche pleine, elle fit non de la tête.

– Suédoise ? J'ai trouvé : Hollandaise. Hollandaise, n'est-ce pas ? Et vous parlez français ?

– Lorsqu'à Sans-Souci on parlait français, vous autres Provençaux en étiez encore à beugler avec vos vaches !

– Alors Allemande, d'accord. Mais laissez-moi une chance : vous ne soutenez pas Hitler, n'est-ce pas ?

– Je ne peux pas le supporter.

– Dieu soit loué ! *Röslein, Röslein rot, Röslein auf den Heiden…*, entonna-t-il, et Hilde manqua s'étrangler avec une bouchée de son petit-déjeuner.

– Seriez-vous Allemand ?

– Dieu m'en garde. Non, seulement Tchèque. Par ailleurs, si je peux me permettre, lorsqu'à Prague Kafka écrivait en allemand, vous autres Saxons en étiez encore à beugler avec vos vaches. Savez-vous au moins qu'il existe une ville nommée Prague ? Non, mais je dis n'importe quoi. Vous venez de l'occuper !

– Ce n'est pas moi. J'étais au cinéma à ce moment-là.

– Formidable ! Nous dînerons ensemble et vous me raconterez le film.

– Vous ne manquez pas de culot !

– On est comme ça, nous autres Polonais.

– Je croyais que vous étiez tchèque !

– Ah bon ? Vous commencez à chipoter !

– Et comment vous appelez-vous, sans indiscrétion ?

– Qui ça ? Moi ?

Il leva les yeux au ciel et son visage s'illumina :

– Vladek !

– Un prénom inventé.

– Comment avez-vous deviné ? Et le vôtre, *Fräulein* ?

– Hilde.

– Parole d'honneur ?

– Pourquoi ? Est-ce qu'on cache son prénom par ici ?

– Ici les étrangers cachent tout. Nom, adresse, nationalité, maîtresse, idées politiques. Tout ! Plus les autorités locales veulent en savoir sur toi, plus tu t'emploies à le cacher. Car tu t'attends toujours à quelque sale tour de leur part. À Paris, pour résumer, un million d'humanoïdes s'attendent à ce qu'on leur joue un sale tour. Visa américain, prolongation du titre de séjour, nouveaux papiers d'identité, laissez-passer, autorisation de travail, naturalisation, asile politique. La plus grande salle d'attente d'Europe. Et un autre million est au désespoir et n'attend plus rien. Quelle tristesse ! Vous, par exemple, vous espérez un mandat car vous êtes à court d'argent.

– Comment le savez-vous ?

– Les riches touristes ne mangent pas de pain sec. Sans même un morceau de beurre ou de jambon. Mais qu'importe : n'avez-vous pas accepté de dîner avec moi ?

– Je n'ai jamais rien dit de tel.

– Alors dites-le !

Ce jeune homme brun au visage de paysan commençait à l'amuser.

– Bien sûr que nous allons dîner ensemble, fit-elle en riant. Et d'abord, est-ce que j'ai le choix ?

Il prit délicatement le morceau de pain d'entre ses mains et le jeta dans le fleuve.

– Eh bien, laissons les poissons jouer les touristes allemands à Paris.

11

Ils dînèrent quelque part dans le Quartier latin. Les petites tables disposées sous l'auvent rayé étaient si serrées les unes contres les autres sur le trottoir que les serveurs avaient du mal à se frayer un chemin entre elles.

Avec une méfiance mêlée de dégoût, Hilde observait son compagnon qui séparait une huître de sa coquille avant de la lui présenter. Elle recracha sur-le-champ la bouchée gluante et s'empressa de boire une gorgée de vin, tandis que sa nouvelle connaissance au visage d'adolescent, tchèque, polonais ou Dieu sait quoi, se tordait de rire.

Un compromis fut trouvé : tandis que le regard de Hilde se perdait sur les gens, les autos et les groupes bruyants de touristes, on lui avait déjà servi une tranche de gigot saignante. Cette fois-ci, négligeant ses préférences gastronomiques et la répulsion que provoquait en elle la viande presque crue, elle se jeta sur son assiette avec l'acharnement d'un cannibale.

Puis, sans qu'on s'en aperçoive, un groupe se constituait : des inconnus tiraient les chaises, rapprochaient les tables. De toute évidence, il s'agissait d'habitués : des jeunes gens pour la plupart qui parlaient une langue slave — tchèque, polonais ou bien russe (Hilde ne les distinguait pas). De temps à autre, dans leur conversation s'insinuaient des mots d'espagnol : au milieu des remous slaves, surnageaient parfois des noms de villes ibériques —Teruel, Madrid, Alicante...

Elle n'était pas idiote au point de ne pas comprendre de quoi il s'agissait. Peu de temps auparavant encore, ces noms revenaient fréquemment dans les journaux, les radios allemandes s'extasiaient en décrivant les exploits accomplis lors des batailles aériennes par les as de la *Luftwaffe* contre les pilotes soviétiques — les uns comme les autres officiellement considérés comme «volontaires». L'un des jeunes gens dit quelque chose et fondit brusquement en larmes, apparemment sous l'effet de l'alcool. Ces hommes souffraient; ils buvaient leurs derniers sous avant de regagner leur patrie par voie légale ou clandestine.

Sinon, ils se montraient tous fort galants avec elle, lui contaient fleurette et ne cessaient de lui servir du vin. Et elle, agréablement émoustillée, en redemandait.

Le groupe d'amis traversait le pont Alexandre-III lorsque Hilde, parvenue à un enviable degré d'insouciance et de gaieté, ôta les chaussures qui lui meurtrissaient les pieds à force de flâner toute la journée. Son nouvel ami qu'elle appelait par le premier prénom qu'il avait inventé, Vladek, les lui prit des mains avant de les balancer dans le fleuve. Elle ne réussit pas même à émettre une protestation lorsque Vladek enleva à son tour les siennes qu'il jeta par-dessus le parapet.

– Voilà comment nous marchons, nous autres : pieds nus sur les braises de la vie !

Aussiôt se mit à tomber du pont Alexandre-III une pluie de chaussures lancées par les malheureux défenseurs de la République espagnole, lesquels reconnaissaient leur défaite mais tenaient à cette heure à fouler pieds nus les braises de la vie.

Sous le pont, une bande de clochards se mit à crier depuis les quais :

– Eh, vous là-haut, vous êtes fous ?

– Oui ! Nous sommes fous ! confirma quelqu'un.

– Alors venez nous rejoindre !

– Vous avez du vin ?

– Et vous, vous avez des clopes ?

Le marché fut conclu; la bouteille de piquette passait de main en main, tandis que, sous les arcades du pont abritant clochards et jeunes *compañeros* venus des fronts de la guerre civile, jouaient les reflets des eaux de la Seine.

Il était deux heures passées lorsque quelqu'un entonna *La Marseillaise*. Apparemment il était temps de prendre la Bastille.

– Je suis fatiguée... murmura timidement Hilde, qui n'avait plus la force d'accomplir le moindre geste révolutionnaire.

Vladek la prit par la main et tous les deux s'esquivèrent par l'abrupt escalier de pierre.

– Où habites-tu ? lui demanda-t-il une fois sur le pont.

Elle regarda de tous côtés comme un être sans défense.

– Loin, quelque part à Ivry.

– C'est trop tard pour le dernier métro et trop tôt pour le premier. Ne gaspillons pas notre argent pour un taxi : tu vas dormir chez moi... J'habite pas loin d'ici. Une petite chambre sous les toits, mais on va se serrer. Ou bien aurais-tu peur ?

– Pas du tout, fit vaillamment Hilde.

– C'est ce qu'il faut. Nous n'agressons pas les femmes saoules.

– Je ne suis pas saoule !

– Bien sûr que si. Les gens sobres ne jettent pas leurs chaussures dans le fleuve.

– C’est toi qui les as jetées !

– Ah bon ? Ne recommence pas à chipoter !

Et tous les deux, pieds nus et main dans la main, traversèrent le pont tout à fait désert à cette heure tardive.

12

Hilde emménagea chez l’étrange jeune homme qui continuait de cacher son nom et sa nationalité. Mais ce n’était pas pour lui déplaire; elle se sentait protégée; sa frivolité et son insouciance, une simple façade peut-être, étaient contagieuses. Elle aimait également le surnom qu’il lui donnait — il ne supportait pas son prénom allemand —, *Röslein*, petite rose. Ce qu’il faisait pour vivre et même ce qu’il comptait faire tout court à Paris demeurait bien peu clair. Ce qui ne faisait en revanche aucun doute, c’est qu’il attendait quelque chose dont elle n’osait s’enquérir. D’ailleurs, elle ne demandait rien à quelque sujet que ce fût — elle savait d’avance qu’il déjouerait ses tentatives par une pirouette de gamin.

Une seule fois pourtant, frileusement blottie dans ses bras, elle posa avec précaution la question qui la travaillait depuis longtemps :

– Quelle langue parliez-vous l’autre jour au restaurant ?

– Portugais, répondit-il sans hésiter.

– N'importe quoi ! C'était une langue slave.

– Ah bon ? s'étonna-t-il. Moi j'ai toujours considéré que c'était du portugais.

Elle s'apprêtait à expliciter ces doutes linguistiques mais il l'en empêcha en l'embrassant sur la bouche.

Après être allés au cinéma du quartier voir Jean Gabin dans *Pépé le Moko*, elle se rappela les actualités de la semaine où le thème espagnol était revenu sur le tapis et demanda :

– Ne serais-tu pas anarchiste ?

– Non, répondit-il. Polyglotte.

Ce n'était qu'une partie de la vérité, ainsi qu'elle l'apprendrait bien plus tard. Mais elle aurait alors depuis longtemps cessé de poser des questions.

Il s'était écoulé presque une semaine depuis que Hilde avait emménagé chez le jeune homme qui répondait au nom de Vladek. Elle marchait dans la rue, encombrée d'un grand sac de papier contenant du pain, une bouteille de vin, deux biftecks et une salade. Elle s'occupait des tâches ménagères, tandis que son jeune protecteur s'absentait des heures entières, tout à ses mystérieuses affaires.

Elle gravit l'escalier en colimaçon menant aux mansardes, tout à fait caractéristiques de ceux qu'on trouve dans une bonne moitié des immeubles parisiens — vétustes, incommodes et mal entretenus. Étonnée de découvrir la porte du petit logis grande ouverte, elle héla son compagnon. Faute de réponse, elle risqua un prudent coup d'œil à l'intérieur.

Un chaos sans nom régnait dans la chambre : linge éparpillé, tiroirs ouverts et papiers épars sur le plancher où la paillasse éventrée de Vladek gisait dans un coin. Même la petite valise de Hilde, emportée d'Allemagne avec tout le nécessaire pour un voyage de trois jours, exhibait sa doublure déchirée. Une bourrasque semblait s'être abattue sur la petite mansarde et avoir tout balayé sur son chemin.

Hilde restait sur le palier, comme pétrifiée, étreignant son sac en papier empli de victuailles, sans parvenir à comprendre ce qui avait bien pu arriver.

Elle entendit derrière elle la lourde respiration de la grosse concierge qui grimpait à grand-peine l'escalier.

– *Et voilà, mademoiselle !* * De vrais idiots, ces messieurs de la police ! Ils ont tout mis sens dessus dessous !

– Mais pourquoi ? demanda Hilde, presque défaillante.

– Vous croyez qu'ils vous donnent des explications ? En tout cas, j'ai compris que le jeune homme s'était évadé d'un camp de criminels de guerre ou quelque chose du même genre. Le pauvre, il n'avait même pas de papiers. On l'a emmené, c'est fini... Mais vous ne ferez jamais croire que c'était un voleur ou un criminel. Il était si poli et si sympathique !

Ses paroles n'étaient sans doute pas dénuées d'arrière-pensée — on chercherait en vain dans le monde entier une concierge aussi solidaire d'un locataire ayant maille à partir avec la police. Elle reprit son souffle puis ajouta avec autant de délicatesse :

– Vous comptez rester ou bien... Parce que monsieur Leblanc vient de passer. Il a dit qu'il allait vous couper le gaz et l'électricité. Il a dit aussi que le jeune monsieur lui devait deux bons mois de loyer...

– Non, je ne resterai pas, dit Hilde avec conviction bien qu'elle n'eût aucune idée de l'endroit où elle pourrait aller. Probablement dans le petit hôtel dont la seconde étoile était en voie d'extinction. Combien doit le jeune monsieur ?

– Cent quatre-vingt-douze francs, mademoiselle.

Elle fourra sa main dans son mince portefeuille et sortit deux billets de banque.

– Tenez. Vous pouvez garder le reste.

– Merci mademoiselle... Excusez-moi mais...

La concierge jeta un coup d'œil dans les profondeurs de la cage d'escalier et, s'étant assurée que personne ne les épiait, elle demanda :

– Pardonnez-moi, mais le jeune monsieur serait-il par hasard un espion allemand ?

– Non, répondit Hilde. Il est polyglotte.

Pleine de compassion et de compréhension, la concierge hocha la tête.

13

Proches à se frôler, deux rickshaws roulaient de conserve sur le boulevard Shusan — les pieds nus des coolies crissaient de façon rythmée et sonore sur l'asphalte poisseux. Tous deux manœuvraient en virtuoses au milieu du torrent des pousses, des vélos et des quelques rares automobiles roulant sur leur gauche, sans jamais se laisser distancer. À Shanghai, la circulation s'effectuait sur la gauche : ici aussi les Anglais avaient imposé leurs règles. À bord de l'un des rickshaws, un éventail à la main et les jambes croisées, l'air décontracté et important, se tenait assis un jeune Chinois vêtu d'un costume de shantung auquel s'assortissaient son chapeau de toile et ses souliers. L'autre transportait ses bagages : une grande malle de cuir constellée, ainsi que le voulait la mode, de toutes sortes d'étiquettes en provenance d'hôtels et de lieux de villégiature internationaux auxquels, même en rêve, n'aurait pu accéder le propriétaire de la valise. C'était une question de prestige, une manière de se situer sur l'échelle sociale. Cependant, il y avait beau temps que pareil spectacle n'impressionnait plus personne : chaque année, on voyait défiler ici de riches hommes d'affaires chinois venus de Birmanie, du Surinam ou de Macao. Ceux qui revenaient des États-Unis n'étaient pas rares non plus — après avoir accumulé une petite fortune dans les nombreux bars, restaurants, maisons closes clandestines ou déclarées et autres tripots des Chinatown de San Francisco ou de Los Angeles, ils rentraient au pays de leurs ancêtres pour investir dans quelque affaire de bon rapport.

Le coolie qui transportait la grande valise battait l'asphalte de ses pieds nus en jetant de fréquents regards empreints de curiosité sur le voyageur du rickshaw d'à côté. Autres temps, autres mœurs. Les hommes se sont mis à ressembler aux femmes, voilà qu'ils agitent des petits éventails parfumés en bois de santal comme des concubines de généraux. Quant aux femmes, elles font le travail des hommes, passent leur temps dans les tavernes et vont même à la guerre. Les filles à marier ont cessé de comprimer leurs pieds dans des moules de bois, comme autrefois, et de sautiller comme des moineaux. Pour être franc, il n'est pas si mauvais qu'on ait abandonné cette tradition ! Car une fois devenues vieilles et leurs pieds transformés en moignons douloureux, il revient aux jeunes de les transporter à dos d'homme jusqu'à la pagode. Et ce n'est pas une mince affaire, mon petit monsieur ! Car je sais ce que pèse une vieille femme aux pieds semblables à des moignons ! N'ai-je pas ainsi porté ma mère afin qu'elle brûle quelque offrande dans la pagode de Lunghua pour le salut de son âme ?... Mais à cette époque, les hommes étaient des hommes et les Chinois des Chinois. Ils savaient que le blanc était la couleur du deuil parce que c'est aussi la couleur de la mort. Ils le savaient depuis l'enfance ! Et toi, mon petit monsieur, tu es habillé en blanc comme si ta mère était morte, ce qui ne t'empêche nullement de te balader aussi gaiement que si elle ne l'était pas. Peuh !

C'est un tel monologue imaginaire qu'adressait à l'important monsieur au costume de shantung blanc le coolie en guenilles, et il en remuait même frénétiquement les lèvres mais sans produire aucun son, tout en continuant de courir à grandes foulées régulières parallèlement à l'autre rickshaw. Et le monsieur en question continuait de s'éventer sans nullement soupçonner que l'on avait entamé avec lui un débat houleux sur les temps modernes.

Peu avant le croisement du boulevard Shusan et de North-Sichuan Road, les véhicules ralentirent l'allure, les coolies raidirent expertement les jambes pour couper l'élan des rickshaws, lesquels s'arrêtèrent en douceur pour venir se ranger l'un derrière l'autre sur le trottoir devant un bâtiment rouge de médiocre hauteur — tout juste un étage. Coincée qu'elle était entre les massifs bâtiments de pierre de style colonial, la petite maison évoquait quelque mot étranger qui se serait insinué dans la langue anglaise. Mais sa solitude recelait quelque chose de gentiment démodé, tout comme les courbes si chinoises de son toit recouvert de tuiles vertes émaillées, et les fenêtres miniatures de l'étage grillagées d'un bois jaune d'or qui ne faisait que mieux ressortir le rouge griotte de l'ensemble.

Sur le côté clignotaient les trois idéogrammes chinois d'un néon vertical — dans les rues commerçantes de Shanghai, tout devait clignoter jour et nuit, briller, attirer l'attention par une débauche de couleurs. Puis apparaissait une enseigne horizontale beaucoup plus modeste portant une inscription en caractères latins : «*Foto Agfa*».

La porte était fermée à clé; sur la vitre un écriteau en anglais et en chinois : «Fermé». C'était probablement la pause-déjeuner qui, vu la moiteur de la chaleur d'été, s'étirait jusqu'à cinq heures lorsque, depuis la mer, une brise légère se mettrait à souffler. Descendu du rickshaw, le Chinois à l'allure digne et importante sonna avec insistance et, en attendant que quelqu'un vînt ouvrir, il jeta un regard sur la vitrine d'où l'observaient amoureusement Robert Taylor, Greta Garbo, Fred Astaire et Ginger Rogers — coloriés à la main de manière indescriptible et presque méconnaissables sous les teintes acidulées. Et autour d'eux, toute une série de plus petites réalisations, portraits individuels ou de groupe : démonstration des talents artistiques de l'atelier à donner des couleurs aux anémiques photos noir et blanc. Tout à fait dans le goût des clients chinois — à quoi bon gaspiller de l'argent si la photo ne peignait pas la vie sous des couleurs différentes et plus vives ?

La porte s'ouvrit en faisant tinter une sonnette mélodieuse — sur le seuil apparut un géant blond aux yeux vitreux, le visage bouffi et luisant de sueur. Ses cheveux en bataille et tout le reste de son apparence traduisaient la négligence d'un Européen livré à l'ivrognerie — spectacle fréquent sous ces latitudes. Manifestement, l'homme venait d'être tiré de sa sieste car il laissa échapper un bâillement sonore.

– Bonjour, *sir.* J'apporte la marchandise, dit le Chinois en anglais tout en ôtant son chapeau de toile et en s'inclinant avec un mélange de respect et de retenue, comme quelqu'un qui garde conscience de sa propre dignité.

– La marchandise, ah, d'accord... Bon, rentrez-la à l'intérieur pour voir !

Et la phrase s'acheva dans un nouveau bâillement.

Le voyageur fit un signe de la main et le coolie qui transportait les bagages, manifestant une précipitation servile en dépit de son désaccord avec certains principes de l'homme en blanc, empoigna la valise et l'apporta à l'intérieur en trottinant. Ses petits pas empressés valaient signe d'un excès de zèle supposé augmenter son pourboire. Le voyageur tendit à chacun des deux coolies un billet gras et froissé puis il les renvoya d'un geste supérieur.

Mais, bien entendu, les coolies se gardèrent bien de déguerpir — il s'ensuivit une de ces querelles criardes réglées depuis des générations d'où il ressortait que l'argent était loin d'être suffisant, que tous deux avaient couru comme il fallait, tandis que le *masta-masta* ne payait pas comme il aurait dû. Selon les représentations phonétiques chinoises, *masta-masta* signifiait « mister » ou « master » et les coolies aux pieds nus locaux en usaient avec la profonde et inébranlable conviction que c'était du bon anglais. Mais à son tour, dans un très proche registre irascible, cet effronté *masta-masta* leur fit savoir qu'ils descendaient d'une longue lignée de tortues et de crapauds, et formaient en outre une paire de fieffés voleurs et de vils escrocs. Cela dit, il fourra rageusement dans leurs mains tendues une pièce de monnaie; un même sourire fendit le visage des deux hommes qui s'inclinèrent avant de disparaître avec leur rickshaw dans un éclat de rire, tout heureux d'avoir roulé l'étranger.

14

Le visiteur et le grand blond franchirent le seuil du salon plongé dans la pénombre à cause des stores de canne baissés. Au plafond, le ventilateur, semblable à l'hélice d'un avion, travaillait sans relâche avec pour seul résultat de brasser l'air sans le rafraîchir. L'hôte observa distraitement la rue avant de verrouiller la porte en s'assurant au passage que l'inscription «Fermé» était convenablement orientée. C'est seulement à ce moment-là que, toujours silencieux, il tendit ses bras au bout desquels pendaient des mains aussi larges que des pelles pour étreindre le Chinois. Se donner l'accolade ne fut pas chose facile — le grand Européen dut se pencher, et le petit Chinois se hausser sur la pointe des pieds. Mais à force d'application et de bonne volonté, on finit par sacrifier à ce rituel et le plus grand tapa dans le dos du plus petit comme s'il s'était agi d'un enfant sage et obéissant.

– Tu as bien fait attention à ce que personne ne te suive ? demanda l'hôte. Car ceux de la Kempeitai sont acharnés et c'est tout juste s'ils ne placent pas des agents jusque dans les chiottes.

Kempeitai — ce mot suscitait une terreur presque mystique. C'était le nom de la police secrète de l'occupant, la Gestapo japonaise, véritable épouvantail pour les mouvements étudiants anti-japonais et les organisations clandestines communistes et nationalistes, sauvagement réprimées dans les territoires chinois occupés.

– Qu'est-ce que tu crois ? Est-ce par hasard que j'ai perdu hier soir cent dollars américains au mah-jong ? Quelle honte ! Et tu ne trouveras jamais qui les a gagnés. Saneioshi-san en personne.

Le capitaine Saneioshi était le chef local de la Kempeitai, un croque-mitaine, cynique amateur de pots-de-vin et de jeux de hasard, qui brisait les os et pendait tête en bas ses victimes.

– Saneioshi ? s'exclama l'Européen. Tu n'es pas fou d'aller te jeter tout seul dans la gueule du loup ?

– Pourquoi pas ? Est-ce que je sentirais le gaz ou quoi ? Au petit matin, Saneioshi m'a même aimablement proposé sa voiture personnelle pour me ramener au Park Hotel. Fort sympathiques ces types de la Kempeitai. Je pense d'ailleurs qu'ils parviendront très bientôt à m'enrôler dans leurs rangs en qualité d'informateur. À moins que le major Smadley de la mission américaine ne leur coupe l'herbe sous le pied.

– Alors je serai très fier de toi, grommela le blond avec aigreur.

– Je vais te donner sans tarder un motif de fierté. Aide-moi donc à monter ma valise à l'étage.

Le grand blond traîna la grosse valise dans l'étroit escalier à peine éclairé en soufflant avec force. Et, tandis qu'affalé sur le fauteuil à bascule en bambou, le Chinois se balançait en s'éventant, l'Européen, accroupi dans une position inconfortable, ouvrait la valise en haletant.

Elle ne contenait aucune affaire personnelle — rien qu'une caisse de cèdre brut de Sibérie frappée d'une inscription en lettres noires : «*Uralmash-USSR*», tracée au pochoir.

Il ne fut guère aisé de détacher le couvercle solidement cloué pour voir apparaître de fins copeaux d'emballage. Peu après se trouvèrent précautionneusement étalés à même le plancher, comme pour une exposition, des lampes radio, des condensateurs et des résistances, des bobines, un ampèremètre, un modulateur et autres accessoires nécessaires au montage d'un émetteur radio à ondes courtes.

Le Chinois se balançait toujours en silence sur son fauteuil, tandis que l'autre inspectait attentivement les pièces, les caressant avec douceur ou en ôtant plus simplement la poussière et les copeaux. Finalement, il embrassa une lampe radio qu'il brandit bien haut tel le flambeau de la statue de la Liberté et, sur un ton digne de quelque déclaration historique, annonça avec solennité :

– Enfin ! Tungsram, UX-210 !

Faute de rencontrer le moindre écho à son enthousiasme, il baissa le bras et poursuivit dans un registre plus prosaïque :

– Et qu'en est-il du chiffreur ?

– On l'aura, répondit brièvement le Chinois. «Ramsay» a envoyé un message à la firme *via* Francfort. Le Grand Patron a promis.

– Là-bas, ils ont la promesse facile et l'exécution difficile. « Ramsay » a-t-il parlé de mon exigence : que le chiffreur parle plusieurs langues étrangères et maîtrise la sténographie ? C'est la condition expresse !

– Expresse, tu parles ! Tu ne veux pas qu'il maîtrise aussi le ballet classique, l'archéologie et la trigonométrie ? Ou quelque chose de plus tordu encore ?

– Écoute, ton extraordinaire intelligence m'a toujours impressionné ! rétorqua le grand avec une ironie mordante. Or il n'y a pas plus intelligent au monde qu'un Chinois intelligent. Pour ce qui est des idées tordues, il en a à revendre. Il sacrifie un million d'hommes pour la construction de la Grande Muraille qui, au bout du compte, a protégé non pas les Chinois de l'invasion mongole mais les Mongols de l'invasion chinoise. Puis, ne sachant qu'en faire, il la transforme en site touristique.

L'autre continuait à se balancer en toute tranquillité, il bâilla même — peut-être pour reprendre son souffle.

– Il y a plus intelligent encore : un Allemand intelligent. Ce n'est pas à toi que je pense, car tu n'es rien d'autre qu'une marmotte saxonne. Périodiquement, une mouche pique l'Allemand intelligent et il lui vient l'idée de déclencher quelque guerre désastreuse même si, au fond de son âme, il pressent qu'il la perdra. Comme celle qui éclatera d'ici un mois. Mais ne chipotons pas. Ensuite ?

– Sais-tu combien de radios régionales opèrent à Shanghai en ce moment ? Tu ne me croiras jamais : soixante-deux ! Dans chaque intervalle de la bande de fréquences, entre 39 et 60 mètres, se niche une radio, c'est affolant ! En français, anglais, allemand, chinois, japonais. Et même en hindi et en farsi ! Et si tu savais quelles informations ils vomissent du matin au soir ! Je ne sais pas comment ils font pour les capter car le signal ne parvient même pas jusqu'à Nanking, mais ils les recrachent librement. Cependant, à douze mille kilomètres d'ici, certains vendraient leur mère pour les obtenir. Et si on leur disait qu'on capte déjà fort bien l'émetteur allemand sur les 15 MHz de Xinxiang, ils en tomberaient carrément à la renverse. Car pour informer leurs gars de la base de Tangshan, ces hurluberlus de nazis s'échangent ouvertement, sans cryptage ni précautions aucunes, tout ce que l'on aurait classé strictement confidentiel à Berlin : «*Streng Geheim*». La belle affaire ! Tu as encore quelque chose d'intelligent à me dire ?

Pour une nouvelle, c'en était une. Ou c'est du moins ce que croyait l'Européen qui lançait un regard de pionnier émerveillé au bâtisseur de murailles chinoises.

À Üteborg, non loin de Potsdam, était établie une base où, dans la plus grande discrétion, se poursuivaient des recherches militaires et techniques dans le domaine des nouveaux combustibles pour avions, de la construction de fusées et de moteurs à réaction. On estimait à juste titre qu'ils détermineraient les nouveaux paramètres, jusqu'alors inconnus, de la guerre contemporaine. Aussi éveillaient-ils un appétit d'information du côté des renseignements russes et une non moins vive curiosité de l'intelligence anglaise et américaine. Les chercheurs allemands avaient obtenu des résultats aussi considérables que novateurs dans ce domaine et il s'avérait d'ores et déjà que ce qui ne pouvait être obtenu à la source pouvait l'être, du moins en partie, à Tangshan, une base construite et desservie par des spécialistes allemands à l'image de celle d'Üteborg.

À la même époque, si l'on en croyait certains messages radio interceptés, soixante-dix hauts conseillers militaires nazis, sous la houlette du général von Seeck, étaient nommés auprès du gouvernement du Guomindang. On apprit également que l'ex-*Gruppenführer* de la section d'assaut «Berlin-Brandebourg», Walter Stenes, dirigeait un groupe opérationnel d'experts allemands qui collaboraient avec I.G. Farben sur des projets d'élaboration et d'implantation de gaz de combat, projets qui répondaient aux noms codés de « Weisskreuz », « Grünkreuz », « Blaukreuz » et «Gelbkreuz». Un autre groupe allemand élaborait, à l'usage des nationalistes du Guomindang, une arme légère tchèque extrêmement efficace, baptisée dans sa version chinoise du nom de Chang Djundjang — véritable identité du général Tchang Kaï-chek. L'importance et l'autorité de ces spécialistes et conseillers nazis avaient considérablement grandi après que le conseiller militaire américain de Tchang Kaï-chek — le célèbre pilote Charles Augustus Lindberg, qui avait autrefois traversé l'Atlantique sans escale — eut ouvertement exprimé sa sympathie et son soutien sans réserve au national-socialisme. Même un enfant aurait compris que, loin de défendre une opinion isolée, Lindberg traduisait ainsi l'état d'esprit de certains cercles influents aux États-Unis. Après avoir reçu de la part de l'émissaire hitlérien, le général de brigade Eugen Ott, l'assurance que cette activité n'était pas dirigée contre le Japon, le Premier ministre, le prince Konoe et le conseiller gouvernemental pour la politique étrangère, Kinkazu Sayonji, décidèrent que Tokyo fermerait les yeux. Elle ne constituait en réalité une menace potentielle que pour les communistes de Mao et pour l'Union soviétique. Cette bonne nouvelle arrangeait tout le monde — de Tokyo jusqu'à Berlin en passant par Washington.

Le Chinois paru aussi émoustillé par cette information que si l'Allemand lui avait lu les nouvelles de la veille.

– Mais encore ? dit-il.

– Il faut traire le ciel ! Le traire comme une vache suisse ! Et pour cette besogne j'ai besoin d'un sténographe parlant les langues étrangères. Le XIXe siècle, mon cher et très vénéré mandarin, a pris fin voilà trente-huit ans. Mais ceux du Centre picolent jusqu'à l'aube et n'émergent de leur grasse matinée que pour constater qu'ils ont loupé le changement de calendrier. Personne ne te donne plus rien pour rien, il faut analyser l'information indirecte. Traire et analyser ce qui vient d'être trait, traire et… comment dire…

– … analyser ce qui vient d'être trait, lui vint en aide le Chinois.

– Tout juste. Et ces mecs, là-bas, entendent que tout leur soit servi comme un canard à la cantonaise. Garni de marrons d'eau, s'il vous plaît !

Il fit un geste de la main, poussa un soupir puis s'approcha de la glacière. Là, tranquillement couchée au milieu de la glace presque entièrement fondue, attendait une bouteille de *Moskovskaïa vodka* d'origine. À Shanghai, cette boisson ne constituait pas une rareté exotique — bien qu'elle fût relativement chère par rapport à l'alcool de riz si trouble d'aspect, on la servait dans les dizaines de restaurants et tavernes russes en tous genres ouverts ici depuis le temps de l'armée blanche d'Extrême-Orient qu'avait dirigée l'amiral Alexandre Vassilievitch Koltchak, lequel fut fusillé à Irkoutsk.

Les deux hommes trinquèrent silencieusement et vidèrent d'un trait, à la russe, le contenu de leur verre.

Le Chinois frissonna sous l'effet de la boisson forte, s'essuya les lèvres de la main et dit :

– À propos de canard à la cantonaise garni de marrons d'eau… as-tu quelque chose de prévu pour ce soir ?

Dans le dossier du grand blond que conservait l'antenne municipale de la Kampeitai à la *Bridge House*, la Maison près du Pont, on pouvait lire entre autres : « Kleinbauer, Alfred Gottfried. *Ressortissant allemand. En règle. Atelier de photographie Agfa, boul. North Sichuan. Tél. 24-11. Boit, vit seul. À Sh. depuis 1929. G. n'a pas fourni d'élément à charge.* »

Le dossier ne précisait pas si le « G. » signifiait *Germany* ou bien Gestapo. En l'occurrence, cela n'avait pas beaucoup d'importance : pour tous les services secrets de l'époque, les deux noms coïncidaient parfaitement. On ne précisait pas non plus que, depuis 1929, le photographe en question avait collaboré en qualité de radio avec le correspondant à Shanghai du *Frankfurter Zeitung*, un certain docteur Richard Sorge, un charmeur connu de tous les salons, bourreau des cœurs, cynique et viveur. Cela faisait longtemps que le docteur en question avait pris le large, direction Tokyo, emportant avec lui tout ce que contenait la maison connue sous le nom de code de «Ramsay». À Shanghai ne devait rester qu'une structure opérationnelle similaire; l'atelier de photographie abandonné devait quant à lui être réaménagé grâce aux petits ustensiles de cuisine destinés à émettre sur ondes courtes.

Le dossier du Chinois était beaucoup plus clair :

«Cheng Sujing. *Né à Shaosin, district de Hangzhou, 1912. Études sup., lettres chin. et angl. Journaliste au* China Daily Post. *Tél. 27-35. Park Hotel. Bien intentionné à l'égard du Jap. Fiable. Entretient des rapports d'amitié avec des officiers et hommes d'affaires japonais. Références : Hisao Masaioshi de l'agence de presse "Rengo Tsushin".*»

Mais dans ce dossier s'étaient aussi glissées de minuscules imprécisions : personne n'aurait pu déduire de ces informations que l'intéressé ne faisait qu'un avec le second porteur qui, un soir de novembre, avait dévalé la passerelle du *Tcheliabinsk*, une caisse de pièces détachées pour tracteurs «*Uralmash-USSR*» sur le dos. Selon les informations officielles, monsieur Cheng Sujing, correspondant du *China Daily Post*, se trouvait au même moment à des centaines de kilomètres de

Shanghai, envoyé spécial pour une longue mission à Danshang. Il y étudiait une question cruciale pour la Chine : la production, la transformation et l'exportation du riz. Tous les lundis, avec une parfaite régularité, le journal publiait ses vastes et érudites correspondances. Monsieur Hisao Masayoshi, du bureau de Shanghai de la prestigieuse agence de presse japonaise «Rengo Tsushin», un homme au-dessus de tout soupçon, aurait pu témoigner avoir accueilli au port de Shanghai deux jours plus tôt son ami Sujing, de retour chez lui à bord du long-courrier *Yokohama Maru* après une longue absence.

Par ailleurs, le bruit courait que, quelque part dans la région de Danshang, d'où revenait précisément monsieur Cheng Sujing, se trouvait une base militaire ultra secrète où l'on expérimentait de nouveaux combustibles pour des moteurs à réaction ainsi que des substances chimiques de combat. Cependant, personne n'était en mesure de le confirmer ni de le démentir. La curiosité professionnelle de son collègue japonais se heurta à la totale incompétence de Sujing doublée d'une indifférence marquée.

15

«Rester assis à deux dans une petite pâtisserie et rêver du bonheur» n'est pas un si mauvais programme, mais les déportés de Dachau détestaient ce tango à mourir. Car c'était l'air favori du *Scharführer* S.S. Hansi Steinbrenner qui resterait dans la mémoire des survivants sous le nom du «monstre de Dachau». C'est avec cette petite pâtisserie que le piteux orchestre, principalement composé des vestiges du Philharmonique de Dresde, accompagnait tous les matins, à sept heures précises, le départ au travail de la *Strafkompanie Sieben*, l'épouvantable Septième unité correctionnelle.

Hansi ne manquait jamais de fredonner gaiement son air préféré en battant lui-même la mesure avec la baguette de bois brut qu'il abattait de temps en temps, avec un sens précis du rythme, sur le dos d'un malheureux traînard :

In einen kleinen Konditorei
Da saßen wir zwei
Und träumten vom Glück...

Dachau était une petite ville insignifiante de Haute Bavière dont la population n'excédait pas une vingtaine de milliers d'habitants — petits commerçants, brasseurs, agriculteurs et ouvriers de l'industrie du papier. Elle n'avait rien de remarquable et personne au monde ne se serait jamais douté de son existence si, le 22 mars 1933, moins de trois mois après qu'Hitler fût devenu chancelier du Reich, ne s'y était ouvert le premier camp de concentration nazi. Il était encore primitif

— son fonctionnement interne et sa vocation demeuraient mal définis, bien loin des futures usines de la mort. En comparaison des sites encore en gestation dans l'imagination macabre du national-socialisme — Auschwitz, Maidanek et Treblinka avec sept millions et trois cent quatre-vingts mille personnes écrasées —, le camp de Dachau avait entamé sa modeste carrière sans bruit, presque imperceptiblement. Le dernier jour de son existence, douze ans plus tard, le 29 avril 1945, lorsque les chars américains y firent irruption, il ne comptait à son passif que soixante-six mille morts.

Mais cela arriverait bien plus tard Pour l'heure, il s'agissait d'une structure pénitentiaire où l'on envoyait, de façon assez arbitraire, au gré des caprices et des motivations personnelles de quelque chef, une partie de ceux qui ne pouvaient répondre devant les tribunaux ordinaires du crime d'être juif, social-démocrate, communiste — ou quelque escroc qui avait purgé sa peine mais demeurait indigne de s'insérer dans la nouvelle société allemande.

Tout cela, le violoniste Theodor Weissberg devrait cent fois y revenir en pensée sans jamais vraiment le comprendre. D'autant plus que, à proprement parler, il ne s'était jamais senti juif au plein sens du terme. Tout comme la majorité des intellectuels allemands d'origine juive de l'époque, il ne se rendait à la synagogue que pour y assister au mariage des enfants de parents ou de collègues. Mais en semblables occasions, il assistait tout aussi bien à des offices catholiques ou protestants. Sa langue maternelle étant l'allemand, il était le produit achevé, peut-être même poussé au point de perfection, de la civilisation allemande et se souvenait rarement qu'il était juif. Jusqu'à ce qu'on se charge de le lui rappeler.

À présent, il avait le privilège, au lieu de participer à la construction d'autoroutes, pénible besogne assignée aux bagnards, de jouer deux fois par jour — à sept heures et à dix-neuf heures — l'air des deux amoureux qui rêvent du bonheur dans la petite pâtisserie. La première fois au moment où les prisonniers partaient travailler au pas cadencé, et la seconde, douze heures plus tard, au retour des mêmes, si fatigués qu'ils se traînaient à grand-peine. Le reste du temps, il apportait de l'eau au chantier dans une marmite ou bien s'occupait à diverses tâches dans le camp, en fonction des ordres qu'il recevait.

Theodor Weissberg était un homme fragile, délicat et attentionné envers tout le monde. Dans ses paroles et dans sa conduite se lisait la bonne éducation bourgeoise qu'il avait reçue dans la famille d'un avocat prospère. Les plaisanteries grossières et parfois assez crues des détenus — pour la plupart, ouvriers, petits artisans, mineurs syndicalistes et autres gens modestes — le blessaient; il se renfermait sur lui-même et passait en conséquence pour un intellectuel hautain aux yeux de ses compagnons d'infortune. Le violoniste était pourtant loin d'être méprisant, il n'était tout simplement pas fait pour autre chose que ce qui le dominait complètement et qu'il dominait à la perfection : la musique.

Exception faite de ses collègues au sein du petit orchestre du camp, corrects et solidaires, un seul homme lui inspirait une manière de prédisposition amicale et confiante, voire un sentiment de reconnaissance : Schlomo Finkelstein. Un petit homme pataud, presque nain, gras et chauve, aux origines galiciennes, qui avait purgé maintes peines pour quantité de petits délits — vol à la tire, vente de cigarettes de contrebande et fréquentes visites dans des grands magasins où il oubliait de payer la marchandise fourrée dans la doublure de son manteau trop long. Il racontait des blagues juives avec un étourdissant accent hébreu qui ne lui demandait pas d'efforts particuliers — c'était sa manière naturelle de s'exprimer. Les autres prisonniers le tournaient souvent en ridicule, mais au lieu de se vexer, il se moquait avec tout le monde et de sa taille et de sa façon de parler. Grâce à son innocence et à sa disponibilité pour rendre n'importe quel service, cet escroc à moitié illettré de Schlomo Finkelstein devint donc — aussi paradoxal que cela puisse paraître — l'éminence grise du violoniste aristocrate; il l'aidait à décrasser la marmite graisseuse, à nettoyer les dortoirs ou bien à transporter depuis le camion jusqu'aux cuisines les sacs de pommes de terre qui pesaient leurs trente bons kilos. D'ordinaire, les détenus haïssaient les chouchous de leurs chefs et vice-versa, mais Schlomo était bien vu des uns comme des autres : il était l'objet d'un amusement collectif, une sorte de fou du roi, à qui tout était pardonné d'avance.

Les jours et les mois s'écoulaient, pesants et monotones, sans aucune nouvelle d'Elisabeth — à la différence des prisons légales, ici toute correspondance était proscrite —, marqués par l'appel du matin, l'appel du soir, et cette trois fois maudite pâtisserie. On en profitait pour se perfectionner dans l'art d'esquiver les bastonnades de Hansi Steinbrenner sur un rythme de tango.

Mais il y eut finalement droit, le flûtiste Simon Zinner, homme aussi irascible que bon musicien dont le répertoire favori était jadis les opus de Mozart pour flûte et piano qu'il avait interprétés devant les publics les plus choisis. Un jour, le Zinner en question ne put supporter la vue du bâton qui s'abattait en cadence sur l'échine d'un ancien mineur, si gravement atteint de silicose qu'il tenait à peine debout. Jetant sa flûte, il prit le bâton entre ses mains puissantes avant d'en frapper Hansi lui-même. Celui-ci écarquilla les yeux, tout d'abord incrédule, sans trouver moyen sur le coup de rétablir sa dignité outragée. Mais il finit par en trouver un. Et comment !

Hansi Steinbrenner fit aligner la Septième unité correctionnelle sur la place d'armes en terre battue, sans manger ni boire et, à minuit pile, à l'aide de la même badine qui battait la mesure du tango que l'orchestre n'avait cessé de jouer cinq heures durant, il broya contre une poutre les doigts du flûtiste Simon Zinner, bientôt transformés en une bouillie sanglante.

Theodor Weissberg vomit et perdit connaissance.

Revenu à lui avec l'aide du tout dévoué Schlomo qui l'avait traîné jusque sur son grabat dans le baraquement, le violoniste ne put de longtemps se débarrasser du sentiment de culpabilité d'avoir joué pendant que le monstre écrasait les doigts de son collègue.

Un matin du début juillet, tandis que l'orchestre accompagnait les prisonniers qui partaient au travail, quelqu'un tapa sur l'épaule de Theodor Weissberg. Le violoniste tressaillit et son archet arracha aux cordes une stridente fausse note. Derrière lui se tenait Hansi :

– C'est toi, Weissberg ? s'enquit-il avec bienveillance. N'aie pas peur, on ne va pas te faire la peau. Va à la chancellerie de l'état-major. Tout de suite ! Vous autres, continuez ! Et plus vite, la musique, on n'est pas à un enterrement ! Allez, bande d'empotés, gauche, droite ! gauche, droite ! *In einen kleinen Konditorei... Da saßen wir zwei... Und träumten vom Glück...*

Il chantonnait en battant la mesure tout seul à l'aide de sa badine, tandis que Theodor Weissberg, pris d'une peur mortelle, s'éloignait à travers la place d'armes en direction de l'état-major du camp de Dachau.

16

Dans le vaste salon baigné d'une lumière feutrée flottaient les accords d'un piano. Elisabeth jouait tout bas, pour elle-même. Les meubles, les tapis épais, les grands vases chinois, le cristal, les candélabres en argent — tout dans cette maison exprimait la richesse accumulée de longue date. Il y avait quelque chose de prétentieux, de bourgeois à l'allemande, dans cet ordre méticuleux aux limites de la maniaquerie: pas un pli sur la nappe, pas une revue tombée sur le tapis, pas un livre ouvert sur le divan, pas de cendrier douteux, ni la moindre fronce disgracieuse sur les rideaux.

Elle ne pouvait apercevoir Theodor Weissberg dans son dos, Theodor Weissberg qui, en d'autres circonstances, aurait paru plutôt ridicule — pas rasé depuis une éternité, les cheveux tondus, vêtu du smoking effiloché et débraillé qu'il portait au moment de son arrestation et dont la manche avait été déchirée dans on ne sait quel fourgon de police ou commissariat. Son allure évoquait davantage quelque viveur fortuné, ivrogne invétéré et pilier des bars de nuit, enfin décidé à retourner au bercail, plutôt qu'un ancien prisonnier de Dachau tout juste libéré.

Adossé au chambranle de la porte en arrondi, il écoutait silencieusement le piano.

Prenant soudain vaguement conscience d'une présence étrangère dans le salon, sa femme s'arrêta de jouer, se retourna et poussa un cri étouffé :

– Oh ! mon Dieu !

Elle bondit de sa chaise et se précipita vers son mari, mais celui-ci la repoussa avec douceur.

– Ne me touche pas, ma chérie. Pour commencer, tous mes vêtements vont dans le foyer de la chaudière. Et ensuite, je plonge dans la baignoire. Tu n'as pas idée de quel enfer pouilleux je viens !

Elisabeth passa tendrement la paume de la main sur la joue hérissée de poils raides.

– Mon chéri, mon pauvre chéri !

Silencieux, Theodor caressa à son tour le visage aimé du revers de la main.

Le voilà — le virtuose Theodor Weissberg, méconnaissable, propre et rasé de frais, enveloppé dans un peignoir blanc duveteux et chaussé de sandales, qui verse du champagne dans deux coupes en cristal.

– À ta santé, ma chérie. À toi ! Parce que tu as tenu bon. Et que tout est bien qui finit bien.

Elle le regarda avec un étonnement attristé, trempa ses lèvres dans le champagne et darda à nouveau ses grands yeux verts sur lui.

– Ah bon ? C'est comme ça que tu vois les choses ? Écoute, Theodor, écoute-moi bien, mon gros bêta chéri. J'ai frappé à certaines portes et tout ce que j'ai appris, c'est que rien n'est fini, et encore moins bien fini. Tout ne fait que commencer. Nous devons filer d'ici. Coûte que coûte, tant que cela reste possible.

– Mon brave petit soldat de plomb ! fit Weissberg en riant. Quitter l'Allemagne, notre Allemagne, à cause d'une bande de voyous qui perdront d'un jour à l'autre le pouvoir ? Jamais !

Au désespoir, Elisabeth s'agita, se redressa, fit quelques pas puis s'affaissa à nouveau dans le fauteuil et alluma nerveusement une cigarette.

– Mon Dieu, mais tu ne comprends donc rien ! reprit-elle. Ce qui se passe en ce moment n'est pas le coup de tête d'une dizaine de soûlards munichois, ça risque de durer, Theodor. C'est une politique bien réfléchie.

– Je suis violoniste, pas politicien.

– Ils se fichent que tu sois violoniste ou non. Ils s'en fichent royalement !

– Et moi, je me fiche d'eux !... Et tes contrats, tu les as oubliés ? Un jour viendra où ce malentendu sera dissipé et où mes musiciens seront libérés. Alors il sera temps de reconstituer l'orchestre. L'abandonner après l'avoir porté pendant tant d'années ? Et les collègues, les amis, cette maison ? Tout laisser tomber, c'est ça ? Pour prendre la fuite... mais pour aller où ?

Elisabeth tira une profonde bouffée de sa cigarette, puis dispersa la fumée d'un brusque geste de la main avant de dire :

– Contrats... collègues... maison... Notre monde s'est effondré, Theodor. Mets-toi bien ça dans la tête. Maintenant, c'est leur monde à eux qui se met en place.

– Je te demande où nous pourrions aller, bon Dieu ! Je suis juif.

– J'ai déjà entendu ça en haut lieu. Tu es juif, et après ?

– Il se trouve que personne ne délivre plus de visas d'entrée aux juifs allemands, ça, tu en as entendu parler, ma chérie ? Sors-toi cette idée de la tête. Tous les ports sont fermés pour nous. Tous !

– Tous sauf un. Le dernier qui soit ouvert, d'après ce qu'on m'a dit. Shanghai.

Theodor ouvrit la bouche mais ne put rien dire — ce qu'il venait d'entendre dépassait son entendement. Il finit par balbutier :

– Tu es folle ! Shanghai ?... Ai-je bien entendu ? Tu as vraiment perdu l'esprit, ma parole ! Shanghai, au bout du monde ? Alors que là-bas, dans le camp, j'avais l'impression qu'un être bienveillant étendait sa main vers moi. Non, non, je t'assure, quelqu'un me protégeait en secret, je le sentais jour après jour. Pourquoi m'a-t-on libéré avant les autres ? Je te pose la question — pourquoi ? J'ignore pour quelle raison, mais on m'a même rendu mon violon, mon portefeuille et mon alliance... C'est tout juste si on ne m'a pas présenté des excuses pour ce malentendu !... À propos, où est ton alliance ?

Elisabeth considéra sa main comme si elle la voyait pour la première fois, après quoi elle laissa tomber, indifférente :

– Ah oui, mon alliance. Je crois que je l'ai perdue.

Une expression insolite se peignit sur le visage de Theodor Weissberg; une ride verticale apparut entre ses sourcils froncés et une veine bleue se mit à sillonner son haut front blême. À la seule idée que cette étrange tension chez son mari pourrait être provoquée par l'ombre d'un soupçon, le sang d'Elisabeth ne fit qu'un tour. Mais il prit sa main entre les siennes et l'effleura tendrement du bout des lèvres.

– La perte d'une alliance n'a pas beaucoup d'importance, finit-il par dire. Un objet comme un autre. Mais cela me fait penser à quelque chose...

Tu sais à quel point je suis superstitieux. Je crois aux signes du destin… Elisabeth, ma chérie… Écoute et comprends-moi bien. Si je me vois… oui, c'est ça : à Dieu ne plaise, mais si je me vois contraint de chercher mon salut loin d'ici, ne te crois pas obligée de me suivre. Je n'ai pas le droit de te demander ça. Tu es Allemande, sans moi ta vie aurait pris un autre cours. Sans doute plus heureux. S'il est indispensable que je parte… du moins pour le moment… jusqu'à ce que toute cette mascarade soit terminée, tu dois rester ici. Tel l'ange gardien du foyer — dans ce pays, dans cette rue, dans cette maison. Ce serait le plus raisonnable. Il est vrai que j'aurais l'impression qu'on m'arrache le cœur de la poitrine… mais je n'ai pas le droit de te priver d'une vie normale, de ruiner ta carrière… De t'exposer à tous les dangers. Tu n'es pas obligée de subir les épreuves infligées à ma tribu… De porter la croix d'autrui. Tu m'écoutes, Elisabeth ?

Après avoir détourné les yeux du point invisible sur lequel elle les gardait fixés — comme si sa pensée s'était perdue dans des espaces infiniment reculés —, elle répondit enfin :

– Oui, je t'écoute… Très attentivement même. Tu n'as donc pas lu la Bible. Bien sûr que non. Tu ne perdrais pas ton temps à la feuilleter de temps en temps. Comme ça — pour ta culture générale. Maintenant, écoute-moi bien, chéri.

Elle tendit la main vers la petite table pour saisir un luxueux volume incroyablement mince — il avait probablement été imprimé sur un papier spécial qui faisait la fierté de l'imprimerie de Leipzig. Signe qu'elle l'avait récemment consulté, un ticket de tram était glissé entre les pages.

Elle ouvrit le livre à l'endroit même marqué par le ticket. Son regard glissa sur le texte, elle retrouva le passage et commença à lire d'une voix égale :

– «… Ruth répondit : ne me force pas à te laisser et à me séparer de toi; mais où que tu ailles, je t'y rejoindrai, et où que tu vives, j'y vivrai moi aussi; ton peuple sera le mien, ton Dieu aussi sera le mien; et où que tu meures, j'y mourrai moi aussi et j'y serai enterrée; que le Seigneur me fasse cela, et plus même; seule la mort me séparera de toi…»

Elle lut le passage d'un ton monocorde, mais des larmes coulaient sur sa joue.

17

Le couloir peu avenant, inondé d'une froide lumière au néon, était bondé de femmes — jeunes et moins jeunes, bien mises ou mal fagotées, parmi lesquelles un coup d'œil superficiel suffisait à distinguer les mondaines sur le déclin des jeunes filles du peuple. Des photos de vedettes et des affiches encadrées des films français en vogue, accrochées le long du couloir, résumaient éloquemment la longue et prestigieuse histoire de ce studio.

Adossée au mur, Hilde attendait, étrangère au tumulte qui l'entourait. Ses pensées la ramenaient encore et toujours à Vladek — ce joyeux jeune homme s'était évanoui dans la nature, sans laisser la moindre trace derrière lui. Il avait vraisemblablement été expulsé — telle était généralement la procédure en pareil cas. Mais vers quel pays ? Vladek parlait une langue slave qu'il croyait être, tenez-vous bien, du portugais !

La porte au fond du couloir s'ouvrit enfin; une fille en pleurs apparut, suivie d'un homme en chemise et larges bretelles noires, qui ôta un cigare d'entre ses lèvres avant d'aboyer nerveusement en direction de l'attroupement dans le couloir :

– Vous, là-bas, silence ! On n'est pas au souk ici ! Silence ! Suivante !

Une fois la porte refermée, les filles qui patientaient s'agglutinèrent autour de celle qui venait de sortir.

– Quel genre de question posent-ils ? Quelles sont leurs exigences ?

– Aucune ! Eux-mêmes ne savent pas ce qu'ils veulent. Ne perdez pas votre temps avec cette bande de pédés !

Pour parvenir au saint des saints, il fallait franchir un inimaginable bric-à-brac avant de tomber sur le portail métallique d'un studio. Là, sous la lumière triste de l'éclairage de service, les vestiges d'un décor exotique revivaient les souvenirs d'une carrière éphémère — il s'agissait selon toute apparence du sérail d'un padichah ou de quelque chose dans le même genre : palmiers en toc poussiéreux et vases en carton-pâte dont certains spécimens gisaient renversés. Dans un coin, parfaitement indifférent à cette atmosphère, un piano blanc dont le vernis terne finissait de s'écailler — un retraité qui avait autrefois tenu un rôle dans quelque revue à paillettes — près duquel était assis le pianiste, un homme très maigre au visage émacié, le physique d'un alcoolique ou de quelqu'un tout juste remis d'une grave maladie.

La jeune femme qui venait d'entrer, une paysanne française de forte corpulence, avançait à petits pas en observant, tout à la fois apeurée et émerveillée, ce temple de l'illusion cinématographique dont les rampes de projecteurs éteints se perdaient dans les hauteurs obscures. Enveloppé d'un nuage de fumée, l'homme au cigare inspecta d'un air critique la nouvelle venue. Il se servit une quantité décente de cognac dans un verre à eau, en but une gorgée, posa le verre sur le piano et demanda enfin :

– Qu'est-ce que tu as fait jusqu'à présent ?

– Je viens de Colombes, j'ai travaillé dans un bistrot.

– Tu t'es trompée d'adresse, ma petite. La buanderie est juste derrière.

– Mais je sais chanter…

Le type fit un geste nerveux de la main.

– Parfait. Va chanter à la buanderie. Suivante !

La suivante était Hilde. Elle approcha d'un pas tranquille. À ses yeux, semblables pavillons poussiéreux n'avaient rien d'une nouveauté — ils ressemblaient même à s'y méprendre aux studios de l'UFA. À ceci près qu'en France — ce pays qui avait érigé la liberté parmi les trois piliers essentiels de la société —, l'interdiction de fumer — observée jusqu'au fanatisme à Babelsberg, quoi qu'en eussent les fumeurs de cigares aux airs importants — relevait tout au plus d'un vœu pieux. Sans parler du chef, même le pompier de service en faction sous la plaque de tôle émaillée qui proscrivait le tabagisme dissimulait une cigarette allumée dans le creux de sa paume.

Alain Conti — c'était le nom du chef — la détailla sans gêne des pieds à la tête, visiblement satisfait de ce qu'il découvrait. Il demanda néanmoins avec brusquerie :

– Toi aussi, tu viens de Colombes ?

– Non, de Berlin.

– Une Boche, alors. Et je parierais que tu as joué au *Komische Oper*, chez Max Reinhardt.

L'ironie de la remarque n'avait pas échappé à Hilde, mais elle répondit sans se démonter :

– Si j'avais joué chez Reinhardt, je ne serais certainement pas venue dans votre studio minable !

Alain Conti laissa échapper un sifflement puis échangea un regard de connivence avec le pianiste.

– OK, pas la peine de t'énerver. Ici tous les immigrés allemands racontent des salades sur leur gloire passée, le moindre moujik prétend être un prince ou un cousin germain de Pouchkine. Les seuls ploucs, c'est nous. Tu chantes ? Tu fais un peu de ballet ?

– Je n'ai même pas essayé.

– Moi non plus, je n'ai jamais essayé de piloter un avion. Donc, c'est non. Soulève ta jupe. Plus haut, plus haut. J'ai dit plus haut !

Cette fois, Hilde sortit de ses gonds.

– Il fallait l'écrire dans votre annonce que vous recherchiez des putes plutôt que des figurantes !

Elle empoignait déjà son sac, mais l'autre la retint par la main.

– Attends, où tu vas ?... Marche jusque là-bas puis reviens ici.

– Où ça ?

Ce fut au tour de Conti de l'incendier :

– Je t'ai dit de marcher jusque là-bas ! Tu es sourde ou quoi ?

– Écoutez, monsieur : je suis venue ici de mon plein gré et je n'ai pas l'intention de supporter plus longtemps vos cris de tapette hystérique !

L'homme posa son cigare sur le piano de façon à ce que l'extrémité incandescente ne touche pas le bois — une vieille habitude selon toute apparence car l'endroit montrait des traces de brûlures —, puis il s'adressa au pianiste en lui poussant légèrement le bras :

– Eh, t'as entendu de quel camp il serait, Alain Conti ? Il va falloir, *meine gnädige Fräulein*, vous prouver le contraire. Par ailleurs, je n'y vois rien de condamnable — les homosexuels aussi sont des êtres humains. Oh, le Hongrois, t'as quelque chose à dire là-dessus ?

Le pianiste grommela quelque chose d'incompréhensible et fit courir ses doigts sur toute la longueur du clavier.

Conti retira le sac d'entre les mains de Hilde et lui ordonna sur le ton d'un professeur plein de sévérité :

– Bon, assez de bavardages. Tu vois ce palmier ? Tu marches jusque-là et tu reviens.

Après avoir marqué un temps d'hésitation, elle finit par s'exécuter.

– Bien. T'as des papiers en règle ?

– Oui, ils sont chez moi.

– Et une autorisation pour travailler en France ?

– Bien sûr, mentit-elle.

– D'accord. Laisse ton nom à la secrétaire. Lundi, à huit heures, tu viens ici. Pas de chichis ni de retard. On va tourner une comédie musicale, il faut répéter. Vingt-cinq francs la journée de tournage pour commencer. Une Boche, donc. On t'appelle comment ?

– Mais vous venez de le dire : Boche ! explosa Hilde.

– Du calme ! Tu ne dois pas être arrivée dans cette foutue ville depuis bien longtemps et tu ne sais pas encore qu'ici tous les Allemands sont des Boches, les Russes des Popov et les Américains des Johnnys.

– Et les Français ? s'enquit-elle sur un ton provocateur.

Pour la première fois, le pianiste fit entendre son inimitable accent :

– Des ordures.

– Tout juste, admit Alain Conti. Des ordures et des tapettes.

18

C'était une comédie musicale comme tant d'autres, filmée en studio, sur une coquette place avec un monument aux morts planté en son centre, une fontaine, des tavernes aux auvents colorés, des serveuses lestes et des bon vivants amoureux quoique plus très jeunes. Autour de la fontaine et du monument, la population tout entière dansait et chantait à tue-tête sous le halo des projecteurs — tout à fait dans le style des opérettes autrichiennes avec Jan Kipura et Marika Rœck. Pour mesurer toute l'insignifiance de cette œuvrette cinématographique, il fallait savoir qu'au même moment, dans les studios voisins, Jean Renoir tournait *La Règle du jeu*, ou la prémonition d'un artiste de la catastrophe mondiale qui couvait.

Car le sablier de l'Histoire égrenait déjà les derniers jours de la paix en Europe. Mais ici, dans les palais de carton, les joyeux et insouciants villageois chantaient et dansaient encore la carmagnole...

Un soir, on venait d'achever le tournage d'une joyeuse scène de foule, Hilde, démaquillée et vêtue du petit tailleur dans lequel elle avait quitté l'Allemagne, manqua heurter dans le couloir Alain Conti, commandant en chef de l'armée de figurants.

La prenant par la taille, il l'approcha de lui et l'enveloppa dans le nuage de fumée de son cigare.

– Dis-moi, tu es une gamine formidable et tu iras loin. Que fais-tu ce soir ?

– Pour commencer, enlève ta main de mes fesses.

– Pardon, je ne l'ai pas fait exprès. Donc, que fais-tu ?

– Que veux-tu dire ?

– Je connais un petit bistrot à la porte des Lilas, qui sert un vrai calvados normand. Qu'en dis-tu ?

– Chef, je ne veux pas te faire de peine mais ton petit bistrot de la porte des Lilas ne fait pas partie de mon programme de ce soir.

– N'oublie pas que j'ai encore à te prouver que je ne suis pas une tapette.

– Je te crois sur parole ! Et puis, à vrai dire, t'es pas mon genre.

– OK, ma cocotte, pas de problème. Salut !

– *Ciao*, chef !

Et Hilde Braun se précipita à l'extérieur.

Dans la rue, jeunes figurantes et seconds rôles prenaient par le bras les petits amis qui les attendaient; des moteurs démarraient, des phares s'allumaient, des portières claquaient.

La nuit parisienne commençait.

Hilde empruntait la ruelle transversale qui menait au métro lorsque des pas se firent entendre derrière elle. Elle pressa l'allure mais quelqu'un la rattrapa et la saisit par le bras. Croyant que c'était encore Alain Conti, elle s'arrêta et se dégagea avec colère.

Elle découvrit un type basané et moustachu parfaitement inconnu, un Corse ou un Algérien peut-être, qui la regardait en souriant silencieusement.

– Tu me plais, tu sais ! dit-il enfin. Ça fait trois jours que je te suis.

– Même en rêve, tu ne me toucheras pas !

– Ah ! on joue les saintes nitouches. Pourquoi, ma grande ? On voulait juste t'inviter à boire un verre d'absinthe avec les amis.

– J'en ai de la chance, ce soir, avec les invitations ! Tu peux te la mettre où je pense, ton absinthe !

Hilde voulut partir mais l'inconnu lui mit doucement la main sur l'épaule et la fit pivoter vers lui. Elle essaya de lui échapper mais au même moment, du porche voisin plongé dans l'obscurité, surgit un autre individu qui lui barra le chemin.

Effrayée, elle tourna la tête de tous côtés : sur le trottoir opposé, deux autres hommes adossés contre le mur fumaient en observant tranquillement la scène.

– Me la mettre où je pense, c'est ça ? dit le moustachu en riant. Et maintenant, la gentille demoiselle blonde va apprendre une bonne fois pour toutes ce qu'il faut mettre et où il faut le mettre !

Là-dessus, quelqu'un empoigna Hilde par le bras et l'entraîna de côté. C'était le pianiste d'Alain Conti.

– Foutez le camp, elle est avec moi, ordonna-t-il tranquillement, toujours avec son inimitable accent hongrois.

– Il sort d'où, celui-là ?

Une lutte inégale, à deux contre un, semblait sur le point de s'engager. Sous la lumière du réverbère, entre les mains du moustachu brilla la lame d'une navaja espagnole.

C'est alors que l'un des observateurs du trottoir opposé lança à son compagnon :

– C'est le pianiste de Conti, le Hongrois. Laissez tomber, la police arrive.

Un discret coup de sifflet retentit et tous, comme sur un ordre, se dispersèrent. Les deux policiers s'approchèrent lentement.

– Un problème ? demanda l'un d'eux.

– Tout va bien, les gars. Mademoiselle Boche... excuse-moi, je ne connais pas ton nom... Viens avec moi, n'aie pas peur.

Les policiers disparurent à l'angle de la rue, continuant de longer le grand bâtiment aveugle — sans doute un des studios.

L'homme et la femme marchaient à pas rapides pour quitter la ruelle obscure; à deux reprises Hilde regarda autour d'elle pour voir si les inconnus ne les suivaient pas.

– Marche, ne te retourne pas. Il leur suffit de savoir que tu as peur.

– Je ne suis pas de celles qui ont peur.

Le Hongrois partit d'un petit rire glacial.

– Parce que tu ne sais pas ce qui t'attendait. Tu n'es ni la première ni la dernière. Ces espèces de maquereaux t'auraient violée, battue et droguée pour t'assouplir comme il faut. Ensuite, après avoir oublié jusqu'au nom de ta mère, tu aurais commencé à travailler pour eux. Cela dit, ne t'inquiète pas, je ne pense pas qu'ils te harcèleront davantage — ils savent que tu es une des filles de Conti. Et qu'il ne plaisante pas — il leur arracherait à tous le zob comme on effeuille une marguerite.

Le tout débité avec l'inaltérable accent hongrois à couper au couteau. Il se peut même qu'Attila, chef des Huns et probable ancêtre du pianiste hongrois, parlait un français plus acceptable.

Ils s'arrêtèrent devant la bouche du métro. Hilde resta quelques instants silencieuse puis lui tendit la main d'un geste résolu.

– Je te remercie. Bonne nuit.

– Je t'accompagne. De toute façon, pour moi c'est trop tôt pour rentrer.

– Tu m'as l'air de quelqu'un d'intelligent, tu piges vite. Si tu as des vues sur moi, j'espère bien te faire comprendre que tu perds ton temps.

– Une nouvelle amitié n'est jamais une perte de temps, fit le Hongrois, amusé. Et pour t'éviter tout problème de conscience, je tiens à te dire que l'autre jour tu n'étais pas loin de la vérité. Tu brûlais, en fait. C'est moi, «la tapette». Selon l'usage hongrois, je m'appelle Keleti Istvan, mais en France c'est Istvan Keleti — chez moi, tu vois, tout marche à l'envers. Tu es rassurée maintenant ? En route, sœurette, je t'offre une bière car ça fait bien trop longtemps que je suis sobre.

19

C'est ainsi que fut scellée l'amitié entre deux âmes perdues dans la grande métropole étrangère. Jusqu'à un proche passé, Keleti Istvan ou Istvan

Keleti, qu'on appelait le Hongrois jusque dans les studios, avait été pianiste dans un bar de nuit quelque part à Budapest. Impliqué dans une trouble affaire de morphine, il était parvenu *in extremis* à se faire la belle et, arrivé en France, il avait essayé de se faire passer pour un réfugié politique. En dépit des doutes de la police parisienne quant aux véritables motivations de monsieur Keleti, la traditionnelle prédilection des Français pour le *czardas* avait joué en sa faveur — il obtint un permis de travail d'un an.

C'était l'année précédente, et le métronome ne cessait de mesurer le temps qui s'écoulait. La moitié de ce temps, il le passait entre deux vins, mais ce n'était pas l'affaire de la police.

Attablés dans le sous-sol d'une petite taverne presque déserte à cette heure avancée, ils buvaient la bière promise. Ils en étaient au troisième demi.

– Ainsi donc, ma chère Boche, ces imbéciles refusent de t'accorder un renouvellement, résuma le Hongrois. Dans mon cas, je les comprends bien, un obscur individu de la Puszta hongroise, n'est-ce pas ? Pédé, ivrogne et drogué de surcroît. Mais toi, c'est différent, tu ne peux que bonifier la nation française en plein déclin ! En plus, tu dis que tu es juive. Une juive à laquelle on refuse le droit d'asile dans le berceau douillet de la Révolution et des Droits de l'Homme !

– La petite lettre que m'a envoyée le berceau ne comptait que deux lignes : «*Nous regrettons beaucoup**, mais soyez assez gentille de ramasser vos cliques et vos claques !» Au consulat américain, ils m'ont dit qu'ils comprenaient ma situation mais que je devrais être patiente. Ce n'est pas de patience que je manque, moi, mais de temps et d'argent. Je ne saurai bientôt plus où aller vivre. Le petit hôtel où je loge est en train d'engloutir mes dernières économies.

Compatissant, le Hongrois hocha la tête, se gratta la nuque et finit par dire :

– Écoute, sœurette... Si tes prétentions ne sont pas excessives, tu peux venir vivre chez moi. Ce n'est pas le luxe mais quand même ! Allez, buvons aux immigrés de l'Europe. Et à l'Europe qui se fout des immigrés.

Il finit sa bière, regarda fixement Hilde puis lui caressa la main.

– Le plus important, c'est de ne pas perdre courage — parfois même le rêve américain se réalise. Et maintenant, sœurette, si on s'envoyait quelque chose de sérieux ?

Aussitôt dit aussitôt fait. Hilde n'aurait pu dire si l'expérience du «sérieux» s'était renouvelée ou pas, car le Hongrois dut la traîner à grand-peine jusqu'à son petit logement dans le quartier des Halles, une minuscule chambre de bonne avec rideau pour dissimuler le lavabo, et toilettes communes sur le palier — vieille invention hexagonale seulement comparable, quant aux tourments qu'enduraient chaque matin l'ensemble des locataires, à une autre trouvaille de l'ingénieux esprit français : la guillotine.

Les homosexuels sont bien souvent de bonnes âmes. Elle se réveilla dans le lit du Hongrois, pendant que celui-ci dormait, plié en quatre, dans le fauteuil défoncé transporté jusqu'ici depuis on ne sait quelle décharge publique. Près de lui, une boîte métallique ouverte, pareille à celles dans lesquelles nos grands-mères conservaient jadis leur tabac à priser. Dans celle-ci, toutefois, point de tabac mais une fine poudre blanche. Hilde la renifla, en prit un peu sur le bout de son doigt puis sur le bout de sa langue, sans comprendre à aucun moment qu'il s'agissait de cocaïne.

Ce fut le Hongrois qui la présenta à ce drôle d'oiseau. Diplômé de Harvard, le docteur Hiroshi Okura effectuait à présent une spécialisation à l'hôpital Sainte-Anne de Paris. Entre ses gardes, il avait accepté d'être consultant sur le tournage du *Drame de Shanghai* que finissait de tourner le cinéaste allemand en exil Georg Pabst. Là, dans les mystérieuses cafétérias des studios, durant les interminables pauses nocturnes pendant lesquelles les techniciens s'affairaient à régler les éclairages, le solitaire docteur Okura s'était rapproché du pianiste hongrois.

C'était un homme cultivé, un Japonais européanisé au vrai sens du terme, quoique sa nature asiatique se manifestât encore par une grande délicatesse et une politesse excessive, parfois aux limites du supportable.

Une fois, quittant le studio avec son nouvel ami hongrois, Hilde aperçut Okura qui l'attendait à la sortie pour lui offrir un énorme bouquet de roses thé. Elle en eut le souffle coupé.

– Cela ne vous ruine pas, une telle quantité de roses ?

– C'est un petit plaisir.

– Mais alors, à quoi ressemblent vos grands plaisirs ? Je vous remercie, monsieur…

– Hiroshi. Docteur Hiroshi Okura, un ami à moi, s'empressa d'intervenir le Hongrois en guise de présentations.

– Je vous remercie, vous êtes vraiment très gentil, docteur Okura.

Le petit Japonais avait une allure quelque peu ridicule avec son imposant haut-de-forme et son écharpe en soie blanche pour lesquels ses compatriotes marquaient collectivement une étrange prédilection. Les hauts-de-forme étaient vraisemblablement destinés à faire paraître plus grands ceux qui les portaient — à moins d'y voir une démonstration d'ouverture, par le biais de la mode, au monde occidental. Quant à l'attachement des Japonais aux écharpes en soie blanche, il ne pouvait s'expliquer que par la morbide obsession nippone pour les films américains sur des milliardaires alcooliques.

Le Japonais hésita avant de dire :

– Au risque de paraître audacieux, accepteriez-vous de dîner avec moi ? Connaissez-vous la cuisine japonaise ? Ne dites pas non, je vous en prie, j'espère que notre ami acceptera de se joindre à nous...

– Ah non ! Je le connais par cœur votre numéro japonais : poisson cru et saké chaud ! refusa catégoriquement Istvan Keleti. Ne vous vexez pas, docteur, mais seul celui qui a grandi avec la cuisine hongroise peut comprendre à quel point la vôtre m'est étrangère. En plus, j'ai rendez-vous avec des amis...

Et comme Hilde continuait visiblement d'hésiter, il ajouta :

– Crois-moi ! Tu n'as pas idée à quel point ils sont obstinés, les Japonais, quand ils se mettent quelque chose en tête. En particulier quand il s'agit d'une guerre ou d'un dîner dans un restaurant japonais.

Au bout du compte, Hilde céda à l'insistance de ce petit homme aux épaisses lunettes rondes à travers lesquelles ses yeux gardaient en permanence une expression de léger étonnement.

20

C'était la première fois de sa vie qu'elle se trouvait dans un restaurant japonais et tout ce qui l'entourait lui paraissait étonnant et nouveau : la geisha agenouillée qui présentait des serviettes chaudes et moelleuses, l'autre geisha, à genoux elle aussi, qui versait du thé puis offrait le bol fumant qu'elle tenait entre ses mains telle une prêtresse lors d'un office sacré. Sans oublier les baguettes de bois rouge que le docteur Hiroshi Okura lui apprenait à manier, ainsi que la délicatesse rituelle avec laquelle il lui versait du saké chaud d'un pichet miniature.

Elle buvait, s'étranglant puis riant jusqu'aux larmes. Bonne élève, elle observait les mains du Japonais et se fâchait à chaque fois qu'elle laissait échapper le morceau de légume ou de poisson d'entre ces maudites baguettes dont les extrémités finissaient immanquablement par se croiser.

Dans le salon particulier — un cube blanc, méticuleusement propre, fait de bois laqué et de papier de riz à travers lequel sourdait de toute part une lumière tamisée —, ils se tenaient assis sur des coussins de soie, en chaussettes, leurs jambes étirées sous la table, où était aménagée une profonde niche sans doute destinée aux Européens peu habitués à manger à genoux.

– Vous n'êtes jamais allée au Japon ? lui demanda-t-il.

Elle fit silencieusement non de la tête.

– J'imagine qu'ici tout vous est complètement étranger.

– J'ai l'impression d'être dans un monde de lumière imaginaire. À moins que ce ne soient les effets de cette boisson chaude…

– Le saké.

– Quoi qu'il en soit, j'ai la sensation de flotter dans une fine brume portée par des vents blancs…

– Vous voilà déjà en plein dans le ton ! s'exclama Hiroshi, exalté. « Portée par des vents blancs… » Du pur style japonais !

– Ah bon ? Dites-moi quelque chose en japonais.

Hiroshi Okura la fixa de ses yeux myopes à travers ses épaisses lunettes rondes. Il réfléchit un moment avant de réciter quelque chose d'aussi fluide et mélodieux que parfaitement incompréhensible.

– Qu'est-ce que cela signifie ?

Le Japonais détourna le regard et se mit à parler à voix basse en fixant son saké, comme s'il lisait dans le fond de la tasse :

– Ta main me caressa — tel le vent blanc… Ce fut un rêve qui s'évanouit — tel le vent blanc… Solitaire, il pleure dans les branches — le vent blanc.

– C'est très beau. Qui en est l'auteur ?

– Je viens de l'inventer, répondit Hiroshi avec un sourire timide.

– J'ai entendu dire que nombre de médecins devenaient poètes.

– Poètes tristes. Mais les poètes sont souvent des médecins. Médecins des âmes malades.

– Votre timidité n'a d'égale que votre modestie. Vous me faites penser à un instituteur de campagne. Parlez-moi de vous.

Le docteur Hiroshi eut un haussement d'épaules :

– Un instituteur de campagne ? Oui, peut-être. Une brise venue d'une mer lointaine. Un Japonais qui a fait ses études en Amérique et qui pratique à Paris. Une sorte d'arbre stérile greffé sur un sol étranger... Mes parents vivent à Okinawa. Mon père aussi est médecin, il a fait ses études en France. J'envisage de travailler dans sa clinique... C'est un homme remarquable, le professeur Santoku Okura. Il tenait à ce que je me spécialise en France car il croit plus en Voltaire et en Renoir qu'aux doctrines militaires... À vous maintenant. Je ne connais même pas votre nom.

– Braun. Hilde Braun. Je viens d'Allemagne...

– Vous restez à Paris ? Ou bien vous rentrez chez vous ?

– Ni l'un ni l'autre...

– Alors... quelle direction ?

– Je ne vais nulle part.

Le Japonais la dévisagea en attendant la suite. Mais elle se taisait obstinément.

– D'accord, finit-il par conclure. Direction nulle part, donc. Il semblerait que nous marchions tous dans la même direction. Ensuite ?

– C'est tout. Le reste n'est que détails du paysage.

Il leva sa petite tasse en porcelaine remplie de saké.

– *Kampei*, Hilde-*san* ! À votre santé !

– *Kampei*, Hiroshi-*san* ! À la vôtre !

21

Quoique d'esprit peu pragmatique, et tout absorbé qu'il fût par la musique, Theodor Weissberg n'en était pas moins conscient de l'immense problème, presque insoluble, qui accablait les juifs allemands à l'intérieur des nouvelles frontières du Troisième Reich : plus on approchait de la résolution militaire des problèmes du monde, plus il devenait difficile d'obtenir un visa de séjour temporaire dans les pays voisins. Quelques-uns, membres exclusifs de l'élite scientifique, artistique ou politique, pénétrés du sentiment précoce des tragédies à venir, étaient certes parvenus à fuir l'Allemagne avant que ne leur claquent au nez les portes des consulats étrangers — ceux des pays occidentaux, comme celui de l'Union soviétique.

Mais bien plus nombreux — du moins jusqu'aux démentes soûlographies de la Nuit de cristal — étaient ceux qui jugeaient que le nazisme et son cortège de brutalités inouïes ne se maintiendraient guère longtemps au pouvoir.

Et bien plus compliquée s'avérait la situation des existences minuscules qui constituaient pourtant l'immense majorité — ces gens ordinaires qui ne pouvaient compter sur une famille d'accueil et ne disposaient pas davantage des moyens ou du courage nécessaires pour rompre le train-train quotidien, tout abandonner et franchir un pas si décisif. Ils s'étaient laissé porter par les vagues du hasard avec le frêle espoir qu'un problème qui concernait tant de gens finirait bien par trouver une solution.

Ce furent les nazis qui la trouvèrent et ils l'appelèrent « solution finale ». Elle n'était pas encore synonyme d'holocauste, de chambres à gaz ni de fours crématoires. Loin de là — les décisions de Wansee sur l'extermination physique des juifs d'Europe se tenaient encore dans quelque futur radieux. Pour l'heure, la Gestapo encourageait même les candidats à l'exode, au grand dam des organisations internationales juives dont les fonds destinés à aider une incontrôlable vague de réfugiés s'épuisaient de manière vertigineuse. On avait eu vent des tentatives officieuses pour convaincre le gouvernement français de mettre l'île de Madagascar à la disposition des juifs allemands. Mais l'Occident se dressa contre pareille idée. On n'ignorait pas non plus les vains efforts de Staline pour créer un État juif artificiel à Birobidjan en Extrême-Orient — territoires marécageux sur les rives de l'Amour qui seraient tôt ou tard devenus le plus grand camp de concentration de juifs au monde.

L'opposition ne se limitait pas au seul Occident : après avoir tenté sans succès d'influencer les cercles nazis en Allemagne même, les puissants magnats financiers issus des milieux juifs «bagdadis» de Shanghai — Sir Elias Ezdra et Sir Victor Haim — firent pression sur les autorités japonaises pour qu'elles limitent et, dans un avenir prévisible, bloquent définitivement l'afflux de juifs d'Europe vers la Chine, la Mandchourie et la Corée. Ils s'efforcèrent avec insistance de convaincre les Japonais qu'ils ne s'opposeraient pas aux limitations et que Tokyo bénéficierait même de leur compréhension et de leur soutien à pareilles mesures. Bien plus tard, quand le monde eut connu la signification cachée de notions géographiques telles que Dachau, Mauthausen, Maidanek, Auschwitz ou Treblinka, certaines personnes, toutes confuses, n'eurent de cesse d'effacer le souvenir des pressions qu'elles avaient exercées sur l'administration japonaise.

Pour résumer, lorsque la nécessité de quitter l'Allemagne nazie à tout prix, et quels que fussent les périls encourus, se fut imposée dans tous les esprits comme l'unique voie de salut, il était déjà trop tard.

Une nouvelle blague se mit à courir :

Interrogé par des journalistes étrangers soucieux de savoir quel était le but final de sa politique, Hitler répondit : « Expulser du territoire allemand tous les juifs, ainsi que le ténor italien de l'opéra. »

– Mais pourquoi le ténor ? demanda le correspondant du *Figaro*.

– Je me doutais bien, soupira Hitler, soulagé, que la communauté internationale resterait de marbre face à l'expulsion des juifs.

C'est ce que certains fils d'Israël éprouvèrent à leurs dépens.

Sans être unique, le cas du *Saint-Louis* eut valeur d'exemple. Avec le bienveillant aval des autorités nazies — pour lesquelles la version originelle de la « solution finale » signifiait bel et bien l'expulsion de tous les juifs à l'extérieur des frontières du Reich, d'autant que celles-ci devaient coïncider dans un avenir proche avec les contours de l'Europe —, le bateau mit les voiles à Hambourg direction Cuba, bourré d'émigrés jusque dans les cales. Les autorités cubaines refusèrent même de les laisser approcher du port de La Havane et, au terme de deux semaines de démarches obstinées, le bateau fut contraint de quitter les eaux territoriales de l'île des Caraïbes pour tenter sa chance aux États-Unis. Là, le président Roosevelt, à qui les fugitifs avaient adressé un signal de détresse, pieds et poings liés par les lobbies concernés du Sénat, resta sourd à leur supplique. Sa décision n'en fut pas moins également influencée par le message de bon nombre d'organisations juives d'Amérique qui attiraient l'attention du président sur l'injustice qui serait commise si se trouvait autorisée la concurrence au sein de certaines activités traditionnelles de leur communauté, surtout après le profond traumatisme économique qu'avait causé la grande récession encore dans toutes les mémoires. Ils le mettaient enfin en garde contre le danger de propagation du communisme aux États-Unis par l'intermédiaire des juifs allemands — gens de gauche, pour la plupart. Mister Goldsmith, propriétaire d'une petite fabrique de prêt-à-porter à Detroit, n'avait rien contre son homonyme Herr Goldschmidt, fabricant de prêt-à-porter à Cologne, et se montrait même tout à fait disposé à signer une pétition en faveur de ses coreligionnaires allemands. Mais il ne voulait pas voir en ceux-ci des concurrents de son petit business en terre américaine pour le bien-être de laquelle trois générations de Goldsmith avaient sué sang et eau. Semblables motifs expliquaient aussi le comportement de l'ambassade américaine à Berlin qui, non moins officieusement que délicatement, soufflait aux hauts responsables nazis qu'il serait souhaitable que les personnes en proie à la fièvre émigrante fussent découragées dans leur désir d'obtenir la moindre miette du rêve américain.

Sur le bateau parvint enfin la réponse de Roosevelt, un peu confuse mais formelle : une nouvelle vague d'immigration en provenance d'Allemagne ne serait pas admise sur le territoire américain.

Le *Saint-Louis* glissa alors le long des rivages du Nouveau Monde, mais le Mexique, l'Argentine, le Chili et tous les autres pays auxquels il s'adressa lui opposèrent le même refus. L'explication officielle fut que le quota d'immigrés était depuis longtemps atteint.

Au terme d'une errance de plusieurs mois sur les azimuts bleu horizon de l'humanisme et de la solidarité, le capitaine du *Saint-Louis* finit par tourner son gouvernail vers la bonne vieille Europe où France et Angleterre ne prirent pas même la peine de répondre aux demandes d'accès à leurs ports continentaux pas plus qu'à celles qui concernaient leurs colonies ou dominions. En Italie, les lois antisémites interdisant l'accueil d'immigrés juifs étaient déjà entrées en vigueur. La Suisse n'émettait que des visas de transit sans droit de séjour, la Belgique et la Hollande répondirent poliment qu'elles étaient prêtes à accepter jusqu'à… deux cents âmes. Amsterdam signifia précipitamment son refus catégorique de leur accorder asile au Surinam, à Curaçao ou dans quelque autre colonie hollandaise que ce fût.

Côté russe, on n'était pas en reste quant à la nature catégorique du refus. D'ailleurs, les fugitifs ne se bousculaient guère pour obtenir l'asile soviétique : une énième vague de procès et de purges venait de balayer le pays et la tradition de persécutions plus ou moins ouvertes, un peu tombée en désuétude depuis la Révolution, reprenait de plus belle dans les zones de peuplement juif d'Ukraine et de Biélorussie. Les membres du Comité antifasciste juif et les « assassins en blouses blanches[1] » n'étaient pas encore passés devant le peloton mais la rumeur des exécutions à venir flottait déjà dans l'air.

Le bateau fantôme fut en définitive contraint de regagner Hambourg.

On trouvera l'épilogue de ce conte dans les archives d'Auschwitz et de Treblinka.

Ces tentatives éperdues pour obtenir l'asile à l'étranger firent l'objet de plus d'une discussion dans la maison des Weissberg, sise au 3/5 rue Dante-Alighieri : luxueuse demeure de deux étages de style Empire située dans un prestigieux

1. Allusion à l'une des nombreuses purges orchestrées par Staline et dont furent victimes les médecins juifs de l'ex-URSS. (*N.d.T.*)

quartier aristocratique, ceinte d'un vaste parc dont un jardinier venait chaque printemps réordonner les plates-bandes.

Qu'il était difficile d'abandonner tout cela pour se précipiter dans l'inconnu !

Et le nom de cet inconnu était Shanghai, la ville ouverte de Shanghai qui cristallisait toutes les angoisses d'un avenir incertain par-delà les sept mers. Mais Elisabeth Müller-Weissberg, à la différence de son petit mari, avait les nerfs solides et son instinct tout féminin cherchait l'issue de secours et la solution à tous leurs malheurs.

Certaines de leurs connaissances avaient déjà reçu des lettres en provenance de Chine. Ceux qui s'étaient décidés à franchir le pas exprimaient certes leur soulagement d'avoir échappé à l'enfer nazi, mais les avertissaient en toute honnêteté que Shanghai était un enfer différent, inconnu et implacable, que le chômage, la crise économique et les épidémies tenaient la ville comme dans un étau. Ils écrivaient encore qu'une bataille désespérée pour la survie attendait les gens sans moyens ou sans parents riches à l'étranger, en particulier aux États-Unis, prêts à aider leurs proches en perdition. Mais en même temps, presque toutes les lettres tiraient la sonnette d'alarme. Toute hésitation, tout atermoiement pouvaient s'avérer fatals : à Shanghai le bruit courait qu'en raison de la surpopulation de réfugiés, les autorités — dans l'incapacité de résoudre les questions vitales les plus élémentaires et de résister à la pression des missions étrangères soucieuses de leurs propres sécurité et tranquillité — ne tarderaient pas à durcir, voire à supprimer le régime d'accueil. Alors la dernière ville ouverte du monde fermerait ses portes sur les doigts des candidats au salut.

Entre Trieste ou Gênes et Shanghai, seuls deux petits paquebots battant pavillon italien assuraient une liaison régulière : le *Conte Rosso* et le *Conte Verde*. Le voyage de six semaines passait par Port-Saïd, Hongkong, Singapour, Bombay et Manille. En plus du prix des billets, les passagers devaient déposer auprès de la compagnie maritime une caution de quatre cents dollars par personne, somme assez importante pour l'époque, qui leur était rendue à leur arrivée sur le sol chinois. Elle constituait une sorte de garantie, pour tout dire assez douteuse, que les autorités japonaises exigeaient afin de s'assurer que les immigrés disposaient d'un minimum de moyens pour s'installer. Plus que douteuse même, puisque des organisations juives d'entraide entreprirent de collecter et de redistribuer ces quatre cents dollars à condition que trois cents leur en fussent reversés sur-le-champ pour être envoyés par des voies impénétrables en Allemagne où elles servaient au sauvetage des prochains réfugiés sur la liste. Cela revenait à vider l'entreprise d'une partie de son sens, mais il n'y avait d'autre choix que d'accepter cette condition pour sortir de cette situation de détresse. Car les services consulaires allemands, du moins avant le début de la guerre qui frappait aux portes de l'Europe, n'émettaient de visas de sortie que sur présentation d'un billet de bateau dont la délivrance dépendait de ces satanés quatre cents dollars. À cela s'ajoutaient les problèmes de ces immigrés confrontés à l'implacable réalité de Shanghai et à la peur de se retrouver d'emblée sans moyens de survie — et qui refusaient en conséquence obstinément de rendre la somme prêtée. D'où nombre de dissensions entre les nouveaux arrivants, d'insolubles cas moraux, une certaine intolérance, voire des heurts avec ceux des réfugiés dont de proches parents attendaient leur tour en Allemagne.

Avant la fin du printemps de 1939, dix-sept mille personnes parvinrent à gagner Shanghai et, quelques mois avant le début de la guerre, trente mille autres personnes s'ajoutèrent à ceux qui, s'étant acquitté du prix de la traversée, attendaient une place sur le *Conte Rosso* ou le *Conte Verde*.

En août de la même année, les autorités portuaires de Shanghai annoncèrent soudainement qu'elles limitaient l'accès des immigrés européens à ceux qui avaient de la famille déjà établie à Shanghai. Les bureaux de la compagnie maritime commencèrent à rembourser les billets. Malgré tout, il restait quand même d'autres chemins aussi tortueux que salutaires — peu fréquentables mais très fréquentés — à travers la Sibérie, les Indes et même le Japon.

C'est alors que surgit l'obstacle le plus insurmontable : au petit matin du 1er septembre, à 4 h 45 plus précisément, cinquante-sept divisions et cinq brigades de la Wehrmacht hitlérienne attaquèrent la Pologne par le nord, l'ouest et le sud. On ferma les routes ainsi que les voies d'accès au transsibérien. La terre brûlait déjà sous les pas de ceux qui essayaient de prendre la tangente orientale.

À Shanghai, l'afflux des réfugiés en provenance d'Europe diminua drastiquement pour bientôt s'interrompre complètement.

Le violoniste Theodor Weissberg et la mezzo-soprano Elisabeth Müller-Weissberg furent au nombre des veinards qui parvinrent à embarquer sur le *Conte Rosso* pour l'une de ses dernières courses. Sur le chemin de retour de sa longue traversée jusqu'aux côtes chinoises, où six cent trente et un passagers avaient débarqué, le navire heurta une mine et coula au fond de l'océan.

22

Hilde et Hiroshi Okura se tenaient sur la côte rocheuse. Des mouettes tournaient au-dessus de leurs têtes, en contrebas moutonnait l'océan. C'était un coup de tête dominical du Japonais — faire un tour sur la Manche afin de s'emplir les poumons d'air salin. Comme toujours, le Hongrois avait refusé de se joindre à eux, préférant les potins entre émigrés, tous aussi nonchalants et alanguis, qui se retrouvaient le dimanche matin dans ce café situé juste en face de l'église Saint-Germain-des-Prés. Là, il lampait quelques verres avant de s'en retourner chez lui, la tête lourde. « Repos actif du dimanche », c'est ainsi qu'il appelait ce gaspillage de son temps libre.

Depuis quelques jours, le docteur Hiroshi semblait étrange, plus pensif qu'à l'accoutumée. Aux questions de Hilde, il donnait des réponses évasives et contraintes, promettant de lui annoncer bientôt quelque chose de particulièrement important. Mais il remettait toujours l'annonce à plus tard et, pour finir, ne disait rien. À présent, la jeune femme n'avait d'autre souci que de profiter de la brise marine car, pour la première fois de sa vie, elle contemplait l'Atlantique. Sinon sa vaste étendue sans rives, tout au moins cette bande d'eau qui séparait le continent de l'Angleterre.

Le Japonais lui prit la main pour l'aider à redescendre l'abrupt sentier rocheux sous les embruns salés que le vent leur jetait au visage. Elle frissonna dans ses légers vêtements d'été — le Japonais ôta sa veste pour l'en couvrir. Ils se tenaient très près l'un de l'autre; les douces fragrances de *Mon boudoir* se mêlèrent aux effluves marines et à l'odeur têtue des algues. Hiroshi fut le premier à détourner la tête — il inspira à pleins poumons l'air de la mer, sortit son mouchoir, visiblement confus, et entreprit d'essuyer ses lunettes.

– Qu'est-ce que tu es drôle sans lunettes ! s'exclama Hilde en riant de bon cœur.

– Je ne t'entends pas ! cria Hiroshi en s'efforçant de couvrir le bruit des vagues qui s'écrasaient sur les rochers.

– J'ai dit que tu étais ridicule sans lunettes ! cria-t-elle à son tour, mais le vent emporta ses mots.

– Je ne t'entends toujours pas !

– Je pense que tu es le plus gentil original que j'aie rencontré de toute ma vie !

La voix de Hiroshi parvint à dominer les hurlements de l'océan.

– Là, je t'ai entendue !

– Et qu'est-ce que j'ai dit ?

– Que j'avais l'air drôle sans lunettes.

Ils déjeunèrent dans un petit restaurant de poissons très agréable et assez cher, non loin de la côte. Hiroshi se montrait toujours aussi pensif et renfermé. Hilde se décida enfin à lui demander :

– Qu'est-ce que tu as ? Tu as promis de me le dire plus tard. Eh bien, plus tard, c'est maintenant.

– Bon. Donne-moi la main pour m'encourager… Je pars, Hilde. Cette nuit même. C'est l'heure des adieux.

– Cette nuit ? Mon Dieu !… Pour longtemps ?

– Peut-être pour toujours. Au Japon, on a décrété la mobilisation générale. Je suis appelé à me présenter… comme on dit… sous les drapeaux.

Hilde observa un long moment de silence puis demanda d'une voix étouffée :

– Mais le faut-il vraiment ?

– Il le faut. C'est inévitable. C'est la mobilisation générale là-bas.

– Mais tu es à Paris. Ton «là-bas» est loin, tu peux ne pas y aller. Tu disais bien que ton père ne croyait pas aux doctrines militaires ?

– La doctrine militaire est une chose, la patrie en est une autre. Je doute que tu me comprennes… Je ne sais s'il s'agit d'une bénédiction ou d'une malédiction, mais nous sommes différents des autres, peut-être unis par un lien mystique à nos origines et à nos îles comme personne au monde… Ce n'est pas le petit doigt sur la couture, ce n'est pas la soumission de l'esclave, c'est quelque chose de plus profond… Un cordon ombilical, un fatum, un karma ou tout ce que tu voudras… Mais je dois partir !

– Depuis quand le sais-tu ?

– Quand je t'ai offert le premier bouquet de roses, je m'attendais déjà à recevoir la nouvelle…

Hilde, Hilde-*san*, je remercie le destin pour cette éclaircie dans mon ciel nuageux qui m'a un peu réchauffé. Merci, petit rayon de soleil. Mais je me fais du souci pour toi. Que vas-tu faire ? Quelle est ta prochaine escale ?

– Il n'y a pas de prochaine escale quand on reste à quai.

Il se tut quelques instants, caressa du pouce sa main à elle, puis demanda sur un ton bienveillant :

– Pourrais-je te laisser un peu d'argent ?

Hilde retira brusquement sa main.

– Si tu insistes, je m'en vais tout de suite !

– Je te comprends, je m'y attendais... Mais donne-moi la possibilité de t'exprimer ma gratitude pour le bien que tu m'as fait en acceptant mon amitié.

– Je ne me souviens pas de t'avoir fait du bien...

– Sans même t'en rendre compte, tu m'as ouvert d'autres horizons, tu as donné un sens à ma vie... Et maintenant je veux que tu acceptes ce que je vais t'offrir avec ma plus sincère estime...

Il fouilla dans cette espèce de sac, qui tenait à la fois de la trousse médicale et du cartable d'étudiant, dont il était inséparable — en bon spécialiste, ordonné et appliqué, de l'hôpital des carmélites Sainte-Anne — et en sortit une boîte plate de velours violet. Une fine bande métallique aux reflets dorés encadrait le couvercle au centre duquel brillait, gravé dans le velours, un idéogramme en or.

Il passa son doigt sur le métal et sur l'idéogramme, après quoi il lut à voix basse :

– Fleur de pêcher.

Sous les yeux écarquillés de Hilde brilla un collier de perles roses japonaises qui devait valoir une somme exorbitante.

– Tu es fou ! parvint-elle à articuler.

– C'est le monde où nous vivons qui est fou. Accepte ce modeste présent en signe de reconnaissance. Modeste et lointain. Aux couleurs d'un pêcher en fleur au pied du Fuji Yama… Tu me blesserais profondément en le refusant !… Mon train part ce soir de la gare de Lyon. En m'y accompagnant, tu me procurerais une joie céleste… tel un vent blanc…

Les derniers mots, il les prononça en japonais.

Ils se tenaient devant le wagon-lit du train pour Marseille tout comme elle s'était tenue devant le wagon-lit du train pour Berlin deux mois auparavant.

– Bonne route. Je suis heureuse de t'avoir rencontré, fit-elle en toute simplicité.

– Au Japon, on dit que toute rencontre est le début d'une séparation.

– En Allemagne, on dit que toute séparation est une petite mort. Combien de fois peut-on mourir un peu, Hiroshi-*san* ?...

Il ôta ses lunettes et battit des paupières comme pour retirer quelque poussière de son œil.

– Je peux t'embrasser ? demanda pudiquement Hilde.

– Tu n'es pas obligée, mais tu peux.

Elle s'inclina pour déposer un baiser sur sa joue.

Cette fois-ci, l'oncle était japonais.

23

– Et tu as décidé de nous laisser tomber ?

C'est ce que demanda Alain Conti tout en serrant son cigare entre les dents.

Hilde acquiesça silencieusement.

– Et si j'augmentais ta paie de quinze francs par journée de tournage ?

– J'ai honte de l'avouer, Alain, mais je t'ai menti. Tes secrétaires ont cru mes yeux bleus et elles n'ont même pas voulu voir mon autorisation de travail. Or je n'en ai pas. J'ai essuyé un refus. Hier j'ai fait un saut à mon ancien petit hôtel à Ivry où j'ai eu la bonne surprise d'apprendre que la police m'avait demandée et cherchait ma nouvelle adresse. Je dois déguerpir.

Alain Conti se gratta le nez.

– Pour commencer, tu ne m'as pas menti car je le savais depuis longtemps. C'est le Hongrois qui me l'a dit. Et il s'est fait dénoncer à son tour. C'est le jeu. Mais ne le prends pas mal — visiblement tu n'es pas la seule victime. Il semble que la police mène une action d'envergure. La guerre approche et l'État se débarrasse des gêneurs… La Patrie, *la belle France**, secoue les tapis avant que nos légions victorieuses ne passent dessus. Tu me suis ?

– Non.

– Peu importe. Je pourrais te couvrir encore un moment, tandis que ces benêts fouillent les petits hôtels à Ivry. Savent-ils que tu travailles chez moi ? Non. Alors pourquoi leur rendre service ? Quant à toi, tu es la tête d'affiche de mon programme personnel.

– Je te remercie, Alain, mais je ne veux être la tête d'affiche d'aucun programme. J'en ai marre.

Alain Conti se servit un demi-verre de cognac, but une gorgée et reprit :

– Écoute, ma grande, nous sommes tous la tête d'affiche du programme de quelqu'un. Combien de milliards sommes-nous sur cette foutue planète ? Je ne sais pas exactement, mais autant de milliards de têtes d'affiche. Et tu connais l'astuce ? Avoir un billet de train plutôt qu'un billet de quai. De préférence pour l'express, et en première classe. C'est ça le truc. Le mouvement ! Je t'ai sentie tout de suite : tu es née pour le train, ta place y est réservée, et je veillerai à ce que tu la trouves… Si tu ne trouves rien de mieux… Mais sache que les filles qui ont défilé dans nos studios feront toujours partie de la famille. Tu peux toujours revenir me voir si tu as un souci. Tu sais bien où je déguste mon cognac.

Dans la pénombre du studio aux décors orientaux renversés et couverts de poussière, surgit soudain un gros chauve vêtu d'un col roulé.

– J'espère que je ne suis pas en retard, monsieur Conti !

– Ça ira pour cette fois, Claude. Mais c'est la dernière. Assieds-toi, les partitions sont là.

Alain Conti prit Hilde par le bras et la poussa avec gentillesse mais fermeté vers l'autre bout du pavillon.

– Allez, Votre Majesté. Je suis désolé mais on a du boulot.

Avant de sortir, elle se retourna pour lancer un regard sur le gros homme qui avait pris la place d'Istvan Keleti et pianotait un air.

– Qu'est devenu le Hongrois ? demanda-t-elle. Hier soir il est rentré bourré comme il faut, mais ce matin il était parti avant que je me réveille. Quand parvient-il à dessoûler, c'est un mystère pour moi.

– Tout le professionnalisme du vrai buveur, ma grande !... Tu me demandes où il est. Ne t'ai-je pas dit que la Patrie se purge des gêneurs ? Il s'est passé des choses avec la police. Des broutilles. Si tu veux le voir, il est au bistrot d'en face. Et dis-lui de ne plus se pointer ici et d'arrêter de boire car il risque de faire une connerie. Je passerai pendant la pause-déjeuner. Maintenant donne-moi un petit baiser et casse-toi.

Alain Conti, le commandant en chef, lui rendit son rapide baiser puis cria en direction des filles attroupées :

– Silence ! On n'est pas au souk ici ! Suivante !

24

Entrée dans le bistrot situé juste en face des studios de tournage, Hilde chercha le Hongrois du regard. Il était assis dans un coin, devant un verre de cognac depuis longtemps vide, aussi décharné et jaunâtre que s'il venait de s'échapper de la morgue.

– Qu'est-ce qui s'est passé, Istvan ? demanda-t-elle d'une voix angoissée en s'attablant devant le petit guéridon. Pourquoi n'es-tu pas au boulot ? Conti m'a dit quelque chose mais je n'ai pas tout compris...

– Tu prends un café ? Ho ! garçon ! Un café pour la demoiselle ! Ce qui s'est passé, sœurette, c'est que quelqu'un m'a balancé. Ce matin, les flics ont débarqué et Conti a dû payer de sa poche une grosse amende pour avoir embauché un étranger détenteur d'un permis de travail périmé. Il observa quelques instants de silence tandis que le garçon servait le café. Voilà toute l'affaire. Et pour tout te dire, les gens n'ont pas tort : ici il y a un million de chômeurs français auxquels nous ôtons le pain de la bouche. Il est vrai que de brillants horizons s'ouvrent maintenant à eux et que le taux de chômage est appelé à baisser chez les musiciens : on aura toujours besoin de quelqu'un pour sonner la charge. Pauvre Conti ! Il a dû graisser la patte aux inspecteurs pour les dissuader d'annuler mon visa par-dessus le marché. Et toi ? Tu as été au consulat américain aujourd'hui ?

Hilde laissa échapper un profond soupir : cela servait-il à quelque chose d'entrer dans les détails de la Loi sur la dégueulasserie universelle ? Ce matin, dès l'ouverture du consulat américain, elle était là, dans la file de ceux qui attendaient sans espoir depuis l'aube. À la différence des autres demandeurs, elle avait cette fois été reçue par le consul en personne, lequel s'était montré des plus aimables en lui annonçant que Washington avait rejeté sa demande de visa d'immigration pour absence de motifs suffisants. Mais tout en laissant son regard s'attarder sur les longues jambes de son interlocutrice, il lui avait conseillé de ne pas perdre espoir. Pour finir, il n'avait pas omis de formuler avec finesse une proposition de rendez-vous que Hilde avait décliné en rivalisant de délicatesse.

– Voilà ! C'est comme ça, ma chère, dit le Hongrois. À la manière de toute grande démocratie, l'Amérique distribue volontiers conseils et tapes dans le dos. Mais elle n'aime pas qu'un intrus s'invite à sa table. À moins qu'il ne se nomme Einstein. Elle recueille ceux dont elle a besoin mais se contrefiche des autres, de ceux qui ont besoin d'elle.

Hilde tournait et retournait entre ses mains la tasse à café et dans sa tête une idée brusquement surgit.

– Tu me paies une vodka si je te montre quelque chose ? dit-elle enfin.

– Je t'en paie deux si tu veux, mais à condition que nous les partagions fraternellement.

Elle sortit de son sac, qui lui servait à trimbaler dans tout Paris un millier de babioles inutiles, la boîte plate de velours violet. Sous la lumière des globes du bistrot resplendit le rose mat des perles du docteur Hiroshi Okura. Hilde attendit que le Hongrois, les yeux écarquillés, les eut égrenées entre ses doigts à la manière d'un rosaire, avant de poursuivre :

– C'est notre ami japonais qui m'a offert ce collier. Je pense qu'il est authentique. J'aurais bien aimé le garder mais je n'ai jamais possédé un objet de ce prix. Les gens qui y regardent à deux fois avant de s'offrir un croissant n'ont pas droit à un tel luxe. Et puis, je n'ai rien qui aille avec. Je sais que c'est immoral, le fond de la déchéance, mais il y a bien longtemps que nous avons touché le fond. Qu'en penses-tu ? Si tu le vendais, en tirerais-tu suffisamment d'argent pour nous deux ? Je pense à ton plan, là… Saigon, etc.

– Shanghai, rectifia machinalement le Hongrois.

– Bon, va pour Shanghai. C'est la même chose, non ?

DEUXIÈME PARTIE

25

Le chuchotement d'un groupe de fidèles en prière, des hommes âgés pour la plupart, emplissait de vapeur l'air froid, tandis qu'au-dessus de leurs têtes planait le baryton limpide du rabbin Leo Levin. Il récitait les paroles sacrées en hébreu avec la prononciation typique des juifs allemands :

– *Shema Isroël ! Attonoy Elohenu, Attonoy Ehot…*

Écoute, Israël ! Éternel est notre Dieu, éternel et unique…

Il était douteux qu'en ce samedi matin pussent parvenir jusqu'aux oreilles de l'Éternel et Unique les paroles proférées dans une pagode bouddhiste à demi détruite, temple d'autres dieux, habitacle d'autres ombres.

Cette maison de Dieu était naguère une petite pagode de quartier à Hongkew, immense fourmilière de pauvres parmi tant d'autres à Shanghai, en proie à la misère et au désespoir aveugle. Le toit aux corniches recourbées, où se laissaient entrevoir de farouches dragons peints en rouge et or, avait partiellement brûlé pendant les bombardements japonais. L'onde de choc avait emporté sa partie est; des milliers de tablettes couvertes de textes confucéens gravés à la main étaient parties en fumée : d'antiques matrices d'imprimerie utilisées des siècles avant que Gutenberg ne conçut pareille idée. Les tablettes à-demi calcinées avaient été soigneusement remisées par les nouveaux habitants dans un coin de la pagode — comme on range les briques pour une future construction. Car les nouveaux venus avaient appris du Livre des Livres que la construction commençait par le Verbe. Et que ceux qui avaient fui en abandonnant leur pagode reviendraient un jour chercher leurs prières.

Transformer une pagode désertée en synagogue — inouï ! L'idée en était venue à l'infatigable rabbin de Düsseldorf, Leo Levin, réaliste, bon vivant et conteur d'histoires fantasques, mais aussi — du point de vue des sévères exigences du hassidisme — hérétique enclin à privilégier les pragmatiques besoins terrestres au détriment des irréfutables commandements. Il avait écouté avec tous les signes de déférence requis les réflexions mordantes selon lesquelles les deux dragons à demi brûlés et l'énorme statue de Bouddha dédorée contrevenaient aux traditions judaïques et aux exigences du temple divin, ainsi qu'à l'inflexible et incontestable prohibition de toutes représentations de Dieu, d'hommes et d'animaux. Le rabbin avait patiemment expliqué qu'au bout du compte le Bouddha aux jambes croisées sur un lotus éclos n'était certes pas un simple mortel sans que cela en fît pour autant un Jéhovah, que les dragons n'étaient pas des animaux réels mais des êtres mythologiques — et pour finir que le Talmud restait silencieux à propos de pareils cas chinois. Et ce qui n'était pas explicitement interdit pouvait bien être considéré comme licite, n'est-ce pas ? Cela avait quelque peu rassuré ses ouailles, quoique celles-ci n'eussent jamais adopté en leur âme et conscience la léonine bête de marbre — babines retroussées sur des crocs menaçants et patte appuyée sur une boule de pierre — qui gardait l'entrée de la synagogue fraîchement consacrée.

Le matin, rabbi Leo, Leonhardt Levin, maître ès sciences théologiques et hébraïques, vendait au marché aux Oiseaux les feuilletés au riz préparés par son épouse Esther, ancien professeur dans un lycée de Düsseldorf. L'après-midi, le rabbin, aussi infatigable que désintéressé, prêtait secours aux âmes pénétrées de la crainte divine et avides d'une prière purificatrice ou d'un rayon de lumière spirituelle dans les ténèbres de cette ville insolite, infiniment étrangère et hostile. Rabbi Leo était toujours prêt à donner conseil, à faciliter par ses bons offices bénévoles de portefaix l'installation des nouveaux arrivants en provenance d'Europe, à pratiquer une circoncision ou célébrer un mariage. Son épouse Esther avait accepté sans trop dramatiser sa nouvelle existence à Shanghai, ce qui la distinguait de maintes résidentes de ces «dortoirs» trois fois maudits, étouffants, puants et bourrés jusqu'au plafond de lits, d'hommes et de valises. C'étaient des foyers pour quarante ou cinquante personnes aménagés dans les locaux désertés de quelques ateliers de filature et de couture touchés par les bombardements le long de la rue Shuqing — des nonnes carmélites les avaient transformés en asiles pour réfugiés en détresse. Les immigrés plus riches s'étaient quant à eux déjà installés tant bien que mal dans les quartiers plus prestigieux, au-delà du fleuve. C'était le cas de Jo Bach, un bijoutier de Nuremberg, dont la rumeur prétendait qu'il avait été assez malin pour passer huit diamants, chacun de la taille d'une noisette, dans la semelle de ses chaussures. Il était possible que leur taille fût exagérée mais telle est la fonction des rumeurs : grossir sans faire éclater le noyau de la vérité ! Ce même Bach qui lassait tous les passagers du paquebot avec une blague fétiche où il était question de lui-même et du fameux compositeur. À présent, celui des deux Bach qui était circoncis vivait avec sa femme et ses deux filles célibataires dans un logement décent sur *Fuzhou*

Road, épargnant au moins aux nonnes le souci de s'occuper de lui comme de ceux qui s'étaient établis à son image et similitude.

Ces carmélites étaient toutes chinoises sauf la Mère supérieure, Antonia, originaire de quelque village d'Alsace, ce qui expliquait pourquoi elle possédait aussi bien le français, sa langue maternelle, que l'allemand. Du moins assez pour s'entendre avec les nouveaux venus débarqués d'Allemagne. Arrivée toute jeune encore, elle avait appris le chinois sur place et frappait du poing avec succès sur les bureaux des ronds-de-cuir somnolents de différents services communaux afin d'obtenir davantage de moyens pour la soupe populaire qui assurait quotidiennement aux immigrants les plus démunis un ou deux bols de riz. Infatigable et obstinée, elle dénichait aussi les médicaments nécessaires au *Jewish Refugee Hospital*, dirigé par le professeur Arthur Mandel, ancien chirurgien en chef du fameux hôpital berlinois de la Charité. Une servante de son ordre, tout de dévouement et de désintéressement, cette Mère Antonia, toujours fidèle à son poste : tant par le passé, en temps de famine et de guerre ou à l'époque du grand typhus, qu'à présent où il fallait aider ces vagues de malheureux qui fuyaient le Reich nazi.

Les sœurs accueillaient les nouveaux arrivants sur le quai même où ils débarquaient. Elles s'occupaient des enfants, se montraient aux petits soins pour les plus vieux et les malades, particulièrement attentionnées à l'endroit des hommes et surtout des femmes aux cheveux tondus, signe extérieur qui valait preuve d'un passage par Dachau. Avant même que ses proches l'eussent reconnu, les religieuses furent les premières à se précipiter pour aider un homme aux cheveux coupés ras qui peinait sous le poids de ses deux valises. Ses mains bandées dissimulaient les plaies horribles des doigts écrasés par Hansi Steinbrenner.

Ses collègues musiciens arrivés quelques mois auparavant déposèrent des bises sonores sur les joues mal rasées du flûtiste Simon Zinner.

– Sim, ah cher Sim ! Un vrai miracle que tu aies survécu à Dachau !

– J'ai oublié de mourir, répondit lugubrement le flûtiste en tenant haut ses mains pansées comme dans un geste de reddition.

Mais ceux qui connaissaient bien l'indomptable Simon Zinner savaient qu'il ne se rendrait jamais — comme il allait le prouver par la suite.

Les passagers continuaient de descendre la passerelle, tandis que la fanfare des carmélites jouait gaiement des valses de Strauss sous la banderole qui souhaitait la bienvenue aux passagers en allemand : « *Wilkommen !* »

Cet exotique tableau avec nonnes chinoises embouchant trombones et trompettes pour magnifier le Danube bleu à l'embouchure du

Yang-Tseu-Kiang, lequel brassait des eaux d'un brun trouble, recelait quelque chose de grotesque et de touchant à la fois. Un tel accueil, aussi solennel qu'inattendu, insufflait du courage dans l'âme des réfugiés désorientés et exténués après ce long voyage, il ravivait l'espoir génétiquement enraciné au cœur de la tribu d'Israël, si souvent persécutée, que la situation n'était pas si tragique et qu'au bout du compte tout finirait par s'arranger. Frêle espoir bientôt mis à rude épreuve.

L'amitié spontanément nouée entre la vieille Mère supérieure, farouchement catholique, et le jovial rabbin Leo Levin était touchante; en plus des problèmes généraux et des soucis d'accueil, d'installation et d'aide aux réfugiés, ils partageaient un secret des plus intimes : loin des yeux des nonnes, le second apprenait à la première à jouer au poker avec des haricots noirs — chacun de ces pions valait un cent shanghaien. Il n'est pas inutile de préciser que le rabbin raflait généralement la mise aux dépens d'une Supérieure trop crédule et toujours plus accrochée au jeu. Cela ne décourageait pas pour autant Mère Antonia qui s'initiait obstinément aux subtilités du bluff, acceptant à la manière d'une vérité céleste la règle des joueurs chevronnés qui voulait que le frisson du jeu prévalût sur le gain escompté. En revanche, lorsque la vieille dame s'endettait de plus d'un dollar shanghaien, soit cent haricots noirs, sans parvenir à dissimuler ses doutes quant à la justice divine ni ses craintes que le Dieu juif aidait efficacement Son rabbin tandis que Son Fils s'était détourné de Sa dévouée servante — le rabbin effaçait généreusement l'ardoise et brassait les cartes pour une nouvelle donne.

Esther Levin, l'épouse du rabbin, se languissait intérieurement du cher lycée qu'elle avait été contrainte de quitter. Cela remontait au jour où les hautes autorités de Berlin avaient exigé que, dans le cours d'histoire contemporaine de l'Allemagne qu'elle enseignait, fût inclus l'épisode héroïque du complot national-socialiste. Suite au coup d'État fomenté en 1923 dans la bonne ville de Munich, Hitler et quelques-uns de ses compagnons, au nom du glorieux avenir de l'Allemagne, durent séjourner quelque temps dans la forteresse de Landsberg. Là-bas, dans sa cellule, le Führer avait dicté à son fidèle compagnon Rudolf Hess la première partie de son œuvre magistrale *Mein Kampf*, et les professeurs d'histoire contemporaine se devaient d'éclairer avec la vénération appropriée la grandeur des pensées et des plans d'avenir exposés dans ce livre. Le directeur du lycée, honnête bourgeois de la vieille génération, peu perméable à la propagande nazie et fidèle à la traditionnelle probité allemande, avait accepté avec soulagement sa démission car le licenciement d'une juive instruisant la génération montante du Troisième Reich était une décision aussi douloureuse d'un point de vue moral qu'inévitable au vu de la situation ainsi créée. À présent, le professeur d'histoire contemporaine faisait frire des feuilletés au riz sur le poêle bricolé par Rabbi Leo à partir de vieux morceaux de tôle récupérés dans la cour de l'ancienne filature de soie brute à demi détruite. Au début, cela se passait sous la direction d'une petite voisine chinoise âgée d'environ un millier d'années, aussi rabougrie qu'aimable, dont l'ignorance en matière de langues étrangères n'avait d'égale que la méconnaissance du chinois chez Esther. Mais les deux femmes parvenaient tant bien que mal à se comprendre et tout le monde finit par reconnaître que les feuilletés de la juive valaient bien les originaux exotiques.

Il fallait travailler et gagner sa croûte comme on pouvait dans des conditions de sévère stagnation économique, accepter les travaux les plus humiliants, car les premiers bateaux avaient à peine accosté que les loyers des petits logements inconfortables, sans eau courante ni tout-à-l'égout, véritables nids à punaises et à rongeurs, furent multipliés par deux ou trois. Tous les matins, dès l'aube — sauf le samedi quand il fallait célébrer l'office du shabbat —, rabbi Leo Levin plaçait sur ses épaules une perche aux extrémités de laquelle pendait un panier, et trottinait au rythme du souple bambou en direction du marché aux Oiseaux pour y apporter les feuilletés au riz encore chauds. À ses côtés, chargé du même fardeau, sautillait son associé et aide principal dans le commerce des feuilletés, l'astrophysicien Markus Aronson, tout en os et aussi démesuré qu'un poteau électrique, adepte passionné et inébranlable de la théorie de la physique quantique. Ce même Markus, ancien assistant d'Einstein, surnommé Markus Quantissimo par ses étudiants, qui avait à la surprise générale refusé de suivre son maître aux États-Unis quand il en était encore temps. Si l'on en croyait Markus, la science, la grande, la véritable, passerait par l'Allemagne — aussi ne pouvait-il lui-même suivre la voie de l'émigration. Quand il s'avisa que son chemin personnel menait non pas vers l'infini des galaxies mais droit dans un camp de concentration, il était déjà trop tard : les barrières qui le séparaient de l'Amérique s'étaient irrémédiablement abaissées. À présent, la voie du salut passait par le marché aux Oiseaux.

On se tromperait grossièrement en imaginant que là-bas, au marché, ne se vendaient que poulets, canards et bécasses plumés, pendus par le cou, ou autres nids d'hirondelle et œufs noirs cuits à la sauce de soja. L'attraction principale, surtout aux yeux des Occidentaux, étaient les oiseaux vivants qui gazouillaient dans des cages finement tressées et délicatement peintes. Il n'était pas rare non plus de voir quelque cigale dans une cagette en paille de riz : une mascotte inconnue en Europe. S'agissant des animaux familiers, on ne vendait pas de chiens ici. Au grand dam et au non moindre dégoût des Européens, on en faisait commerce au marché de viande de la ville basse de Nangdao : vivants, dans des cages de bambou, le regard éteint, à côté des porcs dépecés, des abats de bœuf, du poisson frais ou salé, des serpents enchevêtrés (qu'ici encore on écorchait vifs sous les yeux du client), des mollusques, des crabes et des abalones géants.

Mais l'homme étant contraint de s'habituer à tout, les Européens devaient se résigner à ce que, sous ces latitudes, l'homme eût inclus le chien dans sa propre chaîne alimentaire. Ils en prenaient leur parti, bien qu'on ne vît jamais un Blanc dans les gargotes qui proposaient des spécialités canines. Dans les grands restaurants pour Européens situés sur la rive opposée, on ne servait pas de chien non plus : un arrêté municipal prohibait strictement cette pratique sous peine de poursuites.

Le premier qui sut tirer profit de ce sentimental attachement de l'Européen au meilleur ami de l'homme affamé fut le pickpocket et escroc à la petite semaine Schlomo Finkelstein, ancien prisonnier de Dachau. Des jardins des quartiers français et anglais, ainsi que des courts de tennis et des terrains de golf, se mirent à disparaître toutes sortes de chiens, depuis le caniche jusqu'au robuste berger allemand. Par quels moyens ce demi-nain pataud, ce gros chauve de Finkelstein parvenait à attirer les animaux de compagnie et à s'acquitter de la délicate procédure de leur enlèvement et de leur transport, cela demeura un mystère pour la société, mais certain cabas jouait à coup sûr un rôle dans l'opération. Les propriétaires alarmés devaient immédiatement chercher leurs chiens disparus chez les bouchers chinois, coréens ou vietnamiens, et les racheter au poids. Après tout, les propriétaires des étals n'avaient pas obtenu pour rien leur marchandise à quatre pattes, et nul n'ignorait que «*business is business, masta-masta ! Okay ?*»

26

Rabbi Leo Levin dut bien s'avouer qu'après avoir laissé ce matin-là les feuilletés au riz à son associé Markus, il avait bâclé l'office du samedi en abrégeant le Kaddish. Il aimait ces beaux textes où s'exprimaient une tristesse aride, un cri plaintif de pitié et un serment de fidélité à l'Unique, si bien polis au cours des millénaires qu'il ne restait en eux pas un mot en trop ni en moins. Pour un rabbin expérimenté et cantor hors pair c'était un jeu d'enfant que de sauter des passages entiers sans que personne ne s'en rendît compte. Telle était la vérité, il fallait le reconnaître, et si c'était péché, l'Unique le lui pardonnerait car dehors, dans la rue lavée par une averse printanière, l'attendaient avec impatience Theodor Weissberg et le professeur Arthur Mandel. Le rabbin, le violoniste et le chirurgien, avaient été désignés pour une mission cruciale par le comité directeur du *Jewish Refugee Community of Shanghai.* Tel était le nom officiel de la communauté des réfugiés juifs venus d'Allemagne et d'Autriche après 1937 et principalement concentrés dans l'immense quartier de Hongkew, sorte de ville dans la ville. La dénomination de ce groupe de juifs germanophones ne rendait nul compte de la réalité bien plus complexe de Shanghai la cosmopolite, car les rescapés du nazisme ne constituaient qu'une partie de sa population juive — la plus touchée par la misère, il est vrai. Outre les riches Bagdadis installés depuis longtemps dans le cœur luxueux de la Concession internationale, deux autres communautés juives s'étaient également établies dans la ville. Tous modestes ashkénazes venus de Russie, pas plus de quatre ou cinq mille personnes au total, qui joignaient les deux bouts avec peine et parlaient yiddish — singulier mélange d'allemand médiéval et de vieil hébreu relevé de quelques mots slaves. L'une des deux communautés se composait de réfugiés qui avaient échappé aux pogroms cosaques du début du siècle en Russie et à la vague antisémite qui avait suivi la débâcle de la guerre russo-japonaise de 1905. L'autre communauté était constituée des fuyards de la révolution d'Octobre 1917 et de la guerre civile qui s'en était suivie — après chaque revers, les escadrons rouges et blancs avaient coutume de passer leur colère sur les quartiers juifs de Berditchev, d'Odessa ou sur les *chtetl* et autres *miastetchko*, ces petites localités sans défense de la région de Tchernovtsy. Les violences anti-juives, spontanées ou savamment orchestrées, provoquaient un déferlement de réfugiés tant vers l'« Extrême-Occident », l'Amérique, que vers l'Extrême-Orient : la Chine et la Corée *via* Irkoutsk et la Sibérie. Ici, ils appartenaient à la frange inférieure de la classe moyenne de petits propriétaires ou de fonctionnaires qui survivaient tant bien que mal avec leurs proches.

En dépit des miracles avérés de la légendaire solidarité juive, ces communautés n'entretenaient presque aucun contact entre elles, comme hérissées l'une contre l'autre, hostiles à tout nouvel arrivant, rival en puissance dans la lutte pour le pain quotidien et une place au soleil. Sans oublier que les racines de ces immigrés plongeaient respectivement en Europe et au Proche-Orient et que tout les séparait : histoire, traditions et langue — seuls les unissaient une religion commune et le vague sentiment d'appartenir à la même famille.

Le rabbin et ses deux compagnons se frayaient un chemin à travers la fourmilière humaine de Hongkew, ce chaos de gens criant, vendant ou achetant, demandant ou offrant, tirant les passants par un pan de leur manteau ou méditant à tout moment d'arracher quelque chapeau avant de disparaître dans le labyrinthe sinueux des ruelles latérales; de gens demandant l'aumône, privés de bras ou de jambes, privés d'espoir, privés de présent et d'avenir. Le tout dominé par un inimaginable charivari que rythmait le cognement sec — telle une rafale de mitrailleuse dans le lointain — des marteaux de bois abattus en cadence sur des planchettes : c'était le moyen d'attirer l'attention des acheteurs.

Les trois hommes ignoraient qu'à une vingtaine de pas derrière eux se faufilait en jouant des coudes, sans trop se gêner, Schlomo Finkelstein, le pickpocket et trafiquant de chiens vivants. Fort de sa connaissance des trente-six mille façons de se faire voler à Shanghai, il s'acquittait, sans que personne ne le lui eût demandé, de la mission de garde du corps. Primitif, presque illettré, Schlomo nourrissait un respect sincère à l'égard des gens instruits plus élevés que lui sur le plan spirituel : c'était tout à l'honneur de son personnage de pie voleuse, et cette piété s'était d'ailleurs manifestée à Dachau où il avait pris sous sa protection le faible Theodor Weissberg. Bien qu'ils fussent arrivés à

Shanghai à des moments différents, Schlomo Finkelstein, apercevant les Weissberg dans le port, s'était autoproclamé protecteur de son ancien camarade de camp et de son illustre épouse.

Il n'était pas facile de se faufiler dans une foule qui ne savait pas encore très bien à quoi servaient les trottoirs. Car çà et là, sur des nattes étalées à même la chaussée, des vendeurs proposaient des légumes, du riz, des plantes médicinales ou des épices, indifférents aux patrouilles motorisées japonaises qui les frôlaient en se frayant un chemin à coups d'avertisseur. Et sur les trottoirs mêmes, toute famille chinoise équipée de deux coffrets en guise de chaises et d'un grand coffre pour toute table, et qui avait pu se procurer un petit poêle et trois ou quatre ustensiles, ouvrait son propre restaurant familial pour deux clients. Le modeste morceau de viande et le petit poisson aux yeux écarquillés suspendus sous l'auvent de roseaux empoussiérés étaient censés servir d'appât.

Les trois représentants de la communauté des réfugiés juifs n'échappèrent à la foule qu'une fois parvenus sur le pont qui divisait Hongkew en deux parties; quelques secondes plus tard, apparut derrière eux la tête chauve de Schlomo. En contrebas, s'écoulait le dense flot boueux de l'un des affluents du Yang-Tseu-Kiang, le Soochow-poo, qui évoquait plutôt un profond canal où glissaient quelques rares jonques et des chalands à moteur.

À chaque extrémité du pont, des soldats japonais se réchauffaient autour de braseros dans lesquels, lorsque la température descendait trop bas pour la saison, on jetait dès l'aube des brassées de petit bois. Nul ne savait et ne pouvait encore savoir que ce petit pont de fer si bien gardé, unique porte entre deux mondes, jouerait bientôt un rôle dramatique dans l'existence de Hongkew.

La raison pour laquelle les trois hommes, ainsi que leur garde du corps bénévole, avaient abandonné leurs occupations quotidiennes pour cette incursion dans le monde des nantis et des puissants était plus qu'angoissante. C'était la troisième fois dans le mois en cours qu'à l'instigation du journal antisémite *Yudaia kenku,* un important groupe de jeunes fascistes chinois se livraient à un pogrom dans les dortoirs communs juifs, cassaient et pillaient les boutiques et les étals juifs — et allaient jusqu'à jeter un cocktail Molotov à l'intérieur d'une modeste pâtisserie récemment ouverte et baptisée avec une touchante nostalgie du nom de *Vienne*. Les incidents en question laissaient les soldats japonais de marbre, au motif que leur tâche consistait à protéger les ponts et les carrefours stratégiques et non à faire respecter l'ordre public. Ils observaient d'un air goguenard les religieuses chinoises se ruer telles des lionnes pour soustraire à la mêlée la vieille Sibile Goldenberg, médecin allemand d'âge canonique à la retraite depuis belle lurette qui, depuis son arrivée à Shanghai, n'en secondait pas moins à la limite de ses forces le professeur Mandel dans ses tâches hospitalières.

Au début, les autorités municipales chinoises se gardèrent elles aussi d'intervenir, mais lorsque l'ancien flûtiste de l'orchestre de Dresde et indomptable défenseur de la justice Simon Zinner — celui de la Septième unité correctionnelle aux doigts écrasés — eut constitué un groupe de résistance et qu'on en fut venu à des combats au corps à corps, une vingtaine de policiers municipaux montés eurent tôt fait de surgir. Il y eut des blessés légers et même un crâne fendu; bien entendu, les défenseurs avaient eu le dessous. Simon Zinner fut arrêté pour trouble à l'ordre public et libéré deux heures plus tard après qu'on eut éclairci l'affaire. Entre-temps, les jeunes fauteurs de troubles chinois s'étaient évaporés; personne ne prit la peine de les chercher.

Yudaia kenku paraissait en japonais et en chinois, mais que ce journal — tant sur le plan financier que sur celui de l'idéologie — fût soutenu par les cercles officiels allemands de Shanghai était un secret de polichinelle. De fait, il proposait une traduction presque littérale des publications de propagande du Reich nazi, des articles jusqu'aux caricatures. Après avoir subi une énième tentative de reproduire ici la Nuit de cristal dans sa version extrême-orientale, la direction de la communauté germanophone juive de Hongkew avait décidé de protester auprès des hauts émissaires de l'administration de Shanghai contre la scandaleuse passivité dont celle-ci faisait preuve face aux exactions des bandes fascistes. Elle attirait notamment leur attention sur le fait que les vandales agissaient en toute impunité, ce qui contrevenait aux principes affichés de tolérance et de neutralité par rapport au conflit qui faisait rage en Europe.

Les déclarations officielles — visiblement destinées à jeter de la poudre aux yeux des pays étrangers et en particulier des États-Unis avec lesquels les Japonais menaient d'intensives négociations en vue d'un pacte de non-agression — demeurèrent lettre morte, car le chef des autorités d'occupation à Shanghai, le général Hisataki Kikan, refusa de recevoir la délégation. Selon les termes de la réponse officielle, ses prérogatives étaient de nature exclusivement militaire et ne concernaient pas les problèmes d'ordre civil. Les autorités municipales chinoises fantoches avaient quant à elles répondu à plusieurs courriers insistant sur le fait que les juifs arrivés d'Allemagne étaient *de jure* citoyens du Reich, titulaires de passeports et de visas en règle émis par d'officielles institutions allemandes, et qu'ils devaient en conséquence — et compte tenu du statut international de Shanghai — s'adresser à l'administration allemande de la ville. Les services municipaux ignoraient encore que Berlin discutait de l'éventualité de priver les juifs allemands de leur nationalité et de les déporter comme «étrangers non désirés». Pour le moment, ils demeuraient citoyens du Reich, avec les obligations mais sans les droits qui en découlaient.

Les plus accessibles s'avérèrent être les Français : retranchés dans leur «Concession française», ils vivaient repliés sur eux-mêmes, sur la défensive, indifférents à tous les problèmes qui ne concernaient pas directement les intérêts hexagonaux. Leur préoccupation était explicable : la France ployait déjà sous l'irrésistible poussée des colonnes blindées allemandes qui pénétraient par vagues depuis la Belgique précédemment envahie, et pour elle rien d'autre n'importait. La requête des trois juifs ne fut pas sans faire tiquer le commissaire militaire français, le major Lefèvre. «Quel rapport avons-nous avec tout cela ?» leur demanda-t-il. «Nous avons d'autres soucis en tête, messieurs. Pas moindres que les vôtres !»

Et le commissaire militaire avait raison. Car dès le mois d'avril, les Allemands n'avaient fait qu'une bouchée du Danemark, de la Norvège, de la Hollande, du Luxembourg et de la Belgique. La France figurait désormais au menu.

L'espoir que l'élan des colonnes blindées de Guderian se briserait sur la ligne Maginot s'écroula tel un château de cartes : toutes les assurances de son impénétrabilité et de son invulnérabilité absolues se révélèrent vaines illusions et brouillard de propagande. Les troupes nazies ne perdirent même pas leur temps à percer ses défenses de béton : elles se contentèrent de les contourner par les Ardennes belges et s'enfoncèrent en France avec la même facilité qu'une lame chauffée à blanc dans du beurre.

Le digne représentant de l'Albion, Sir Charles Washborn, chef suprême unanimement reconnu de la Concession internationale — unanimité à laquelle sa svelte carrure de militaire, sa prestance, ses cheveux poivre et sel et ses superbes moustaches en pointe n'étaient sans doute pas étrangers —, ancien adjoint du gouverneur du Pendjab, qui avait partagé sa jeunesse entre les clubs de gentlemen londoniens et les terrains de chasse d'Inde et du Namib —, les informa sur un ton de courtoise indifférence, et sans même les prier d'entrer dans son bureau, que l'administration anglaise s'interdisait par principe toute ingérence dans les affaires communales chinoises. Et qu'il s'agissait par ailleurs selon toute vraisemblance d'une gaminerie à laquelle il convenait de ne pas prêter une attention excessive. D'ailleurs, donner raison aux communautés juives ne ferait qu'aggraver leur préjudice en dressant la population indigène contre elles. D'autant que les influents Bagdadis ne voyaient pas d'un très bon œil leurs congénères allemands, qu'ils considéraient un peu comme des parents pauvres surgis à l'improviste lors d'une fête de famille. Vu la délicate situation politique à Shanghai, estimait-il, le mieux serait de s'adresser directement au baron Ottomar von Dammbach. Comme ces messieurs n'étaient pas sans le savoir, l'Angleterre était pour l'heure en état de guerre avec l'Allemagne, raison pour laquelle les Anglais d'ici n'entretenaient malheureusement pas de contacts officiels avec les représentants du Reich. Sir Washborn avait consulté sa montre de poche avant de boucler l'entrevue vivement, presque gaiement, d'un exquis «J'ai été ravi, messieurs. J'espère que…», etc.

Les trois négociateurs n'en étaient pas à leur première expédition vers les plus hauts sommets de l'autorité locale. La communauté juive de Hongkew devait faire face à des milliers de problèmes irrésolus — plus précisément une vingtaine de milliers, soit à peu près le nombre de ceux qui avaient fui le nazisme pour s'établir dans cette partie de la ville — et la vaine tentative en cours pour en résoudre au moins un n'était pas la première à tourner en eau de boudin. Des efforts consentis pour trancher ce nœud shanghaien où s'entremêlaient plusieurs autorités, il ressortait que toute plainte relative aux agissements nazis devait être portée à la connaissance des nazis eux-mêmes.

Ce jour-là, les trois hommes escortés d'un pickpocket professionnel étaient en route pour se jeter dans la gueule du loup, le baron von Dammbach en personne.

La petite délégation emprunta le boulevard qui longeait le fleuve — avec ses magasins, ses restaurants, ses banques et ses bureaux européens dont le trio avait perdu jusqu'au souvenir, avec son flot de voitures, de bicyclettes et de rickshaws, réglé par des policiers sikhs portant gants blancs et turbans immaculés. Tout un monde à portée de main et pourtant aussi inaccessible que la Lune.

Parvenus sur le boulevard Nanking — avec ses bijouteries et ses parfumeries, ses hôtels et ses salons de beauté, avec ses pâtisseries viennoises, ses brasseries bavaroises et ses bars de nuit, avec ses vitrines illuminées à faire pâlir d'envie celles de Londres, avec ses bus rouges et ses taxis jaunes —, les trois hommes durent s'arrêter pour reprendre leur souffle. Loin derrière eux, adossé à un poteau électrique, Schlomo attendait patiemment qu'ils se remissent en route.

Un bataillon d'honneur écossais passa près d'eux d'un pas vif en soufflant dans des cornemuses bariolées. Il revenait probablement du port où il avait accueilli ou accompagné quelque grosse légume. Quoi qu'il en soit, ces hommes sveltes vêtus de jupes à carreaux, tous de belle prestance et remplis d'enthousiasme, symbolisaient de manière convaincante l'altière grandeur de l'Empire britannique.

Tous trois avaient allumé une cigarette sans rien dire, pas un traître mot. Mais chacun savait ce que ruminaient les autres. Ils songeaient à ce monde de l'autre côté du fleuve, d'où ils venaient de s'échapper, tels des prisonniers auxquels on aurait accordé une permission. Un monde fait de misère humiliante et de souffrance, leur monde à présent, qu'ils devraient bientôt regagner pour plonger à nouveau dans sa puanteur poisseuse.

La représentation officielle du Troisième Reich était confortablement installée au centre de la concession allemande, non loin de l'hippodrome. Le cottage de deux étages, situé au fond d'un parc bien entretenu et composé de deux ailes déployées comme en un geste d'étreinte, aux hautes fenêtres de style colonial plutôt français qu'anglais, était éblouissant de blancheur, comme taillé dans du sucre cristallin; au sommet d'un mât planté sur la pelouse tondue de frais flottait paresseusement le drapeau à croix gammée. Juste derrière la résidence, donnant sur *Great Western Road*, se trouvait l'école allemande réservée à l'élite, strictement fermée aux enfants juifs depuis déjà cinq années — et l'interdiction valait même pour ceux dont les parents étaient en mesure de payer les frais exorbitants.

L'air était froid et pur, comme lavé; c'était la saison des moussons et après l'averse flottait une odeur d'herbe fraîchement coupée et de jasmin en fleur : de ce côté-ci du fleuve, même la nature semblait gagner en sérénité et se montrer plus accueillante.

Au moment où il s'engageait dans cette enclave allemande protégée par un portail de fer forgé et deux policiers en uniforme — comme s'il se fut agi du Reichstag à Berlin —, Theodor Weissberg aperçut soudain Schlomo qui attendait paisiblement au coin de la rue. Celui-ci tressaillit lorsque le violoniste l'eut appelé d'un signe de la main. Il regarda de tous côtés pour s'assurer qu'il s'agissait bien de lui puis jeta le cure-dent qu'il mordillait avant d'accourir docilement, prêt à exécuter n'importe quel ordre.

– Tu es toujours sur nos talons, Schlomo, lui reprocha gentiment le violoniste. Je t'avais demandé de ne plus le faire !

Le nain bedonnant et pataud renifla, se tut un instant et, se dandinant d'une jambe sur l'autre, murmura sur un ton coupable :

– Je l'ai sauvé.

– Qui ? De quoi ?

Schlomo fourra la main dans la poche de son manteau élimé, trop étriqué pour couvrir son gros ventre et, la mine toujours aussi piteuse, il tendit un portefeuille au violoniste.

– Votre portefeuille, monsieur Weissberg. Vous ne vous êtes pas rendu compte qu'un type au nez busqué vous l'a subtilisé à Hongkew. Mais lui-même n'avait pas remarqué que je marchais derrière lui.

Il semblait qu'en la circonstance deux écoles de pickpockets se fussent affrontées : l'asiatique et l'européenne. Pour l'heure, la balance penchait en faveur de la seconde.

Rabbi Leo et le professeur éclatèrent de rire, tandis que Theodor, confus, rangeait son portefeuille tout en distillant entre ses dents serrées quelques mots qui devaient ressembler à une formule d'excuse.

27

Ce samedi matin, Theodor avait plus d'une raison d'être aigri et déprimé. À peine le jour levé, Elisabeth avait voulu lui parler en tête à tête, et il n'était pas parti comme tous les jours que Dieu faisait, dès l'aube, à la chasse au travail. À Shanghai, ce mot signifiait rarement une occupation que l'on appelait de ses vœux, mais plutôt quelque besogne temporaire rétribuée un demi-dollar : laver une automobile, balayer le trottoir devant une luxueuse boutique de la Concession, porter les bagages de quelqu'un. Bref, n'importe quelle tâche, à l'exception de celle que l'on aurait accompli avec plaisir et qui aurait correspondu à de quelconques compétences. En particulier si celles-ci se limitaient à la musique classique. Car depuis le début de l'invasion japonaise, personne ne s'y intéressait plus, et on ne trouvait *a fortiori* personne qui fût prêt à payer pour elle. Par le passé, disait-on, un orchestre de chambre plutôt talentueux avait joué dans *Frenchtown*, mais après la mobilisation générale, lorsque de nombreux Français avaient dû regagner leur patrie, il s'était dissous. Peu avant les bombardements et l'invasion japonaise, le Philharmonique de Pékin — formation de qualité moyenne, il est vrai, mais néanmoins digne représentante du genre — avait donné une dernière série de concerts à Shanghai. Depuis l'occupation, cette ville avait perdu toute prétention culturelle au profit exclusif des divertissements de cabaret. Les orchestres des grands hôtels étaient au complet depuis longtemps et chaque poste pourvu signifiait qu'une bonne dizaine de candidats au même pupitre étaient restés sur le carreau. La situation de Theodor Weissberg était d'autant moins enviable que ses concurrents asiatiques offraient leurs services à des tarifs bien plus avantageux. Qu'il fût un virtuose reconnu ne faisait aucun doute. Mais peu importait aux propriétaires de cabarets, surtout chinois, qu'il eût été premier violon en Europe. De plus, rien ne garantissait qu'il fût capable de s'adapter à la nouvelle situation, à des conditions de travail bien différentes de celles qu'il avait connues jusqu'ici et qui lui avaient permis de bâtir sa renommée, comme jouer une rumba au milieu du cliquetis des couverts et le brouhaha des conversations entre serveurs et clients avinés.

Même l'idée lancée par certains confrères musiciens, isolés dans la lutte quotidienne pour gagner leur pain et reconvertis en laveurs de voitures, portefaix ou autres serviteurs de bas étage, de se rassembler le soir pour jouer un peu, lui avait paru une tâche excessivement compliquée. Aussi avait-on confié cette tâche à Simon Zinner. Ses doigts écrasés à Dachau avaient mal cicatrisé; définitivement séparé de sa flûte bien-aimée, il s'avéra un organisateur hors du commun. Durant la journée, l'ancien flûtiste faisait le ménage dans la cuisine d'un des grands hôtels de la Concession, mais tous les mardis et jeudis soir il rassemblait ses collègues pour une énième répétition. Inutile de préciser ce qu'il fallait d'obstination et d'effort — tous rentraient à Hongkew harassés et sans aucune envie de faire de la musique. Mais l'acharnement de l'ancien flûtiste avait eu raison de l'apathie générale et les répétitions s'étaient peu à peu muées en un rituel qui métamorphosait la terne existence des musiciens, les ramenant à des joies et à des émotions oubliées. Le premier concert public dans le hangar à moitié détruit de l'usine sidérurgique avait été donné à l'occasion de Yom Kippour. On avait écrasé une larme lorsque Theodor Weissberg avait annoncé d'une voix entrecoupée par l'émotion, la création de la «formation de Shanghai issue de l'Orchestre philharmonique de Dresde». Au premier rang, en leur qualité d'invitées d'honneur, étaient assises les religieuses carmélites, parmi lesquelles les membres de leur fanfare, collègues en quelque sorte des musiciens. Les sœurs étaient guidées par Mère Antonia, heureuse et fière de ce concert : preuve décisive que la vie reprenait ses droits au sein des réfugiés en détresse.

Theodor Weissberg dirigeait bien entendu l'orchestre et jouait premier violon. L'exécution du *Concert pour violon et orchestre* de Tchaïkovski avait obtenu, comme l'écrivaient les journaux, «un succès colossal»; à nouveau il y avait eu des larmes et des applaudissements à n'en plus finir car l'auditoire avait pu, l'espace d'une heure au moins, oublier un peu Shanghai et son cortège de tourments. Là s'arrêtaient les capacités de Weissberg à surmonter les difficultés extraordinaires que la vie dressait sur le chemin des réfugiés chaque jour que Dieu faisait.

Tel n'était pas le cas de son épouse Elisabeth.

Elle avait accueilli avec dignité et même — si cela pouvait se dire d'une femme — avec un courage viril les épreuves que le destin lui avait prodiguées en abondance. Theodor et elle étaient arrivés pratiquement sans le sou à Shanghai. Le pouvoir nazi autorisait l'exportation d'un maximum de dix Reichsmarks par personne, et les fameux dollars prêtés par l'organisation juive d'entraide *Joint*, que la compagnie maritime remboursait dès l'arrivée à Shanghai, fondaient à vue d'œil. Theodor avait accueilli avec son ingénuité coutumière la fable qu'elle avait inventée à propos d'un cambriolage survenu chez eux pendant qu'il était encore à Dachau et à l'occasion duquel avaient disparu tous les objets familiaux de valeur. Ils n'avaient pu trouver d'acheteur offrant un prix intéressant pour leur maison de la rue Dante-Alighieri, et ils ne s'étaient d'ailleurs guère souciés d'en chercher un, convaincus de retourner tôt ou tard dans leur patrie et de la nécessité d'y retrouver un toit pour s'abriter. Ils ne se doutaient pas, ils ne pouvaient pas se douter, qu'avant la fin de la guerre, leur Dresde bien-aimée, tout comme leur maison de style Empire, seraient réduites en un tas de ruines.

Mais leur principal souci n'était pas le manque d'argent car très vite, non sans l'aide d'une Mère Antonia toute dévouée, Elisabeth avait trouvé un poste de professeur de piano et d'allemand chez Jonathan Bassat, un Bagdadi installé à Shanghai. Monsieur Bassat, petit homme aussi dodu qu'accueillant, issu d'une illustre lignée de banquiers alexandrins, dirigeait une grande société d'exportation avenue Edouard-VII. Elisabeth donnait des cours quotidiens à ses deux enfants, un garçon et une fille.

Non, ce n'était pas les problèmes d'argent qui les accablaient, quoique la rémunération accordée par les Bassat leur garantît à peine une existence décente, compte tenu de l'inflation galopante des prix locaux.

Même les jeunes fascistes chinois n'avaient pas réussi à déstabiliser Elisabeth. Lorsqu'ils avaient fait irruption dans leur «dortoir» aux cris de *nagoni !* et entrepris de briser à coups de bâtons en bambou tout ce qui leur tombait sous la main, elle n'avait pas paniqué. «*Nagoni*» stigmatisait en principe les étrangers, mais s'appliquait en fait aux juifs, et plus particulièrement à ceux qui venaient d'Allemagne. À cette heure de la journée, tous les hommes avaient quitté le dortoir, et lorsque les femmes et les enfants s'étaient mis à crier, tandis que les vandales cassaient lits et fenêtres avec force hurlements, Elisabeth avait empoigné le premier trépied qu'elle avait pu trouver pour le brandir contre les agresseurs.

– Dehors, espèces de sales voyous ! J'ai dit dehors, maudits vandales !

Métamorphosée en furie, elle fut surprise de constater que les événements tournaient en sa faveur : un ordre fut jeté en chinois et les assaillants s'égayèrent sur-le-champ. Le dernier, probablement leur chef — un jeune Chinois coiffé à la mode des étudiants de Heidelberg — lança un regard curieux sur cette grande femme élégante aux cheveux cuivrés dont les yeux verts ne trahissaient pas la moindre peur. Or sa bande ne voulait rien d'autre qu'effrayer un peu ces *nagonis* femelles.

– N'insultez pas les Vandales, madame, dit-il dans un allemand des plus convenables. Au moins s'agit-il d'une tribu germanique et non pas de racaille juive !

Elle lança le tabouret dans sa direction mais le jeune Chinois avait déjà claqué la porte derrière lui en riant.

Le problème n'était donc pas les fascistes qui avaient fait irruption dans leur «dortoir». Loin de là. Le problème était le «dortoir» lui-même.

Elisabeth n'était pas une femme maniérée, mais plutôt résolue, prête à affronter n'importe quelle épreuve. Ou presque. Car ce qu'elle ne pouvait supporter, c'était la vie quotidienne dans ces dégoûtants et bruyants dortoirs communs — ronflant et pleurant dans leur sommeil — où à tout moment quelqu'un entrait ou sortait, murmurait quelque chose à l'oreille d'un autre, où un enfant était pris d'une quinte de toux, où d'autres encore combattaient une fringale en grignotant des biscottes au beau milieu de la nuit. Le pire était que l'ancien atelier de filature ne disposait pas de tout-à-l'égout — à l'époque où il fonctionnait encore, les déchets industriels s'écoulaient droit dans les eaux du Suchow-poo. À présent que les locaux étaient habités par les réfugiés, les équipes de corvée devaient chaque matin sortir les seaux de bois remplis d'immondices. Et attendre dehors, dans le froid, sous le soleil ou la pluie, la lourde charrette à deux roues appelée «la carriole à merde». Il s'agissait d'un énorme coffre de bois sur deux roues tiré par un bœuf dans lequel un vieux Chinois transvasait les seaux pour en jeter ensuite le contenu dans les rizières et les marais près du delta, à Pootung. Ce service coûtait cinq *cents* par seau.

Puis il fallait attendre de nouveau dans la rue le bruit de crécelle qui précédait l'arrivée du vendeur d'eau chaude. «Dix *cents* le galon d'eau bouillie, *mam*. De l'eau de source. Bonne à boire, *mam*, très bonne. Dix *cents*.»

Se procurer de l'eau bouillie, tant pour boire que pour rincer abondamment les légumes, était bien plus important encore que de se nourrir régulièrement. Car l'eau courante fournie à la population sentait la vase et s'apparentait à un véritable bouillon de culture : typhus, dysenterie et toutes les maladies intestinales plus ou moins notoires, jusqu'à l'amibe inconnue en Europe qui se nichait confortablement dans le foie pour le détruire petit à petit.

C'est ce qu'Elisabeth n'avait pu supporter : cette vie sans logement à soi, sans toilettes ni eau courante. Elle qui n'admettait pas le moindre grain de poussière sur le vernis du piano, le moindre pli disgracieux dans les rideaux, le moindre cendrier douteux ni la moindre revue traînant par terre. Elle qui prenait deux douches par jour !

Assise sur un banc près du quai bourbeux, connu sous le nom de *Soochow Creek*, qui épousait les courbes du fleuve, elle fondit en larmes. Pour la première fois, Theodor regarda autour de lui, démuni, prit les mains glacées de sa femme entre les siennes et les embrassa.

– Je n'en peux plus ! fit-elle dans un sanglot. Je dois travailler plus; s'il le faut, après les cours chez les Bassat, je ferai n'importe quoi, n'importe où. Femme de ménage, plongeuse, peu importe. Mais ça ne peut plus durer comme ça ! Je veux une chambre à moi, aussi petite soit-elle. Un cagibi, une boîte d'allumettes. Pourvu qu'en refermant la porte, nous ne soyons que toi et moi !

La pensée que sa femme assurait leur subsistance vint à nouveau tourmenter Theodor. Sa contribution au budget du foyer était aussi irrégulière que dérisoire : preuve supplémentaire de son incapacité à affronter la pénible réalité de Shanghai. La nuit, il n'arrivait pas à trouver le sommeil en raison du souci qu'il se faisait au sujet d'Elisabeth, l'Allemande, qui à présent souffrait à cause de lui, le juif ! Rien que d'y penser, une douleur aiguë lui transperçait la poitrine, telle une lame et, durant ce bref instant, il lui semblait que son cœur cessait de battre.

Pour la centième fois il remit le sujet sur le tapis :

– Je suis désolé, Elisabeth… ma chérie ! Je regrette sincèrement d'avoir été la cause de tout cela… Mais je ne sais pas, vraiment je ne sais comment…

– Arrête de dire n'importe quoi ! l'interrompit-elle avec nervosité. Arrête, si tu veux continuer à mériter mon respect ! Je suis ta femme, comprends-tu ? Je me demande si tu t'en rends compte ! Ton épouse ! Tu ne m'as pas obligée à te suivre, et ce n'est pas non plus ta faute si ces idiots-là en Allemagne ont commis toutes ces infamies. Arrête, tu m'entends ? Tu me portes sur les nerfs ! Je ne te demande qu'une chose : un logement ! Un logement à nous !

Facile à dire : dans Hongkew surpeuplé et à moitié incendié, les logements disponibles ne se trouvaient pas sous le sabot d'un cheval et, en dehors du quartier, dans les concessions étrangères, loyers et prix des chambres d'hôtel atteignaient des hauteurs astronomiques et parfaitement inaccessibles aux réfugiés qui survivaient à grand-peine. C'est à ce moment-là que le destin choisit la personne de Schlomo Finkelstein pour mettre un terme à cette conversation désagréable qui, à quelques variations près, se prolongeait à l'identique depuis des mois. Le nabot ventru venait du côté du fleuve, étreignant un énorme bouquet de fleurs de jasmin.

– Pour vous, madame Weissberg…, dit Schlomo avec respect.

Elisabeth s'efforça de donner à sa voix une inflexion sévère :

– Merci, Schlomo, tu es très gentil. Mais dis-moi, où les as-tu cueillies ? Et pas de mensonges !

– Dans le Jardin anglais, répondit Schlomo en toute innocence.

– Tu ne comprends pas que c'est du vol ?

– Pourquoi, madame ? C'est un jardin public, il n'appartient à personne.

– Tu apprendras à qui il appartient quand on t'aura surpris et arrêté !

– Ne vous inquiétez pas, madame. J'ai donné vingt *cents* au policier qui était de garde et il m'a même aidé à les cueillir.

Elle éclata de rire, les larmes aux yeux.

Soudainement animé d'un espoir insensé, Theodor demanda :

– Schlomo, y a-t-il du nouveau à propos du logement ?

Schlomo eut un soupir et écarta les bras en signe d'impuissance :

– Non. Vraiment, monsieur Weissberg, il n'y a aucun logement disponible dans ce quartier détruit et incendié. Jusqu'aux Chinois qui sont entassés à dix par chambre… Je vous proposerais bien mon cagibi mais même un renard périrait d'étouffement dans ce trou.

Voyant le désespoir qui se peignait sur le visage de son protégé, Schlomo s'empressa d'ajouter :

– Un peu de patience, monsieur Weissberg. Encore un peu. J'ai appris que de nombreuses familles chinoises partent chaque printemps rejoindre des parents au Sud, vers les montagnes. Peut-être qu'à ce moment-là...

C'était effectivement le cas. À la fin de l'hiver, par les nuits sans lune, des familles entières quittaient secrètement la ville, emportant leur pauvre mobilier en direction des villages de montagne au sud de Hanzhou, où la première récolte du riz approchait déjà et où la vie était un peu moins pénible. Les autorités japonaises fermaient les yeux sur ces clandestines migrations nocturnes vers des territoires contrôlés par les nationalistes, car les problèmes de la vie quotidienne en ville s'en trouvaient allégés. De plus, les départs libéraient de la place pour les immigrés japonais : paysans peu fortunés, pour la plupart, en voie de prolétarisation, restés sans gagne-pain dans leurs îles surpeuplées jusqu'à l'asphyxie. Au début de l'invasion japonaise, dans la partie nord de Hongkew, s'étaient installés par vagues successives soixante-dix mille Japonais spontanément organisés en communauté dans une manière de petit ghetto appelé *Little Tokyo*.

28

Une secrétaire blonde les invita à entrer avec une politesse retenue, et les pria d'excuser le léger retard de monsieur le baron, actuellement en rendez-vous avec une délégation d'hommes d'affaires japonais. C'était une journée pleine de surprises : pour la première fois on les recevait sans hostilité, non pas comme des intrus mais plutôt avec bienveillance, avec tous les signes d'une courtoisie un peu froide. Et pas n'importe où mais dans la représentation officielle de l'Allemagne nazie : l'instance même dont ils avaient à se plaindre ce jour-là !

– Du thé ? Une boisson fraîche ?

Un valet chinois, vêtu du traditionnel habit de soie noire, servit le thé, s'inclina puis, telle une ombre, disparut silencieusement

Rabbi Leo dégustait son thé vert parfumé et, avec une curiosité non dissimulée, presque enfantine, examinait l'exquise tasse de porcelaine délicate peinte d'un noir mat et ornée de fabuleux dragons d'or fin. En général, il avait de la chance avec les dragons : ne disait-on pas qu'ils protégeaient de tous les maux ? Une croyance encore loin d'être vérifiée dans les faits, mais ces créatures vomissant le feu avaient peut-être vocation de ne protéger que les Chinois. Les subtilités de la mystique extrême-orientale étaient aussi impénétrables et inaccessibles que le plus chinois des idéogrammes chinois ! Son regard furtif rencontra celui de la secrétaire qui exprimait une attention tendue.

Sans cesser de feuilleter sa paperasse, elle levait de temps à autre les yeux sur les trois hommes, comme si elle essayait de pénétrer leurs desseins. Qu'est-ce qui éveillait à un tel point la curiosité de cette Allemande ? se demandait Rabbi Leo. Peut-être n'avait-elle jamais rencontré un rabbin dans ses habits traditionnels. Cela se pouvait. Car à Shanghai, il était plus rare encore de croiser un rabbin que de voir un tigre blanc de l'Amour derrière les grilles d'un zoo. Ou bien n'avait-elle même jamais vu de juifs allemands ? On ne pouvait l'exclure surtout si elle avait grandi dans un milieu de race aryenne «pure», selon la terminologie des anthropologues nazis.

Le professeur Mandel était loin de partager ce sentiment. Une veine gonflée barrait son haut front blanc — on aurait dit que l'ancien chirurgien en chef s'efforçait de soulever un poids énorme. En névrosé typique, il retournait entre ses mains un morceau de papier roulé en boule. Il décocha à son tour vers la secrétaire un regard oblique non moins empreint de méfiance hostile. Ne s'agissait-il pas de l'une de ces chiennes S.S. pomponnées pour jeter de la poudre aux yeux du monde mais souvent plus fanatiques et plus cruelles que les officiers eux-mêmes ?

Elle fut la première à briser le silence.

– Comment vous sentez-vous ici, monsieur Levin ? Pardonnez-moi, mais je ne sais comment m'adresser à un rabbin...

L'intéressé leva les yeux de sa tasse.

– Cela n'a pas d'importance, mademoiselle, répondit-il. Je ne suis, comme on dit, qu'un serviteur de Dieu. En l'occurrence, ce qui importe, c'est la manière dont le serviteur s'adresse à son employeur, surtout à quelqu'un comme le nôtre. Car Jéhovah est un petit vieux aussi sévère qu'irritable ! — puis il ajouta gaiement : Sinon je me sens très bien ici, surtout depuis que le prix des sauterelles séchées a baissé.

– Ne prenez pas au sérieux tout ce qu'il dit, intervint le professeur Mandel sur un ton lugubre. Nous vivons mal. On ne peut imaginer pire que ça !

– Si, si ! fit Rabbi Leo par allusion à la vieille blague juive — ce qui dénotait un optimisme proprement inoxydable.

La secrétaire eut un sourire vite figé.

– Je sais. Je sais que vous vivez mal. Cela fait longtemps que vous êtes à Shanghai ?

– Chacun de nous est arrivé à un moment différent, mademoiselle, répondit le rabbin. Le professeur Mandel et moi étions parmi les premiers : nous sommes arrivés l'été dernier. Monsieur Theodor Weissberg est là depuis... cinq mois, il me semble... Est-ce que je me trompe ?

– Sept mois, rectifia Theodor.

– Theodor Weissberg ? Le violoniste ? s'exclama la jeune femme, stupéfaite.

Theodor acquiesça, confus, avant de demander :

– Excusez-moi... nous nous connaissons ?

– Moi, je vous connais. J'ai été à un de vos concerts à Potsdam.

– Incroyable ! Rencontrer à l'autre bout du monde quelqu'un qui vous a écouté à Potsdam...

– Vous étiez insurpassable ! dit-elle sincèrement. Surtout dans les *Caprices* de Paganini !

– Je vous remercie, cela fait plaisir à entendre...

Il se tut un instant avant d'ajouter tout bas avec tristesse :

– Potsdam, oui... Les parcs du Sans-Souci, les pommeraies en fleur. Tels d'infinis nuages blancs longeant les rives du Werder... Aujourd'hui je me demande si tout cela a vraiment existé. Et si ce n'était pas un rêve... ou un Caprice !

– Ce n'est pas un rêve, monsieur Weissberg. C'était bien réel et je suis prête à en témoigner... Je regrette que le sort vous ait été défavorable mais espérons que...

– Espérer quoi ? demanda le professeur Mandel sur un ton agressif. Nous avez-vous laissé de quoi espérer ?

D'évidence touchée par le ton brusque du professeur, elle reprit plus sèchement :

– Espérons que la guerre finira bientôt. C'est ce que je voulais dire. Les nouvelles d'Europe sont merveilleuses. Très encourageantes. Après la percée fulgurante de nos colonnes blindées dans les lignes arrières des Français, nos divisions ont lancé une offensive massive. Selon le communiqué du haut commandement d'hier soir, la retraite de l'ennemi est irréversible et la chute de Paris une affaire de quelques jours.

– Mon Dieu..., laissa échapper le rabbin.

– Vous ne le saviez pas ? demanda-t-elle, impassible.

– Bien sûr que non. Là-bas, à Hongkew, nous n'avons pas de radio...

Pourquoi Theodor Weissberg avait-il eu le sentiment que la secrétaire laissait tomber la nouvelle comme par inadvertance, mais qu'au fond elle tenait à les informer du déroulement de la guerre ? C'est du moins ce qu'il lui avait semblé. Les yeux de la secrétaire, fixés sur les siens, semblaient vouloir dire quelque chose. Une mise en garde contre un danger qui les menaçait ? Ou bien contre une nouvelle épée de Damoclès au-dessus de leurs têtes ? Elle n'avait pas l'air idiote, la secrétaire blonde, elle devait se douter qu'aux oreilles de juifs bannis ces nouvelles n'avaient rien de « merveilleuses » ni d'« encourageantes », pour reprendre ses propres termes. Ou bien il faisait fausse route : son ton impassible ne servait qu'à souligner le triomphe du vainqueur, de la walkyrie posant son pied sur la poitrine de l'ennemi défait.

Dans le silence tendu qui s'était instauré, le rabbin laissa timidement tomber :

– Pardonnez notre curiosité… Mais là-bas, à Hongkew, nous sommes totalement isolés et privés d'informations sur les événements en Europe. Et nous n'avons pas toujours les moyens d'acheter des journaux à la Concession. Nous avons appris que, depuis le début de la guerre, vous éditiez un bulletin d'information. Pourrions-nous y avoir accès ?

– Bien sûr, il ne s'agit pas d'une publication confidentielle. Nous avons même intérêt à ce que la population locale soit bien informée. Surtout au moment où se prépare la signature d'un pacte tripartite entre Rome, Berlin et Tokyo, dont les conséquences se feront sentir jusqu'à Shanghai. Il est même fort probable qu'il change les choses de façon radicale.

À nouveau le même regard fixe sur Theodor Weissberg, le même sentiment qu'en réalité elle avertissait le violoniste de quelque menace qui planait dans l'air…

Tous trois échangèrent des regards sans rien dire. Un pacte tripartite ! Cela ne signifiait-il pas que la guerre en Europe et la guerre en Extrême-Orient, si éloignées l'une de l'autre, différentes et incomparables quant à leurs buts, se fondraient en une mécanique commune qui enserrerait la planète comme dans un étau ?

Sans attendre leur réaction, la secrétaire ajouta avec nonchalance :

– Tout cela demeure pour ainsi dire d'ordre hypothétique. S'il y a du nouveau, je suis prête à vous en informer. N'hésitez surtout pas à me téléphoner en cas de besoin. Au central municipal, on connaît le numéro.

– Merci, vous êtes fort aimable... Franchement, nous avions perdu l'habitude de... comment dire...

Elle eut un sourire plein de bienveillance :

– Ne dites rien, c'est tout naturel. Ne sommes-nous pas des compatriotes après tout ?

– Après tout... si, du moins en partie, répliqua le professeur Mandel, toujours aussi lugubre : il n'était visiblement pas de ceux qui prônaient les compromis mutuels aux fins d'encourager le dialogue.

Rabbi Leo, au contraire, faisait partie des représentants paisibles et magnanimes du genre humain.

– Qui devons-nous demander ? Peut-on connaître votre nom ? s'enquit-il.

– Braun. Demandez mademoiselle Hilde Braun.

29

Tandis que la France et l'Angleterre déclaraient la guerre à l'Allemagne, Hilde et le Hongrois faisaient route vers Toulon.

Les habitants de la grande ville portuaire étaient pris d'une euphorie patriotique; aux fenêtres claquaient des drapeaux bleu blanc rouge comme à la veille du 14 juillet et non à l'aube d'une nouvelle guerre. Et personne ne soupçonnait encore qu'à cette date toute proche où on célébrait traditionnellement la prise de la Bastille, ce serait le svastika hitlérien et non le drapeau tricolore qui flotterait au-dessus de la tour Eiffel. Et qu'au lieu de l'orgueilleuse garde républicaine et de ses casques étincelants, une colonne blindée allemande défilerait sur les Champs-Élysées — crasseuse et poussiéreuse, moins solennelle mais plus triomphante. Car tout juste un mois avant la fête nationale, soit le 14 juin, Paris tomberait entre les mains des nazis, et sept jours après la chute de sa capitale, la France signerait à Compiègne une humiliante capitulation dans le même wagon où l'Allemagne du Kaiser avait paraphé la sienne deux bonnes décennies auparavant !

Mais cela ne s'était pas encore produit et peu nombreux étaient ceux qui pouvaient même l'imaginer. Pour l'heure, les gens chantaient à tue-tête : «*Le jour de gloire est arrivé* *...»

Les rouages de la guerre se remettaient en marche : l'humanité développait avec un étonnant succès des armes sophistiquées mais aucune idée nouvelle pour éviter qu'on s'en servît.

Dans les rues marchaient à vive allure des réservistes mobilisés; la population ravie voyait dans les colonnes blindées autant de preuves de la fière et indubitable supériorité militaire de la France sur l'Allemagne. Il en allait ainsi dans tous les domaines, de l'artillerie lourde aux avions de combat — c'était un axiome indiscutable. Les patrons de bistrot offraient aux soldats du vin et des cigarettes; la radio déversait sur les places une pluie continue de marches allègres. Il ne serait venu à l'idée de personne que les membres aussi paresseux qu'imprévoyants de l'état-major français commençaient tout juste à élaborer une stratégie de guerre, comme si celle-ci avait été un événement à venir et non une réalité déjà brûlante. Et que ce qu'on craignait était en train d'advenir.

Un total chaos régnait dans le port : on embarquait des troupes, des chevaux et du matériel militaire à destination des garnisons d'Afrique du Nord; on débarquait des troupes anglaises en provenance du Proche-Orient; des volontaires polonais et des juifs d'Amsterdam cherchaient avec insistance une place dans les bateaux en partance pour l'Angleterre. On ne comprenait pas bien qui voulait aller où et pourquoi, et il était plus que naïf d'espérer qu'au milieu de cette foule immense on pût trouver la moindre place libre dans un des bateaux bondés. Mais c'est peut-être à la mesure même de son absurdité que cet espoir avait quelque chance de se réaliser. Car tous deux avaient cherché la solution de leur problème non point aux endroits où tout le monde la cherchait — sur les quais centraux, près des grands bâtiments —, mais non loin de là, sur le port de pêche. Le français sans pareil d'Istvan Keleti et le charmant sourire d'Hilde, secondés par une poignée de dollars américains, éveillaient la sympathie et un sentiment de solidarité. Ces vents favorables les avaient poussés jusque sur la côte opposée, à Bizerte, à bord d'un chalutier de pêche, sans qu'on eût pris la peine de contrôler leurs visas depuis longtemps périmés. En pareil moment, les représentants de la police des frontières avaient d'autres chats à fouetter.

Se rendre de Tunisie en Égypte se révéla aussi facile que d'emprunter le métro parisien aux heures de pointe : le long de la côte nord de l'Afrique circulaient d'innombrables petits navires de contrebandiers, ainsi que des bateaux de pêche qui suivaient les bancs de sardines et, en échange d'une somme modique, acceptaient volontiers un ou deux voyageurs sans s'intéresser à des détails aussi futiles que les problèmes de papiers ou de nationalité. Là aussi, les autorités coloniales françaises et anglaises étaient sur des charbons ardents : elles avaient d'autres soucis, bien éloignés de l'obligation de veiller aux allées et venues de déserteurs ou bien au trafic de cigarettes algériennes et d'*arak* marocain.

Dans les bars de nuit d'Alexandrie, on les prenait pour un riche couple; ils attiraient sur eux les regards étonnés des officiers anglais et de leurs mignonnes qui trouvaient ce cavalier tout en os et légèrement titubant bien mal assorti à sa ravissante compagne.

« Néfertiti escortée par la momie d'Akhenaton ! » — tel fut le commentaire de Javier da Silva, capitaine du paquebot *Asunción II* battant pavillon panaméen. Quand l'officier, aux allures de bon-vivant entre deux âges, se fut faufilé jusqu'à leur table, une bouteille de gin à la main, et eut poliment demandé la permission de s'asseoir en leur compagnie, Hilde était loin de soupçonner que sa bonne étoile se remettrait à briller. À peine avalé le premier verre de l'amitié, elle comprit que la roulette du destin s'était arrêtée sur son chiffre fétiche : deux jours plus tard, l'*Asunción II* mettait les voiles et, passant par le canal de Suez, la mer Rouge et le golfe Persique, se dirigeait vers l'Extrême-Orient; après des escales à Macao, Singapour et Manille, il parvenait à sa destination finale : la ville ouverte des rêves, Shanghai !

Pour l'heure, ils étaient sinon riches, du moins à l'abri du besoin : le collier de perles roses japonaises du docteur Hiroshi Okura, vendu à une solide bijouterie parisienne de la rue de Rivoli, leur avait permis de louer deux cabines de première classe en tous points dignes d'une Néfertiti bien vivante et de la momie du pharaon Akhenaton. Au regard du brouillard d'incertitude qui entourait leur avenir, cette dépense avait toutes les apparences d'un gaspillage irréfléchi, mais tous deux avaient jugé qu'aux yeux de leur nouvelle connaissance, le capitaine da Silva, il leur fallait éviter de passer pour des réfugiés tombés au dernier stade de la déchéance. Car le grand port égyptien grouillait d'aventuriers, d'escrocs internationaux, de déserteurs de la Légion étrangère ou tout simplement de malheureux exilés sans feu ni lieu, bien souvent démunis et assaillis par tous les vents.

Lorsqu'il eut appris que les nouveaux passagers n'étaient pas des jeunes mariés en voyage de noces ni des amants mais de riches oisifs désireux de quitter coûte que coûte l'Europe en guerre, le capitaine s'empressa de puiser dans la réserve secrète de cabines qu'il gardait pour les cas d'urgence. Il ne sut jamais que la dame était juive et que son cavalier avait fui la police hongroise pour une affaire de morphine. Tous deux avaient sagement décidé que les capitaines ne devaient pas en savoir sur le compte de leurs passagers plus qu'il n'était nécessaire.

À Alexandrie, la police des frontières effectua un contrôle superficiel des passagers de l'*Asunción II*

— celui-ci venait de Stockholm et ne faisait qu'une escale de transit dans le port égyptien. Le major anglais considéra avec suspicion le passeport allemand de Hilde constellé de tampons français, mais l'explication selon laquelle elle fuyait le nazisme et souhaitait gagner Shanghai en passant par la France lui parut suffisamment convaincante. Telle était d'ailleurs la stricte vérité, quoique la vérité soit bien souvent la part la moins convaincante de cette énigme qu'on nomme la vie. La guerre était encore jeune et inexpérimentée; les Allemands autorisaient les titulaires de passeports britanniques à quitter les pays occupés d'Europe; les Anglais ne contrariaient pas les déplacements des diplomates allemands; les émissaires soviétiques parcouraient de long en large la planète sans problème. Le temps n'était pas encore venu de suspecter tous les inconnus, de considérer les étrangers (surtout les ressortissants du camp ennemi) avec une méfiance particulière. La chasse aux sorcières et aux espions, ainsi que les mesures de rétorsion à l'encontre des civils, surviendraient par la suite, et pour cause. Bien plus tard : lorsque le ciel nocturne de Londres, de Nuremberg ou de Leningrad serait déchiré par les hurlements des sirènes antiaériennes et que les populations auraient compris qu'il ne s'agissait plus d'un bref et banal conflit militaire mais d'un corps à corps sanglant à la vie à la mort, sans précédent dans l'histoire de l'humanité.

30

Dans la cale, les moteurs grondaient, lointains et monotones, et faisaient vibrer chaque atome du paquebot. Hilde jetait un œil distrait par le hublot car le spectacle ne variait guère d'une heure à l'autre. Seul le soleil rouge d'Afrique grossissait jusqu'à des dimensions encore jamais vues, en roulant vers l'horizon tel un énorme disque sanglant.

L'*Asunción II* glissait toujours sur le canal de Suez vers le sud, entre les côtes d'Afrique et d'Asie; de chaque côté du bateau, plongés dans une somnolence de fin de journée, défilaient de mornes paysages à demi désertiques, des bosquets de dattiers clairsemés et des fellahs fatigués qui ramenaient dans leur village d'argile des chameaux, des chèvres et des bœufs bossus à grandes cornes.

Un bruit de sonnette puis un coup frappé délicatement à la porte la firent tressaillir. Dans l'encadrement apparut un type basané en uniforme d'été aux aiguillettes dorées pour le moins dignes d'un contre-amiral. L'homme à la fine moustache mexicaine et aux yeux humides légèrement saillants s'inclina respectueusement, comme s'il se fut effectivement tenu devant la véritable, la divine Néfertiti.

– Pour vous, *miss* Braun et *mister* Keleti. De la part du capitaine da Silva… Si vous avez besoin de quelque chose, vous pouvez me faire appeler par le valet de chambre. Je suis le capitaine adjoint, je m'appelle Paco Ramirez et je suis à votre service jour et nuit. Excusez-moi de vous avoir dérangée.

Il parut dévorer du regard la passagère blonde puis il s'inclina à nouveau avant de disparaître, ce drôle de capitaine adjoint qui ressemblait plutôt à un proxénète ou à un trafiquant de drogue.

L'enveloppe, dans le coin gauche de laquelle étaient imprimés l'emblème et le nom du bateau, contenait une invitation calligraphiée qui signifiait dans un baroque sabir alambiqué à souhait que le capitaine serait hautement honoré que les deux passagers acceptent de dîner à sa table. «*Permettez-moi de vous présenter mes plus sincères...*», etc. Il faut croire que le capitaine, en vrai Latino et authentique *caballero*, avait un faible pour les rituels élégants en vogue sous ces latitudes. Hilde ne prêta guère attention à cette invitation — tout juste eut-elle un sourire en déchiffrant ce français aussi entortillé qu'archaïque, et pourtant émouvant, qui datait au moins de l'époque de Rabelais, encore ignorante de ce que cette prétentieuse enveloppe bleu ciel, agrémentée d'une espèce de blason royal, jouerait un rôle fatidique dans son proche avenir.

La juive au nom et au passeport allemands venait de recevoir un billet avec place réservée dans le train dont parlait Alain Conti, commandant en chef d'une armée de starlettes !

Le restaurant pour les passagers de première classe était situé sur le pont supérieur. Par les hublots carrés grands ouverts, un doux vent venu du désert s'engouffrait en agitant les petits rideaux de satin. Les deux rangées de ventilateurs suspendus au plafond s'efforçaient sans trop de succès d'atténuer la pesante touffeur de cette nuit tropicale.

Un petit orchestre de cordes féminin jouait, et bien qu'il fût encore tôt, les tables étaient déjà occupées jusqu'à la dernière place : l'un des plus sûrs indices, à bord d'un long-courrier, que le pire mal de mer — l'ennui — prenait des proportions épidémiques.

Quand Hilde et le Hongrois, guidés par Paco Ramirez, firent leur entrée, le capitaine da Silva bondit de sa chaise et vint à leur rencontre pour s'acquitter du cérémonial des présentations. À la table d'honneur avaient déjà pris place un couple finlandais qui devait rejoindre la représentation nationale à Victoria, colonie anglaise que les Chinois appelaient Hongkong, ainsi que deux ingénieurs suédois en route vers Shanghai où ils devaient embarquer sur l'un des bateaux réguliers pour Kôbe. Ils ne faisaient pas mystère de leur qualité de représentants des usines d'armes

Beaufort qui développaient un nouveau modèle d'obusier facile à transporter en terrain montagneux. Un observateur averti se serait certainement étonné de ce qu'un pays neutre tel que la Suède fît commerce d'armes avec des pays belligérants, mais au cours de la guerre qui venait d'éclater et qui n'était pas encore mondiale, bien des choses — et plus bizarres encore — se produiraient.

Quelques minutes plus tard, sous la houlette du tout dévoué capitaine adjoint Ramirez, vint se joindre à eux une femme d'âge mûr, bien en chair, poudrée et souriante, dont les joues se creusaient de joyeuses fossettes. Sa franchise et sa simplicité laissaient pressentir un contact facile et débarrassé des conventions. Les autres invités s'étaient levés pour l'accueillir. Visiblement connue de tous, elle concentrait sur sa personne l'attention de toute la petite société attablée.

Le capitaine da Silva lui présenta les nouveaux convives :

– L'une de vos compatriotes, madame : mademoiselle Hilde Braun. Et maestro Keleti est un pianiste hongrois…

Le «maestro», tout juste couronné de ce titre, s'inclina pour baiser la main de la nouvelle venue : un geste qu'il n'aurait jamais accompli dans son milieu parisien. Mais comme disent les Français, noblesse oblige !

Le capitaine da Silva poursuivit le rituel des présentations en annonçant sur un ton solennellement pathétique :

– ... et notre chère amie la baronne Gertrude von Dammbach !

Elle ne faisait pas de manières, cette von Dammbach. Elle eut un sourire amical à l'adresse de Hilde : une baronne pétrie dans la même pâte onctueuse et sucrée qu'un beignet fait maison.

La soirée pouvait commencer.

Vodka et caviar russes, champagne frappé et foie gras français aux truffes, chardonnay glacé et saumon fumé scandinave : tout était digne du restaurant parisien le plus raffiné. Debout derrière son supérieur, sorte de maître de cérémonie de la soirée, le capitaine adjoint Ramirez surveillait avec une attention extrême jusqu'au moindre détail de ce rituel gastronomique.

Personne ne prêta attention aux coups d'œil furtifs que Paco Ramirez et Istvan Keleti échangèrent à plusieurs reprises : tout le monde s'occupait de soi et de son poulet sauce madère. Personne ne remarqua non plus la manière dont Hilde fusillait du regard le Hongrois qui levait le coude avec une régularité inadmissible en pareille société.

La baronne était une femme bienveillante et dénuée de prétention — Hilde lui plut d'emblée. Elle provoqua même un remue-ménage autour de la table en priant tout le monde de changer de place afin de pouvoir s'installer à côté de la jeune femme.

– Je suis heureuse de trouver une compatriote... De quelle région d'Allemagne êtes-vous, ma chère ?

– De Berlin. Mais j'ai travaillé à Babelsberg. À l'UFA.

– Oh, l'UFA ! Actrice ?

– Pas tout à fait...

– Quoi, alors ?

– Comment vous dire... j'étais l'assistante de Leni Riefenstahl, laissa échapper Hilde, elle-même surprise par ce mensonge éhonté.

La baronne la regarda avec une sincère admiration :

– Leni Riefenstahl elle-même ?... C'est renversant ! Ma chère, pourquoi me semble-t-il vous avoir déjà vue quelque part ?

– Je ne pense pas..., commença Hilde.

– Mais si, mais si ! Quand quelqu'un me tape dans l'œil, c'est pour la vie. Mais où donc vous ai-je vue ? Où donc ?... En tout cas, je vous envie !

Elle se pencha à l'oreille d'Hilde en vieille amie intime et susurra :

– Dans les années vingt, j'étais danseuse au music-hall de Friedrichstadtpalace, entre nous soit dit. D'accord, ma chère ? Mais allez savoir quel malheur la vie vous réserve. Je rêvais de devenir actrice et je suis devenue baronne !

Elle partit d'un rire sonore et contagieux, qui mourut aussi vite qu'il avait éclaté.

– Mais oui, je me rappelle ! J'ai vu vos photos dans *Der Stürmer* ! N'ai-je pas raison ?

« Mon Dieu, pensa Hilde, le grand Werner Gauke est donc parvenu à berner ces idiots et ils ont publié les photos ! » Au fond, pourquoi pas ? Leurs cinq cents Reichsmarks étaient bien le capital de base qui avait permis de commencer toute cette aventure !

– Oui, il me semble..., répondit-elle à contre-cœur. Je pense qu'on a pris certaines photos de moi... Mais je ne les ai pas vues.

– Bien sûr, je m'en souviens parfaitement à présent... À Paris ! Absolument : à Paris, n'est-ce pas ? C'est renversant ! Pour vous rencontrer où ? À bord d'un bateau ! La vie, mon enfant, nous surprend toujours par ses idées fantasques. Collaboratrice de Leni Riefenstahl elle-même ! Incroyable !

Une vodka en apéritif, deux verres de champagne et une modeste quantité de chardonnay, sans oublier quelques gorgées de vieux bordeaux, se révélèrent plus que suffisants pour que la baronne embrassât spontanément Hilde sur la joue.

Quand elles se furent séparées, il régnait déjà une nuit tropicale, sans étoiles. Les lumières du paquebot se reflétaient dans l'eau comme sur de l'asphalte noir mouillé, immobile, et seuls les vibrations de la coque et le clapotement de l'eau écumeuse invisible indiquaient que l'*Asunción II* se déplaçait.

Après avoir pris une douche et revêtu sa robe de chambre, Hilde décida de rendre visite au Hongrois. Une visite amicale, en souvenir de leur ancienne cohabitation dans le petit logement près des Halles, mais aussi pour papoter avec lui au sujet des événements de la soirée. Car lui, l'aventurier, le fantaisiste, était l'architecte de tout ce voyage insensé. Et puis elle devait se faire pardonner des regards assassins qu'elle lui avait lancés durant toute la soirée. Ses angoisses avaient été vaines : malgré la quantité d'alcool ingurgité, son comportement était resté digne d'un maestro hongrois.

Hilde allait sortir lorsqu'elle vit dans l'entrebâillement de sa porte le capitaine adjoint Paco Ramirez s'introduire en catimini dans la cabine du Hongrois située juste en face. Une seconde après, la clef tourna dans la serrure.

Elle recula en souriant puis referma silencieusement la porte derrière elle. Quel filou, ce Ramirez ! En début de soirée, il lui avait lancé un regard brûlant de ses yeux saillants et toujours un peu humides, mais ce n'était qu'un leurre ! Elle ne comprendrait jamais comment les homosexuels parvenaient à se flairer. Et d'ailleurs, ce n'était pas son problème.

Peu après survint ce que l'impénétrable instinct féminin de Hilde pressentait depuis longtemps et jugeait même inévitable : on frappa doucement à sa porte et l'instant d'après le capitaine da Silva entra dans sa cabine, une bouteille de champagne à la main.

– Puis-je ?

Comme au désespoir, elle mentit avec un aplomb incroyable en secouant la tête :

– Vous êtes très gentil, capitaine. Vous me surprenez par votre idée aussi merveilleuse qu'inattendue, mais je viens de rendre tout ce que j'avais bu et mangé au cours de notre mémorable soirée. Mais dans l'ordre inverse.

– Un ou deux verres de champagne atténueront votre mal de mer, beauté. Croyez-moi.

– Pour vous dire la vérité, mon cher capitaine, mon problème n'est pas le mal de mer. Je suis enceinte.

Elle-même s'était toujours étonnée de ses propres inventions. Elle mentait de manière impulsive, naturelle pour ainsi dire; les mensonges lui venaient aux lèvres, aussi irrépressibles qu'un accès de hoquet ou une crise de larmes.

Un inconsolable chagrin se peignit sur le visage du capitaine da Silva; il fit claquer ses talons et, s'inclinant légèrement, sortit à reculons, comme un courtisan l'aurait fait après une audience chez la reine.

Un véritable *caballero*, ce capitaine da Silva !

Une seconde plus tard, au moment où elle s'apprêtait à fermer à clef, on frappa à nouveau. C'était encore da Silva : il entra d'un pas guilleret en s'excusant pour reprendre sa bouteille de champagne. La nuit ne faisait que commencer.

31

Le temps semblait avoir épargné le bateau. Les jours s'y succédaient — uniformes et ennuyeux.

En ce début d'après-midi, les deux femmes étaient allongées côte à côte sur leurs chaises longues. Tout autour se déployait une étendue sans fin : de l'eau, rien que de l'eau, à perte de vue.

Sous le chapeau de dentelle à larges bords qui recouvrait presque entièrement son visage joufflu et débonnaire, où les ombres dessinaient un subtil jeu de clairs-obscurs, une pensée traversa soudain l'esprit de la baronne.

– Ma chère, cela fait plusieurs jours que nous sommes ensemble. Je vous pose sans cesse la question mais vous ne me répondez jamais : quelle est la destination finale de votre voyage ? Singapour, Manille ? Ou bien est-ce un secret ?

– Ce n'est pas un secret du tout. Disons que je vais au bout du monde.

– C'est-à-dire ?

Hilde essaya de se rappeler le nom du bout du monde mais elle n'y parvint pas cette fois non plus. Elle tendit la main et tapota l'épaule du Hongrois qui faisait la sieste. La mystérieuse poudre blanche qu'il cachait dans sa tabatière jouait sans doute un certain rôle dans sa somnolence, mais Hilde ne lui posait jamais de questions à ce sujet, persuadée que tout homme était comme enveloppé d'un fin voile de vices et de faiblesses secrètes qui lui étaient propres.

– Istvan, c'est où, déjà, le bout du monde ?

Le Hongrois tressaillit et, faute de comprendre la question, s'adressa au capitaine adjoint, toujours aussi dévoué et serviable, qui se tenait debout derrière lui :

– Paco, c'est où, le bout du monde ?

Ramirez regarda furtivement autour de lui : si traîtresse interpellation avait un caractère par trop intime. Mais rien de particulier n'arriva : personne ne semblait y avoir prêté attention et le capitaine adjoint prononça sur un ton officiel, les yeux braqués sur l'horizon infini :

– Selon les recherches les plus récentes, *sir*, la terre serait ronde ces derniers temps. Donc, les deux bouts du monde — et du même coup son début comme sa fin —, se trouveraient en chacun de nous, *sir*.

– Bravo, bravo, quel philosophe ! applaudit la baronne. Savez-vous que vous n'êtes pas bête du tout, mon cher ?

– Au risque de paraître immodeste, force m'est d'avouer que j'ai la même impression, madame la baronne, répondit avec dignité le capitaine adjoint sans détacher les yeux de l'horizon.

– Je n'ai toujours pas compris la destination finale de votre voyage. Mais confessez-la-moi enfin, ma chère enfant ! Ne sommes-nous pas amies ? insista doucement la baronne.

Hilde fouilla dans sa mémoire :

– Eh bien… comment ça s'appelle, déjà ? Saigon ! C'est ça, Istvan ?

– Shanghai, la corrigea d'une voix endormie le Hongrois qui replongeait déjà dans la somnolence.

– Mon Dieu ! nous sommes décidément sur le même bateau ! s'exclama la baronne. Et vous appelez ça « le bout du monde » ? Écoutez-moi : Shanghai est le début de l'enfer, ma chère ! Le premier de ses neuf cercles ! Vous pouvez m'en croire, ça fait une éternité que je vis là-bas… Et, pardonnez mon indiscrétion, mais que comptez-vous faire dans cet endroit maudit ?

– Je ne sais pas… Je ne sais vraiment pas. C'est très personnel et compliqué…, murmura Hilde sincèrement désespérée — elle ne pouvait se trahir en avançant les vrais motifs de ce voyage vers « le premier cercle de l'enfer ». Je n'ai pas de projets concrets.

La baronne réfléchit quelques instants, puis elle lui caressa la main avec compassion avant de réciter quelque chose qui ressemblait fort à un extrait de petit roman pour femmes au foyer :

– Je vois. Drame personnel, naufrage amoureux, désir de vous fuir vous-même… C'est clair comme de l'eau de roche. Mais surtout ne me racontez rien, mon enfant, ne réveillez pas les vieux souvenirs ! Et si vous n'êtes pas millionnaire, ainsi qu'il me semble, de quoi vivrez-vous dans cette cité folle et détraquée ?

– Je suis prête à faire n'importe quel travail.

– Jésus Marie Joseph ! À Shanghai où depuis longtemps il n'y a plus de travail ? Où la moitié de la population est au chômage ?… Non, non, plus un mot ! De plus, ma chère, vous n'êtes pas née pour faire « n'importe quel » travail ! Inutile de protester !

La baronne demeura pensive un instant et, dans la mesure où Hilde se gardait en effet de protester, elle poursuivit :

– Qu'avez-vous fait comme études ?

– Études de lettres à l'université d'Humboldt.

Elle ne jugea pas nécessaire de préciser qu'elle avait entamé ce cursus sans l'avoir terminé.

– Alors, vous voyez bien !

Hilde ne comprit pas ce qu'elle était censée voir, ce qui n'empêcha nullement la baronne de poursuivre sur un ton triomphal :

– À Shanghai, je connais un gentil petit vieux, un benêt parfait dans son genre si vous voulez mon avis, mais qui pourrait vous trouver un travail digne de vous. Parole ! Il a un faible pour les jolies femmes mais ne vous inquiétez pas, il est parfaitement inoffensif. Il vous fera la cour, n'aura de cesse de vous conquérir, mais il en restera à des joutes rituelles. À la fin, il ira boire une bière et ne vous embêtera jamais plus.

– Sigmund Freud, sexologie virtuelle. Et qui est ce chaman amoureux ?

– Comment ça, qui ? Mais mon mari Ottomar, ma fille ! Le baron Ottomar von Dammbach !

Et à nouveau la baronne noya les horizons lointains sous les vagues de son rire sonore.

Sans ouvrir les yeux, Keleti leva la main en agitant les doigts :

– Paco, tu es là ?

– Bien sûr, *sir*.

– Tu pourrais m'apporter une vodka ? Une grande, s'il te plaît. Avec des glaçons et un soupçon de jus de citron.

– Désolé, *sir*. Le buffet est encore fermé.

– Comme j'en ai marre de tout ça, mon Dieu ! Ce voyage ne finira-t-il donc jamais ?

– Tout voyage qui a un début connaît forcément une fin, *sir*.

– À quelle heure arrivons-nous à votre foutu Shanghai précisément ?

– À minuit pile, *sir*.

– Et quelle heure est-il à présent ?

Le capitaine adjoint consulta sa montre avant de répondre :

– Quatre heures vingt de l'après-midi, *sir*.

– Mon Dieu ! À minuit seulement !

– Désolé, mais je ne puis modifier les horaires. L'*Asunción II* accostera à Shanghai à minuit pile dans neuf jours, *sir*.

32

Hilde introduisit les trois délégués du *Jewish Refugee Community of Shanghai* chez le représentant diplomatique du Troisième Reich. Une délégation juive en visite officielle chez un haut émissaire de l'Allemagne hitlérienne ! Ce fait en lui-même remarquable constituait une nouvelle preuve des perversions et des paradoxes uniques de la ville ouverte de Shanghai.

Le baron Ottomar von Dammbach était un homme plus très jeune, de haute taille, aux yeux bleu clair délavés et aux cheveux lissés en arrière d'un blanc qui avait jadis dû être blond. Même le gardien le plus sourcilleux des garants de la pureté raciale n'aurait pas douté que du sang celte ou viking coulât dans ses veines.

Les trois hommes remarquèrent aussitôt l'insigne rond frappé du svastika hitlérien sur le revers de sa veste — signe d'appartenance au Parti national-socialiste. Cet insigne semait la terreur, surtout au sein de la tribu d'Israël, mais pour les initiés il s'agissait d'un emblème qui n'avait rien de troublant ni d'exceptionnel. Car on savait bien que tout titulaire d'un poste de haut fonctionnaire devait être membre de ce parti qui s'identifiait jusqu'à se confondre avec le Reich allemand même, avec sa politique et son avenir. Les trois hommes ne pouvaient savoir quel sentiment de dédain envers son propre insigne éprouvait lui-même le baron, cadre diplomatique de la vieille école. Il se résignait non sans agacement aux nouveaux préceptes du parti : à la veille de prendre sa retraite, ses plus beaux rêves le transportaient non point tant vers les mille ans à venir prédits par le Führer que vers un imminent repos au milieu de ses enfants et petits-enfants dans la propriété familiale des Dammbach en Thuringe.

Le baron se leva de derrière son bureau, près duquel trônait le buste doré du Führer, et d'un geste ample désigna les fauteuils que venaient de quitter ses visiteurs japonais. Hilde resta debout près de la fenêtre haute, un dossier à la main.

– Messieurs, asseyez-vous, je vous prie !

– Je peux disposer, monsieur le baron ? demanda Hilde.

– Non, restez. J'ai des choses à vous dicter… Je vous écoute, messieurs.

Le professeur Mandel dépeignit la situation consécutive aux agissements des mauvaises graines de fascistes qui terrorisaient régulièrement les juifs allemands de Hongkew. Viscéralement étranger à tout sens de la diplomatie, il exprima en termes incisifs et très directs le soupçon que la représentation diplomatique d'Allemagne à Shanghai fût derrière ces agissements.

Comme le baron en haussait les sourcils d'étonnement, Rabbi Leo se radoucit :

– Bien entendu, rien de personnel, monsieur le baron. Mais il ne fait aucun doute que quelqu'un soutient financièrement tant le journal que ces violences antisémites. S'il faut en juger par… comment dire… le style, il paraît peu probable que cela vienne des cercles chinois ou japonais…

– Japonais, certes non, laissa tomber von Dammbach en pinçant les lèvres dans un rictus.

Visiblement, il en avait après les Japonais mais il se garda d'en dire davantage. En dépit des déclarations officielles, c'était un secret de polichinelle que les relations entre l'Allemagne d'Hitler et le Japon d'Hirohito n'évoquaient que très lointainement une lune de miel. Les deux pays partageaient avec autant de réticence que de parcimonie leurs plans secrets et manifestaient une attitude aux limites de la méfiance envers les desseins déclarés de l'autre partie, très souvent fort éloignés de la réalité. À ce sujet, il apparaissait qu'on n'avait pas bien su garder secret un dialogue sténographié entre Hitler et le chef de l'état-major de la Wehrmacht, le général de corps d'armée Jodl, au cours duquel le Führer avait qualifié ses amis japonais de «menteurs» et de «tricheurs» indignes de la moindre confiance. D'autre part, «la question juive» — au sujet de laquelle l'élite hitlérienne, inspirée par une obsession pathologique, prenait des mesures toujours plus radicales — ne se posait guère pour le Japon insulaire, pour autant qu'on pût y repérer une quelconque présence des fils d'Israël. Quant aux territoires occupés sur le continent, malgré un certain malaise social lié à la présence de juifs russes et allemands, les Japonais y collaboraient fructueusement avec ces cinq ou six cents familles bagdadies qui entretenaient de solides relations internationales, surtout aux États-Unis. Il ne fallait pas s'étonner que les cercles d'affaires de Tokyo fissent les yeux doux à cette riche communauté, dans laquelle ils voyaient une utile alliée pour rompre le traditionnel isolationnisme japonais.

Le baron alluma une longue cigarette égyptienne sans se préoccuper d'en offrir une à ses visiteurs. Avec tous les signes du plus vif intérêt, il en examina l'extrémité rougeoyante avant de reprendre :

– Écoutez, je ne suis pas Dieu le Père, messieurs. Je vous comprends bien mais, outre notre représentation diplomatique, il fonctionne ici des structures commerciales, politiques et de propagande directement soumises à leur organisme de tutelle à Berlin. Sans doute, suis-je à titre nominal le chef de la communauté allemande de Shanghai, mais… à titre nominal seulement, si vous voyez ce que je veux dire.

Et faute de trouver la définition appropriée pour son impuissance, il ajouta nerveusement :

– Après tout, ce n'est pas moi qui vous ai fourrés dans ce pétrin ! Vous y êtes arrivés tout seuls, maintenant débrouillez-vous !

– Vous connaissez bien les circonstances qui nous ont contraints à franchir ce pas, dit tout bas Theodor Weissberg. Nous n'aurions jamais quitté l'Allemagne si…

– Laissons de côté les «si», messieurs. Je ne suis pas disposé à discuter avec vous la politique officielle du gouvernement allemand ! l'interrompit nerveusement le baron.

– Pardonnez-moi, dit tout aussi bas le violoniste. Nous n'avions pas l'intention de débattre d'actions rendues possibles par la passivité des uns et le silence des autres. Elles ne dépendent pas de votre volonté, encore moins de la nôtre. Nous ne sollicitons que votre intervention…

– D'accord, d'accord, j'ai compris. J'essaierai d'agir dans la mesure de mes compétences. Ne vous attendez pas à trouver de sitôt une invitation au bal dans votre courrier, mais j'espère du moins que ces garnements proches du *Yudaia kenku* cesseront de vous importuner. En contrepartie je veux que vous fassiez un geste vous aussi. Je vous prie instamment d'établir une liste précise et détaillée de vos compatriotes d'Allemagne et d'Autriche arrivés ici après 1937. Puis-je compter sur vous ?

Les trois hommes échangèrent des regards. 1937 correspondait à l'année de l'invasion : depuis lors, Shanghai se trouvait sous juridiction japonaise. Fort bien. Mais qui pouvait avoir besoin de cette liste ? Et dans quel but ?

Theodor Weissberg jeta un regard involontaire sur la secrétaire qui se tenait debout près de la fenêtre et serrait un dossier contre sa poitrine. Il lui sembla qu'elle avait hoché négativement la tête de façon presque imperceptible.

– Pour quoi faire ? demanda-t-il, tout empli de lourds soupçons.

Il se pouvait que le baron lui-même ne fût pas bien informé car il répondit sur un ton dégagé, s'efforçant de donner à sa voix des inflexions nonchalantes :

– C'est Berlin qui me le demande. Peut-être pour les statistiques nationales ou quelque chose de la sorte… Avec toutes les informations possibles concernant le sexe, l'âge, l'état de santé et ainsi de suite.

Theodor regarda la secrétaire et crut à nouveau remarquer le même signe de tête négatif.

Confus, les trois hommes gardaient le silence.

– Je doute que cela soit une tâche à notre portée, dit enfin le rabbin. Vous savez certainement que nous n'avons aucune administration, que nous ne disposons pas même d'une machine à écrire. Je suppose que vous n'y avez jamais mis les pieds et que vous ne pouvez imaginer à quoi ressemble Hongkew. Nous ne parlons pas de quelques individus, mais de milliers et de milliers d'immigrés dispersés à travers toute la ville, chacun luttant pour son pain quotidien... L'équivalent de la population d'une ville moyenne allemande.

– D'une ville moyenne juive ! corrigea le baron avec acrimonie.

– Et pourquoi ne demandez-vous pas ces renseignements aux autorités japonaises ? rétorqua le professeur Mandel, feignant d'ignorer cette provocation et s'efforçant dans le même temps de tâter le terrain. Nous n'avons pas été parachutés ici, monsieur le baron ! Ne sommes-nous pas tous arrivés par mer, de façon tout à fait légale et avec des papiers en règle ? Et je ne parle pas de certains juifs tchèques ou lettons parvenus ici grâce au Transsibérien. Les autorités portuaires japonaises n'ont-elles pas effectué une vérification des plus pointilleuses ? Tout nouvel arrivant est inscrit sur les registres douaniers; c'est à peine si on ne nous a pas demandé comment s'appelaient nos grands-mères. Pourquoi n'allez-vous pas voir là-bas ?

Le baron eut à nouveau un sourire en coin :

– Je ne vous ai pas demandé le prénom de votre grand-mère ! Si ce n'est pas Rébecca, ce sera Sarah.

Quant aux autorités japonaises, elles me cacheraient la vérité même si je leur demandais la température qu'il fait en ce moment à Tokyo ! Non, messieurs, c'est sur vous que je compte pour établir cette liste. Personnellement. Et je l'exige avec la même fermeté dont je ferais preuve envers tout citoyen allemand.

– Nous sommes citoyens allemands mais pour combien de temps encore ? intervint le professeur Mandel avec amertume.

– Pour l'heure et jusqu'à nouvel ordre ! fit le baron en guise de dernier mot.

Sur ce, il se leva, signe que l'audience était terminée.

33

L'information dont disposait la secrétaire personnelle du baron Ottomar von Dammbach s'avéra fiable : tout juste une semaine avant que Mussolini attaque la Grèce, le pacte tripartite entre l'Italie, l'Allemagne et le Japon, fut conclu à Berlin. Pour l'Allemagne et l'Italie, il fut signé par les ministres des Affaires étrangères von Ribbentrop et le comte Ciano; pour la partie japonaise, c'est l'ambassadeur à Rome, Saburo Kuruso, qui apposa son paraphe. Malgré leurs buts divergents et leur rivalité secrète, les trois pays avaient pour l'heure des intérêts stratégiques communs : en premier lieu, les zones de puissante influence et de présence militaire anglaise en Europe, en Afrique et en Extrême-Orient.

La nouvelle se répandit rapidement parmi les immigrés de Hongkew. On se demandait anxieusement si les nazis n'allaient pas exercer la même pression sur leurs nouveaux alliés japonais que sur leurs petits satellites — Hongrie, Croatie, Roumanie et Bulgarie — ou bien sur les régimes fantoches de l'Europe occupée dont les émissaires hitlériens exigeaient sans relâche et avec l'obstination de taureaux enragés un soutien explicite, actif et franc, à leur politique anti-juive.

Dans quelle direction s'exercerait cette pression, ici, à Hongkew, à des milliers de miles de l'Europe, personne ne le savait pour le moment, mais rabbi Leo Levin avait pris en compte l'impression de Theodor Weissberg selon laquelle la secrétaire du baron aurait hoché négativement la tête à son adresse. Le violoniste n'était pas de ceux qui s'orientaient avec facilité au milieu de situations imprévisibles, encore moins grâce à de douteux et inexplicables signes d'intelligence — quoiqu'il en soit, le prévoyant rabbin assigna à sa femme la tâche de brûler le modeste registre de la synagogue. Il y inscrivait les naissances et les enterrements, les dons pour la caisse d'entraide mutuelle, les circoncisions, les mariages et les bar mitsvah — c'est-à-dire l'accession des jeunes garçons juifs à la majorité religieuse.

Mais la joie est sœur de la tristesse : c'est cette conviction, ou quelque chose de semblable, qu'avait essayé d'exprimer avec des mots et des gestes la Chinoise millénaire qui avait appris à Esther Levin à préparer les feuilletés au riz, lorsqu'elle avait vu sa voisine angoissée occupée à déchirer et à jeter au feu les pages de l'épais registre. La vieille croyait en cette maxime douteuse mais toujours vivace. Toujours est-il que ces nouvelles préoccupantes avaient au moins coïncidé avec un heureux événement pour les Weissberg : le tout dévoué Schlomo Finkelstein trouva enfin à un prix acceptable le logement dont ils rêvaient.

C'était une petite maison de brique, non loin de l'usine sidérurgique, mise en location par un parent d'une famille locale depuis longtemps enfuie dans les montagnes, comprenant deux pièces et une petite annexe pour abriter les provisions d'hiver. Après l'occupation de 1937, une famille de cuisiniers nippons s'y était installée, laquelle avait récemment trouvé du travail dans un restaurant japonais de luxe sur la rive opposée, dans la Concession internationale. Deux petites pièces magnifiques, une de ces «boîtes d'allumettes» dont Elisabeth rêvait depuis des mois; dans l'annexe, Schlomo avait bricolé un semblant de douche à partir du réservoir à essence d'un camion incendié pendant les bombardements. Par rapport à l'état général de Hongkew qui ne cessait de s'enfoncer dans la ruine, la puanteur et la misère, cette maisonnette à la japonaise aux fenêtres voilées de rideaux à petites fleurs, où l'heureuse famille de cuisiniers avait même laissé quelques meubles avant de prendre congé avec d'innombrables inclinations rituelles, était une oasis de propreté.

Le rêve d'Elisabeth de posséder un coin à elle était devenu réalité — au risque de ruiner complètement le budget familial, déjà des plus serrés. Aussi insalubres que répugnants avec leur atmosphère de salle d'attente de gare secondaire, les dortoirs communs n'en étaient pas moins gratuits — grâces en soient rendues aux bonnes sœurs de Mère Antonia. Il fallait maintenant s'acquitter du terme à chaque début de mois; de plus, comme il a déjà été dit, quelque modestes que fussent les loyers par rapport à ceux qui se pratiquaient en Europe, ils avaient grimpé à plusieurs reprises.

Elisabeth fut contrainte de ravaler sa fierté et son amour-propre lorsque Simha Bassat, l'épouse de Jonathan, lui eut demandé de trouver un juif qui pût faire un bon aide jardinier. Ces derniers temps, c'était devenu une mode, parfois dictée par une sincère compassion, mais le plus souvent par la vanité et le souci de paraître : les riches familles juives établies sur place depuis longtemps recrutaient un ou deux serviteurs parmi les juifs allemands récemment arrivés et qui se trouvaient dans l'impasse. Une main tendue moins humiliante qu'une aumône, car les Chinois, dans bien des cas, se montraient plus efficaces, moins exigeants et revenaient en outre moins cher. Avec un serviteur juif, l'avantage était qu'on pouvait parler allemand : signe d'un statut social et culturel élevé, auquel l'élite juive de Shanghai accordait une grande importance, comparable à la fierté des familles moyennes juives d'Autriche-Hongrie d'autrefois qui embauchaient des gouvernantes suisses pour leurs enfants.

Elisabeth proposa sans hésiter son mari pour le poste vacant. À la question de savoir quel était son métier, elle marmonna quelque chose comme « employé ». Elle tut le fait que Theodor était un éminent violoniste pour ne pas créer des difficultés morales chez les propriétaires : après tout, les Bassat voulaient un aide jardinier et non un exécutant des opus de Sarasate ! Weissberg, membre de l'Académie prussienne des arts et âme du Philharmonique de Dresde, devint ainsi l'aide du vieux jardinier, le maître ès fleurs et légumes Wu Laozian.

Les autobus rouges de la compagnie municipale allaient jusqu'au *Bund,* en bordure du fleuve, puis effectuaient le même trajet en sens inverse. Ils ne traversaient pas le fleuve où la population de Hongkew n'avait ni l'habitude d'utiliser les transports en commun, ni les moyens de le faire. Pour Elisabeth et Theodor, les rickshaws étaient trop chers et les taxis tout simplement inaccessibles. Aussi, tous les matins, les Weissberg parcouraient-ils à pied cinq kilomètres, quittant leur quartier près de l'usine sidérurgique, traversant le pont qui enjambait les eaux boueuses du Soochow puis le *Garden Bridge* sur le Yang-Tseu-Kiang, près du Jardin anglais, pour arriver juste à l'heure dans la maison du 342 route Cardinal-Mercier.

Là-bas, chacun s'attelait à sa tâche, Elisabeth enseignait le piano et l'allemand aux enfants, Theodor charriait de l'engrais, bêchait les plates-bandes ou bien désherbait le jardin.

Ce matin-là, Simha Bassat, adossée au parapet de la véranda, observait pensivement le travail du vieux jardinier et de son auxiliaire.

– Monsieur Weissberg, je peux vous parler une minute ? cria-t-elle en allemand.

Avant la Deuxième Guerre mondiale, indépendamment de la région du globe où ils vivaient et de leur environnement linguistique, les juifs instruits maîtrisaient généralement plus ou moins bien l'allemand, la langue la plus « juive » de l'époque. Madame Bassat le parlait convenablement, bien qu'elle ne fût jamais allée en Europe. Son déplacement le plus lointain et le plus émouvant avait été son voyage à Jérusalem, ville du protectorat anglais de Palestine, la terre de ses ancêtres éloignés.

Il n'était pas d'usage de donner du « monsieur » à un domestique, fût-ce en allemand, surtout sous ces latitudes où l'écart entre riches et pauvres, Asiatiques et Européens, n'était pas sans éveiller le souvenir encore vif de l'esclavage. Mais en l'occurrence, madame Bassat avait tenu à marquer son respect pour cet Européen modeste et timide, sans doute très cultivé. À l'instar de la plupart des « Allemands », comme on appelait ici les juifs fraîchement débarqués — intellectuels ou non —, lui aussi avait dû accepter le premier travail venu pour survivre. Madame Bassat appréciait sa simplicité, et qu'il accomplît avec application, quoique parfois avec maladresse, son travail manuel en tant qu'auxiliaire de Wu Laozian, ce digne et vénérable jardinier à la barbiche clairsemée de mandarin médiéval. Wu Laozian était fils et petit-fils des jardiniers Wu qui avaient servi — depuis le temps de l'impératrice Tseu-hi et plus loin encore, pendant la guerre de l'Opium — les pères et aïeux de la dynastie Bassat. Il était entré à leur service tout jeune encore, du vivant du vieux Menahem Bassat et de son père Jeroham, aussi le jardinier faisait-il en quelque sorte partie des meubles.

Theodor appuya sa bêche contre un arbre et s'approcha de la propriétaire en ôtant respectueusement son chapeau de paille effrangé.

– Oui, madame Bassat ?

– En vous regardant, je me dis que vous et votre femme, aussi charmante qu'instruite, vous avez dû mener une tout autre existence en Allemagne… Une existence sans doute plus sensée…

– Oh oui… Résolument plus sensée, madame.

– Et pour tout vous dire, cela me gêne un peu… Car vous méritez un sort différent.

– Cela ne devrait pas vous gêner, madame Bassat. Je vous suis au contraire très reconnaissant… Vous savez combien il est difficile de trouver un emploi stable à Shanghai…

– Difficile, en effet… fit-elle, songeuse; visiblement sa pensée était ailleurs car elle sauta soudain du coq à l'âne : Que faites-vous pour shabbat ? Je veux dire, le célébrez-vous comme tout juif respectable ?

Theodor ressentit quelque embarras : à quoi pouvait bien ressembler un «juif respectable» aux yeux de madame Bassat ? Il se souvint de sa plus tendre enfance lorsque, certains vendredis soir, il rendait visite en famille à sa grand-mère qui vivait à Dalem, quartier résidentiel cossu de Berlin, de la main tremblante avec laquelle elle allumait les bougies, du pain rond que son père rompait avant d'en donner solennellement un morceau à chacun… Il se souvint même du calice d'or et d'argent et de l'excitante gorgée d'un vin rouge capiteux qu'on lui autorisait malgré son jeune âge… *Shabbat shalom.* Oui, absolument, *shabbat shalom.* Paix du samedi. Mais depuis lors, beaucoup d'eau avait coulé sous les ponts de la Spree, emportant et les décennies et la paix sabbatique ! «juif respectable» ! Qu'entendait-elle par-là ?

– Nous serions ravis, poursuivit madame Bassat, de vous avoir à dîner vendredi prochain. C'est l'anniversaire de notre fils. Malheureusement nous ne pouvons inviter le vieux Laozian. C'est quand même un Chinois qui ne partage pas notre foi, vous comprenez ?

Theodor passa sous silence qu'Elisabeth non plus ne partageait pas «notre» foi. Et que lui-même, juif de père et de mère, n'avait pour ainsi dire jamais mis les pieds dans l'étincelante synagogue d'*Oranienburgerstrasse.* Pas pour des motifs religieux en tous cas.

– D'autres invités se joindront à nous un peu plus tard. Vous savez que sur ces méridiens la vie mondaine commence vers dix heures du soir. J'espère qu'on s'amusera bien.

– Merci, madame Bassat, c'est très gentil mais…

Elle intercepta son regard. Theodor portait des vêtements de coutil, cela faisait beau temps qu'il n'en possédait plus d'autres, une chemise bleue élimée et une paire de sandales tressées.

Elle balaya l'objection muette d'un geste de la main :

– Aucune importance. Jonathan, mon mari, a plus de vêtements qu'il ne lui en faut. C'est vrai qu'il est petit et rond et que vous, vous êtes plutôt… Mais on finira bien par trouver quelque chose !

34

Elisabeth, qui avait chanté sur les plus grandes scènes d'Europe et jusqu'au Carnegie Hall de Manhattan, et assisté à de futiles réceptions de cour, sans parler des innombrables soirées officielles, se surprit elle-même en accueillant cette invitation avec la même émotion qu'une étudiante la veille du bal de sa promotion. Elle qui menait une existence terne et sans joie à Hongkew espérait pouvoir relire quelques pages d'une époque définitivement révolue – ne serait-ce que l'espace d'une heure ou deux – comme on feuillette un livre lu dans un passé lointain pour se rappeler certains passages favoris.

Elle ne se tracassait pas pour sa tenue : dans la grande valise de cuir, on trouverait toujours de quoi se vêtir. Madame Bassat ajusta pour Theodor un vêtement trop grand pour lui. Mais ce qui préoccupait vraiment les Weissberg, c'était de trouver, avec le peu de moyens dont ils disposaient, un cadeau pour l'anniversaire du gamin. Ils auraient jugé banal d'offrir un ballon à un garçon ou bien une poupée à une fille; ils se devaient donc de trouver un cadeau à la fois convenable et bon marché.

Finalement, grâce à rabbi Leo, ils étaient tombés sur un vieux commerçant chinois exposant sa marchandise sur une natte élimée à même l'asphalte, non loin de la pagode-synagogue. Le vendeur proposait aux acheteurs intéressés un riche et plus que pittoresque attirail : depuis une paire de lunettes borgne jusqu'à un réveil matin hors service, en passant par un dentier, un trousseau de clefs pour des portes inconnues, des ressorts à usage indéterminé, ainsi que des bougies pour automobile. Mais au milieu de la marchandise soigneusement ordonnée souriait un petit bouddha en néphrite, un poisson entre les mains, suspendu à une ficelle dont l'extrémité s'ornait d'une petite perle de verroterie : probablement un talisman usé à force de passer par tant de mains et de poches. Et dans la mesure où le poisson était le symbole de Jérusalem, et où la synagogue de Hongkew tenait le milieu entre un temple judaïque et une pagode bouddhiste, la figurine du Bouddha étreignant Jérusalem leur parut un cadeau plaisant et astucieux.

L'achat de ce talisman fut pour Theodor et Elisabeth l'occasion d'une première leçon de commerce extrême-oriental, c'est-à-dire mutuellement avantageux pour les deux parties. Fort des principes et rituels éprouvés dans le commerce des feuilletés au riz, ce fut le rabbin en personne qui mena le marchandage. Le vieux vendeur commença par exiger un dollar de Shanghai, laissant entendre que pour rien au monde il n'en rabattrait du moindre *cent*. Au terme d'une courte réflexion, le rabbin se jeta à l'eau avec toute la détermination d'un suicidaire et fit précisément une offre d'un *cent*. Theodor ne put s'empêcher de ressentir quelque gêne devant l'énormité de la différence mais rabbi Leo, après l'avoir instamment prié de rester à l'écart et de ne point intervenir dans des domaines pour lui impénétrables, réitéra son offre : «Oui, oui, un *cent* !» Pris de pitié, le marchand baissa généreusement son prix de moitié : cinquante *cents*. Les pourparlers étaient menés avec force gestes, chacun parlant dans sa langue et dessinant des chiffres dans l'air. Après une interminable querelle de sourds-muets, rabbi Leo doubla non moins généreusement la mise : «Deux *cents* !» Le vieillard secoua la tête : non, *masta-masta*, non, pas moins de trente *cents* ! Mais comme le rabbin faisait mine de partir, le marchand le rattrapa et proposa un ultime compromis : vingt *cents*. Marché conclu; vendeur et acheteur se serrèrent longuement la main. Rabbi Leo était content d'avoir fait siennes les règles locales du commerce en achetant un article pour une somme cinq fois inférieure au prix initial; le marchand se félicitait pour sa part d'avoir multiplié par vingt la première offre du client. Les deux parties étaient satisfaites, très satisfaites même, du bon déroulement de l'opération.

Les Weissberg s'en souvinrent avec amusement, tandis que le rabbin profitait de l'occasion pour leur faire la leçon sur les principes de l'affaire mutuellement avantageuse tout juste conclue :

– Si j'avais accepté tout de suite son prix initial d'un dollar, croyez-moi, le vieux serait rentré chez lui le cœur aussi brisé que s'il s'était fait voler au coin du bois. Et avec la profonde conviction d'avoir eu le malheur de tomber sur un arriéré mental. En lui ôtant le sublime plaisir du jeu, j'aurais gâché sa journée. Ici, même les enfants savent que le prix demandé est toujours exorbitant et que celui que propose le client est scandaleusement bas. Cela fait partie du bon usage du commerce. Dépouillé des marchandages, des fâcheries et des innombrables ruses rituelles — qui peuvent parfois s'étirer des heures durant — le commerce est aussi triste, monotone et ennuyeux qu'une journée pluvieuse de novembre. Peu importe qui y gagne et qui y perd. Comme au poker. Demandez à Mère Antonia, qui a enfin compris que le jeu est plus important que le gain. Les juifs, pourtant réputés bons commerçants, ne sont que des débutants comparés à ce vieux !

Sur ces bonnes paroles, le rabbin pénétra dans l'insolite synagogue aux dragons cracheurs de feu, dont un animal léonin, babines retroussées et patte posée sur une boule de pierre, gardait l'entrée.

La bonne apporta chez Laozian du riz et les légumes cuits à l'étouffée qu'il aimait tant, posa respectueusement le plateau sur sa petite table de bois et s'inclina.

– Bon appétit, Bo Laozian ! lança-t-elle avant de retourner à la cuisine.

«Bo» signifiait oncle, et le vieux était très flatté quand les serviteurs ou même les maîtres de la maison l'appelaient ainsi.

En face, dans la grande maison, bien avant que commençât la fête, la lumière brillait déjà vivement aux fenêtres. Pour les maîtres, la soirée du vendredi était sacrée, ce que les serviteurs savaient de longue date. Le dîner commençait tôt, comme il était de règle chez les juifs : cela aussi ils le savaient bien. Les lumières étaient allumées avant le coucher du soleil car jusqu'au lendemain soir, il était interdit de faire du feu, de manier des allumettes, de remuer des braises ou de toucher aux interrupteurs. C'était même pécher que d'accomplir ces gestes par l'intermédiaire des serviteurs. Inutile de demander pourquoi : c'était comme cela chez les juifs et il en avait toujours été ainsi chez les maîtres — jeunes ou vieux.

Le jardinier mangea le riz, but une gorgée de thé, se cala contre un coussin, rota puis alluma sa pipe de terre avec délice, les yeux tournés vers le jardin, fruit de son travail et de son savoir-faire.

Ici, dans ce coin de sa maisonnette blanche, étaient nés ses fils, et c'est ici qu'était morte sa femme. Il avait toujours rêvé que ses fils deviennent de remarquables jardiniers dignes du nom de leurs ancêtres, les Wu. Mais ils avaient souhaité devenir soldats et une nuit, poussés par un ami, ils avaient quitté la ville pour rejoindre l'armée du général Chang Djunjang à Chunking. Depuis lors, par l'entremise de gens venus incognito dans la ville, il n'avait reçu de leur part qu'une lettre pour la nouvelle année lunaire, formulant des vœux de santé et de longévité, ainsi qu'une boîte métallique ronde pleine de tabac à pipe d'importation. Il avait depuis longtemps fumé jusqu'au dernier brin de ce tabac anglais parfumé mais il conservait la boîte à la manière d'une précieuse relique familiale et parfois, attendri et envahi de tristesse pour ses fils, il la contemplait longuement dans la petite niche du mur qui abritait aussi la statuette en porcelaine du dieu de la longévité, le vieux Shu-Sinh, appuyé sur son bâton noueux, une calebasse à la ceinture. Car si le chemin des jeunes vers la vieillesse était très court, celui des vieux à travers la mort se révélait très, très long — aussi fallait-il bien se munir de quelque chose pour puiser de l'eau !

Certains vieillards mesurent leur temps fuyant au doux son des perles en ivoire de leur chapelet; Laozian, lui, le comptait selon la divine respiration rythmée de la nature. D'abord, à peine l'hiver passé, les magnolias fleurissaient et juste derrière eux accouraient impatiemment pour prendre leur place au soleil les pruniers et les griottiers épanouis, suivis du pêcher et de l'amandier en fleur — d'un rose aussi tendre que le litchi. Ensuite les narcisses pointaient leur tête; le jasmin se faisait remarquer par sa blancheur, fiers et somptueux, lotus et lys ouvraient ensuite leurs calices sur le lac; l'acacia jaune, le mimosa, les oléandres blancs et cramoisis, ainsi que le grenadier aux fleurs rouge sang apporté ici des rives lointaines de l'Euphrate, répandaient partout leurs grappes de fleurs. Enfin, fermant la procession, avançaient avec dignité les chrysanthèmes blancs et jaunes japonais aussi gros que des choux. Et au milieu de tout cela, du printemps à l'automne, sautillaient les plus sereines, les plus constantes et les plus dociles des enfants du jardin : ces petites coquettes de roses qui répandaient généreusement alentour leurs rires et leurs charmes. Ensuite arrivait l'automne, annoncé par les trois trembles jaunissant en contrebas de la véranda qui saupoudraient abondamment l'herbe alentour de louis d'or tout en racontant la fin du conte. Afin que tout se répétât depuis le début, encore et encore, car les dieux aussi bien que les hommes ne se lassaient jamais d'écouter les belles histoires.

Oui, c'est ainsi que tout était ordonné depuis la nuit des temps : afin que chaque chose suivît son cours de façon naturelle, comme l'enfant devenait vieux et comme la vie se déversait dans la mort pour faire place à une nouvelle vie. Ainsi allait le cours des choses; et il en serait toujours de même. Quand le vieux Jeroham eut vieilli au point que sa conscience commençât à divaguer, il se mit à parler une langue gutturale que personne ne comprenait. Le jeune maître disait que c'était la langue qu'on parlait en Mésopotamie. Mais quelqu'un savait-il où celle-ci était située ?

Peu après, le vieux Jeroham mourut paisiblement, allongé sous le jasmin en fleur; son âme prit-elle cette lointaine direction, celle de la Mésopotamie, ainsi que les maîtres Bassat désignaient le lieu où erraient les âmes de leurs ancêtres ? Des invités et des rabbins affluèrent d'endroits éloignés; le grand-père de Laozian se vêtit de blanc en vue de l'enterrement et il alluma une brassée de bûchettes de santal aromatique à la pagode, bien que cela ne fît pas partie de la coutume juive. Toujours est-il que la fumée monta tout droit, signe que l'âme du vieux Jeroham était satisfaite. Et sur son lit de mort, le grand-père de Laozian paya trois moines bouddhistes en habits jaunes afin qu'ils prient non seulement pour son âme mais aussi pour celle de son maître. Peu importait que sa foi fût différente : une prière de plus ne ferait de mal à personne si elle venait du cœur ! Une fois tout cela accompli, l'esprit en paix, il suivit Jeroham sur les sentiers célestes.

Le père de Laozian aussi suivit son maître, le père de Jonathan, mais pas avant que se fussent écoulés quarante-neuf jours depuis sa mort, oh non, pas avant ! Car même les idiots savent qu'en chaque homme vivent sept esprits terrestres qui l'attachent au monde d'ici-bas et empêchent son âme de s'envoler vers les demeures célestes avant qu'il s'en soit délesté. Aussi faut-il réciter des prières, allumer des braises parfumées et faire des offrandes pour les apitoyer afin qu'ils te laissent aller en paix. Les étrangers croient que cela se produit le quarantième jour, mais ce n'est pas vrai : chaque esprit reste dans le corps sept jours, et sept fois sept font quarante-neuf, pas un jour de moins ! Les juifs n'y croient pas, et c'est leur affaire après tout, mais le père de Laozian accomplit scrupuleusement tout ce qui était nécessaire pour libérer l'âme de son maître des esprits terrestres et la laisser gagner l'au-delà, pure et légère. C'est seulement à ce moment-là que le père de Laozian, le vieux Wu, put se préparer tranquillement pour son long voyage. Le monde est ainsi fait que le serviteur suit son maître : le grand-père avec le grand-père, le père avec le père !

En ce sens, quel malheur que Laozian atteignît déjà l'âge d'homme lorsque Jonathan vint au monde ! Cela signifiait que le jardinier rejoindrait sa demeure dans l'au-delà avant son maître. Mais que faire : peut-on retenir la vie de force si elle ne veut plus se cramponner à toi ? Par ailleurs, Laozian trouvait une consolation à la pensée qu'il pourrait bêcher le jardin céleste et l'arranger de façon à faire plaisir au bon Jonathan Bassat lorsque celui-ci aurait sombré dans la mort...

35

Madame Bassat avait allumé à temps les bougies du chandelier en argent : c'était une obligation de la mère. Monsieur Bassat prononça les paroles sacrées : «*Baruch ata Adonaï Elohenu...*», puis rompit le pain, ce qui était un devoir du père.

La petite fête familiale se déroula à merveille; les deux servantes chinoises apportèrent les plats juifs préparés par madame Bassat, savoureux, exotiques et parfaitement inconnus — quoiqu'il rappelassent un peu la cuisine arabe. La maîtresse de maison assura à ses invités que tous ces mets étaient *casher* et exempts de toute impureté, mais ni Theodor, ni *a fortiori* Elisabeth n'étaient familiers de ces notions religieuses juives.

Ensuite, Theodor offrit au garçon qui fêtait ses dix ans le petit bouddha au poisson; Elisabeth se mit au piano et tous chantèrent «*Happy Birthday*»; il y eut un gâteau avec des bougies. Bref, tout se passa comme prévu.

À table, les invités abordèrent naturellement le sujet des raids menés par les jeunes fascistes dans Hongkew et celui du pacte tripartite tout juste signé. Mais la conversation fut lente à démarrer :

monsieur Bassat partageait entièrement l'avis du gouverneur anglais Sir Washborn pour qui pareilles gamineries ne méritaient point qu'on s'y attardât. Quant au nazisme et à son alliance avec le militarisme japonais, l'hôte fit savoir qu'il n'y accordait aucune attention particulière : ces affaires politiques, dit-il en substance, ne nous concernent pas en tant que juifs. Personne ne nous a demandé notre avis, nous sommes les paroles d'une autre chanson, aussi devons-nous rester à l'écart.

Jonathan Bassat était issu d'une famille de commerçants juifs de Bagdad qui jadis, après le déclin des Abbassides, avaient emprunté la route de la Soie avec les caravanes de leurs bons voisins et associés arabes, raison pour laquelle la politique les laissait particulièrement froids. Madame Bassat ne prenait aucune part à la conversation : elle s'ennuyait visiblement. L'Europe et le drame qui s'y jouait étaient bien trop loin. L'antisémitisme européen qui trouvait ses racines dans les croisades, la belliqueuse répulsion pour les juifs et leur foi, ainsi que dans les paraphrases, clichés et autres fantasmagories primaires développés au fil des siècles, cet antisémitisme-là leur était étranger et inconnu. Bien entendu, les Bassat n'ignoraient pas ce qui se passait sur le Vieux Continent — ces événements faisaient les gros titres de l'actualité mondiale —, mais ils en concevaient la même curiosité et la même compassion que pour des actualités cinématographiques hebdomadaires qui montreraient des images du énième coup d'État survenu en Uruguay, sans que l'on sût au juste qui s'était soulevé contre qui et quelle était la signification profonde de ce qui arrivait. Il aurait été pour le moins exagéré de prétendre que Simha et Jonathan Bassat fussent indifférents au sort de leurs coreligionnaires, mais pour eux, celui-ci s'inscrivait dans l'ordre des choses, tel un grondement sourd qui s'évanouit au loin : poussées inopinées de racisme banal de la part des *lumpens* qui prenait fin aussi rapidement qu'il se déclarait, telle une maladie infantile. En Allemagne, particulièrement.

– Mon Dieu ! s'exclama Simha. Et pourtant, qui contesterait la place d'avant-garde de la culture allemande dans le progrès de la civilisation ? Mais parlons plutôt de quelque chose de plus agréable. Avez-vous vu le dernier film de Fred Astaire ? Savez-vous que son vrai nom est Austerlitz et qu'il est juif, ce génial Fred Astaire ?

Non, ils n'avaient pas vu le film : il n'y avait pas de cinéma à Hongkew.

Bref, la singulière amitié nouée autour de la table de Shabbat entre les deux riches Bagdadis et un pauvre couple berlinois avait débuté sous le signe de la simplicité — humainement pour ainsi dire. C'est madame Bassat qui avait donné le ton en s'asseyant au piano à côté du professeur de ses enfants pour jouer à quatre mains. Rien ne laissait présager que ces débuts prometteurs aboutiraient à un fâcheux dénouement.

L'intendante, une énorme Chinoise, accourut gaiement dans le salon et se pencha à l'oreille de la maîtresse de maison pour lui annoncer quelque chose à voix basse. Simha Bassat en bondit de joie :

– Enfin ! Joni, le vapeur vient d'arriver !

Tandis que Jonathan se précipitait vers la porte, leur hôtesse expliqua, tout excitée :

– Un associé de longue date de mon mari. Il arrive d'Allemagne via Kôbe... C'est un homme extraordinaire, très agréable, vraiment. Je suis certaine qu'il vous plaira.

Lorsque monsieur Bassat eut introduit un souriant général de la Wehrmacht, dont une manche d'uniforme était frappée du svastika, Simha se leva pour l'accueillir.

– Mais que vois-je, Manfred ? Tu es devenu officier ! s'exclama-t-elle. Mon Dieu, notre Manfred, officier !

Le général fit claquer ses talons et leva le bras pour saluer à l'hitlérienne, selon l'usage officiel, puis il ouvrit les bras et étreignit la maîtresse de maison avant de l'embrasser sur les deux joues.

– Non seulement officier, mais général ! En fait, ce genre de grade ne se gagne pas sur les champs de bataille, mais entre quatre murs. Que faire, mon amie : nous autres bureaucrates participons à la guerre à notre manière ! Elle modifie beaucoup de choses, des frontières jusqu'à la manière de s'habiller. Sinon, comment me trouves-tu ? Ça me va ?

Il fit un tour sur lui-même avec la coquetterie affectée d'un mannequin.

– La guerre te va à merveille ! répondit madame Bassat en riant. Comment vont les amis ? As-tu de bonnes nouvelles ?

– La meilleure, c'est que nous avons ouvert une filiale à Paris. Le mois dernier, je suis allé dans cette ville magnifique, où l'on se sent comme chez soi ! Ce parfum vient de là-bas. Il est pour toi.

Toujours d'humeur badine, il lui offrit un petit paquet joliment emballé en faisant claquer ses talons.

– *Voilà !* *

Ensuite ce fut la banale présentation des convives, l'agréable surprise que madame et monsieur Weissberg fussent originaires de la royale Dresde. À en juger par leur nom de famille, des juifs allemands, n'est-ce pas ? Ça ne fait rien, là-bas aussi j'ai plein d'amis juifs ! C'est amusant, figurez-vous qu'en Allemagne j'ai rencontré des gens assez fréquentables qui ont subitement découvert qu'ils avaient du sang juif sans jamais s'en être doutés ! Certains l'ont très mal pris, mais que faire ? Le sang, c'est le sang ! Ne vous vexez pas, je n'ai rien contre vous, au contraire, je vous admire. Mais avouez que vous êtes des petits malins, vous autres : à présent vous construisez des routes, tandis que nos gars meurent sur le front. Plus tard, je vous raconterai à ce sujet une blague juive vraiment impayable !

L'invité n'eut même pas la curiosité de savoir ce que faisaient à Shanghai ces juifs allemands car la seconde bonne nouvelle était plus importante encore. Le général apportait de Kôbe une proposition faite à la société de monsieur Bassat pour augmenter considérablement les livraisons à condition que les banques juives de Shanghai acceptent d'accorder de nouveaux crédits. C'est la guerre, messieurs, la guerre ! Et la guerre se nourrit d'étain, de chrome et de caoutchouc brut, sans parler du pétrole, n'est-ce pas ?

Comme frappé par l'originalité de ses propres considérations, il éclata de rire.

– La guerre se nourrit d'hommes, intervint Theodor à voix basse.

– Quel lugubre symbolisme ! Les juifs allemands en sont friands. Ils ne pensent qu'à philosopher et se plaindre de l'ordre établi. Ce n'est pas vous que je vise : la plupart des vôtres en Allemagne sont des sociaux-démocrates voire des communistes ! Corrigez-moi si je me trompe. Tandis que les juifs d'ici sont différents, oh ! ils n'ont rien à voir ! Je n'ai rien contre vous personnellement, j'ai des millions d'amis et de partenaires parmi les vôtres. Pas vrai, Joni ?

Jonathan Bassat haussa silencieusement les épaules. Le tour que prenait la discussion lui déplaisait. Le général comprit qu'il devait retirer ses troupes de ce terrain glissant et conclut sur une note enjouée :

– Ce qui crève les yeux, c'est que la guerre nécessite des matières premières stratégiques tout comme j'ai besoin d'un bon cognac ! Ah ! après toute cette folie en Europe, que c'est bon de retrouver ses vieux amis dans un coin si paisible et si hospitalier !

Attendri, il baisa la main de madame Bassat. Il y avait un je ne sais quoi de spontané mais aussi de bêtement tapageur chez cet importateur d'aliments pour la guerre vêtu d'un uniforme de général.

Puis les invités affluèrent. Comme l'avait dit la maîtresse de maison, la vie mondaine à Shanghai commençait tard dans la soirée. La plupart étaient des représentants d'importantes sociétés allemandes accompagnés de leurs épouses; il y avait aussi deux banquiers chinois de Singapour et un officier supérieur japonais.

Ce qui suivit se graverait dans la mémoire de Theodor à la manière d'un assemblage désordonné de pages déchirées : souvenirs épars et flous où se mêlaient bons mots, sourires, rumeurs de fiançailles ou d'adultère, répliques tronquées…

Le Japonais ne saisissait aucune blague et, après qu'on lui eut expliqué chacune jusqu'au moindre détail, se contentait de sourire et de hocher la tête. Sans doute le faisait-il par politesse, car l'idée que se font les Japonais de ce qui est drôle et monstrueux était aussi éloignée des Européens que l'opinion du général allemand sur des questions touchant si douloureusement la sensibilité juive.

Theodor était sur des charbons ardents. Par deux fois il avait voulu partir mais Elisabeth lui avait serré la main comme pour lui dire : ça ne se fait pas, mon cher ! Et Simha Bassat elle-même, probablement désireuse d'atténuer certains jugements grossiers du général, n'avait pas permis qu'on fît la moindre allusion à un éventuel départ :

– Mais comment ça, chers amis, Lys Blanc va apporter le punch d'une minute à l'autre ! Elle le prépare depuis ce matin et vous risquez de la vexer à mort. La fête ne fait que commencer, n'est-ce pas ?

Lys Blanc était la grosse servante dont les joues se creusaient de joviales fossettes; quant au cher invité de Berlin, au bout de son troisième cognac, il se décida à s'asseoir au piano lui aussi, pour une petite musique nocturne. «Il ne joue pas si mal pour un fournisseur d'étain», songea Elisabeth.

– Jouez-nous quelque chose de plus moderne, général, demanda un des invités. Car dans notre province perdue, la mode nous parvient avec un retard d'au moins deux ans !

– Et nous, nous allons danser un peu ! ajouta gaiement la maîtresse de maison.

Un diabolique hasard voulut que le général, pris par le vaniteux désir d'être le centre d'attention de la petite société, choisit le succès le moins représentatif des nouvelles tendances européennes. S'accompagnant tout seul au piano, il entonna avec emphase :

«*In einen kleinen Konditorei*
Da saßen wir zwei
Und träumten vom Glück…»

Oui, oui, c'était bien elle, la trois fois maudite «petite pâtisserie» ! L'hymne des petits malins qui construisaient des routes au lieu de faire la guerre ! Et au rythme duquel on avait écrasé les doigts de Simon Zinner, le génial flûtiste !

Theodor ne sentit pas le verre de cristal glisser de la petite assiette, répandre le punch sur ses vêtements et se briser sur le carrelage.

Le piano se tut; le général se retourna pour voir ce qu'il se passait.

La maîtresse de maison bondit, une serviette à la main.

– Ce n'est rien, monsieur Weissberg ! Ça se lave, ne vous inquiétez pas. Ça ne laisse pas de traces.

– Si, ça en laisse ! articula Theodor, le visage aussi blanc que la serviette.

Il buvait rarement et cela expliquait sans doute que l'alcool lui fût si vite monté à la tête. Il prit sa femme par la main et l'attira brutalement dehors — il avait l'air comique dans ce costume aux mesures d'un autre.

– Ne vous inquiétez pas, lança le général, plein de bienveillance, je connais un détachant miraculeux !

– Vous pouvez vous le foutre au cul, mon général !

Ainsi s'exprima le délicat, le pudique Theodor Weissberg, membre de l'Académie prussienne des Arts, avant de quitter l'hospitalière demeure. Il avait entendu des mineurs syndicalistes utiliser cette expression à Dachau.

La maîtresse de maison en demeura bouche bée — les invités échangèrent des regards stupéfaits : que venait-il de se passer au juste ?

36

Il marchait derrière Hilde depuis presque une heure, faisant de son mieux pour rester inaperçu. Il n'était d'ailleurs guère difficile de se cacher au milieu de la foule bigarrée qui se pressait jour et nuit dans les rues du centre de la Concession internationale inondé de lumières éblouissantes.

Hilde avait terminé sa journée de travail et prenait son temps : elle s'attardait devant les vitrines, fouillant parmi les frusques et les babioles étalées devant les magasins sans rien acheter. Elle entra dans une parfumerie et hésita longtemps avant de porter son choix sur un rouge à lèvres. Puis elle s'attarda un peu dans la librairie française, feuilleta quelques livres, et paya une revue de mode avant de sortir.

Nanking Road était un boulevard horriblement long et fatigant. Elle hésita un peu avant d'entrer dans la pâtisserie viennoise pour manger un morceau. Incroyable ! On pouvait commander un gâteau « Sacher » presque authentique ou bien du strudel tiède qui n'avait rien à envier à celui qu'on servait dans la *Kärtnerstrasse* en des temps plus fastes.

Il l'attendit dehors, en observant le manège de jeunes prostituées qui s'efforçaient d'attirer les marins étrangers en les tirant par la veste :

– *Sailor, sailor-men ! Short time two dollars, long time five dollars ! Sailor !*

« Sailor » était le nom générique des marins étrangers, et compte tenu du taux de change officiel rivé à six dollars shanghaiens pour un dollar américain, l'offre était alléchante. Passé le marchandage, l'action se poursuivait dans les cours intérieures, derrière de solides murs de pierre donnant sur le boulevard. Là se trouvaient aussi les logements du personnel chinois desservant la gigantesque cité. Les cours, cernées de constructions à deux étages, en bois pour la plupart et dont certaines avaient même brûlé pendant les bombardements japonais, grouillaient d'enfants. Des grands-mères faisaient la cuisine sur les terrasses; autour du linge étendu flottait une odeur insupportable d'oignons rissolés et d'huile d'arachide brûlée. Le vice prospérait à son aise dans ces repaires où l'on pouvait obtenir au choix une pipe d'opium, de l'alcool de contrebande bon marché ou de l'amour en version courte ou longue. Ces bordels obscurs et puants étaient les bêtes noires de la police, mais il n'était pas rare d'y croiser un gardien de la loi, venu là en qualité de consommateur ou d'associé de ces business prohibés.

Elle connaissait bien le jeune homme qui la suivait en jetant des regards furtifs à travers la vitrine pour ne pas la perdre de vue. Elle ne le connaissait que trop. Jadis il s'appelait Vladek. C'est du moins sous ce nom, un nom d'emprunt à tout coup, qu'il s'était présenté à Paris; il semblait maintenant à Hilde que cela s'était passé en un temps et un lieu infiniment éloignés, comme s'il s'était agi d'un rêve. Il était à Shanghai depuis trois mois, en proie à des sentiments contradictoires : il voulait la retrouver tantôt pour connaître toute la vérité à son sujet, tantôt pour lui administrer une paire de claques avant de disparaître de sa vie pour toujours. Il savait que ses deux désirs étaient non seulement irréalisables, mais absurdes : pareil comportement lui était interdit. Tout comme il était formellement interdit, sous peine de fâcheuses conséquences, de prendre part à un quelconque imbroglio ou à une altercation en public.

Ici, quantité de choses lui étaient interdites.

Et plus d'un danger le menaçait. Le plus grand, le plus fatidique, était que son identité fût dévoilée. Il détenait un passeport suisse au nom de Vincent. C'est sous ce nom qu'il s'était fait enregistrer auprès du commandement japonais : Jean-Loup Vincent, journaliste free-lance. Évanoui, Vladek !

Il fut informé de l'arrivée de mademoiselle Hilde Braun à Shanghai par la chronique mondaine des journaux où il était régulièrement question de cette charmante walkyrie blonde apparaissant à des cocktails et à des réceptions de bienfaisance en tant qu'amie de la baronne von Dammbach ou en qualité de secrétaire du mari de celle-ci, le représentant officiel du Troisième Reich, le baron Ottomar von Dammbach, qu'elle ne quittait pas d'une semelle. Dans les pages jaunissantes de la presse locale, on ne comptait plus non plus les transparentes allusions à une liaison intime entre elle et monsieur le baron. Aux petites questions indiscrètes des trop curieuses commères à gages de la presse à scandales qui fleurissait en abondance à Shanghai, la baronne répondait seulement par un rire sonore. Aucune réponse : rien qu'un rire propre à nourrir des soupçons qui ne semblaient cependant pas le moins du monde la troubler. Visiblement, elle disposait à ce sujet de sources d'informations bien plus fiables.

Cela faisait trois mois que ce Suisse de Jean-Loup Vincent musardait dans Shanghai, travaillant comme pigiste pour des journaux européens. Presque chaque jour, il faisait un saut à l'atelier Agfa, boulevard North-Sichuan. Là il faisait développer ses reportages photo avant de les envoyer à des destinataires inconnus. Il n'était pas rare qu'il tînt ensuite compagnie, jusqu'au petit matin, à un certain Alfred Kleinbauer, connu dans tous les cabarets de la ville pour son accoutumance à la vodka russe.

Pendant tout ce temps, une question le taraudait : Hilde avait-elle été un agent secret de la Gestapo à Paris ? L'avait-elle dénoncé à la police ? Était-elle responsable de toutes les tribulations qui s'en étaient suivies : l'arrestation, les interrogatoires et l'expulsion ? Quel était son but secret, pourquoi s'était-elle fait passer pour une juive fuyant l'Allemagne nazie si, à présent, elle travaillait pour la représentation diplomatique de cette même Allemagne ? La même, mais une quinzaine de milliers de kilomètres plus à l'est, où notre Mata Hari, repartie à zéro, jouait probablement un nouveau jeu, se cachant derrière une nouvelle légende et une biographie retouchée. Les juives ne pouvaient être fonctionnaires dans une représentation officielle allemande, cela allait de soi, mais agent secret, pourquoi pas ? On sait que les diplomates eux-mêmes étaient souvent placés sous la surveillance de leurs subordonnés directs, parfois simples chauffeurs ou petits fonctionnaires diplomatiques : cela relevait des méthodes consacrées de tous les services secrets.

Une fois Hilde sortie de la pâtisserie, il la suivit en direction du fleuve. Mais là, au carrefour du large boulevard toujours en fête qui s'étirait le long de la rive droite du fameux Yang-Tseu-Kiang, elle dut s'arrêter. Loin derrière elle s'arrêta aussi l'étrange Suisse dont la physionomie pleine de franchise évoquait plutôt un paysan méridional.

Les passants ralentissaient l'allure, ne comprenant pas encore la situation — ceux qui arrivaient derrière eux les poussaient pour voir ce qui se passait. Car à leur rencontre, du côté du fleuve, montait une véritable muraille humaine : une masse ondulant sous les banderoles et les simples pancartes en carton couvertes d'idéogrammes.

Une infime partie des Européens en balade sur le boulevard étaient en mesure de déchiffrer les textes chinois et japonais mais les inscriptions en anglais qui pointaient çà et là contribuaient à éclairer la situation : « Les Japonais dehors, la Chine n'est pas une colonie ! », « Arrêtez le pillage de la Chine ! », « Travail et sécurité ! », « À bas la guerre ! » Un mélange de jeunes étudiants et de travailleurs, les uns en tenue de ville, les autres dans le bleu de travail des métallurgistes et des tisserands, des jeunes et des moins jeunes — on apercevait même des femmes avec leurs enfants. En tête de la manifestation avançait un imposant groupe de dignes vieillards : professeurs d'université, intellectuels éminents et théologiens bouddhistes barbus. L'apparence et les habits traditionnels de ces derniers évoquaient les miniatures en porcelaine d'un antique autel de prières familial. Mais à la différence des vieillards célestes pleins de sagesse, ils marchaient sous des slogans politiques bien de ce monde.

À l'autre bout du boulevard longeant le fleuve, du côté du Jardin anglais, retentirent d'assourdissants sifflets policiers, le bruit d'une galopade, ainsi que des coups de semonce. L'instant d'après, une unité montée de policiers chinois du département de la Sûreté municipale, mise en place et soutenue par l'administration militaire japonaise, fendit la foule et fit pleuvoir au hasard le cuir de ses fouets.

Hilde ne comprit jamais comment elle se retrouva entraînée par cette marée humaine déchaînée, dans un chaos de gens criant, frappant, courant, au milieu du bruit des sabots, des coups de sifflets et des détonations. Le peloton de cavalerie essayait de faire reculer les manifestants; une unité de police pédestre, armée de bâtons de bambou, se mit à frapper à tort et à travers, tandis qu'un gradé s'efforçait de faire entendre ses menaçants ordres lapidaires lancés en chinois au milieu du brouhaha général.

Deux policiers emmenaient une jeune femme qui se débattait en criant, tandis que s'agrippait à ses jupes une fillette pleurant d'effroi. L'un des policiers poussa brutalement l'enfant qui tomba à la renverse sur l'asphalte. Hilde accourut pour empêcher que la fillette fût piétinée. Du haut de sa monture, un policier se pencha, parvint à l'attraper sans autre résultat que de déchirer la manche de sa robe, tandis que Hilde, pleine d'abnégation, défendait l'enfant avec force gifles et jurons choisis dans presque toutes les langues européennes de sa connaissance.

Un cavalier l'attrapa brusquement par les cheveux et l'entraîna; à cet instant intervint un homme qui ne l'avait de tout ce temps pas quittée des yeux. Jean-Loup Vincent saisit le policier par le bras et le désarçonna. Le policier bascula et s'affaissa lourdement à terre mais pour mieux se relever en brandissant son bâton, de sorte que le défenseur inattendu d'Hilde l'envoya de nouveau au tapis d'un crochet du droit.

Hilde, qui étreignait toujours l'enfant en pleurs, perdit littéralement la parole d'étonnement : en face d'elle, dépenaillé et essoufflé, se trouvait ce jeune homme de Paris qui prétendait s'appeler Vladek. En chair et en os !

– Vladek, c'est toi ? murmura-t-elle dans un souffle.

Il ne put répondre à cette question absurde car le policier s'était relevé et faisait mine de dégainer son pistolet. Un nouveau crochet du droit s'imposait.

37

La pièce blanche, trouée d'une unique lucarne grillagée, était bondée de détenus. Une cinquantaine de manifestants — hommes et femmes — chuchotaient, assis sur des bancs de bois ou à même le sol. Lorsqu'on y poussa brutalement Hilde et Vladek, les gens se turent, bien qu'il ait été peu probable que les deux Européens eussent pu saisir un traître mot de leurs murmures animés. Sur les bancs, pas la moindre place; Vladek regarda autour de lui avant de s'asseoir dans un coin, sans manifester un quelconque intérêt pour sa compagne. Après un instant d'hésitation, ladite compagne s'installa docilement près de lui sur le ciment crasseux parsemé de mégots et de cosses de cacahuètes grillées. Entre les deux régnait une certaine tension. À plusieurs reprise, elle le regarda dans l'espoir qu'il se mettrait à parler, mais à chaque fois il détournait la tête, maussade et agacé.

Elle lui lança à nouveau un regard furtif : non, il n'avait pas changé, du moins extérieurement, mais ce n'était plus ce jeune homme jovial et amical de Paris qui lui avait généreusement offert Notre-Dame. Hilde devinait vaguement quelle pouvait être la raison de son comportement hostile, mais ce n'était ni le lieu ni le moment d'éclaircir une situation absurde. Car la sienne était plus qu'absurde, illogique, invraisemblable : la guerre entrelaçait ses paradoxes, et le destin de Hilde sinuait à la manière d'un modeste fil dans sa trame complexe.

– Tu ne m'as pas dit ce que tu faisais ici, articula-t-elle enfin.

– Et toi ? riposta-t-il, toujours aussi maussade, sans daigner la regarder. Que fais-tu ici ?

– Pas ce que tu crois.

– Et qu'est-ce que je crois, d'après toi ?

Pour la première fois il se retourna vers elle avant de lancer rudement : « C'est toi qui as mouchardé à la police mon adresse à Paris, n'est-ce pas ? Personne d'autre que toi ne la connaissait. Personne ! Pas même mes camarades d'Espagne... »

Elle le regarda, hébétée; elle ouvrit la bouche, sans pouvoir proférer un son. Cette suspicion était si absurde et blessante que, sur le moment, Hilde eut peine à trouver les mots pour la réfuter. C'était elle, à présent, que démangeait l'envie de le gifler — ici même, dans la pièce bondée de détenus.

Sur ces entrefaites, un sous-officier entra, balaya la pièce du regard et, désignant les deux Européens assis par terre, ordonna calmement :

– Vous deux, là. Venez.

Le petit bureau était enfumé au possible, mais le capitaine de la police municipale n'en avait cure. Les doigts jaunis par la nicotine, il tirait avidement sur sa cigarette, assis au-dessous d'une empreinte carrée sur le mur, où jadis avait dû être suspendu un portrait, remplacé à présent par une plus petite reproduction en couleurs de la Cité interdite à Pékin. Le capitaine soufflait la fumée en un mince filet entre ses dents tachées et feuilletait avec suspicion le passeport suisse du détenu, inspectant les pages couvertes de tampons de douane. Un silence pesant régnait; Hilde et Vladek se tenaient sur des chaises en bois en face du bureau du chef, impatients de connaître le sort que celui-ci leur réservait.

Le téléphone sonna; le capitaine décrocha, écouta la personne au bout du fil, puis dit quelques mots en chinois avant de raccrocher. C'est seulement après avoir levé les yeux du passeport qu'il énonça dans un anglais impeccable :

– Mademoiselle, la mission allemande vient de confirmer que vous faites partie de leur personnel. Cela lève le doute sur votre identité, mais ne justifie en rien vos actes. Avez-vous quelque chose à ajouter pour votre défense ?

– Je n'ai pas à me justifier. Pour la centième fois, je vous le répète : vos hommes se sont comportés de façon abominable, monsieur... le policier.

– Capitaine, lui vint-il en aide.

– D'accord, capitaine. C'était une manifestation pacifique, il y avait même des enfants ! Je vous le dis et redis : je ne laisserai pas les choses en l'état, j'informerai le baron von Dammbach de tout ce qui s'est passé — sans lui épargner les plus sordides détails !

– C'est votre droit. Comme il est en notre pouvoir de vous garder en détention durant une période maximale de trois jours. Entre-temps nous ferons tout notre possible pour trouver la personne qui a dérobé votre sac. Quoique, pour être franc, je ne me fasse aucune illusion à ce sujet. Le vol d'effets personnels est une affaire privée, et votre statut de ressortissante allemande ne vous exonère pas de toute responsabilité. Trois jours, donc !... À moins que le parquet n'intervienne, ce qu'à votre place je me garderais de souhaiter.

Elle le coupa avec l'obstination d'une élève mise au coin :

– Bien, je resterai ici trois jours ! Et même avec le plus grand plaisir, et à la grande honte de vos idiots d'agents !

Le chef souleva ses lourdes paupières, fixa Hilde et ajouta, impassible :

– Votre comportement irrespectueux et outrageant risque de vous coûter trois jours de détention supplémentaires.

– Ça m'en fera donc six au total. Et après ?

– Et après, intervint Vladek en français, je t'attendrai à la sortie et je te ficherai une trempe que tu n'oublieras jamais ! N'agace pas le chef, il faut qu'on se tire d'ici coûte que coûte.

– Tire-toi donc, si tu ne trouves pas humiliant de leur faire les yeux doux !

– Ça alors ! Une héroïne nationale ! Jeanne d'Arc ! ou comment s'appelle-t-elle déjà chez vous ? Brunhilde ?

– Ne parlez pas entre vous, vous me faites perdre mon temps ! les interrompit le capitaine avant de se remettre à feuilleter le passeport. Jean-Loupp…

– On ne prononce pas le «p»…

– Je sais ce qu'on prononce ou pas, monsieur… Ven Sian… C'est bien ça ?

– Exact. Ven Sian ! On jurerait que vous êtes né sur les rives du lac de Genève !

– Et vous, où êtes-vous né ?

– À Lausanne, c'est écrit.

– Et où se trouve ce lac ?

– Toujours à la même place. Croyez-le ou pas, mais le lac de Genève se trouve précisément dans la ville du même nom ! En Suisse, actuellement.

Le capitaine admit la chose et poussa vers Vladek une feuille couverte de petits idéogrammes chinois.

– Signez ici, monsieur Ven Sian.

– Le texte est en chinois et je n'ai pas l'honneur de lire votre langue.

– Vous reconnaissez par la présente, expliqua patiemment le capitaine, avoir frappé un fonctionnaire. Signez ici.

Vladek hésita à tremper la plume du stylo dans l'encrier; il se gratta la nuque, regarda autour de lui et dit tranquillement :

– Écoutez voir, monsieur le représentant de l'ordre. Ce qui est fait est fait, inutile d'en raviver le souvenir. Ici nous sommes entre nous, entre amis, pour ainsi dire. Réglons l'affaire en bons voisins... Vous savez très bien que la police shanghaienne bénéficie en Suisse d'une certaine sympathie ! Est-ce que cela vous paraît suffisant ? demanda Vladek en sortant de la petite poche de sa chemise paramilitaire élimée un billet de cinquante dollars shanghaiens qu'il poussa délicatement vers le policier. Celui-ci le fit prestement disparaître dans le tiroir de son bureau et reprit :

– Tiens, tiens ! En un clin d'œil vous êtes parvenu à déchiffrer la moitié des idéogrammes ! Et que dit l'autre moitié ?

Vladek se mit à fouiller dans ses poches avant de s'adresser à Hilde en français, complètement défait :

– Pourrais-tu me prêter le reste du dictionnaire chinois ?

– Désolée. Comme tu l'as sans doute compris, on m'a piqué mon sac dans le feu de l'action. Et puis, ce n'est pas mon problème. Je passe trois jours aux arrêts, moi !

– Six, la corrigea Vladek.

– Va pour six. Pourvu que le monde apprenne ce qui se passe à Shanghai !

– Sois tranquille, personne n'en saura rien. Et pas davantage de l'exploit de Brunhilde enfermée une semaine au milieu de petites voleuses pouilleuses et de prostituées galeuses... Et comme cela lui paraissait encore insuffisant, il ajouta pour faire bonne mesure : syphilitiques !... et lépreuses !

Tout le corps de Hilde fut parcouru de démangeaisons; instantanément, elle perdit son expression combative.

– C'est bon, j'ai compris, pas la peine d'en faire des tonnes. Alors ?

Vladek se tourna vers le policier et lui dit sur un ton des plus engageants :

– Écoutez mon cher, après tout, ne sommes-nous pas entre personnes civilisées ? Demain je vous apporterai cinquante autres dollars, vous avez ma parole d'honneur.

– À mes yeux, *mister*… — il consulta à nouveau le passeport, *mister* Ven Sian, votre parole n'a pas de prix. Cependant, votre passeport reste ici… à tout hasard…

– Garder mon passeport ? Il faudra d'abord me passer sur le corps, capitaine !

– Oh ! pourquoi tant de violence ? Ne sommes-nous pas entre personnes civilisées, pour reprendre votre expression ? Il faut de toute manière que nous gardions votre passeport un moment. C'est la procédure. Quelle est la marque de votre stylo ?

Vladek rayonna : l'idée ne lui avait pas traversé l'esprit.

– Un mont blanc. La plume est en or, 18 carats. Voilà, je vous l'offre en souvenir sincère de notre amitié. Vous m'affligeriez en le refusant !

Le chef prit le stylo, dévissa le capuchon et, après avoir examiné la plume d'un œil sceptique en espérant trouver un poinçon, traça quelques mots sur une feuille blanche.

– Vous voyez ? Il écrit ! fit remarquer Vladek, enthousiaste.

– Soit. J'accorde foi à votre promesse d'apporter l'argent demain. Quant à vous, mademoiselle, j'espère que cet incident ne se reproduira pas. Transmettez nos hommages à monsieur le baron.

Hilde hocha la tête, silencieuse et quelque peu confuse, tandis que le policier se remettait à feuilleter le passeport suisse.

Vladek fit une mauvaise interprétation de cet intérêt pour son passeport et tendit le bras pour le récupérer. Mais le capitaine posa la main dessus.

– Et mon passeport ? demanda Vladek d'un air abattu.

– Je vous ai dit que vous le récupéreriez selon la procédure. Vous pouvez disposer, *mister… mister…*

– Ven Sian ! s'écria Vladek bondissant de sa chaise et se dirigeant vers la porte, furieux.

– Hé ! Tu ne vas tout de même pas me laisser ici toute seule ? cria Hilde, prise de panique, oubliant qu'à peine une minute plus tôt elle s'apprêtait à passer six héroïques journées dans les geôles de la police shanghaienne.

Il revint sur ses pas, visiblement contrarié, la prit par la main et l'entraîna brutalement dehors.

Ils attendaient la voiture de la représentation diplomatique allemande, assis sur le trottoir devant le commissariat. Elle se taisait ; Vladek fumait, l'air furieux.

– À présent, me diras-tu qui tu es ? demanda-t-il enfin.

– La même que celle que j'étais à Paris. La même, je te jure. Mais c'est compliqué, très compliqué, Vladek. C'était ma seule chance de survie. Tu comprends ?

– Non. Je ne cherche même pas. C'est la Gestapo qui te nourrit ?

– Seigneur Dieu, quelle bêtise !

– Alors comment la juive que tu prétendais être a-t-elle gagné la confiance de ces bandits nazis ?

– Si tu penses au baron, c'est loin d'être un bandit, juste un gentil vieux qui m'a rendu un million de services.

– En contrepartie de… quoi ?

– On dirait que tu supportes mal le climat chinois, arrête de dire n'importe quoi ! Il se trouve tout simplement que mon passeport ne mentionne pas que mes parents sont des juifs convertis. Je t'ai déjà raconté comment les Braunfeld sont devenus des Braun. Et par quel concours de circonstances je me suis échappée d'Allemagne… pour me lancer tête baissée dans cette aventure ! L'as-tu oublié ?

– Je n'ai rien oublié. Ensuite ?

– Tu es bien placé pour savoir comment un passeport peut mentir sur l'identité de son détenteur !… Monsieur le Suisse ! J'ai eu de la chance mais je ne sais pas combien de temps ça va durer… Seulement… tout cela doit rester entre nous, Vladek. Si ça finit par se savoir, je suis cuite !

Il observa un long moment de silence avant de demander sur un ton méfiant :

– Donc, ce n'est pas toi qui as donné mon adresse parisienne à la police ?

– Mon Dieu, quelle absurdité ! Non ! Non, mille fois non ! Crois-moi !

– Il est trop tôt pour te croire. Je n'ai pas encore compris qui tu es en réalité.

– Et toi, qui es-tu en réalité ?

– Moi aussi, je suis resté le même qu'à Paris. Si tu te souviens de lui, bien sûr.

– Je m'en souviens. Un polyglotte qui a subitement disparu sans laisser de trace et sans plus donner signe de vie. Et tout ce que m'a enseigné ce mystère avec la police, c'est que tu trempais dans quelque affaire louche.

– Je suis curieux de savoir d'où tu sors ça, sachant que j'ai toujours agi dans la plus stricte légalité.

– Tu parles ! À d'autres ! Tchèque, Polonais, Portugais. Et maintenant voilà que tu es né à Lausanne. Je suis fière de connaître un honnête Suisse qui agit en toute légalité. Ne serais-tu pas un modeste producteur de fromages ? Quoi encore ? Monsieur n'a rien fait d'illégal, ben voyons ! Et moi, idiote que j'étais, je me traînais à tes pieds comme une chatte enamourée !

Vladek, toujours maussade et fâché, fit une longue pause avant de pointer un doigt dans sa direction comme s'il allait proférer une accusation.

– Si tu tiens vraiment à le savoir, moi aussi j'avais le béguin pour toi ! Et pas qu'un peu !

Il cracha dans la poussière puis écrasa pensivement sa salive de ses lourdes bottes militaires.

– Enfin, pas à ce point-là, mais quand même... je continuais à penser à toi même quand je n'étais plus à Paris.

– Et où ça, au juste ?

– Quelque part. Peu importe. Mais je ne pouvais pas te faire signe, aucun moyen. En plus, je ne savais pas où diable tu pouvais habiter.

– Eh bien, tu le sais maintenant. Mais ce n'est pas le charmant jeune homme qui jetait ses chaussures par-dessus les ponts de Paris que je retrouve.

– Pas plus que moi, cette fille perdue qui n'avait même pas de quoi s'offrir un jambon-beurre... Tu peux me dire où en sont tes problèmes de... juive ? Le refus de ces crétins de t'accorder l'asile ? Ton arrivée ici ? Ton poste de secrétaire auprès d'un nazi ?

– Je ne réponds pas à plus de trois questions en même temps. Pas maintenant. Et pas ici. Tu peux toujours me joindre par téléphone. Je suis certaine que tu connais mon numéro par cœur.

– C'est vrai. Cent fois j'ai tendu la main vers le combiné, et cent fois j'ai laissé tomber. Je t'appellerai — je dois savoir. Mais n'oublie pas ta dette : tu m'as fait perdre une demi-journée de boulot. Et cinquante dollars.

– Cent, si j'ai bien compris.

– Les autres cinquante, c'est toi qui les paieras.

– Les pots-de-vin sont à la charge de celui qui les propose. Je ne veux pas participer à la corruption de l'Empire sous-céleste ! Pour les six jours de détention que tu m'as épargnés, je ne puis contribuer qu'à hauteur d'un dollar shanghaien. Pas un *cent* de plus !

– Vraiment ? C'est toi qui m'as mis dans le pétrin. À ta place, je prendrais en charge l'intégralité des cent dollars... au nom du Troisième Reich !

– C'est à toi de payer ! Si tu en as les moyens, bien sûr. Sinon, je peux te prêter de l'argent. Que fais-tu à Shanghai, au fait ? Honnêtement !

Il se tut un instant, essayant de formuler une réponse convaincante :

– Je travaille comme journaliste indépendant.

– Et à Paris, tu étais sénateur, pas vrai ? Et depuis quand travailles-tu en... indépendant ?

– Trois mois. Et je connais déjà cinq mots de chinois.

– Un authentique polyglotte !

Elle se tut, pensive, puis reprit avec hésitation :

– Tu sais ce que m'a demandé ta concierge — la grosse, tu t'en souviens — quand on t'a arrêté ? Si tu n'étais pas un espion allemand.

– Jamais de la vie !

– Je te crois. Mais je crois également que tu ne m'as jamais dit toute la vérité. Le jour où prendra fin ta « période suisse », inutile d'espérer me convaincre que tu es devenu un Sénégalais indépendant. J'ai toujours pensé que les fromagers suisses, avant de quitter leur laiterie, devraient prendre des cours de bonnes manières. Tu aurais quand même pu me proposer une cigarette.

Vladek s'empressa de fouiller les poches de sa chemise d'où il extirpa un paquet froissé. Hilde regarda avec étonnement la cigarette à moitié aplatie et recula aussitôt, apeurée par l'énorme flamme qui avait jailli du briquet à essence.

– Un briquet d'enfer ! En cas de guerre, il pourrait servir de lance-flammes.

– N'est-ce pas ? dit-il d'un ton distrait, puis soudain, de but en blanc, il demanda : Quel genre d'individu est ton baron ?

– Pourquoi ? Tu n'as pas lu les bêtises des journaux ?

– Je ne parle pas de vos rapports intimes. Cela ne me regarde pas… Je pense à autre chose : par exemple, partage-t-il avec toi ses idées sur… le dénommé Adolf Schiklgruber, plus connu sous le nom de Hitler ? T'en a-t-il parlé ?

– Je ne crois pas qu'il se sente obligé de tout partager avec sa secrétaire. Pourquoi toutes ces questions ? Tu as quelque chose à dire sur le baron ? Je pense tout savoir à son sujet.

– Vraiment ?… murmura Vladek tandis que ses pensées semblaient s'envoler dans une direction inconnue. Peu importe, n'en parlons plus, ajouta-t-il avec un geste mécanique de la main.

Elle se redressa.

– La voiture arrive ! Désolée pour la pagaille, Ven Sian. Malgré tout, tu n'as pas idée à quel point j'ai été ravie de te revoir... Tu m'appelleras, n'est-ce pas ? Fais-le, je t'en prie !

Elle voulut déposer un baiser sur sa joue mal rasée mais il s'écarta.

Devant eux stoppa une Opel noire avec un drapeau nazi planté au-dessus du garde-boue droit — la voiture personnelle de Son Excellence le baron von Dammbach.

Fermant un œil pour éviter l'âcre fumée de la cigarette fichée entre ses lèvres, Vladek suivit des yeux la limousine noire qui s'éloignait avant de se fondre dans le flot de rickshaws, de vélos et d'autobus.

Souriant de toutes ses dents, le policier de faction devant le commissariat laissa tomber :

– *Ce lady, beau, très beau ! Yes-yes !*

38

La secrétaire jeta un regard éloquent sur sa petite montre et, sans cacher son étonnement, toisa le jeune homme à la chemise militaire dépenaillée, chaussé de souliers aussi larges que des barques, qui se tenait devant elle.

– *Mister* Vincent, ce n'est pas mon affaire, mais je me permets d'attirer votre attention sur le fait que sir Washborn est habitué à ce que ses subordonnés se montrent ponctuels.

Ce fut au tour de Vincent de s'étonner :

– Subordonnés, dis-tu ? Écoute, princesse, je ne suis pas le subordonné du lord pour un tas de raisons. Trois principalement ! *Primo*, je ne suis pas troufion des forces coloniales de Sa Majesté britannique, mais journaliste indépendant. *Secundo*, par un heureux concours de circonstances, je ne suis pas sujet de la couronne, mais Suisse. Et *tertio*, par principe, je ne me subordonne à rien d'autre qu'aux lois de mon canton, si tu sais ce que ce mot veut dire !

Désarçonnée par cette sortie, la secrétaire fit front :

– Je vous prie de ne pas vous asseoir sur ma table de travail !... Sir Washborn a instamment ordonné...

– Tu veux dire qu'il a gentiment demandé...

– Si cela vous plaît mieux !

– C'est toi qui me plais, ma belle. Mais je ne suis pas venu pour ça et je te laisse ta liberté. Ainsi donc, qu'a demandé sir Washborn ?

– Que vous vous présentiez sans délai devant lui ! J'espère que cela ne viole pas les lois de votre canton. Et soyez bref, je vous prie, car il a un rendez-vous très important ensuite.

Et pour affirmer son autorité, la secrétaire consulta à nouveau sa montre avant d'introduire le jeune homme dans le bureau du lord.

La pièce, spacieuse, était sobrement meublée. Bien qu'il y régnât une ambiance de caserne, le bouddha de pierre qui trônait dans l'angle, sous le drapeau britannique et les humbles portraits de Leurs Majestés, rappelait qu'on se trouvait en Extrême-Orient. Au plafond tournait une hélice d'avion, à gauche du bureau le mur disparaissait presque sous un gigantesque plan de Shanghai et de son littoral.

Le lord se tenait debout au milieu de la pièce, comme pour dissuader son visiteur d'avancer au-delà du seuil.

Le jeune homme se présenta énergiquement :

– Jean-Loup Vincent, *sir*. À votre service !

Avec la morgue d'un général face à un soldat de deuxième classe, Sir Washborn dédaigna sa main tendue. Les mains jointes derrière le dos, il inspecta d'un œil curieux le Suisse aux habits flottants, à la chemise débraillée et aux manches retroussées, arrêtant son regard étonné sur les épaisses semelles de ses godillots.

– Ah ! mes pompes ! s'exclama Vladek, qui avait suivi son regard. Elles sont extra, pas vrai ? De l'armée républicaine espagnole. J'ai écumé le terrain entre le détroit de Gibraltar et les Pyrénées pendant deux ans, en tant que journaliste, mais malgré cela, elles sont toujours comme neuves ! Vous allez mourir de rire quand je vous aurai dit qu'au moment des bombardements sur Madrid…

– Je ne vous ai pas fait venir pour entendre l'histoire de vos chaussures !

– Ah bon ? Alors en quoi puis-je vous être utile ?

Entre les mains du lord, soudain apparues, surgit le passeport suisse de Jean-Loup Vincent.

– *Mister* Vincent, commencez par vous être utile à vous-même. Le département de police de Shanghai a porté plainte contre vous pour violation du statut des journalistes étrangers et trouble à l'ordre public. Vous auriez frappé un paisible policier.

– Il n'était pas si paisible que ça, je vous assure. Ça a cogné dur, là-bas !

– Je vous conseille de ne pas vous mêler des us et coutumes des gens d'ici. Si je comprends bien, vous venez d'Espagne.

– Si on veut…

– Vous venez d'Espagne, oui ou non ?

– Si on veut, oui. Car avant d'arriver ici, je suis passé par la France, histoire de voir le Louvre, *La Joconde*… Et de faire un tour place Pigalle, vous voyez ? Et puis j'ai fait un saut en Suisse pour voir maman. Je suis ici depuis trois mois.

– Je suis ravi que vous ayez rendu visite à votre mère. Mais vous avez peut-être remarqué que l'endroit où nous nous trouvons n'a rien à voir avec l'Espagne où l'on entre et sort comme de sa propre cuisine.

– J'admire votre comparaison. Sans vouloir vous flatter ! Surtout quand on sait dans quelle panade on l'a fourrée. Et si ce n'est pas encore l'Espagne ici, ça le deviendra bientôt. Croyez-moi !

Étonné, le lord pencha la tête, fixa son visiteur et dit :

– Je crains de ne pas saisir les méandres de votre pensée.

– C'était aussi le cas de mes professeurs qui sans cesse me mettaient à la porte. Quelle blague : le temps m'a donné raison… Je veux dire que l'Espagne, *milord*, était un terrain d'exercice militaire pour l'Europe, tout comme Shanghai l'est pour le Japon. En Europe, la répétition a connu un vif succès, l'armée républicaine espagnole a été anéantie. Tandis que la France et l'Angleterre, comme vous le savez, faisaient la sourde oreille et scandaient : « Non-intervention ! » et « Plutôt fascistes que communistes ! »

– C'est toujours mon avis ! fit Washborn avec conviction.

– Sans doute, *sir* — vous êtes coriace : un vrai Britannique ! Je vais vous dire une chose : j'ai écrit des reportages sur les volontaires anglais des Brigades internationales. Vaillants garçons dont l'Angleterre peut à juste titre s'enorgueillir. Nombre d'entre eux sont tombés près de Teruel, mais non pour l'Espagne ou pour le communisme : ils défendaient la démocratie, *milord*. Et ils ont perdu la bataille. La répétition générale du fascisme s'est conclue par la victoire de celui-ci. Et la grande première se joue en ce moment même sur la scène européenne. Guernica a été l'apothéose du flamenco espagnol — à présent, la danse se poursuit dans sa version allemande. Et on rasera bientôt des villes anglaises, je vous le prédis.

– *Nonsense* ! Ce que vous dites est risible !

– Oui, tout ça est à mourir de rire… Surtout quand le spectacle vous aura marqués profondément et douloureusement. Vous voulez parier ?

Mais le lord ne donna pas suite à la proposition. Vladek renifla, regarda autour de lui et demanda d'un air innocent :

– Puis-je allumer une cigarette ?

– Non.

– Je m'en doutais. Reprenons. Sir, veuillez écouter les paroles d'un modeste journaliste indépendant : Shanghai est l'Espagne de l'Extrême-Orient. Ici aussi, une grande première suivra la répétition générale, mais sur une scène nettement plus vaste. Ainsi soit-il, puisque vous refusez de signifier dès maintenant aux Japonais qu'à leur première tentative expansionniste vous les acculerez dans un trou à rats !

– Hum !…

Le désarroi du lord était bien compréhensible car sur le seuil, rayonnante, se tenait la baronne von Dammbach.

– J'espère que je ne dérange pas. Je suis aussi ponctuelle que votre Big Ben, *milord* !

Sir Washborn s'inclina légèrement.

– Vous ne me dérangez jamais, madame la baronne — puis se retournant vers Vladek pour lui rendre son passeport : Tenez et fichez le camp. Nous aurons l'occasion de reparler de ces répétitions.

– Oui, avec le plus grand plaisir. Pour ne rien vous cacher, sur la foi de ce que m'avait dit votre farouche secrétaire, je m'attendais à rencontrer un lord bien plus hautain !

Et Sir Washborn manqua s'étrangler lorsque Vladek lui tapota familièrement l'épaule.

En sortant, Jean-Loup Vincent détailla la baronne avec curiosité. Elle-même se tourna pour mieux examiner ce jeune homme dépenaillé à la chemise militaire imprégnée de sueur, aux chaussures aussi démesurées que des paquebots.

À peine le Suisse eut-il refermé la porte derrière lui qu'elle demanda :

– Qui est ce type ?

Sir Washborn se contenta de faire tourner son doigt au niveau de la tempe.

– *Milord*, je suis venue vous parler des bécasses. Sachant quel extraordinaire tireur vous faites, je ne doute pas qu'il en pleuvra comme à Gravelotte dimanche prochain.

– Mes yeux, ma chère, ne sont plus ce qu'ils étaient. Si vous m'aviez vu quand j'étais jeune, dans les chasses du Namib !

– Oh ! je suis sûre que c'étaient des lions qui tombaient alors du ciel !

Égayé, il prit les mains de la baronne dans les siennes et les embrassa.

Lors de sa rencontre avec les représentants de la communauté des réfugiés juifs de Hongkew, le lord n'avait pas menti en affirmant que la guerre que se livraient l'Angleterre et l'Allemagne lui interdisait tout contact officiel avec la représentation du Troisième Reich à Shanghai. C'était la stricte vérité. Mais les contacts officieux se poursuivaient : ici les gens s'étaient liés d'amitié depuis des années, leurs enfants flirtaient entre eux, et ce jour-là la baronne venait le convier à un pique-nique précédé d'une chasse à la bécasse. C'est du moins ce qu'on avait déclaré à la secrétaire.

Nouvelle preuve, s'il en était besoin, que la guerre peut rapprocher les gens de part et d'autre du front.

Du moins lorsque celui-ci se trouve à l'autre bout du monde.

39

Istvan Keleti, plus communément appelé le Hongrois, se redressa à demi sur sa natte sale et effilochée. Il passa une main sur son visage, regarda autour de lui, les yeux rouges de sommeil, avant de comprendre peu à peu où il se trouvait. Il consulta son énorme montre protégée par une grille, achetée au noir à des matelots anglais : dimanche 7 décembre, six heures de l'après-midi. Il était temps de se mettre en route vers *La Montagne bleue*, cette maudite taverne à matelots sur *Nansha Road*, non loin du port. Aucune montagne là-bas, rien que les lourdes eaux brun sale du Yang-Tseu-Kiang, quelques jonques blanchies par les fientes des cormorans, et les vedettes de la police japonaise qui tanguaient dans le port de pêche à chaque passage d'un bateau plus grand.

La lumière trouble d'une journée d'hiver évanescente, qui filtrait à travers les toiles d'araignées pendues aux deux lucarnes, semblait faire danser les volutes de fumée bleuâtre flottant sous le plafond. Il faisait frais; la pièce obscure et décrépite n'avait pas été chauffée depuis au moins cent ans. Le long des murs, allongés sur des nattes sous l'emprise d'une ivresse béate ou fumant pensivement de longues pipes de bambou, des coolies en guenilles gaspillaient ici les quelques piécettes gagnées la nuit précédente et du même coup l'ultime chance d'obtenir un repas convenable au moins une fois par jour; des marchands de pop-corn, de petits pois cuits et de sirops multicolores qui n'ouvraient leur kiosque qu'une fois le soir tombé, quand la foule se mettait à arpenter les boulevards; des immigrés russes déchus vêtus d'uniformes cosaques, ainsi qu'une Européenne aussi pâle que la mort — probablement scandinave, à en juger par son apparence.

C'était une fumerie bon marché pour des gens de condition modeste; l'opium que l'on proposait ici était appelé «seconde fumée» — il avait déjà servi une fois dans les fumeries de luxe, inaccessibles au commun des mortels. La poix de pavot grillée à base de lourds goudrons résiduels vous étourdissait rapidement et puissamment, comme si elle martelait votre cerveau jusqu'au tréfonds des hémisphères. Pourvu qu'on dorme, plongé dans une béate inconscience, elle est supportable et peut même procurer une délicieuse sensation de relaxation propice aux rêves. Mais on ne peut échapper à ses effets secondaires — une insurmontable répulsion pour toute nourriture et une pénible gueule de bois — qu'en s'envolant à nouveau vers l'euphorie céleste sur les ailes d'une nouvelle pipe.

Le Hongrois avait la bouche amère et sèche; sa langue était râpeuse, comme chargée de limaille, et chaque déglutition lui faisait mal : suites habituelles de la «seconde fumée». À présent il rêvait d'un grand, d'un très grand verre de bière chinoise voire d'un seau entier de cet ignoble breuvage jaune sans houblon ni écume mais qui étanchait la soif bien mieux que les bouteilles de deux litres d'eau bouillie au goût de vase. «Migraine garantie !» — ainsi que le Hongrois désignait cette pisse jaunâtre, abusivement appelée « bière » dans le large éventail de boissons proposé à l'Homo sapiens, ce bipède affligé d'une vaste boîte crânienne afin que la douleur puisse y tenir à l'aise.

Il se leva avec peine et enjamba les corps étendus. Au passage, il tira la jupe de la femme, plongée dans une profonde méditation amnésique, pour cacher ses cuisses nues.

– *Good bye*, chère Ilona ! Ou Ingeborg ? Ou Jeannette ? Salut et bon baisers à cette Europe dont tu rêves les yeux ouverts. Notre chère, notre abominable Europe ! Je te souhaite de tout cœur de pouvoir t'évader d'ici.

Il dit cela en hongrois, regardant avec compassion la pâle jeune femme endormie, la bouche entrouverte, les yeux fixés sur le plafond sans pourtant rien voir, puis il poussa un soupir en faisant un geste de la main qui semblait dire : « De toutes façons, elle ne s'en sortira pas, c'est clair ! » La seconde fumée ne te lâche pas, tel un piège à loups, telle une vieille chaîne de prisonnier rivée au mur, une ancre de pierre jetée dans les profondeurs troubles de l'âme.

Dans le vestibule, il prit un peu d'eau de la cuvette pour s'en asperger le visage. Une vieille femme aux dents noircies par un vernis inconnu, qui donnait à sa bouche l'aspect d'un gouffre ténébreux, lui tendit, avec une révérence incongrue dans ce bordel pouilleux, une serviette d'une propreté douteuse que le Hongrois écarta avec dégoût. Il y avait fort à parier que cette vieille prêtresse de l'un des innombrables temples de la seconde fumée ne comprenait pas le hongrois, mais Istvan Keleti tenait à lui parler dans sa langue maternelle :

– Merci, comtesse Maritza, merci, ô mimosa jaune ! Voilà ton fric. *Servus*, à la prochaine !

Il déposa dans sa main osseuse le pourboire constitué d'une dizaine de petites pièces en cuivre et descendit l'escalier de bois grinçant.

Dehors, le temps était froid, humide et répugnant. Les nuages lourds, les publicités multicolores clignotantes et les vitrines éclairées dans les rues désertes — chose rare à cette heure — donnaient l'étrange et angoissante impression de quelque malheur pesant sur la ville. Tandis que le rickshaw l'emportait vers le port, le Hongrois comprit que, pendant son voyage au royaume de l'opium, il avait dû se passer quelque chose d'inhabituel. À chaque angle de rue, ainsi que sur les toits des hôtels et des bâtiments principaux, des soldats japonais montaient la garde. Des blindés et de minuscules chars de fabrication italienne interdisaient l'accès des carrefours, braquant leur canon vers un ennemi inconnu. L'atmosphère était électrique — les rares passants pressaient l'allure. Au-dessus de leurs têtes, ils entendaient piquer dans le ciel crépusculaire de Shanghai d'invisibles petits avions de chasse japonais, aussi vifs que des guêpes.

Le Hongrois donna un léger coup de pied dans le dos du coolie qui ralentit et tourna la tête.

– Que se passe-t-il, *masta-masta* ? s'enquit le passager en anglais.

Toujours sans s'arrêter de courir, le coolie efflanqué, flatté par le respectueux «*masta-masta*», déversa dans un anglais qu'il croyait correct une tirade essoufflée à laquelle le Hongrois ne comprit pas un traître mot.

Excepté celui de «nippon».

Néanmoins, il semblait être le plus important, le mot clef de la situation.

Un peu plus loin, poussant à nouveau le coolie du bout de son soulier, il ordonna :

– Stop, monseigneur ! Arrêtez-vous !

L'homme osseux se figea sur place telle une rosse docile.

Le Hongrois courut jusqu'au bureau de tabac qui s'ouvrait dans l'ombre de l'hôtel *Palace*. Le vendeur était un homme souriant; il s'inclina trois fois avant de désigner d'un air interrogatif un paquet de brunes d'Algérie.

Le Hongrois secoua négativement la tête :

– Non, pas de cigarettes. Je veux savoir ce qui s'est passé. Br-r-r... *Avion* ! *Nippon. Rializ* ?

Verstehen ? *Understanding* ? Que s'est-il passé avec les *Nippons* ?

Un sourire amical rayonna à nouveau sur le visage du vendeur qui hocha la tête d'un air compréhensif.

– *Yes-yes, sir !*

Et il remplaça le paquet de cigarettes par une marque japonaise.

Le pianiste fit un geste de la main, empoigna le paquet, paya et sortit, accompagné par trois nouvelles courbettes du vendeur.

Nippon. Le Japon donc, c'était clair. Mais encore ?

La nouvelle s'était répandue à travers la ville comme une traînée de poudre : les radios du monde entier répétaient à grand renfort d'allitérations que l'aviation japonaise avait lancé le matin même une soudaine et terrible attaque contre la base navale de Pearl Harbor dans l'île hawaïenne d'Oahu. L'offensive était d'autant plus inattendue qu'au même moment, Américains et Japonais menaient des négociations si intensives que la signature d'un pacte de non-agression n'était plus qu'une question de temps.

Le coup était fumant : à la faveur de cette apocalypse, les Japonais avaient, en un rien de temps, réussi à couler huit bâtiments de ligne, six croiseurs et un torpilleur. Deux cent soixante-douze avions avaient été abattus et deux mille quatre cent soixante-seize soldats américains avaient péri.

Décembre, septième jour, dimanche — ce jour-là, la perte de l'*Arizona*, un des symboles de la présence militaire des États-Unis dans le Pacifique, avait contraint la pacifique Amérique à passer à l'action; le rêve américain endossa l'uniforme militaire. Mais tout avait un prix et le Japon avait payé le sien, plutôt élevé : en dépit du chaos qui régnait à Pearl Harbor, les Américains étaient parvenus à descendre l'avion depuis lequel le génial stratège japonais, l'amiral Yamamoto, dirigeait l'opération.

La rose des vents avait subitement indiqué une nouvelle direction et, en quelques minutes, les deux guerres continentales — celle d'Europe et celle d'Extrême-Orient — s'étaient transformées en Deuxième Guerre mondiale.

L'événement marquait également le début de l'expansion japonaise. Au lendemain de Pearl Harbor, les troupes nipponnes envahirent la Malaisie puis les Philippines. Les colonies britanniques de Singapour et de Victoria — celle-ci connue sous le nom de Hongkong —, suivies de la Birmanie, de la Nouvelle-Guinée et des Indes orientales hollandaises, hissèrent l'une après l'autre le pavillon blanc. En ligne de mire, les horizons lointains de la Nouvelle-Zélande et de l'Australie. Non seulement l'empire insulaire du

Soleil Levant régnerait bientôt sur tout le Pacifique, mais il maîtriserait également la quasi-totalité de la production mondiale de caoutchouc, d'étain, de quinine et de riz.

Tout cela restait à venir. Pour l'heure, la victorieuse avancée japonaise, comparable en termes de vitesse et d'échelle à l'irrépressible marche des armées hitlériennes en Europe et en Afrique du Nord, demeurait encore en gestation dans la matrice du temps. Dans un cabaret non loin du port, sur un piano déglingué, l'immigré hongrois Istvan Keleti donnait du soir au matin libre cours à sa fantaisie en improvisant sur des mélodies de films américains en vogue. Il apprendrait bientôt à localiser Pearl Harbor, toponyme stratégique brusquement sorti de l'anonymat.

La Montagne bleue, située en contrebas d'un petit hôtel sombre et humide de quelques chambres aux murs de brique nue réparties sur deux étages, possédait une piste de danse cimentée où les marins faisaient tourner les filles. Une dizaine de marches menaient à la taverne — le maximum autorisé à Shanghai car la ville était construite sur des pilotis plantés dans les marais. Les caves d'à peine cinquante centimètres de profondeur étaient constamment inondées, raison pour laquelle cette ville immense ne disposait pas d'abris antiaériens — et cause partielle du nombre démesuré de victimes civiles pendant les bombardements japonais.

Hilde était descendue une seule et unique fois dans la taverne, à la recherche de son ami parisien. Tant de regards de marins avides de douceur féminine s'étaient braqués sur la belle blonde, accompagnés de force sifflets et interpellations, que le Hongrois s'était empressé de la faire sortir.

Ils s'étaient attablés dans la pâtisserie viennoise. Istvan triturait avec dégoût sa part de gâteau et fit à plusieurs reprises de touchants efforts pour en avaler un morceau.

La tête appuyée sur ses poings, Hilde observait silencieusement son ami. La peau de son visage, aussi sèche que du parchemin, tendue sur ses pommettes — ce qui trahissait de lointaines origines asiatiques, avait pris une teinte grise aux nuances rougeâtres, indice certain d'une fréquentation assidue des dérivés du pavot.

Il avait rompu le silence le premier :

– Alors, comment vit la fille des Halles parisiennes ?

– Comme ça, répondit Hilde en haussant les épaules. Je me débrouille tant bien que mal. Et toi ?

– Je suis dans une merde noire ! Les tavernes de Budapest, même les plus mal famées, me manquent — les poivrots attendris, le vin noir et la géniale musique tzigane. Les Hongrois n'ont pas de mer, une mare seulement, le Balaton. Je ne sais pas si tu connais. Et c'est tant mieux car les marins me donnent envie de vomir. Alain Conti me manque aussi. Un gars courageux.

– Il doit faire la guerre quelque part en Afrique.

– Alain Conti à la guerre ? Ah ah ! On voit que tu le connais mal. Il est de ceux qui ne se font jamais avoir. En ce moment il doit savourer son cognac, près du piano blanc, en se foutant pas mal des salauds qui vont gouverner la France.

Le Hongrois ne savait pas à quel point il était loin de la vérité. Beaucoup plus tard, seulement après la fin de la guerre, il apprendrait qu'Alain Conti, le cinéaste au cigare, commandant en chef d'une armée de starlettes, avait été fusillé par la Gestapo de Paris, à l'aube du 4 février 1944, pour avoir caché des parachutistes anglais.

Ils avaient bavardé encore un petit moment dans cette pâtisserie viennoise à l'autre bout du monde.

Ils s'étaient rendu compte que leurs chemins avaient divergé de façon irréversible : elle ne fréquentait pas la taverne, il ne voulait pas entendre parler de la résidence allemande blanche où un drapeau à croix gammée flottait au beau milieu de la pelouse. Hilde avait tenté de l'amener à nouveau sur *Nanking Road*, dans cette même pâtisserie puis à la librairie française, mais le dégoût qu'elle avait lu sur son visage lui avait fait comprendre que c'était peine perdue — il était pris par d'autres occupations, bien loin des gâteaux et des livres. Istvan bredouilla, coupable, que dès qu'il se serait «un peu libéré», il la contacterait pour lui rembourser sa part de l'argent tiré de la vente du collier de perles roses.

Hilde n'était pas assez idiote pour le croire.

Entre-temps, au cabaret, entre vingt et une heures et minuit, une chanteuse nommée Elisabeth Müller-Weissberg, belle femme aux yeux verts et aux cheveux cuivrés, enthousiasmait le public des marins des bateaux militaires et commerciaux allemands. Elle interprétait avec succès le répertoire de Zarah Leander, l'une des plus grandes stars du Troisième Reich. Pour un musicien aussi expérimenté que son accompagnateur hongrois, il paraissait évident qu'en d'autres temps cette chanteuse de grand talent et de formation académique s'était produite devant des auditoires bien différents. Elle s'appliquait sincèrement dans ce registre qui lui était étranger, mais force était de reconnaître que Zarah Leander, avec sa voix grave et passionnée, sa façon de faire traîner les syllabes, demeurait un modèle insurpassable. Son répertoire suscitait de bruyantes et joviales réactions chez les marins anglais, français et allemands — sifflets moqueurs ou applaudissements enthousiastes. Shanghai était encore un havre accueillant, ouvert à tous les bateaux, et les marins se comportaient en collègues bienveillants en dépit de la guerre qui avait embrasé l'Europe. Mais si on leur avait dit alors ce qui ne serait révélé que beaucoup plus tard — à savoir que Zarah Leander, la protégée du Führer, la favorite de l'élite nazie, avait déjà pris ses cliques et ses claques pour s'en retourner dans sa Suède natale —, les sifflets et les acclamations qui ponctuaient les interprétations d'Elisabeth Müller-Weissberg auraient changé de camp.

Personne ici ne savait quel vent avait poussé la chanteuse jusqu'en Extrême-Orient. Peu sociable, presque hautaine, elle parvenait toujours à tenir les marins à distance respectueuse. Elle leur laissait entendre qu'ils perdaient leur temps avec elle, alors même que le cabaret grouillait de filles accessibles, de toutes origines et pour tous les goûts, et que l'abrupt escalier au fond de la pièce menait directement aux bonbonnières de l'Éros chinois. Elle ne buvait pas; aussi déclinait-elle toute invitation à prendre un verre, toute tentative d'approche. Cela valait aussi pour Istvan Keleti, qui ne parvint jamais à franchir l'invisible mur de froideur que la chanteuse avait érigé entre elle et les autres. La seule chose qui les rapprochât un peu, c'était peut-être l'allemand, seule langue étrangère que le Hongrois possédât convenablement, héritage de la grandeur austro-hongroise d'antan.

Tard dans la nuit, un homme grand et maigre, portant le bleu de travail élimé d'un balayeur ou d'un laveur de voitures, venait la chercher, puis tous deux prenaient un rickshaw pour rentrer chez eux, quelque part sur la rive opposée. Le Hongrois supposait que c'était son mari, quelque juif déchu selon toute vraisemblance. Le propriétaire du cabaret, le gros Yen Qingvey, toujours élégant, les cheveux enduits de brillantine, payait très mal, et on aurait eu raison de douter que cet étrange couple — la chanteuse plutôt gracieuse et son mari loqueteux — pût s'offrir autre chose qu'un taudis puant à Hongkew. Sur ce chapitre, Istvan Keleti avait eu plus de chance : *mister* Yen avait mis à sa disposition un cagibi sous le toit du petit hôtel moyennant un tiers de ses honoraires.

40

Habituellement, les hommes d'État n'accordent pas foi aux mauvais rêves ni aux mauvaises nouvelles, préférant se fier aveuglément à leurs illusions aussi confortables qu'une vieille paire de pantoufles. C'est ce que subodorent les flatteurs empressés autour du trône, lesquels fredonnent les airs qu'il faut pour endormir Sa Majesté. On rapporte qu'à une époque révolue le padichah faisait couper la tête du messager qui gâchait son déjeuner en lui apportant une nouvelle désagréable. Sir Washborn, bien entendu, n'avait pas médité de décapiter sa meilleure amie, la baronne von Dammbach, lorsqu'elle inventa — pour ne pas perdre la face devant la secrétaire et autres commères — l'idée de ce pique-nique avec chasse à la bécasse. Il allait de soi que son baron de mari lui-même, en tant que représentant d'un pays belligérant, ne pouvait se rendre officiellement à la résidence du gouverneur anglais, sans qu'un œil indiscret ou malveillant le remarquât. Cela contrevenait brutalement aux usages diplomatiques en vigueur depuis que l'Angleterre avait déclaré la guerre à l'Allemagne. Mais il n'en allait pas de même avec son épouse, laquelle avait élaboré cette tactique de telle sorte qu'on crût à une tradition des temps romantiques de la Concession internationale.

Le vrai motif n'avait qu'un rapport fort lointain avec les bécasses.

Le baron von Dammbach, on l'a dit, éprouvait à l'égard de l'élite militaire et politique japonaise une profonde antipathie, une méfiance qu'il ne parvenait pas toujours à dissimuler derrière des sourires diplomatiques. Et lorsqu'il avait reçu l'ordre crypté strictement confidentiel de la division B-4 auprès de la Direction générale de la Sécurité du Reich à Berlin, que fussent mis à disposition — dans une résidence ou dans un hôtel protégés — des logements pour deux cents fonctionnaires de la S.S. et de la Gestapo en prévision d'un revirement imminent dans les relations américano-japonaises, le vieux renard diplomatique flaira ce qui allait suivre. Dans la mesure où un pacte de non-agression était sur le point d'être signé, du moins pour sauver les apparences aux yeux du monde, un «revirement» ne pouvait rien signifier d'autre qu'un passage à la manière forte. Le baron ne pouvait deviner quels stratagèmes échafaudaient les Japonais, mais en disciple plutôt réservé des nouveaux maîtres de Berlin, et malgré l'insigne hitlérien cousu au revers de sa veste, il considéra comme de son devoir d'ami d'en informer sir Washborn par le truchement de sa propre épouse. Il laissait à la conscience du gouverneur anglais le choix de transmettre ou non le message — comme bon lui semblerait.

Le baron savait de source sûre qu'à Shanghai agissait un important groupe d'éclaireurs américains dirigé par le major Robert Smadley, qui passait officiellement pour une sorte d'attaché militaire. Jadis, de la fin des années vingt au début de l'occupation japonaise, une journaliste américaine du nom d'Agnes Smadley — amie proche du docteur Richard Sorge, très probablement un agent secret soviétique —, était en poste à Shanghai. Personne ne sut jamais s'il s'agissait d'une coïncidence. Mais si rapport il y avait entre les deux Smadley, cela ne couvrait-il pas un commode et officieux trafic d'informations entre les services de renseignement des deux pays, du moins sur certains problèmes japonais ? Et pourquoi pas ?

L'Amérique et la Russie étaient pareillement soucieuses de connaître les intentions et les plans secrets des Japonais. Aussi le baron von Dammbach s'arrachait-il en vain les cheveux, se demandant comment les renseignements américains, habituellement bien et vite informés, avaient pu laisser passer — ici et à Tokyo — une décision aussi capitale du gouvernement japonais.

Quoi qu'il en soit, le baron ne voulut pas aller plus loin que sir Washborn : c'est à ce fidèle et discret partenaire au poker et à la chasse que s'arrêtaient les limites de sa sécurité personnelle. D'ailleurs, ce n'était pas la première fois qu'ils échangeaient des informations de ce type, convaincus que le secret partagé est gage de confiance réciproque et de bonne amitié. D'autant plus que le baron ne dissimulait pas sa vénération à l'égard de la puissante Albion, alors que sir Washborn ne cachait pas ses sympathies pour les nouveaux maîtres nazis de l'Allemagne, ce qui aboutissait souvent à des disputes passionnées. Le plus paradoxal en l'occurrence était que ce ne fût pas le représentant officiel de l'Allemagne nazie, mais le gouverneur britannique qui se montrait le plus compréhensif envers les efforts d'Hitler destinés à garantir l'espace vital de la nation allemande pour les mille années à venir : à condition, bien entendu, que par «espace vital» on entendît également les étendues infinies à l'est du Reich, celles de la Russie soviétique.

La première réaction de l'Anglais fut d'éclater de rire.

– Oh ! ma chère vieille amie ! Comment semblables idées noires ont-elles pu vous venir à l'esprit ? Le pacte de non-agression sera signé avant un mois. Je le sais de source très fiable.

– Non, non et non ! s'entêtait la baronne. Je ne vous crois pas ! Votre source est peut-être sûre, mais deux cents hauts fonctionnaires de la Gestapo et de la S.S. ne peuvent pas débarquer à Shanghai comme ça, sur un simple coup de tête. Et qui plus est en rapport avec un revirement imminent des relations américano-japonaises ! En tout cas, Ottomar et moi jugeons opportun de vous en informer, amitié oblige. Ensuite, à vous de voir.

Malgré la susceptibilité farfelue de ses amis allemands, sir Washborn promit tout de même d'y réfléchir. À l'occasion du traditionnel sherry du lundi au club de *Bubbling Well Road*, il pourrait éventuellement en toucher un mot au major Smadley. Oui, peut-être qu'après tout cela en valait la peine…

Nous étions jeudi matin; il restait presque cinq jours jusqu'au lundi soir, assez pour réfléchir. Fidèle à la tradition britannique, le lord se gardait d'agir dans la précipitation, préférant méditer tranquillement chacun de ses pas. Cette extrême prudence, parfois à la limite de l'exagération, expliquait sans doute qu'il fût resté vieux garçon.

Mais entre jeudi et lundi il y eut un jour de repos, le dimanche 7 décembre, où le monde découvrit ce qui était advenu à Pearl Harbor, dans l'île paradisiaque d'Oahu, en un rien de temps transformée en antichambre de l'enfer.

Pour consoler le pauvre sir Washborn, terrassé à la fois par l'horrible nouvelle et par un terrible sentiment de culpabilité pour ne pas avoir aussitôt contacté le major américain, il aurait été suffisant de lui révéler que, quatre bonnes heures après la destruction complète de Pearl Harbor, dans le seul centre radio de la base resté intact, tombait une dépêche angoissée de Washington, ordonnant avec insistance qu'on prît des mesures de sécurité maximales en vue d'une imminente attaque japonaise. À cet ordre resté bloqué dans les canaux de coordination entre les services, ne répondit qu'un pittoresque juron de marin, suivi d'une formule plus mesurée : « Merci, tout est terminé. Presque deux mille cinq cents de nos gars ont été tués ! »

Ce qui précède suggère que les renseignements américains, tant à Tokyo qu'à Shanghai, avaient bien travaillé, flairant à temps l'offensive japonaise, mais comme expliqué plus haut, le padichah n'aime pas qu'on gâche son déjeuner par des nouvelles indésirables et gênantes.

C'est du moins ce qu'il semblait à première vue.

41

Il serait pour le moins naïf de croire que seul Washington avait la mauvaise habitude de rejeter tout renseignement qui ne correspondait pas à sa conception du monde. La désinvolture française qui confinait presque à la haute trahison, malgré les informations précises fournies par les services de contre-espionnage sur les projets réels d'Hitler, suffit amplement à le prouver. Personne à Paris ne gâcha son déjeuner, pas même au moment où l'on apprenait que des milliers de touristes allemands avaient subitement investi le Luxembourg, dressant leurs tentes tout au long de la frontière française. Personne ne prit la peine d'aborder l'un de ces excursionnistes pour lui demander ce que cherchaient ici les amoureux de la nature allemands, et la raison de leur prédilection pour les paysages frontaliers. Et que dire de la somnolente Moscou dédaignant le message du groupe Ramsay qui, en même temps que d'autres sources européennes des plus fiables, l'avertissait que l'Allemagne tramait une agression imminente contre l'Union soviétique ? À ce dramatique sujet, des dépêches angoissées avaient été envoyées par trois fois au « Centre », doublées pour plus de sûreté par l'atelier Agfa situé à l'angle de *North-Sichuan Road* et du boulevard Shusan. Les services de contre-espionnage japonais et allemand avaient repéré ces messages codés, trop brefs pour que la source en fût identifiée, envoyés dans l'éther depuis une adresse inconnue par un opérateur qui connaissait son affaire.

Le 15 mai 1941, à deux heures du matin heure locale, Vladivostok capta également le faible signal et le retransmit sans délai. Déchiffré au « Centre », il s'avéra plus qu'alarmant : « *L'Allemagne attaquera l'Union Soviétique le 20 ou le 22 juin. Ramsay.* » Le 21 mai, à peu près à la même heure : « *L'Allemagne a concentré sur la frontière soviétique 9 armées, 150 divisions. Ramsay.* » Et quatre jours plus tard, le 25 mai, à cinq heures du matin : « *Attaque prévue le 22 juin à l'aube sur un large front. Ramsay* »

Mais les maîtres du Kremlin avaient leur propre façon de voir les choses : ils préféraient se perdre dans la contemplation de leur nombril plutôt que de prêter l'oreille aux mauvaises nouvelles. Bercés par l'amical traité signé depuis peu avec l'Allemagne nazie, ils ne crurent pas les mises en garde ni ne prirent les mesures nécessaires. Les émissaires berlinois expliquaient aux Russes la concentration de divisions allemandes à leur frontière avec un clin d'œil malicieux : vous comprenez, camarades, il s'agit de détourner l'attention de l'Angleterre. Et ceux du Kremlin leur répondaient avec le même clin d'œil complice : pas de problème, *drouzia* [1], bonne chance ! Et lorsqu'ils

1. *Drouzia* : les amis (russe). *(N.d.T.)*

frappèrent à la date annoncée, soit «le 22 juin à l'aube», les Allemands surprirent leurs compères du Kremlin en caleçon toujours occupés à cligner de l'œil. Ce jour-là, les Soviétiques ressemblaient à ces pucelles plusieurs fois averties par leur entourage qu'elles doivent éviter la compagnie des mauvais garçons, car il risque de leur arriver malheur, et qui, le mal fait, agitent désespérément les bras en pleurant : «Qu'avons-nous fait au bon Dieu pour mériter ça ?»

Au début de l'invasion allemande, alors que faisait rage la bataille pour la forteresse de Brest-Litovsk, le propriétaire de l'Agfa, Alfred Kleinbauer, et son ami, le journaliste Cheng Sujing, noyaient dans l'alcool leur déception d'avoir vu leurs mises en garde négligées. Ils trouvaient un élément d'explication dans les rumeurs tardives du passage par les armes d'éminents fonctionnaires soviétiques, dont celle de leur chef suprême, Yan Berzine, «le Principal», maître irremplaçable, aussi érudit qu'expérimenté, de toute une génération d'espions soviétiques. Pourquoi ces exécutions à Moscou, à la veille d'épreuves fatidiques pour le pays, personne ici ne le comprenait; de plus, les missions absorbaient entièrement les gars de l'Agfa qui n'avaient guère le temps de se perdre en conjectures. Le vaste réseau d'informateurs de Sujing à Shanghai était aussi en proie au découragement — non à cause de Berzine et de l'exécution d'une impressionnante cohorte de hauts fonctionnaires soviétiques, loin de là — ils ne croyaient même pas aux informations que délivraient les journaux et qu'ils considéraient comme de la banale propagande anti-soviétique. Les défaites inexplicables qu'essuyait l'armée rouge depuis le début de l'offensive les préoccupaient bien davantage. Ce réseau était composé d'antimilitaristes bienveillants et d'amis de la Russie, principalement issus des milieux scientifiques, politiques et financiers, qui entretenaient des relations privilégiées avec les représentants militaires et économiques japonais dans la métropole chinoise. Cheng Sujing observait strictement l'interdiction d'avoir quelque contact que ce fût avec les communistes chinois clandestins; tout rapport avec la communauté des immigrés russes blancs était également proscrit. Dans cette communauté, en dépit des rancunes personnelles à l'égard des Soviétiques, grandissait un sentiment de solidarité avec la Russie sinistrée, tandis qu'agissait discrètement mais efficacement un réseau d'agents sous la couverture d'une prétendue «Union pour le retour à la Patrie», surveillée de près par les Japonais. C'est pourquoi, même aux bains russes, Cheng Sujing préférait se tenir à l'écart des habitués issus de l'immigration anti-bolchevique.

Le 6 décembre 1941, à la veille de l'assaut japonais sur Pearl Harbor, l'atelier Agfa avait toutes les raisons de jubiler : ce jour-là, les agences de presse du monde entier annoncèrent en chœur qu'aux portes de Moscou dangereusement menacée, l'armée rouge avait lancé une contre-attaque aussi puissante que résolue. Trente-huit divisions d'élite allemandes avaient été anéanties, soit le fer de lance de l'opération « Typhon » dont l'objectif initial était de prendre Moscou avant le début du terrible hiver russe. D'après les agences de presse, l'assaut avait été si dévastateur et les pertes allemandes si lourdes que pour les observateurs impartiaux cela signifiait sinon le début de la fin, tout au moins un coup d'arrêt aux trop faciles victoires allemandes. Même les experts de l'état-major d'Hitler en tiraient l'effrayant enseignement qu'il s'agissait d'une défaite stratégique et que, dorénavant, la guerre à l'Est pourrait être prolongée, mais en aucun cas gagnée. Dans ce contexte, la bévue de Vladek — son implication inadmissible dans des incidents de rue — fut facilement pardonnée. Cheng Sujing y contribua de façon décisive. En bon élève du docteur Sorge, il jugeait qu'une prudence de couventine constituait une défense moins efficace contre d'éventuels soupçons qu'une conduite audacieuse et décomplexée. Le soir même, Vladek s'autorisa ce qu'il ne s'était jusqu'alors jamais permis : au nom de la réconciliation, il s'envoya un verre entier de vodka russe qu'il vomit plus tard, en se promettant, repenti, de ne plus imiter en tout son chef qui trouvait toujours un prétexte pour se saouler — que les nouvelles fussent bonnes ou mauvaises. Ce jour-là elles tenaient le milieu entre ces deux registres : encourageantes en provenance de Moscou, et vraiment épouvantables depuis Tokyo.

Pour les hommes de l'atelier Agfa, l'enthousiasme de savoir que Moscou était sauvée avait été fortement assombri, voire refroidi par certaines nouvelles désagréables, ou plutôt angoissantes. Bien que simple collaborateur technique, sténographe et chiffreur, Vladek pouvait se prévaloir de son humble apport, car deux mois plus tôt, il avait lui-même codé en allemand un renseignement transmis par l'envoyé spécial de Tokyo. L'étau semblait se resserrer autour du Groupe japonais qui, craignant que ses émissions fussent interceptées, inclinait désormais à la plus extrême prudence. Aussi avait-il préféré emprunter des chemins détournés pour acheminer ce texte codé par Agfa à l'aide de lettres et de lignes entières de l'*Annuaire statistique du Reich allemand pour 1935*, petit livre destiné à entrer dans l'histoire de l'espionnage russe pendant la Seconde Guerre mondiale et qui traînait pour l'heure dans l'atelier parmi d'autres vieux papiers. Un bouquin à la couverture écornée grâce auquel, de longues années durant, tant à

Shanghai qu'à Tokyo, le groupe Ramsay resta en contact avec le « Centre ». Quant au texte fatidique, retransmis dans les 39 mètres du secteur d'ondes courtes par Kleinbauer, aussi médiocre retoucheur de photos que génial radio et amateur invétéré de vodka, il donnait à peu près ce qui suit :

« *Der sowietische Ferne osten kann als sicher vor einem Angrif Japans erachtet werden.* »

En traduction libre : « L'Extrême-Orient soviétique peut être certain que le Japon ne l'attaquera pas ».

Cette fois, le Kremlin entendit le message de Ramsay et transféra rapidement de puissantes divisions depuis les rives de l'Amour et de l'Oussouri jusqu'au front moscovite. Les troupes allemandes, enfoncées jusqu'au cou dans le bourbier des neiges russes, subirent une première fois l'assaut de ces nouvelles forces. Elles devraient affronter une seconde fois les hommes de l'Extrême-Orient russe à Stalingrad, où serait définitivement scellée la débâcle allemande.

C'était le côté triomphal de l'affaire. Mais le revers de la médaille inspirait tristesse et angoisse. Car peu après l'envoi de ce message, le chef du groupe Ramsay à Tokyo, joyeux cynique, charmeur connu de tous les salons, ami personnel de l'ambassadeur, le général de brigade Eugen Ott, et de son épouse, la japonaise Hanako Ishii, autrement dit le docteur Richard Sorge, cet homme au-dessus de tout soupçon, avait été arrêté avant même de connaître les prémices de la gloire. On devait cette véritable catastrophe à l'habileté des experts nazis en matière de repérage radio. Le journaliste d'*Asahi Shimbun*, le docteur Hodzumi Odzaki, maître à penser du fils du prince et conseiller en politique étrangère du gouvernement Kinkadzu Saionji, fut condamné à mort et exécuté bien plus tard, le jour même du 27e anniversaire de la Révolution d'octobre, en même temps que le docteur Sorge. En dehors des collaborateurs européens Max Christiansen-Klausen et Branko Vukelitch, les seize éminents savants, écrivains et hommes politiques japonais détenus et torturés par la Kempeitai, Yoshinobo Koshiro et Shige Midzuno en tête, se virent infliger de lourdes peines. Tout aussi tragique fut l'arrestation de Hisataki Haieda de la Compagnie ferroviaire de Mandchourie du Sud, le premier à avoir observé d'importants mouvements de troupes japonaises vers la frontière soviétique.

La classe dirigeante nipponne jubilait, ainsi que s'en faisait l'écho la presse de Tokyo, tandis qu'à l'autre bout du monde, à Berlin, les chefs nazis Heinrich Himmler, Heinrich Müller et Joachim von Ribbentrop écumaient de rage à l'idée qu'un petit rigolo investi de leur confiance les avait menés en bateau pendant de si longues années.

Mais le grabuge de Tokyo, qui avait au passage coûté sa carrière à l'ambassadeur allemand Eugen

Ott, trouva peu d'échos auprès des journalistes occidentaux, occupés à suivre de près et à commenter sans relâche la première défaite cuisante des nazis. Personne ne soupçonnait alors le rapport entre ce revers et le martyre infligé à certaines personnes au même moment à Tokyo, dans les sous-sols de la Kempeitai. C'est dans ces souterrains que le 15 décembre, une semaine après l'attaque contre Pearl Harbor, expira sous la torture l'assistant technique et messager du groupe Ramsay, Yoshio Kawamura. Son arrestation à Shanghai avait contraint l'atelier Agfa à démonter précipitamment son émetteur radio et à rompre tout contact avec les membres du groupe. Mais la crainte que cette capture fît tomber tout le réseau shanghaien se révéla infondée : malgré les supplices inhumains et les interrogatoires croisés auxquels participa le ministre de l'Intérieur en personne, l'amiral Suetzugu, Kawamura ne trahit personne, ne livra aucun nom, aucune adresse.

Ces jours-là on attribuait à Joseph Staline le mérite personnel du retournement de situation sur le front russe. Possible. Si la rumeur et l'Histoire aiment à simplifier et personnifier les événements afin de les rendre plus digestes, il serait cependant par trop simpliste de mettre toutes les victoires et tous les naufrages au crédit d'un seul homme. Il est ainsi peu probable que le message codé par le journaliste suisse Jean-Loup

Vincent ait joué à lui seul un rôle décisif dans cette épopée si dramatique pour Moscou. Attribuer la prise de Troie, au terme d'un infructueux siège de dix ans, à un cheval en bois creux, la destruction de l'inexpugnable Jéricho à des trompettes, ou le salut de la Rome en perdition à un vol d'oies — autant de séduisants procédés littéraires, mais souvent bien loin de restituer toute la complexité et la barbarie de la vérité historique. Cette vérité historique étant elle aussi une notion assez convenue — quelque chose comme une valise à double fond d'où les douaniers tirent au jour certaines choses, tandis que d'autres, bien différentes, demeurent cachées. Semblables supercheries douanières se comptent par dizaines; Pearl Harbor est du nombre.

Quoi qu'il en soit, ces journées dramatiques ne furent pas sans conséquences pour Shanghai : à peine un mois plus tard, deux «Junkers» déposaient à l'aéroport de Lunghoa le premier contingent de fonctionnaires de la Gestapo et de la S.S. En raison des risques encourus lors du survol des lignes de front et de la Sibérie, les avions avaient emprunté durant trois jours un itinéraire détourné, avec escales en Turquie orientale et à Bangkok. Le baron von Dammbach mit son mouchoir sur les aigreurs d'estomac que lui avait causé l'annonce de leur arrivée et se rendit tout de même à l'aéroport, accompagné de sa secrétaire personnelle, mademoiselle Hilde Braun, pour accueillir ses chers invités de Berlin.

Le jour même, avant que les nouveaux venus aient eu le temps de défaire leurs bagages, eut lieu une première réunion à *Bridge House*, «la Maison près du Pont», antenne de la Kempeitai à Shanghai. La présence du baron, en tant que haut représentant du Reich, allait de soi; en outre, il revenait à sa secrétaire personnelle de taper la version allemande, confidentielle, du compte rendu de séance avant de l'envoyer à Berlin sous pli spécial.

42

Les bains russes situés au bout de la rue Guanzhou — là où elle se jetait dans le bruyant boulevard de Chunking — n'étaient pas seulement fréquentés par des Russes. On pouvait même dire que la langue de Pouchkine était ici noyée dans un vacarme multicolore d'idiomes étrangers. Il n'était pas rare que dans les nombreux et vastes bains envahis par la vapeur, fissent irruption en bruyantes bandes amicales des commerçants chinois, des Européens de toutes nationalités, voire des militaires japonais drapés jusqu'à la taille. On entendait de tous côtés les échos des conversations, les rires, le tintement des godets, le bruit de l'eau déversée dans des seaux. Sur les couchettes en bois, à la manière asiatique ou romaine, les soins se prolongeaient. Les amateurs appréciaient ici la propreté et la qualité du service, les bouquets de branches de bouleau fraîchement coupées avec lesquelles les baigneurs frappaient leur corps rougi, le *kvas* russe glacé aussitôt transformé en sueur, les énormes Tatars qui massaient jusqu'à épuisement. Enfin et surtout, après un séjour dans les fraîches chambres de repos, l'accès direct au restaurant russe qui dépendait des bains, son inimitable soupe de poisson *oukha* et ses *pelmeni* [1] sibériens accompagnés, bien entendu, de vodka locale. Des serveurs bottés, vêtus de pantalons de hussards et de blouses en lin évocateurs de certaines pages émouvantes de Gogol et de Dostoïevski, circulaient, samovars fumants à la main, et servaient le thé dans des verres enchâssés dans des tasses de métal. Les bains russes et leur restaurant s'étaient depuis longtemps transformés en un lieu de rencontre où l'on causait potins ou affaires — bref, en un endroit parmi d'autres où passer le temps. À la différence des clubs et des restaurants chics de *Nanking Road*, l'accès n'en était pas interdit aux Chinois, ce qui rendait les bains plus attractifs pour les gens de condition moyenne qui entretenaient des relations amicales et commerciales avec leurs partenaires locaux.

1. *Pelmeni* : sorte de raviolis frits. *(N.d.T.)*

Une fois transmises quantité de chroniques pour le journal du lendemain — dont l'annonce des fiançailles de *mister* machin avec *miss* truc —, le chroniqueur politique Cheng Sujing venait souvent ici en compagnie de ses collègues du *China Daily Post*. Contrairement à son habitude, ce mercredi soir-là Sujing vint seul pour se relaxer, au terme d'une nuit tendue en compagnie d'Alfred Kleinbauer, de l'atelier Agfa, et de son jeune assistant suisse. Nervosité bien compréhensible : les nouvelles du front reculé du Pacifique coulaient aussi continûment que l'eau des becs de bronze autour d'eux, et le «Centre» n'était jamais rassasié d'informations fraîches.

Tandis qu'il goûtait aux délices de la salle de sudation — hybride de sauna finlandais et de laverie chinoise —, une voix suave résonna à son oreille :

– Je suis heureux de vous voir, *mister* Cheng !

Le journaliste, brusquement arraché à ses pensées embrumées, interrogea du regard la vapeur dense pour découvrir qu'il s'était assis non loin du major Smadley, de la mission américaine. Ils s'étaient souvent rencontrés lors de conférences de presse ou de banales réceptions diplomatiques; Cheng Sujing l'avait interviewé à plusieurs reprises. À en croire les bruits qui couraient dans le Shanghai des échotiers, le major Smadley n'aurait pas dû se trouver là : après Pearl Harbor et la guerre qui s'en était suivie, les autorités japonaises avaient jugé indésirables les diplomates et hommes d'affaires américains. Leur liste des *persona non grata* incluait naturellement l'attaché militaire à Shanghai, à qui on avait intimé de lever le camp dans un délai de dix jours. Inquiétés par les rumeurs de répressions, confiscations et internements imminents, les ressortissants américains ordinaires, assez peu nombreux à Shanghai, eurent vite fait de liquider ou de transmettre à des proches biens et affaires.

– Vous m'avez fait peur, major ! Je vous croyais parti loin d'ici, derrière la ligne d'horizon, dit Sujing en se rapprochant de l'Américain.

– Vous supposiez juste, quoique avec un léger décalage. Car demain, je rentre chez moi à bord d'un rafiot de commerce néo-zélandais, le *Tuatapere*. Vous n'avez certainement jamais vu coquille de noix plus pourrie, mais que faire ? Faute de mieux, je partirais pour l'Amérique même en canoë-kayak.

– C'est vrai, la guerre est un véritable épouvantail pour les compagnies maritimes et leurs navires restent à l'abri des ports. Je vous souhaite néanmoins bonne route…

– L'espoir et la religion sont les béquilles de l'homme sur son chemin vers l'Éternité. N'étant pas croyant, il ne me reste plus que l'espoir d'atteindre un port qui assure une liaison régulière avec les USA. Si entre-temps les sous-marins japonais ne nous trouent pas la paillasse !

Et le major rit tout seul à gorge déployée de sa propre boutade.

– Ne vous en faites pas trop pour les sous-marins, le rassura le Chinois. Le pire n'est jamais sûr... Toute flatterie mise à part, vous allez nous manquer : il y a longtemps que vous faites partie de notre vie ici.

– Merci. Quant à vous, ne vous vexez pas, mais Shanghai ne me manquera pas. Pas du tout ! Pour être tout à fait franc, j'en ai jusque-là de tout ce que j'ai vu ici.

– Je vous comprends. Cette ville n'est pas l'endroit le plus confortable et le plus sûr au monde.

– Je crains qu'un tel endroit n'existe nulle part. Vous avez vu ce qui s'est passé dans ce paradis terrestre de Pearl Harbor...

– Et que s'est-il passé au juste ? demanda le Chinois avec une curiosité directe, presque enfantine. Je ne parle pas des communiqués de presse, mais de ce qu'ils ont tu.

Le major Smadley renversa un godet d'eau bouillante sur lui, secoua ses cheveux châtain clair et s'ébroua joyeusement avant de demander :

– De vous à moi ?

– *Off the record*, comme on dit chez vous. Parole de scout !

– D'accord, mais donnant donnant. C'est vous qui ferez le premier pas, *mister* Cheng. Dites-moi ce qu'on raconte à ce sujet dans vos milieux.

Comme vous le savez, l'Amérique ne dédaigne jamais l'opinion publique internationale.

– Non... presque jamais, concéda Sujing avec réticence.

Cheng Sujing savait très bien à qui il avait affaire : il fallait être un imbécile pour croire que le major n'était qu'un officier de liaison. Avant de monter à bord de ce *Tuatapere* — probablement un de ces petits bateaux de fret écaillés qui faisaient la navette entre les îles —, sans doute avait-il pris soin de constituer un solide réseau d'informateurs. Rien de plus normal, cela faisait partie des règles du jeu : en partant, ne pas laisser la propriété sans domestiques pour arroser les plantes.

En retour, le major Smadley nourrissait des soupçons au sujet de Cheng Sujing : il doutait que les investigations du journaliste chinois sur les aspects politiques de la production de riz fussent ses seules occupations. C'était l'occasion de confirmer ou d'infirmer ses soupçons. Pour autant que cela fût possible dans un établissement de bains.

Les soins des masseurs les séparèrent un instant.

Au restaurant, tout en savourant des blinis russes accompagnés de caviar iranien, ainsi que l'exigeait le rituel de l'*oukha* — des morceaux d'esturgeon cuits dans un bouillon de poulet, véritable sommet culinaire —, l'Américain demanda :

– Alors, *mister* Cheng, j'attends la suite.

Sujing ne comprit pas tout de suite.

– Ah oui, la suite ! fit-il. Où en étions-nous ?

– Pearl Harbor.

– Oui, Pearl Harbor…

Sujing hésita, tourna sa cuiller entre ses doigts, les yeux fixés sur les cercles concentriques qui se formaient sur la soupe, puis releva la tête :

– Major, on dit que le coup de théâtre — ou le numéro de cirque, devrais-je dire — des Japonais à Hawaii n'aurait guère surpris certains cercles à Washington. Ils s'y seraient attendu et l'auraient même ardemment appelé de leurs vœux.

– Allons donc ! Pour quelle raison d'après vous ?

– C'est à vous de me le dire, en vertu de nos accords.

– Marché conclu. Mais nous nous étions promis d'avancer pas à pas. Je dirais, en guise d'encouragement prudent, que vous brûlez. Chacun de nous a fait un pas. C'est votre tour.

– Eh bien, quelques jours avant l'assaut, on murmure que votre état-major aurait discrètement retiré de l'île d'Oahu ses unités de combat les plus performantes, ne laissant pour cible que de vieux coucous de la Première Guerre mondiale. Et que le prétendu drame de vos bateaux mis hors de combat était quelque peu surjoué. On affirme qu'ils seront à nouveau d'attaque d'ici un ou deux mois. C'est ce qu'on prétend… On dit aussi que les pertes subies seraient fortement exagérées. Destinées à la communication interne — histoire de réveiller l'ire patriotique du Yankee moyen.

L'Américain dévisagea le journaliste chinois de ses yeux bleu clair et, sans détourner son regard scrutateur, il décocha :

– Qui dit cela ? Je n'ai jamais trouvé pareille affirmation dans la presse ni dans les commentaires officiels.

– Allez-vous prétendre que vous n'avez pas eu vent du rapport secret d'Otto Skorzeni adressé à Hitler ?

Un frisson d'horreur parcourut l'échine de Sujing : il venait de commettre une gaffe irréparable !

Le rapport ultra-secret de Skorzeni n'était publié nulle part; seul le cercle restreint des proches du Führer y avait eu accès. Le Chinois en connaissait les grandes lignes; une synthèse en avait été transmise par message radio codé du «Centre». Mais même Sujing ne pouvait connaître la source de ce tuyau, elle aussi était ultra-secrète. Beaucoup plus tard, au début d'une nouvelle ère, lorsqu'une partie des archives secrètes soviétiques serait ouverte, on apprendrait que le contenu du rapport Skorzeni avait été transmis mot à mot à Moscou par Manfred von Brauchitsch, illustre dirigeant sportif nazi, organisateur des Jeux de Berlin et espion soviétique on ne peut plus secret.

Le monde est rempli de paradoxes. Pour preuve : le chargé des affaires olympiques était le fils du feld-maréchal Walter von Brauchitsch, l'un des illustres architectes du plan « Barbarossa » en faveur d'une guerre éclair contre l'URSS, et conseiller secret d'Hitler. Le fils pouvait accéder librement au bureau de son père, et à ses secrets les mieux gardés, lesquels prenaient régulièrement le chemin du Kremlin, à mesure que les armées de papa se frayaient un chemin à travers les steppes russes dans la même direction. Le laconique message crypté sur ce rapport avait été reçu par Agfa et décodé par Vincent. Accompagné d'une demande de renseignements urgents sur Pearl Harbor et la fuite d'informations au sein des cercles militaires japonais. On voulait également savoir si, là-bas, on était au courant que l'attaque de la base navale américaine, qualifiée par la presse officielle de triomphe de la stratégie nipponne, s'était transformée en véritable guet-apens. Un guet-apens cher payé pour les États-Unis, car si les bateaux pouvaient être renfloués, les gars qui avaient péri ne seraient rendus à leurs mères que dans des cercueils métalliques drapés de la bannière étoilée. En tout cas, les informations sur les plans des Japonais avaient bien été reçues, suffisamment tôt pour prendre des mesures préventives, mais quelque part dans les hautes sphères de Washington, par-delà les nuages, pour des raisons profondément complexes, on avait décidé de cacher cette information angoissante, même aux bonzes les plus proches du bureau ovale. Ceux de Tokyo avaient-ils compris après coup qui s'était retrouvé au coin, la culotte baissée ? C'est ce que le «Centre» voulait savoir.

En ce temps-là, le groupe Ramsay de Tokyo était déjà démantelé et la tâche de déceler un éventuel changement d'orientation du Japon confiée au réseau d'informateurs shanghaiens.

– Alors, *mister* Cheng, je brûle d'impatience : où a été publié le rapport d'Otto Skorzeni ? Mais peut-être entretenez-vous une correspondance personnelle avec Canaris ?

L'amiral Wilhelm Canaris était le chef des renseignements nazis et le supérieur hiérarchique direct de Skorzeni. Cheng Sujing se rendait bien compte qu'après s'être vanté d'être aussi bien informé, il s'enlisait dans un marécage d'où il n'avait plus moyen de s'extirper. Aussi bredouilla-t-il vaguement :

– En dehors de Canaris, on peut consulter des sources secondaires… Je suis journaliste, ça fait partie de mon métier et… comment dire…

Dans les yeux du major Smadley brillaient des flammes diaboliques; il comprenait bien l'embarras de son ami chinois. Il se tut pendant un moment, jouant avec l'autre comme le chat avec la souris, avant d'avoir pitié et de lui venir en aide :

– Bon, d'accord. Chacun protège ses sources. À moi maintenant de faire un pas. À condition que vous l'oubliiez tout de suite… Grâce à cette attaque sur Pearl Harbor, aussi terrible et coûteuse qu'elle ait été pour l'Amérique, les Japonais, sans le vouloir ni même s'en douter, ont sauvé l'Angleterre.

– L'Angleterre ? Je ne vois pas le rapport…

– Il est direct et vous êtes assez intelligent pour le saisir. Si vous suivez la presse américaine, avant la débâcle, 82 % des Américains étaient catégoriquement opposés à l'entrée en guerre des États-Unis. Le rapport était à peu près le même au Sénat, qui luttait férocement contre l'intention de Roosevelt de participer à une coalition anti-hitlérienne, seule capable de sauver les îles britanniques de l'invasion nazie. À présent, 87 % de la population au nord du Mexique crie vengeance et réclame une riposte sans délai sur tous les fronts. Notre flotte atlantique est déjà postée le long des itinéraires de l'assistance américaine à Londres et Mourmansk. Nos fusiliers marins et nos forces aériennes, fortement soutenus par l'opinion américaine, ont déjà entamé des actions militaires directes. L'issue est encore lointaine, très lointaine, mais dorénavant notre vieux tonton Churchill pourra faire sa sieste en toute quiétude. Le prix de sa sieste est Pearl Harbor. Nous ne pouvions prévenir l'agression japonaise ni les premières victoires de Tokyo. Elles étaient inévitables : l'Amérique n'était pas encore prête pour la guerre du Pacifique. Mais ça n'a pas empêché Roosevelt de tirer profit du premier assaut japonais. Et c'était une vraie manœuvre stratégique de sa part. Vous avez saisi le rapport ?

À nouveau, le major partit d'un rire bruyant — quel joyeux drille ce Smadley !

– Cela signifie-t-il que le président Roosevelt était au courant et qu'il a gardé le silence ? Au risque de sacrifier tant de vies ? Du point de vue de l'Angleterre et des intérêts à long terme des États-Unis, c'est compréhensible, mais du point de vue des mères des soldats tués…

– Notre promenade s'arrête là. Dans une guerre, il y a des choses que même les dieux se gardent de discuter, et les sentiments maternels en font partie. À votre santé, ami Cheng ! Cul sec !

Cheng Sujing ne comprit pas tout de suite que l'Américain s'efforçait de le saouler. Le major Smadley lui versait verre sur verre, délibérément, comme s'il effectuait une expérience : l'alcool fort droguait aussi vite les Jaunes que la valériane, les chats ! Sujing buvait — et le restaurant tournait autour de lui. Le major Smadley n'était pas en reste : il vidait en un tournemain les « riumki » russes, mais une lueur ironique continuait de briller au fond de son regard toujours aussi lucide. Il emplit à nouveau les verres en proclamant :

– Cul sec ! pour l'amitié et la victoire commune. Cette fois, vraiment commune !

– Dans… quel… sens ?

Le restaurant tournait lentement sur son axe, telle une planète; les serveurs russes dédoublés semblaient fondre sur lui pour replonger aussitôt dans des espaces déformés. Sujing laissa tomber son verre à deux reprises et la vodka se répandit sur la nappe blanche. Malgré tout, la question continuait de tourner dans sa conscience trouble : victoire commune, dans quel sens ? Qu'est-ce que la Chine avait à voir avec ce flirt anglo-américain ? Que voulait dire l'Américain ? À quoi faisait-il allusion ?

Le major Smadley, comme s'il devançait sa question, expliqua en souriant :

– Ne sommes-nous pas déjà alliés contre l'ennemi commun ? Vous du moins. Regardez ce qu'écrivent les journaux.

Et il tira de la poche de sa veste un numéro plié du *Krasnaïa zvezda* (L'Étoile rouge). Il plaça l'éditorial sous les yeux de Cheng sans détourner son regard scrutateur.

Sujing saisit le journal de ses doigts tremblants, jeta un coup d'œil sur le texte et bégaya :

– C'est… une… langue étrangère…

– Comment ça, étrangère ? C'est du russe ! Vous me surprenez, vous ne parlez pas le russe, mon cher Cheng ?

«Ah le salopard !» Cette phrase traversa l'esprit du Chinois. «Quel roublard !»

Mais il dit à haute voix :

– Non… De quoi s'agit-il ?

L'Américain le dévisagea, admiratif.

– Vous m'avez eu, Cheng Sujing, dit-il. Un à zéro pour vous. Dans ce cas, c'est ma tournée !

Sujing était saoul pour de bon. Mais lorsqu'il se fut effondré sur la banquette du rickshaw, il dit en souriant d'un air rêveur :

– Les Yankees sont sans rival dans les beuveries, c'est vrai. Mais à salopard, salopard et demi. Sans quoi, le coup du *Krasnaïa zvezda* était imparable. Je ne suis pas près de l'oublier !

Il s'étira avec délice et s'endormit presque aussitôt, un demi-sourire satisfait aux lèvres, tandis que le coolie l'emportait vers le *Park Hotel* au rythme de ses pieds nus claquant sur l'asphalte.

43

Hilde paya et libéra le rickshaw près du pont du Soochow-poo, la porte qui donnait sur la partie sud de Hongkew. Le soleil se couchait derrière les lourds nuages bas, énorme et brûlant comme le disque rouge sur le drapeau qui flottait au sommet de la tour de surveillance en bois. Près du grand pont de fer en contrebas, les soldats japonais observaient avec curiosité la belle blonde élancée qui semblait appartenir à un autre monde que celui dans lequel elle évoluait à grand-peine.

Quelques minutes plus tard, elle plongeait dans la foule criarde de Hongkew, se mêlant à l'incroyable fourmilière d'Asiatiques et d'Européens. Un vent humide et pénétrant soufflait depuis la mer; dans l'air voletaient de joyeux flocons de neige aussitôt transformés en boue noire. Au-delà du fleuve, dans la Concession, la neige de la veille s'était frileusement blottie en plaques blanches éparses sur les gazons ras des parcs, à la grande joie des enfants qui voyaient rarement pareille merveille tombée du ciel. Mais c'était là-bas, au-delà du fleuve. Ici s'arrêtaient la neige blanche, la pluie transparente, l'air frais qui embaumait le jasmin. Ici s'arrêtait la propreté et commençait Hongkew.

Hilde se frayait un chemin dans la rue encombrée de piétons et de brouettes chargées de légumes, au milieu des vélos qui ne cessaient de klaxonner de manière assourdissante, et des vendeurs de tout et n'importe quoi, assis à même la rue, à l'abri de nattes de paille. Elle serrait son sac à main qu'elle avait pris la précaution de vider de tout objet de valeur — elle en avait déjà perdu un lors de la manifestation anti-japonaise, la leçon lui suffisait. Des vendeurs lui proposaient, avec une insistance presque menaçante, des babioles de bois, de corne ou de terre dont elle ignorait jusqu'à l'usage; des mendiants estropiés tiraient les pans de sa jupe et tendaient la main. Elle n'avait pas oublié les instructions que la baronne von Dammbach lui avait données dès leur arrivée à Shanghai : «Ma chère enfant, ne faites jamais l'aumône à un mendiant. En moins de temps qu'il n'en faut pour le dire, vous vous retrouverez cernée par des centaines de gueux, par une tourbe agressive aux mains tendues comme surgie de terre. Ils s'accrocheront à vos vêtements, vous bousculeront, il se peut même que brille un instant l'éclair d'une lame ! Pareille mésaventure est déjà arrivée à certains de nos invités sentimentaux trop charitables : la police a dû les dégager à coups de canne en bambou. N'oubliez pas ces conseils, ma chère !»

Une petite femme excitée au visage très basané, presque noir, mais aux yeux bridés d'Asiatique, probablement originaire des îles du Pacifique, la tirait par la main, l'invitant à venir voir quelque chose, mais Hilde ne comprit rien. Incapable de communiquer avec la femme, elle haussa les épaules d'un air coupable, s'essaya à un sourire où la gentillesse le disputerait à la fermeté puis échappa à l'étreinte des petites mains qui l'agrippaient. Elle se rendait bien compte des dangers qui la guettaient ici, dans cet immense quartier surpeuplé, sujet de maints récits macabres à propos de marins disparus et de touristes trop curieux qui s'y étaient enfoncés pour ne plus jamais reparaître — comme engloutis dans des abysses. On disait que la pègre de Hongkew cohabitait sans trop de difficultés avec une population par principe hostile aux forces de l'ordre tant chinoises que japonaises. «Sais pas, rien vu, rien entendu» — ici la plupart des enquêtes policières butaient sur cette réponse peu coopérative. Jadis, disait-on, la police et l'administration des grands hôtels au-delà du fleuve déconseillaient aux étrangers d'entreprendre des excursions exotiques à Hongkew, mais depuis que de nombreux Japonais s'étaient établis dans l'immense quartier, et à leur suite un grand nombre d'Européens, aggravant son caractère ingouvernable et chaotique, les autorités, impuissantes, avaient baissé les bras, se bornant à protéger les étrangers trop curieux.

Çà et là, Hilde arrêtait des passants aux traits européens, portant souvent des bleus de coutil usés, sans doute des juifs, car tous lui répondaient dans un allemand impeccable, lui indiquant toujours la même direction — le sud de la turbulente galaxie humaine nommée Hongkew.

Elle trouva enfin l'endroit qu'elle cherchait. Une petite place au bout de laquelle se dressait la pagode reconvertie en synagogue.

Hilde fit quelques pas hésitants dans la pénombre froide du temple pavé de dalles rouges en terre cuite. Inégales, usées au fil du temps par les pieds d'une multitude de fidèles, elles s'étaient imprégnées des parfums de santal du bouddhisme et du souvenir du monotone récitatif des générations venues ici s'agenouiller et se recueillir, avant de poursuivre leur chemin vers l'éternité. Comme en un jeu de cache-cache avec les épais nuages, les maigres rayons du soleil filtraient par les ouvertures — tels des jets de vapeur intermittents —, comme si les divinités chinoises jetaient un œil curieux depuis les tréfonds de l'Univers sur le temple qui leur était dédié, et d'où montaient à présent des prières dans une langue inconnue adressées à un dieu étranger, lointain et incompréhensible. Au fond, sur une manière de petite estrade, tranquille et souriant mystérieusement, les jambes croisées sur son lotus, trônait l'énorme bouddha écaillé, les yeux fixés sur le lourd chandelier judaïque à sept branches posé devant lui, grossièrement forgé. Difficile de dire si ce sourire imperceptible était ironique, hautain ou compatissant.

Quelqu'un cria d'en haut :

– Vous cherchez quelqu'un ?

Hilde regarda autour d'elle avant de découvrir rabbi Leo Levin perché sur une poutre, une herminette à la main.

– Oui, c'est vous que je cherche, monsieur Levin. Je suis Hilde Braun, de la représentation allemande…

– Seigneur, mademoiselle Braun ! Une minute, mademoiselle, j'arrive tout de suite ! s'exclama le rabbin avant de disparaître aussitôt dans l'obscurité qui régnait entre les poutres.

Quelque part derrière la statue du bouddha des marches grincèrent et, l'instant d'après, Leo Levin apparut devant Hilde, tout essoufflé, en vêtements de travail poussiéreux et parsemés de toiles d'araignées, le visage noirci par endroits, sans doute à cause des poutres carbonisées. Il ne tendit pas la main à sa visiteuse, se contentant de lui exhiber d'un air coupable ses paumes sales.

– Je suis heureux de vous revoir, mademoiselle…, dit-il avant de se taire subitement sans même essayer de dissimuler la confusion que lui causait cette visite.

La jeune femme n'était sans doute pas moins troublée, car elle hésita avant de demander :

– Je peux jeter un coup d'œil ?

Hilde fit quelques pas, inspecta la statue du bouddha puis la centaine de plaquettes en bois où étaient gravées des prières. Elle en prit une, l'observa avec curiosité sous toutes les coutures, puis la remit à sa place précautionneusement. Le bruit de ses talons hauts résonnait dans le silence tandis qu'elle arpentait lentement la pagode.

– Donc, c'est ici que vous priez ? finit-elle par demander.

– Oui, nous n'avions pas le choix…

– Vos fidèles ne sont pas gênés que le temple ne soit pas juif ?

– Qu’est-ce que ça change ? Autrefois, les gens priaient sur les arbres et sur les rochers. Ils ont toujours eu besoin de prier — peu importe le lieu. La prière et l’espoir qu’elle soit entendue comptent sans doute davantage que le lieu de culte.

– Des arbres et des rochers… Mais d’après mes souvenirs de catéchisme, il est dit : « Je suis ton Dieu et tu n’auras pas d’autres dieux que moi. » C’est à peu près ça, non ?

– C’est écrit par des hommes.

– Votre dieu ne serait donc pas unique ?

Le rabbin ne répondit pas tout de suite. Il réfléchit avant de dire tristement :

– Pour être franc, je ne sais plus. Mais en quoi les Chinois seraient-ils pires que nous ? Ou les Hindous, ou les Polynésiens ? Pourquoi leurs dieux seraient-ils faux, et le nôtre, le seul, le vrai et l’unique ? Chez vous au moins, il n’est pas aussi solitaire, il a un fils… Les hommes ont besoin de foi. Laissons-les croire en qui ils veulent et comme bon leur semble. Et si cela allège leurs souffrances, à quoi bon les priver de l’ultime refuge de la foi ?

– Peu importe laquelle ?

– Peu importe quel nom on lui donne et dans quel temple elle est professée. Ils subissent déjà trop d’épreuves pour qu’on les accable d’une nouvelle peine, plus insupportable encore : douter de la véracité de leurs dieux. Il est vrai que même les dieux se montrent parfois impuissants et contribuent à embrouiller un peu plus encore leur vie déjà si compliquée. Mais n'oublions pas qu'eux aussi ont des problèmes dus à leur grand âge — il faut les comprendre et leur pardonner.

Et le rabbin, égayé par sa propre idée, eut un rire muet.

– Vous avez bon cœur. Je ne suis pas experte en théologie mais, contrairement à vous, je sais que les religions ne sont ni généreuses ni bienveillantes les unes envers les autres. Je me souviens qu'à l'époque où vous nous avez rendu visite, vous vous disiez «serviteur de Dieu». Mais de quel Dieu, si les dieux peuvent être si nombreux et différents ?

– Du mien, fit Leo Levin en écartant les mains. Nous servons chacun notre Dieu. S'Il est vérité, justice et amour, je suis Son serviteur.

– Et s'Il n'existe pas ?

– Alors les gens pourront compter sur moi sans demander de l'aide à l'administration céleste. Est-ce que ce sont des paroles trop hérétiques dans la bouche d'un rabbin ?

Hilde ne répondit pas. Leo Levin continuait à essuyer machinalement ses mains à l'aide d'un torchon déchiré, attendant que sa visiteuse annonçât enfin le motif de sa visite. Il était peu vraisemblable qu'elle fût venue jusque dans ce quartier maudit rien que pour contempler ce temple insolite et débattre de questions théologiques éculées.

Enfin, ne supportant plus le silence qui avait trop duré, il demanda :

– Dites-moi tout de même, mademoiselle Braun… que me vaut l’honneur ?

Plongée dans ses pensées, elle tressaillit, semblant tout d’un coup revenir à la réalité.

– Ah oui ! Recevez-vous régulièrement notre bulletin ?

– Bien sûr. Et nous vous en sommes très reconnaissants : il est pour nous comme une fenêtre sur les événements qui se déroulent en Europe… Il est vrai que c’est… comment dire…

– Une fenêtre nazie ?

– Oui, en quelque sorte…

– Vous deviez vous y attendre. Il n’est pas publié par une association culturelle.

– C’est vrai…, admit le rabbin. Nous n’en apprécions pas moins votre geste…

Un silence tendu s’instaura à nouveau. Elle regarda autour d’elle, inspira profondément et se décida enfin à aller droit au but :

– Monsieur Levin, vous vous doutez bien que je ne suis pas venue pour vous parler du bulletin. Si l’un des vôtres m’a vue et reconnue, je vous demande cependant de justifier ainsi le but de ma visite… Je suis désolée, mais je suis porteuse de mauvaises nouvelles. Et je voudrais que vous soyez le premier à les entendre. Ensuite, vous aviserez… Je ne peux rien vous conseiller.

Le rabbin la dévisagea, tendu et anxieux, mais comme elle ne poursuivait pas, il dit tout bas pour l'encourager :

– Je vous écoute…

– Vous vous souvenez que nous vous avions demandé de dresser la liste de tous les membres de votre communauté à Shanghai. Vous ne l'avez pas fait et c'est votre droit. Mais dans les jours qui viennent vous comprendrez pourquoi elle vous a été demandée. Sur les instances de nos… je veux dire des autorités allemandes qui continuent de vous traiter comme d'anciens concitoyens, les Japonais vont transformer une partie de Hongkew en ghetto. Cela vous concerne directement, vous qui venez d'Allemagne et d'Autriche.

Leo Levin ne réagit pas immédiatement : il n'était pas sûr d'avoir compris.

– Qu'est-ce que… qu'est-ce que cela signifie ?

– Vous ne savez pas ce que signifie un ghetto ?

– Hélas, je ne le sais que trop. Mais je ne comprends pas comment nous ici, à Hongkew… mais c'est impossible… Si vous connaissiez le quartier !

– Tout est possible. Je ne connais pas Hongkew mais je connais les gens qui ont pris cette décision. Ils n'hésiteront pas à l'exécuter. Je ne peux pas vous dire quand ni comment. Bientôt vous saurez tout.

Le rabbin la regardait, interdit, tandis qu'elle poursuivait sur le même ton impassible et monocorde qu'elle eût adopté pour lire un communiqué de presse de son supérieur, le baron von Dammbach :

– Vous serez placés sous haute surveillance. C'est-à-dire que vos sorties seront fortement limitées… que tous les vôtres devront se plier au règlement établi par les autorités. Sans exception. Cela vous coûtera des souffrances inattendues… de nouvelles épreuves, appelez-les comme vous voulez.

– Impossible ! c'est monstrueux ! Un ghetto ! Seigneur Dieu, un ghetto en plein milieu du XXe siècle… dit Leo Levin en déglutissant avec difficulté.

– En Europe, au milieu du XXe siècle, il se produit des choses beaucoup plus horribles.

– Mais dans une ville dont le statut international garantit…

– Le monde est en guerre, rabbi, et personne ne garantit plus rien à personne ! coupa-t-elle froidement. Elle s'apprêtait à ajouter quelque chose sur la violation des garanties et des statuts internationaux, mais renonça en balayant cette intention d'un geste de la main.

– Les autorités anglaises ne permettront pas une chose pareille ! fit valoir le rabbin.

– Je n'en serais pas si sûre à votre place. Car bientôt il n'y aura plus d'autorités anglaises ici. Oubliez-vous que l'Angleterre et le Japon sont déjà en guerre ?

Hilde examina à nouveau longuement le bouddha, comme si elle attendait qu'il exprimât aussi son point de vue. Mais il continuait de méditer sur le cas exposé, le même sourire mystérieux flottant sur ses lèvres. Au bout d'un moment, elle reprit :

– Voilà, c'est tout, monsieur Levin. Je ne peux pas vous aider, mais je voulais au moins que vous sachiez à quoi vous attendre. Pour vous éviter d'être frappé par la foudre... Je suis désolée.

Le rabbin devint pensif. Subitement l'espoir stupide que tout ça n'était pas vrai, que tout ça ne pouvait pas l'être, lui traversa l'esprit... Peut-être était-ce seulement de l'intimidation ?

– Dites-moi sincèrement, cette histoire de ghetto n'est pas une blague de ces petits voyous du *Yudaia kenku* ? Juste histoire de nous effrayer ?

– Hélas, non. Je le regrette vraiment, mais ce n'est pas ça.

Il la regarda en coin et dans ses yeux apparut une lueur maligne et incrédule, typiquement juive. Il demanda avec précaution :

– Et pourquoi êtes-vous venue me le dire ? Franchement, pourquoi ? Qu'avez-vous derrière la tête ? La secrétaire de von Dammbach !

– Disons que chacun cherche sa voie vers... le temple, se contenta de dire Hilde en haussant les épaules. Même si cela fait pompeux. Pour tout vous dire, je ne crois pas à ces clichés sur les temples et les vérités célestes… censés dissimuler nos lâchetés terrestres. Mais qu'importe… Je voulais juste vous informer. Et transmettez mes cordiales salutations à monsieur Weissberg, c'est un véritable virtuose ! J'ai lu quelque part qu'il avait organisé ici des concerts classiques. Compte tenu de votre situation, c'est plutôt singulier.

– Pourquoi ? Un concert aussi peut être la manifestation de l'acharnement des juifs à survivre.

– Certainement. Je regrette de ne pas avoir pu y assister — j'aurais voulu écouter un peu de musique de qualité dans cette ville d'abrutis ! En tout cas, transmettez-lui mon bonjour. Et dites-lui que Potsdam et les pommeraies en fleur des rives du Werder existent, qu'il ne les a pas rêvés… Et qu'il ne perde pas espoir de les revoir bientôt… Maintenant je dois y aller, ne me raccompagnez pas. Je vous demanderai de garder le secret sur votre source d'information. Ce que je fais là n'est pas très régulier, c'est le moins que l'on puisse dire.

Elle ne lui serra même pas la main avant de quitter la pagode, laissant le rabbin planté au milieu du temple. En arrière-plan, l'énorme bouddha faisait un contraste saisissant avec ce petit homme ébouriffé, couvert de toiles d'araignée, le visage maculé de traces de bois carbonisé…

44

Le capitaine Masaaki Saneioshi, chef du département shanghaien de la Kempeitai, ne comprendrait jamais les Allemands. Impossible ! Le capitaine devait se l'avouer honnêtement — bien qu'auprès de ses supérieurs il passât pour un fin connaisseur de l'Allemagne et de sa langue, ainsi que des habitants de ce pays lointain. De quelque côté qu'il considérât le problème, on avait affaire à des gens bizarres doués d'une logique impénétrable !

Saneioshi-*san* avait fait son droit à Leipzig, il était diplômé de la Haute école de police de Berlin; le chef suprême de la S.S. et de la Gestapo, Heinrich Himmler en personne, lui avait décerné une médaille d'honneur. Il approuvait l'idée d'un rapprochement politico-militaire avec l'Allemagne d'Hitler dans le cadre de leur lutte commune contre les démons anglo-américains et bolcheviks. Jusque-là, ça allait, amitié oblige; mais tout devait reposer sur un fondement logique et profiter réellement à la cause. C'était un pragmatique, ce capitaine.

Mais à quoi cela servait-il de pousser des milliers et des milliers de gens dans ce trou nommé Hongkew Sud, toute une armée de gueux insignifiants, un ramassis de gens déracinés et apeurés — sous le seul prétexte qu'ils étaient juifs ? Non qu'il éprouvât une quelconque sympathie ou commisération à leur endroit : le capitaine Saneioshi ignorait la faiblesse humaine qu'on nomme compassion, il se considérait comme un guerrier dur et cruel issu d'une lignée de samouraïs. Dévoué sans réserve à sa patrie, il était prêt à exécuter chacun de ses ordres, voire à mourir pour sa gloire et pour l'honneur de l'empereur. Cela ne l'avait jamais empêché de tenir sa comptabilité personnelle et de s'assurer des sources de revenus complémentaires — ce n'était pas un moraliste : la vie réclamait son dû, et, à franchement parler, les policiers japonais ne roulaient pas sur l'or. Mais c'étaient des problèmes d'ordre privé. Dans le cadre de son travail, il avait souvent été en première ligne dans des opérations policières massives et des escarmouches sanglantes avec des éléments rebelles, mais tout cela avait un sens, une finalité, tandis que la présente action de ses amis allemands n'était ni utile ni sensée. Une vraie folie, pensait Saneioshi-*san*, de la paranoïa et rien d'autre ! Que pourrait apporter cette initiative, sinon un supplément de travail pour les troupes japonaises, la police communale chinoise et tout un régiment de fonctionnaires, qui peinaient déjà à assurer la sécurité des sites stratégiques et le respect de l'ordre public à Shanghai ? Sans parler du département de la Kempeitai qu'il dirigeait, et qui s'essoufflait à courir après les organisations d'étudiants clandestines anti-japonaises, antimilitaristes, communistes et nationalistes ? Elles poussaient comme des champignons vénéneux — tu en écrases un de ce côté-ci, il en pousse trois de ce côté-là !

Pour parler sans ambages, cette idée était stupide : gaspillage de moyens, d'énergie et de temps ! On crée un nouveau foyer de tension, de contagion et de problèmes, on monte la population autochtone contre nous, on s'encombre d'un tas de soucis à propos de choses qui ne nous concernent pas le moins du monde. C'est pourtant vrai : ils sont censés le savoir à Tokyo, et bien réfléchir avant de soumettre pour signature à Son Excellence le ministre Nobumasa Suetsugu ce décret alambiqué K-013/42 : «*Pour faciliter à nos alliés allemands dans un esprit de bienveillance amicale leurs projets à l'endroit des personnes d'origine juive, leurs anciens compatriotes aujourd'hui domiciliés à Shanghai.*»

Ce décret ministériel ouvrait la voie à la création du ghetto de Shanghai par le gouvernement impérial de Tokyo.

Et tout cela au nom d'une fragile union contre l'ennemi. Mais sur le plan militaire, l'ennemi se mesurait à l'aune du tonnage de sa flotte, du nombre de ses avions, des effectifs et de l'armement de ses troupes, de leur entraînement et de leur combativité, de la façon dont il assurait ses arrières. Et sur le plan politique, se trouvait-il à

Shanghai un meilleur connaisseur que le capitaine Saneioshi des structures et des méthodes des organisations subversives ? Non. Mais que venaient faire dans cette histoire les juifs déguenillés — allemands, autrichiens et autres — débarqués ici, à Hongkew ? Métaphysique teutonne, rien à faire !

Saneioshi-*san* ne comprend et ne comprendra jamais l'obsession fanatique, quasi mystique qui inspire l'action de ses amis allemands. Et pourquoi est-ce au moment précis où leurs armées luttent à mort sur d'innombrables fronts en Europe et en Afrique, et — à ce qu'il paraît — sans perspective de succès imminent, qu'ils se mettent en tête cette idiotie comme si en dépendait leur récolte de riz — ainsi qu'auraient dit nos pères !

Son instinct de policier expérimenté, qui l'avait toujours aidé à voir au-delà de la surface visible et souvent trompeuse des choses, lui soufflait que les Allemands ne s'arrêteraient pas là, que cette expulsion absurde ne serait qu'un début. Cette opération, en apparence si dépourvue de bon sens, était peut-être grosse de significations secondes et de projets latents que, selon leur vieille habitude, ils cachaient à leurs alliés japonais. C'était son devoir d'exécuter l'ordre, et il le ferait. En dépit de sa fatigue, l'expression «*Abwarten und Tee trinken* [1]» lui revint à l'esprit.

1. Expression allemande signifiant «Buvons du thé en attendant», équivalente de «Attendons voir». (N.d.T.)

Dehors, une bruine monotone hachurait le faisceau lumineux des phares, aussi la vue qu'offrait le pare-brise rappelait-elle la projection d'un film usagé. La voiture stationnait à l'angle près du pont; son moteur ronronnait; de temps en temps, le chauffeur — un sous-officier de gendarmerie japonais — essuyait du dos de la main la vitre qui ne cessait de s'embuer. Le capitaine Saneioshi était assis à côté de lui; sur la banquette arrière, deux Allemands portant l'uniforme S.S. fumaient silencieusement tout en observant l'exode des juifs. À propos d'uniformes, précisons qu'à l'exception de rares circonstances officielles, le capitaine Saneioshi préférait sortir en civil; il avait remarqué que ses collègues de la Kempeitai à Tokyo partageaient ce penchant. Les Allemands étaient différents : ils adoraient l'uniforme. Ces derniers temps, après la signature du Pacte tripartite, *Nanking Road* regorgeait de spécialistes allemands, conseillers et représentants en tous genres des services de l'armée, de la police et de l'intendance, qui arboraient fièrement leur uniforme dans les bars, les salons de thé et les restaurants, comme si ce n'étaient pas les Japonais, mais les Allemands qui avaient envahi Shanghai — la grande ville à l'embouchure du grand fleuve.

Au bout d'un moment, quelqu'un sur la banquette arrière, ne serait-ce pas Stockmann, oui, c'est ça, le *Hauptsturmführer* Willy Stockmann, se précipite au-dehors, écarte les jambes et déboutonne son imperméable d'officier. Le vent disperse le jet sur la gauche; depuis la voiture, on ne voit que le dos de l'homme et les gouttelettes luisantes. Il se secoue avec application, revient dans la voiture, allume une cigarette. Chacun se tait. Il n'y a d'ailleurs rien à dire — tout a déjà été dit.

Saneioshi-*san* ferme les yeux, il a sommeil. Qu'on en finisse !

Par cette nuit pluvieuse, le remue-ménage était inconcevable : les autorités japonaises avaient donné soixante-douze heures, trois jours ! pour le transfert. Un compte à rebours abominable, infernal, qui prendrait fin à minuit. Conformément au décret placardé sur les murs en chinois, allemand et anglais, c'était ce délai qu'on accordait aux juifs arrivés à Shanghai après 1937, c'est-à-dire après le passage de la ville sous juridiction japonaise, quel que fût leur lieu de résidence — faubourgs ou quartiers huppés au-delà du fleuve —, pour qu'ils déménagent, sans aucune objection ni exception, dans la partie sud de Hongkew appelée la « Cité intérieure » — dans ce quartier déjà surpeuplé jusqu'aux limites de l'asphyxie. Les personnes concernées par ce décret, en majorité des immigrés allemands en détresse, devaient transporter leur piètre bric-à-brac depuis les petits logements épars ou les dortoirs collectifs aux confins de Hongkew vers la Cité intérieure, au-delà du Soochow, que le plan esquissé sur l'affiche désignait comme une « Zone » ! Une zone ? Quelle zone ? Ou bien s'agissait-il d'une variante, plus compréhensible pour les locaux, du «ghetto» inconnu en Asie de l'Est ? Pas un simple quartier juif — de nombreux regroupements ethniques de ce genre existaient partout à travers le monde —, mais un ghetto, dans toute son acception moyenâgeuse. Pourquoi un ghetto, ici, à des milliers de kilomètres de l'Europe catholique ? Aucune autre explication sensée que l'excès de zèle et l'exécution aussi mécanique que stupide des intentions floues de quelqu'un. Ni une déportation ni une simple interdiction d'habiter les quartiers chics du centre, pratique courante dans l'Europe occupée, car Hongkew, déjà peuplé de réfugiés juifs, était une périphérie chaotique, un appendice industrieux de la grande ville. Obliger les gens à se déplacer d'un coin vers un autre n'était rien moins que du harcèlement — bureaucratique, absurde, odieux…

Ces idées traversaient l'esprit du professeur Sigmund Mandel, qui ne soupçonnait pas à quel point elles faisaient écho aux préoccupations du capitaine Saneioshi de la redoutable Kempeitai. L'ex-chirurgien en chef de l'hôpital berlinois de la Charité, licencié pour «incompatibilité de la fonction avec l'origine non aryenne de la personne», avait quitté l'Europe bien avant ce 20 janvier 1942 où, dans la villa *Am Grosse Wannsee* 56/58, au bord d'un lac splendide des environs de Berlin, furent prises certaines décisions fatidiques. Ce qui lui avait épargné d'éprouver dans sa chair la signification du terme nazi «concentration», prélude à un autre terme — «solution finale».

L'expulsion d'Éden : c'est ainsi que le professeur Mandel, avec son amertume ironique, qualifiait la foule des déplacés qui affluait de tous les coins de Hongkew en cette nuit pluvieuse pour se concentrer dans l'angle formé par le Yang-Tseu-Kiang et son affluent, le Soochow. À contresens coulait un flot moins dense de Chinois — à en juger par leurs biens misérables, ils ne devaient pas être beaucoup plus aisés que les juifs. Ils se croisaient sur le pont de fer sans échanger un mot : il était peu probable qu'ils pussent le faire. Les Chinois, candides et amicaux par nature, leur jetaient des regards éloquents — si les juifs marchant en sens contraire avaient été capables de les traduire en paroles intelligibles, ils auraient pu mesurer la haine de cette foule. Elle avait toutes les raisons de haïr : à cause de ces étrangers indésirables qui s'étaient enlisés ici sans y être invités, au lieu de rester dans leur Europe lointaine, il lui fallait à présent trimballer à grand renfort de brouettes, de vélos, ou même à dos d'homme, toutes ses maigres possessions, et jusqu'à ses enfants et ses vieillards paralytiques...

– Qu'en pensez-vous, rabbi, lança le professeur non sans aigreur, vous qui passez pour un expert dans ce genre d'affaire. À votre avis, est-ce ainsi que doit se présenter le châtiment divin ? Et cela, pour des péchés non prouvés d'un point de vue juridique et moral...

Ils fumaient sous l'auvent de la pagode, tandis que la foule affluait sur la petite place. Effarée, dans le plus grand désordre, elle luttait avec un acharnement panique, depuis l'avant-veille, pour trouver un toit, une place au chaud dans ce nouveau lieu de résidence imposé. Deux représentants du *Jewish Refugee Community of Shanghai*, protégés de la pluie par une tente de toile, étaient assis derrière un comptoir tout en longueur, probablement déniché dans un atelier de couture désaffecté. Une lampe à pétrole les éclairait d'une lumière aveuglante et jetait une pâleur mortelle sur leurs visages — on aurait dit des morts-vivants attroupés devant des listes, de petits cartons avec des adresses, un plan du quartier. Les responsables, eux-mêmes privés de sommeil et d'un abri sûr, s'efforçaient de respecter l'ordre et la justice dans l'attribution des dortoirs collectifs, terriblement insuffisants par rapport aux besoins. Mais chacun des nécessiteux avait un motif convaincant pour évincer ses compagnons d'infortune ou solliciter une faveur : femme malade, mère âgée, enfants en bas âge…

Les yeux fixés sur la foule, Rabbi Leo tira une grande bouffée de sa cigarette, et s'étouffa aussitôt en raison de l'âcre fumée.

– Que voulez-vous que je vous dise, professeur ? Je ne suis pas sûr qu'il s'agisse d'un châtiment. C'est peut-être une Issue. Pas n'importe laquelle, mais plutôt au sens de l'Exode biblique. Si vous avez lu le deuxième livre de Moïse, vous me comprendrez. Providence divine impénétrable pour nous autres mortels. Le vieux là-haut a quelque chose en tête, mais qui sait ce qu'il compte vraiment faire ? Ce n'est certainement pas l'exode d'Égypte vers la Terre promise tant convoitée, plutôt une transition de la captivité égyptienne à la captivité babylonienne. Mais il est écrit : « Y a-t-il ombre sans lumière, nuit sans jour et mal sans bien ? » Et l'emprisonnement n'est pas moins porteur de sens et de morale. Sinon, comment les gens connaîtraient-ils le prix de la liberté ? Je n'en sais rien : je ne suis pas Moïse, pas plus que le Soochow n'est la mer Rouge. Mais Hongkew Sud se révélera peut-être un nouveau Sinaï. C'est ce que je pense. Nous errerons à nouveau à travers le désert avec l'aide de Dieu, jusqu'à ce qu'une communauté dispersée prenne conscience qu'elle n'est pas une tourbe d'esclaves, mais une grande nation au destin commun. Le sens profond de ces quarante années, si vous vous en souvenez.

– Charmante perspective, ma parole. Quarante ans !

– Prenez-les comme un symbole biblique. Cela peut aussi bien signifier quatre ans que quatre cents. Mais ne croyez pas qu'elles soient dépourvues de sens ou qu'elles n'entretiennent aucun rapport avec la Providence. Je ne le dis pas par goût du paradoxe, mais en conséquence de leur aberration, les nazis réaliseront au XXe siècle une prédiction aussi fatidique que suprême : avec des juifs dispersés à travers le monde, parlant différentes langues et professant diverses opinions, ils recréeront un peuple. L'œuvre entamée par le sioniste Theodor Herzel sera achevée par Hitler.

Ainsi parla Rabbi Levin, en observant la foule qui se bousculait dans la plus grande confusion, avant qu'une quinte de toux causée par les cigarettes chinoises bon marché ne l'étouffe. Puis il écrasa son mégot et rentra dans la synagogue bondée de vieillards.

C'était vendredi, la veille du sabbat; les gens attendaient de lui qu'il les réconfortât, et implorât la pitié de l'Unique.

«*Shema Israël…*»

Dans les rues d'enceinte du ghetto, délimitées par des barbelés et gardées par un cordon de policiers chinois, à travers les flots de lumière dispensés par un projecteur militaire qui balayait la scène, des milliers de gens se mouvaient à la manière d'étranges spectres, chargés de balluchons et de caisses, poussant des brouettes ou des landaus hors d'usage et bourrés de fripes.

Ils allaient tous dans la même direction — par le pont de fer du Soochow, vers la Zone. Et une foule chinoise allait en sens contraire — de la Zone vers les demeures obscures de son désespoir.

La brise marine faisait tourbillonner par intermittence une pluie fine. Les phares d'une voiture noire arrêtée à l'angle près du pont éclairaient l'ouverture entre les barbelés que devaient emprunter les émigrants pour rejoindre leur nouvelle existence. Personne ici ne connaissait Saneioshi-*san* ni les deux Allemands dans la voiture, d'ailleurs tout à fait invisibles dans l'obscurité — mais en regardant attentivement, on aurait vu rougeoyer leurs cigarettes.

Les policiers chinois, déployés en un lâche cordon sur toute la longueur du *Soochow Creek* — la rue bordant le fleuve près du pont qui séparait Hongkew Sud du reste de l'immense quartier, non loin de l'embouchure où le Soochow jetait ses eaux boueuses dans le Yang-Tseu-Kiang —, grelottaient dans leur veste en coton trempée par la pluie. Ils n'éprouvaient ni haine ni sympathie envers cette foule, ils ignoraient jusqu'à la signification du mot «juif». À coup sûr quelque chose d'autre, de différent, mais tous les Européens, quel que fût leur nom, étaient différents — ils parlaient une langue différente, ils s'habillaient différemment; leur nourriture était différente et même leur rire était différent. Et la raison pour laquelle ces êtres lamentables et misérables devaient déménager d'une partie du quartier à une autre, tandis que d'innombrables familles chinoises étaient contraintes de quitter leurs fourmilières bondées pour occuper celles d'autrui, cela ne les concernait pas — l'homme en uniforme n'est pas censé connaître les raisons de ses chefs. Ces policiers étaient pour la plupart des paysans illettrés, résignés et patients, nostalgiques de leur campagne, de leur maison et de leurs enfants. Et surtout de leurs champs perdus pendant la guerre. Car qu'est-ce qu'un villageois sans terre ? Une cabane sans toit, un pot sans fond, un puits sans eau. Jadis ils avaient possédé de la terre, c'est vrai; elle était bonne et fertile, terre bénie, mais ils l'avaient perdue. Tous leurs biens avaient été pillés — soit par les leurs, soit par des étrangers. C'est pour cela qu'ils étaient là : pour toucher ces soixante dollars shanghaiens nets par mois, l'équivalent de dix dollars américains, en plus du riz gratuit, de l'uniforme et de la paillasse à la caserne. Ce n'était pas grand-chose, mais c'était mieux que rien par ces temps de crise où toute une nuée de vieillards, de femmes et d'enfants au village attendaient ton aide. Et pourvu que la pluie cesse, car il n'y a personne pour te proposer un simple bol de thé !

Telles étaient les pensées que remuaient en cette nuit pluvieuse un capitaine japonais persuadé de descendre des samouraïs, l'ancien chirurgien en chef de la Charité de Berlin, l'ancien grand rabbin de Düsseldorf et le cordon de policiers grelottants tout juste arrivés de leur campagne.

45

Comme toujours, Mère Antonia et ses carmélites se dévouaient corps et âmes. Avec l'aide d'un important groupe de volontaires, elles avaient déjà réussi à aménager vaille que vaille trois locaux — les fameux «*dortoirs*» — dans des entrepôts désaffectés et depuis longtemps abandonnés. Mais ces locaux très sombres, que seule éclairait une rangée de hautes lucarnes grillagées, étaient notoirement insuffisants même pour n'abriter que les vieux, les impotents et les nécessiteux. Dans l'un des entrepôts flottait encore un parfum d'anis et d'herbes inconnues : on y avait vraisemblablement conservé des épices. Les vieilles juives avaient été nombreuses à prier la Mère supérieure de les installer dans le «dortoir aromatique» — là et nulle part ailleurs ! Mère Antonia contenait à grand-peine sa colère, endurait de la part des vieilles capricieuses des injures à caractère religieux qu'elle n'avait pas méritées, mais grâce à sa poigne de fer, elle finit par faire respecter l'ordre et la justice. À ceci près qu'une foule d'émigrés, désespérant de se voir installer selon les principes des responsables, avait pour ainsi dire pris d'assaut les locaux administratifs, les hangars, voire les paliers de l'usine sidérurgique à moitié démolie. Ceux qui en avaient les moyens et qui venaient des quartiers riches de la ville — c'était le cas du Bach circoncis, celui aux deux filles et aux huit diamants, peut-être déjà réduits à six ou sept —, étaient parvenus à emménager contre des loyers exorbitants dans les maisons quittées par les Chinois. Deux ou trois familles se regroupaient dans des habitations chinoises miniatures, aux chambres aussi petites que des cages à criquets — sans eau courante ni tout-à-l'égout, sans aucune commodité. Les propriétaires exigeaient une avance de plusieurs mois de loyer car, eux-mêmes contraints de quitter la Zone, ils ignoraient quand ils y reviendraient. Or, le décret précisait que l'occupation des logements privés vides serait réprimandée avec la plus grande sévérité. Cet ordre concernait non seulement les juifs, mais aussi les Chinois restés dans le quartier, car certains dédales de ruelles à Hongkew Sud échappaient à ces mesures : pour des raisons obscures, les habitants n'étaient pas concernés par l'expulsion. Ainsi, tout naturellement, se constituaient des rues, voire des îlots de peuplement juif ou chinois. Quant aux restrictions de sortie de la Zone, seulement applicables aux juifs, chaque policier posté sur le pont, si idiot fût-il, était capable de distinguer un juif d'un Chinois — même sans papiers !

Malgré tout, sur ce fond nocturne de foule déchaînée, un acte de solidarité avait profondément ému le professeur Mandel — d'une nature pourtant sceptique et acrimonieuse : c'était la fantastique célérité avec laquelle, avant même de trouver un abri pour leur propre famille, des hommes et des femmes dirigés par l'ancien flûtiste Simon Zinner avaient transféré dans la Zone l'hôpital de fortune, *The Jewish Refugee Hospital*, et ses grabataires. On avait reconverti les salles de classe de l'école primaire sur *Chaofung Road* — long bâtiment d'un seul étage, semblable à un entrepôt, au plancher de terre battue, abandonné pendant «la guerre japonaise». Par endroits, le toit de l'école avait souffert des bombardements, mais quelques morceaux de tôle qui traînaient alentour, ainsi que les bâches arrachées par Mère Antonia, à grand renfort de suppliques, aux missionnaires portugais de passage à Shanghai sur la route vers Macao, avaient provisoirement assuré un coin au sec pour les malades les plus graves. Dans la petite salle des professeurs où un calendrier déchiré de 1937 pendait toujours au mur, et où trônait un héron empaillé aux plumes clairsemées et empoussiérées, avait été aménagé le bloc opératoire du professeur Mandel.

Ce soir-là, pour la première fois, Elisabeth ne vint pas chanter à *La Montagne bleue.* Dans la journée, d'une voix étouffée, elle avait prié Schlomo Finkelstein d'aller informer le propriétaire du cabaret près du port, Yen Qingvey, de ce qui s'était passé durant ces jours d'exode, de le prier de l'excuser et de lui assurer que dès le lendemain et à l'avenir… Mais quel lendemain ? Y aurait-il un présent et un avenir à Hongkew Sud transformé en ghetto, en camp de concentration, en enfer ?

Assise sur sa grande valise de cuir dont jadis elle ne se séparait jamais lors de ses tournées à l'étranger, elle restait étrangère au tumulte et à l'agitation qui envahissaient l'énorme hangar de l'usine sidérurgique. Derrière elle, de lourds crochets oscillaient au bout de leur chaîne, menaçants; les gens avaient investi les multiples coursives qui encadraient l'espace vide; une famille s'était même installée tout en haut, dans la cabine des régulateurs électriques — une cellule de fer aux vitres opaques brisées.

Elisabeth, comme revenue de tout, regardait ce spectacle qui ne l'impressionnait point. Peut-être ne le voyait-elle pas ou ne prenait-elle pas conscience de toute son absurdité. La période romantique vécue dans la maison ordonnée à la japonaise, petite mais propre, aux fenêtres voilées de rideaux d'indienne fleurie, avec ce container transformé en douche par un Schlomo toujours aussi serviable — tout cela n'avait pas duré. C'était resté au-delà du pont de fer sur le Soochow, au-delà de la vie.

Theodor Weissberg, disparu Dieu sait où, aurait dû être rentré depuis longtemps. Quoique son mari ne lui eût pas confié ses intentions, Elisabeth savait, ou plutôt devinait où il pouvait s'être échoué. En cette matinée où tous les juifs du quartier s'écrasaient le nez contre le décret de transfert placardé sur les murs et les poteaux télégraphiques, rien ne l'avait inquiété davantage que le regard mort de son épouse.

– Il faudra quitter notre maison avant mercredi soir, Elisabeth, avait-il dit, embarrassé, comme s'il était la cause de leur nouveau malheur. C'est le dernier délai…

– Oui, répliqua-t-elle, impassible, puisqu'il le faut…

– Je suis désolé. La Zone commence à trois ruelles d'ici, mais on ne peut rien faire. Vraiment rien.

– Oui, je vois…

– Veux-tu que je t'aide à rassembler tes affaires ?

– Non, je me débrouillerai.

Alarmé, il avait regardé sa femme avant de lui demander :

– Est-ce que ça va, Elisabeth ?

Pour toute réponse, elle avait fixé le bout de ses chaussures.

En semblable circonstance, le spectre des réactions va de l'irrépressible crise d'hystérie à la stupeur et à la passivité. En l'occurrence, c'était l'apathie avec laquelle son épouse avait accueilli la nouvelle qui l'avait inquiété profondément.

Alors, tel un naufragé qui s'accroche à un fétu de paille dans l'espoir de survivre, il avait eu l'idée d'aller chez les Bassat leur demander pardon pour son comportement excessif, scandaleux, et solliciter leur aide. Les Bassat entretenaient des liens amicaux avec des nazis haut placés, ils étaient en mesure d'aider les Weissberg. Peut-être fallait-il enfin cracher le morceau et avouer qu'Elisabeth n'était pas juive, mais allemande de pure souche. Cela les aurait aidés à trouver une issue : au bout du compte, leur petite maison dénichée et meublée avec tant de difficulté, qu'ils devaient à présent quitter, était située non pas dans la Concession, quelque part sur *Nanking Road*, mais à Hongkew, à deux pas de la nouvelle Zone !

Il se dirigeait vers la route Cardinal-Mercier, anticipant un tête-à-tête humiliant avec ses anciens patrons, lesquels — il faut l'admettre — avaient manifesté une tolérance rare dans ces régions à l'endroit d'un domestique et de sa pauvre enseignante d'épouse. Le fait que les Bassat fussent amis avec ce dindon présomptueux de général comme avec d'autres nazis, n'était pas son affaire à lui, Theodor Weissberg — il n'avait aucun droit de protester ! Tout était la faute de l'alcool, soit, mais cela ne pouvait constituer une excuse. Dans cette histoire embarrassante, Elisabeth avait fait preuve d'une solidarité silencieuse et docile avec son mari, bien qu'elle n'eût accepté que du bout des lèvres son refus obstiné de revenir travailler là-bas. Elle connaissait bien son Theodor : un entêté qui ne reconnaissait jamais ses torts.

Il avait une autre raison de se tracasser : alors qu'ils n'étaient plus retournés chez les Bassat depuis longtemps, un jour, en fin de matinée, un rickshaw s'était arrêté devant leur maison à Hongkew. Un véritable événement pour la petite rue : par ici, les gens ne roulaient pas carrosse de la sorte — quantité de visages curieux étaient apparus aux portes et aux fenêtres. Le rickshaw avait dangereusement penché lorsqu'en était descendue Lys Blanc, la grosse servante. Bien qu'il fût dix heures passées, Elisabeth était encore en chemise de nuit. Elle faisait la grasse matinée, car elle rentrait du travail au petit matin et ne savait jamais précisément à quelle heure matinale son mari quittait silencieusement la maison après avoir préparé le petit-déjeuner.

La voyant à la porte, Lys Blanc fut ravie; les deux femmes tombèrent dans les bras l'une de l'autre. Puis la Chinoise articula dans son anglais inimitable : «*La maîtresse dit toi et dit lui revient travail, comme si rien n'était, yes-yes ?*»

Ce jour-là, Theodor était sorti à six heures du matin. Il transportait des valises et des paquets, faisait au pas de course de petites commissions ou lavait des voitures à l'*Impérial*, petit hôtel pour étrangers situé non loin de la représentation allemande qui n'avait de majestueux que le nom. Le bibliothécaire universitaire de Munich, Karl Rosenbusch, maître ès arts et solitaire mélancolique, s'était longtemps chargé de cette besogne mais il souffrait du béribéri. Crachant ses dents et son sang, il avait demandé à Theodor de le remplacer à titre provisoire pour ne pas perdre son emploi. Le maître et Theodor se doutaient bien que ce «provisoire» était appelé à durer, mais tous deux avaient eu la bienveillance de feindre un optimisme naïf. Le propriétaire hollandais de l'hôtel avait sauté sur l'occasion : la plupart de ses clients, des commerçants allemands établis sur place ou en transit vers le Japon, rencontraient des problèmes avec le personnel chinois du fait de son ignorance des langues étrangères.

Quant à Elisabeth, son origine allemande s'était avérée salutaire. C'est grâce à celle-ci que les deux époux avaient eu la chance incroyable de trouver presque aussitôt du travail dans une ville ravagée par le chômage. Une fois de plus,

Schlomo Finkelstein avait joué un rôle positif en apportant un numéro taché et froissé du *Shanghaier Nachrichtenblatt*, où figurait l'annonce d'un certain cabaret, *La Montagne bleue*. Quatre lignes encadrées en gras qui précisaient qu'en raison de sa clientèle de marins, la montagne en question, la bleue, recherchait une chanteuse européenne avec un répertoire anglais *et* allemand.

Elisabeth avait remercié, par l'entremise de Lys Blanc, l'aimable Simha Bassat, promettant de passer la voir dès que possible. Mais elle n'en avait pas eu l'occasion : *La Montagne bleue* était ouverte sept jours sur sept. De plus, le cœur d'Elisabeth se serrait au souvenir de l'anniversaire du petit Bassat et des événements qui s'en étaient suivis. Elle remettait toujours la visite au lendemain, si bien qu'elle ne s'y rendit jamais.

Theodor s'approcha de la haute grille métallique qui donnait accès à la résidence sise au 342, route du Cardinal Mercier. Volets clos et rideaux tirés, la maison lui sembla étrangement silencieuse. Il gravit les trois marches de pierre. Il entendit la sonnette retentir à l'intérieur, mais personne ne vint ouvrir. Il sonna encore une fois, attendit un peu puis décida de contourner la maison pour essayer d'y accéder par le jardin.

Après avoir frappé à trois reprises au grand portail de fer qu'empruntaient chaque automne des voitures à bœufs chargés d'engrais et de terreau, il entendit enfin la voix tremblante de Wu Laozian.

Les retrouvailles furent touchantes — et les nouvelles désespérantes : les Bassat avaient quitté Shanghai depuis trois semaines. Comme la plupart des Bagdadis, ils étaient sujets britanniques. Lesquels, en vertu des lois de la guerre, devaient être relégués dans les possessions japonaises à l'intérieur du pays, ou quelque part en Corée. Mais le maître, Jonathan Bassat, avait sollicité ses amis parmi les hauts dignitaires allemands, ainsi que ses relations dans l'administration japonaise. Il avait fini par obtenir l'autorisation pour toute sa famille de quitter la ville, direction Bombay, à bord du long-courrier anglais, celui-là même qui avait évacué de Shanghai toute la mission britannique, le gouverneur lord Washborn en tête.

Avec tous les domestiques, le vieux Laozian avait accompagné ses maîtres jusqu'au port. Les femmes avaient pleuré, ce qui ne l'avait pas étonné : tantôt elles s'esclaffent sans raison, tantôt elles sanglotent. Madame Bassat avait donné à chacun un beau cadeau en souvenir : à Laozian, elle avait laissé une jolie somme pour l'entretien de la maison, où il restait tel un dieu domestique, ainsi que l'adresse d'un bureau japonais auquel s'adresser en cas de besoin. Elle lui avait aussi offert une pipe anglaise taillée dans la racine d'un rosier et une paire de lunettes neuves à monture de corne. À présent, le vieux était seul — il gardait la maison désertée et en prenait soin, mais il vivait toujours dans sa maisonnette au fond du jardin, où ses fils étaient venus au monde et où il avait dit adieu à leur mère, partie dans les rizières de l'au-delà.

Déclinant l'aimable invitation du vieillard à entrer pour boire une tasse de thé, Theodor prit congé, puis refit à pied les cinq kilomètres qui séparaient *Frenchtown* de Hongkew.

46

Dans la panique qui suivit l'expiration du délai de trois jours, les abris où la population juive avait trouvé refuge en toute hâte se révélèrent fort peu hygiéniques dans l'ensemble et des plus misérables pour nombre d'entre eux : bordels, dortoirs, remises ou baraques désertées, absolument inhabitables, dont les ouvriers des fabriques avaient eu l'usage avant la guerre. Mais le rabbin Leo Levin s'obstinait à rassurer les « jeunes ménages » désespérés : « Petit à petit, mes frères, avec l'aide de Dieu et un peu plus de plomb dans la cervelle, tout rentrera dans l'ordre. Ce n'est pas à nous autres juifs qu'on apprendra ce qu'est l'exil ! Ou alors, serait-ce que le premier des nomades, notre ancêtre Abraham, aurait vécu dans une villa de cinq pièces avec séjour et cuisine, et que ses chèvres auraient brouté non des chardons du désert, mais du jasmin et des violettes ? !»

D'ailleurs, dès les premiers jours, les exemples à l'appui des dires de l'enthousiaste rabbin frisé ne manquèrent pas : les plus entreprenants s'installaient vaille que vaille et les premiers débits de produits alimentaires fonctionnaient déjà. Quelques coffres, ayant servi à transporter de grandes machines, avaient été assemblés pour construire une sorte de chalet confortablement garni de meubles disloqués, d'un rideau d'indienne en guise de porte, et même d'une lanterne chinoise à l'entrée : le premier salon de beauté dans la Zone. Et la petite pâtisserie *Vienne* s'était provisoirement installée dans un bus incendié dépourvu de roues et dont le moteur avait été volé depuis longtemps.

Certaines ouailles du rabbin renâclèrent à l'idée de transférer l'hôpital dans l'école abandonnée, car il fallait que les enfants rattrapent leur retard scolaire. Mais à ce besoin aussi Rabbi Leo trouva une solution en ouvrant pour les plus petits une Yeshiva près de la pagode. Enthousiasmée, son épouse Esther, sans pour autant renoncer à la confection des feuilletés au riz, y revint à son métier favori de professeur, échappant aux ordres des éducateurs nazis quant au contenu et aux méthodes de son enseignement.

Telles furent les premières tentatives d'imiter les six jours d'efforts du Créateur pour ordonner le chaos de l'Univers. Dans ce domaine, les idées ne manquaient pas : il est bien connu que les juifs, comme leur Dieu, ont toujours plus d'idées qu'ils n'en peuvent réaliser, et qu'ils fournissent plus d'indications et de conseils qu'on n'en peut mettre en œuvre. Quoi qu'il en fût, la vie rentrait dans les rails du quotidien. L'un des projets les plus incroyables pour s'adapter à la nouvelle situation fut l'occupation du château d'eau, à l'extrémité ouest de la cour de l'usine. Le grand trou d'obus à mi-hauteur du château, évocateur d'une énorme cheminée progressivement étrécie, découvrait des côtes squelettiques en fer à béton, et gravir les escaliers métalliques intérieurs, coupés ou tordus par endroits, jusqu'à l'élargissement au sommet, exigeait pratiquement des talents d'alpiniste. Deux personnes avaient accompli l'exploit : Simon Zinner le flûtiste et Markus Aronson, le type tout en os et aussi grand qu'un pylône, ancien assistant d'Einstein. Le château au faîte circulaire, au réservoir central depuis longtemps à sec, aux lucarnes ogivales en enfilade et aux deux balcons miniatures, était devenu l'extravagante demeure d'un ex-musicien, jadis familier des scènes prestigieuses de Dresde, et d'un astrophysicien ayant consacré son esprit et son talent à la théorie quantique et, après son arrivée à Shanghai, aux feuilletés au riz fabriqués par le professeur d'histoire Esther Levin.

Go Yang fixa le sommet du château d'eau, au balcon duquel se penchaient deux silhouettes rapetissées par la distance, avant d'observer la multitude silencieuse. Il faut croire que ce Go aimait prendre de grands airs, car il fit durer le silence tendu. Il était debout sur un coffre, un microphone à la main. La cour, les tas de scories, les poutres empilées, les monceaux de ferraille, les toits plats du bâtiment administratif et les fonderies — tout était envahi par des milliers et des milliers de réfugiés. Ce n'était pas toute la population juive de la Zone, trop nombreuse pour tenir même dans cette immense cour d'usine; s'y étaient rassemblés principalement des jeunes gens, chefs de famille, chômeurs ou simples curieux, pour entendre ce que leur dirait le représentant des autorités.

À en juger par son air grave, il avait beaucoup à leur dire.

«Je suis le commissaire Go !» éructa brusquement le petit homme aussi trapu qu'un lutteur, au costume noir déteint, élimé, d'évidence vierge de tout contact avec un fer à repasser, au cou de taureau étranglé par une cravate froissée. Il prononça ces mots en allemand, ce qui provoqua aussitôt un mouvement d'approbation au sein de la foule. «Vous m'appellerez Monsieur Go et je serai toujours à votre écoute si vous ne dites pas de bêtises. Vous êtes à Hongkew Sud. Il n'y a pas de trou au monde plus merdique et plus répugnant que celui-ci — vous devez en tenir compte et vous y adapter. Vous êtes menacés par la malaria, le béribéri, la peste, le choléra, le typhus, la dysenterie, la gale, ainsi que par d'innombrables maux intestinaux, sans oublier les amibes et trente-six mille maladies infectieuses, dont la plus inoffensive est l'hépatite virale. Faites bouillir vos vêtements pour vous débarrasser des poux. Protégez vos enfants des rats. Lavez-vous souvent les mains, rincez vos légumes à l'eau bouillie, ne mangez pas de fruits mous, ne buvez pas l'eau du robinet. Mettez du chlorure de chaux dans vos chiottes, c'est offert par le commandement. S'il y a un moyen de décamper dans votre Europe puant la gargote, faites-le immédiatement. Sinon vous m'obéirez au doigt et à l'œil : ici je suis le roi des juifs. Pigé ?»

Tout le monde se taisait, attendant la suite.

«Le roi des juifs» accueillit ce silence de cimetière comme un signe d'acquiescement total. Il se tut également, parcourant la foule dense d'un regard triomphant, puis il leva à nouveau les yeux vers le château d'eau : il se demandait sans doute comment ces deux idiots avaient réussi à grimper si haut.

Monsieur Go avait été professeur de langue et de littérature allemandes dans un lycée d'Osaka, province de Hansin; c'est lui qui avait publié dans la presse régionale des extraits de *Mein Kampf* dans sa propre traduction. Grâce à ce livre, il avait appris l'existence des juifs qu'il fallait combattre jusqu'à son dernier souffle, bien qu'il fût impossible d'en trouver au Japon. Mais le jour même où Shanghai fut occupée par les troupes impériales et où flotta sur la ville le drapeau frappé du Soleil Levant, il avait déménagé à l'ouest, sur le continent, se mettant au service des autorités japonaises. Go Yang, après avoir lu et partiellement traduit l'ouvrage fondamental d'Hitler, s'autoproclamait expert en question juive, en conséquence de quoi il s'était fait nommer commissaire de la Zone. Le fait que le commandement de celle-ci fût confié non à un gradé militaire ou policier, mais à un ancien professeur japonais, pouvait suggérer aux connaisseurs des délicats messages, signes et codes de l'Extrême-Orient que, d'un côté, les honnêtes autorités japonaises prêtaient obligeamment main-forte à leurs partenaires allemands dans leurs desseins peu clairs à l'endroit des juifs, mais que, d'un autre côté, surtout pour ne pas perdre la face aux yeux du monde, le Japon officiel ne voulait pas s'engager trop avant dans un problème qui ne le concernait pas directement et ne lui valait que des tracasseries.

«Écoutez maintenant quel sera le règlement dans la Zone ! poursuivit le commissaire Go. J'impose le couvre-feu de dix heures du soir à six heures du matin. Pendant ce temps, le pont protégé sur le Soochow sera fermé aux juifs. Durant la journée, ne pourront le traverser que ceux d'entre vous qui m'auront présenté un document attestant qu'ils travaillent quelque part. Je veux savoir ce qu'ils font et où ils vont. C'est moi qui délivrerai leurs laissez-passer. Ils seront verts, jaunes et rouges. Valables un jour, une semaine ou un mois. Aucune exception ! Ceux qui travaillent la nuit doivent me demander une permission supplémentaire d'enfreindre le couvre-feu. Soyons clair : nous faisons la guerre à l'Angleterre et à l'Amérique juives. Nos alliés allemands combattent la Russie juive. Aussi, pour moi, vous êtes des prisonniers de guerre bénéficiant d'un statut allégé — tant que je n'aurai pas décidé de le durcir. Cela ne dépend que de vous et du respect que vous me porterez… C'est tout pour aujourd'hui. Vous pouvez disposer !»

47

Avant même d'ouvrir les yeux, Vladek, comme à son habitude, tendit le bras vers l'oreiller voisin, mais la place était vide. Se redressant paresseusement, il découvrit la déserteuse. À demi-nue près de la fenêtre, Hilde fumait en contemplant le large fleuve où, en amont et en aval, affluaient jonques et bateaux. Atténués par la distance, leur parvenaient les coups de sirène haletants des navires, le crachotement des moteurs des vedettes, les klaxons du flot d'automobiles en contrebas, sur le *Bound.* La lumière du dehors estompait l'exquise silhouette de Hilde, comme si la douce clarté de l'aurore irradiait du corps de la jeune femme.

– Viens, dit-il.

La voix de Vladek fit sursauter Hilde, tout entière plongée dans ses pensées.

– Viens, répéta-t-il.

– Arrête. Je dois y aller, je suis en retard.

– Tu ne l'es pas. Aujourd'hui, c'est dimanche.

– Mets-toi dans la tête que tous les dimanches, à onze heures, la jet set de Shanghai aime à se promener dans le Jardin anglais. Sauf quand il pleut des cordes. Et la baronne Gertrude von Dammbach tient à ce que son animal de compagnie favori, à savoir moi-même, ne la quitte pas d'une semelle.

– Et moi aussi, je tiens à ce que tu ne me quittes jamais d'une semelle. Tous les dimanches, à onze heures… Et je sais ce que nous ferons ensemble. Mais vous, comment perdez-vous votre temps là-bas ?

– Tu veux un compte rendu détaillé ? Après notre promenade, nous buvons du *café mélangé**, accompagné d'un strudel aux abricots et de crème fouettée. À la pâtisserie de Frau Schnitzler, sur le Kung Ping. Satisfait ?

– De vrais dimanches à l'allemande !

– On est comme ça nous autres, les Allemands typiques.

– Petits bourgeois avec des prétentions d'aristocrates.

– Tu as omis quelque chose : fascistes, aussi.

– Exact. Mais je te pardonne. Viens !

– Non !

– Alors, tu te réserves pour monsieur le baron ?

Elle lui lança son paquet de cigarettes à la figure.

On frappa à la porte. Une voix de femme se fit entendre :

– Bonjour, monsieur Vincent. Votre petit-déjeuner.

Vladek louait une chambre dans le pensionnat de May Dulac, Annamite de bonnes mœurs, veuve du commerçant Georges Dulac, un de ces colons français qui avaient quitté l'embouchure du Mékong pour celle du Yang-Tseu-Kiang après la Première Guerre mondiale et la crise économique qui s'en était suivie. Chaque fois que Hilde se rendait chez Vladek, la petite madame May frappait délicatement à la porte avant de laisser sur le seuil le plateau du petit-déjeuner pour deux.

Sans prendre la peine de se chausser, Vladek alla prendre le grand plateau, avala une gorgée de thé, se brûla, puis disparut aussitôt dans la salle de bains d'un pas de danse.

Hilde tourna à nouveau ses yeux pensifs vers le fleuve.

Depuis la salle de bains lui parvinrent le bruit de la douche et les tentatives peu convaincantes de Vladek d'exécuter l'air de Méphisto.

Trois mois auparavant, il l'avait appelée : c'est ce qu'elle avait patiemment espéré chaque fois que sonnait le téléphone de son bureau. Il avait essayé de rester froid, voire caustique, mais il voulait tout de même la voir. En le revoyant enfin à la librairie française où elle lui avait donné rendez-vous, Hilde l'avait spontanément embrassé. Et il lui avait rendu son baiser — sans affectation, comme s'ils étaient toujours dans sa mansarde parisienne et que, depuis lors, rien n'eût changé, rien ne se fût passé.

Depuis ce jour-là, ils se rencontraient chaque fois qu'ils le pouvaient, compte tenu des horaires de travail pour ainsi dire illimités de Hilde — ses obligations professionnelles, tant à la représentation diplomatique allemande qu'à l'ombre de son baron de chef, étaient innombrables —, et du fait que Vladek trouvait souvent un prétexte pour disparaître mystérieusement. Elle avait enfin appris à ne rien lui demander, ou en tout cas, à lui poser moins de questions, et il restait pour sa part fidèle à l'habitude de répondre par une plaisanterie et de garder le secret sur son identité, son travail et son employeur. Hilde n'était pas assez naïve pour croire que sa seule occupation fût la rédaction d'essais exotiques sur l'Extrême-Orient pour la presse suisse. Il y avait beau temps que ses soupçons s'étaient transformés en certitudes. Mais elle se contentait de ce que Vladek était disposé à partager avec elle.

Tout en buvant une gorgée de thé, elle l'observa à la dérobée par-dessus sa tasse : il avait sinon la beauté, du moins le charme d'un gamin aux cheveux très frisés d'un noir de jais — encore humides, ils retombaient présentement sur son front bas et renfrogné —, au visage un peu rude mais ouvert de paysan robuste, dont la force transparaissait sous le pauvre peignoir élimé. Depuis longtemps elle voulait lui en acheter un neuf, mais elle craignait ses réflexions ironiques au sujet des «manies des richards». Elle l'aimait tel quel, elle l'aimait d'un amour anxieux, haletant, panique, doublé du pressentiment que, d'un moment à l'autre, un événement pouvait à nouveau les séparer. Étrange que ce fût toujours la police qui s'en chargeât. La première fois, c'était celle de Paris, la deuxième fois celle de Shanghai, que Vladek sous-estimait bêtement. D'aucuns croient que le destin compte volontiers jusqu'à trois.

– Tu sais de quoi j'ai envie maintenant ?

– Si c'est la même chose que moi, tu peux toujours attendre.

– Quel cynisme ! Non, je veux qu'un jour tu m'emmènes dans ton pays.

– Le drame, ma chérie, c'est que moi aussi je veux y aller, mais qu'on n'y veut pas de moi. Tout comme on ne veut pas de toi dans le tien.

– Le mien, c'est l'Allemagne. Et comment s'appelle-t-elle, ta patrie qui renonce si facilement à ses enfants ? Surtout à des beaux gars intelligents comme toi ?

Son obstination lui valut un regard de reproche — elle s'empressa de le rassurer :

– Bon, d'accord, j'ai compris. La Suisse donc… Au fait, tu ne m'as pas dit si, ce coup-ci, je me suis bien débrouillée avec ton briquet…, commença Hilde qui s'arrêta net car Vladek avait instantanément placé un doigt sur ses lèvres.

Plus d'une fois, il l'avait avertie de ne pas parler de ce genre de chose dans un espace clos, lui interdisant même d'y penser, quel que fût l'endroit où ils se trouvaient, mais elle interprétait cela comme un excès de zèle et une précaution superflue, voire du narcissisme.

Vladek ne lui confiait jamais rien. Lorsqu'une fois elle avait voulu connaître un détail technique lié à l'origine du briquet, et qu'elle s'était sentie vexée de la méfiance mesquine qu'il lui manifestait, le jeune homme lui avait fermé la bouche d'un baiser. « Moins tu en sais, mieux ça vaut pour ta santé. Puisses-tu rester dans l'ignorance ! »

Il l'avait clairement mise en garde que la tâche à laquelle elle s'attelait n'avait rien d'une plaisanterie ni d'une aventure romantique, et que l'affaire recelait des dangers mortels. Mais Hilde avait accepté de collaborer sans hésiter. Elle ne tenait pas à savoir à qui étaient précisément destinées les informations qu'elle pourrait fournir. La politique ne la concernait pas — continuait-elle de penser, sans réaliser qu'elle avait déjà un pied dedans. Elle était prête à travailler pour les Russes, les Américains, les Anglais, le diable lui-même. Seul importait l'ennemi contre qui était dirigée cette action. « Si j'arrive ainsi à hâter, ne serait-ce que d'une seconde, la fin d'Hitler et de sa bande, tu peux compter sur moi ! » C'est ce qu'elle avait dit, sérieuse et convaincue, en recevant le briquet.

Un briquet à essence des plus ordinaires, qui crachait une énorme flamme. Sans plus. Seulement un peu plus grand que les autres briquets de ce genre et orné d'une petite perle de verre presque invisible sur le côté. Juste en dessous, il y avait un microfilm qui pouvait prendre une centaine de photos. Une centaine : ce n'était pas rien ! À ce jour — à l'occasion de rencontres dans les pâtisseries, les cinémas ou sur les boulevards, Hilde avait déjà glissé dans la poche de Vladek dix minuscules pellicules, plus petites encore qu'une graine de soja, enveloppées dans du papier noir. Une dizaine, l'équivalent d'un millier de pages d'archives ultra-secrètes du baron von Dammbach. Dans l'atelier Agfa, Alfred Kleinbauer, le retoucheur de photos de famille, développait les films, et Cheng Sujing les expédiait immédiatement par envoyé spécial à Mukden. Ensuite, d'autres se chargeaient de leur faire passer la frontière.

Une affaire toute simple, plus simple qu'une graine de soja !

48

Comme l'avait prédit Rabbi Levin, la vie s'arrangea peu à peu; même les répétitions de l'orchestre reprirent — au prix de terribles efforts, il est vrai. Les musiciens, rarement au complet, harassés par leur dure journée de travail, se réunissaient dans la pagode-synagogue que le rabbin avait généreusement mise à leur disposition. Un incroyable ramassis de portefaix, d'hommes à tout faire et d'éboueurs avec une barbe d'un mois, tout droit sortis des ateliers de tissage dans leurs vêtements de travail élimés, ou après avoir enfilé à la diable leurs vieux costumes raccommodés, qui gardaient encore dans leurs plis l'odeur de l'Allemagne. Le chef d'orchestre était Theodor Weissberg, qui tenait son violon bien-aimé sous le bras. Et dès les premiers accords, les gens se transformaient, leurs visages rayonnaient d'une lumière intérieure : s'abandonnaient-ils à la musique ou au douloureux souvenir d'une autre vie, d'une vie sur scène envolée à tout jamais ? Une existence consacrée à la muse bien-aimée, où la vanité avait aussi sa part, avec le public frémissant, le souffle coupé sous l'éclairage réduit des lustres, et puis une corbeille de fleurs de la part du président d'on ne sait quoi. Et ensuite, la coupe de champagne dans le hall... Des souvenirs agréablement avantageux, dont la seule évocation provoque un pincement au cœur.

La vie avait repris son cours, certes, mais sur le degré le plus bas de l'existence : la plupart en étaient littéralement réduits à la famine, la cantine gratuite de Mère Antonia peinait à assurer une modeste bouillie de riz aux plus nécessiteux. Relativement mieux lotis — mais toujours au bas de l'échelle — étaient ceux qui avaient un quelconque travail en dehors de la Zone. À l'initiative du flûtiste Simon Zinner — sévère et inflexible organisateur des répétitions qui n'en délaissait pas pour autant l'action sociale, — tous ceux qui disposaient de revenus, aussi misérables fussent-ils, devaient en verser dix ou vingt pour cent dans une caisse d'entraide commune. Cela soulageait un peu la détresse, mais l'indice patent de l'extrême insuffisance de ce fonds était le nombre sans cesse croissant de cas de maladies dues à la sous-alimentation, en particulier chez les enfants.

Ceux-ci, malgré tout, continuaient à jouer. Les plus petits faisaient des gâteaux de boue qu'ils échangeaient contre des petits cailloux, leurs aînés s'amusaient avec un ballon de chiffon, et les plus grands s'initiaient déjà à l'amour.

Jour et nuit, le professeur Mandel et ses auxiliaires bénévoles luttaient vaille que vaille pour sauver des vies, mais ils étaient débordés par le nombre de malades, et manquaient de presque tous les médicaments. Il y avait eu quelques cas particulièrement graves et, à plusieurs reprises, on avait dû transporter le malade jusqu'au *Central Hospital of Shanghai*, mais il en coûtait d'énormes pots-de-vin — depuis l'avide «roi des juifs» Monsieur Go jusqu'à l'administration municipale : autant de dépenses qui dévoraient une part considérable de la caisse d'entraide des indigents.

La situation à l'hôpital de la Zone s'était aggravée d'un scandale qui avait ébranlé le mythe fragile, souvent battu en brèche, de la solidarité juive : dans la confusion du déménagement, on avait dérobé la trousse du professeur Mandel, une mallette noire à trois niveaux contenant ses instruments d'une qualité exceptionnelle, absolument indispensables. Il l'avait apportée de Berlin et veillait sur elle en tremblant comme un virtuose sur son Stradivarius, car pareille merveille de chez

Solingen, fameuse marque de mécanique de précision allemande, était introuvable par ici, même pour tout l'or du monde. La rumeur de cet odieux vol se répandit dans la Zone, mais les questions de savoir par qui, quand et où avait été subtilisée la trousse, n'avaient suscité que des disputes parmi les vieux bavards devant la synagogue — rien de plus que des histoires juives pour passer le temps.

Le seul qu'on soupçonnait d'en savoir quelque chose était Schlomo Finkelstein, le pickpocket. Lui et personne d'autre — ainsi en avaient conclu les vieux. Et lorsque la rumeur fut parvenue à Schlomo qu'il était suspect, ou du moins qu'il couvrait les coupables, il en pleura d'humiliation. Elisabeth essaya de le consoler, lui assura que son innocence ne faisait aucun doute à ses yeux, qu'elle le tenait pour un homme bon et serviable, et que ses activités canines n'avaient aucun rapport avec la Zone et ses habitants. Peine perdue : ces soupçons infondés avaient profondément affligé le petit homme corpulent.

Un matin, Schlomo se procura un laissez-passer d'une journée signé par Monsieur Go contre un pot-de-vin de dix dollars shanghaiens. Il le faisait souvent, mais au lieu d'aller voir ses partenaires habituels sur le marché de viande de Nantao, cette fois-ci Schlomo piqua droit en direction des docks. Là, derrière les entrepôts et la halle aux poissons, au milieu des monceaux de coffres et de ballots, se trouvait le marché des objets volés. La police connaissait bien cet endroit, c'était un secret de polichinelle, mais les forces de l'ordre évitaient de se frotter au syndicat des voleurs — qui savait défendre ses membres et ses intérêts. Il était aussi puissant que cruel, ce syndicat chinois qui regroupait la plus sombre racaille criminelle de Shanghai. Aussi, contre une modique rémunération mensuelle, les policiers préféraient ne pas faire trop de zèle dans ces endroits obscurs.

Vêtu de son sempiternel manteau élimé et trop long, les mains au fond des poches, tel un client animé de bonnes intentions, Schlomo se promena dans ce marché aux puces où l'on proposait des trophées de toutes sortes : sacs et chapeaux pour dames, montres, jumelles de l'armée, armes blanches et à feu, luxueux portefeuilles en cuir, bijoux en or, passeports de marin, — tout ce qui était susceptible d'être volé par un pickpocket et apporté là pour être vendu. Et la voici, exposée sur un coffre, telle une précieuse pièce de musée, la mallette du professeur Mandel ouverte sur ses trois niveaux, pour qu'on puisse voir et apprécier les coûteux instruments chromés, luisant au soleil comme des sous neufs !

Schlomo demanda le prix de la marchandise d'un air indifférent.

Le marchandage fut lent à démarrer : le vendeur demanda mille dollars shanghaiens, pas un *cent* de moins — visiblement conscient que le prix réel de la trousse avec son contenu était au bas mot cinq fois supérieur. Le jeu asiatique de marchandage et de rapprochement graduel des prétentions ne servit à rien : le prix restait fixe. Mille dollars shanghaiens, une fortune ! Schlomo ne les avait pas, il n'en possédait pas même le dixième, mais il n'en entreprit pas moins d'examiner d'un œil professionnel les bistouris, ciseaux, daviers et autres instruments sophistiqués à usage inconnu. À la fin, il vérifia même si les serrures étaient en bon état. Et lorsque le vendeur s'impliqua dans une bruyante querelle à proximité de son étal, Schlomo, profitant de ce moment d'inattention, empoigna la trousse pesante et prit ses jambes à son cou.

Des cris retentirent; des gens coururent de tous côtés, mais le voleur pataud avait disparu dans le dédale de coffres et de ballots. Longtemps encore les voleurs volés échangèrent des cris et des sifflets, fouillant en vain jusqu'aux endroits où une souris n'aurait pu trouver refuge. Schlomo s'était évaporé !

Rayonnant et suffoquant, la respiration sifflante, il traîna la trousse jusqu'à la Zone pour la remettre au professeur Sigmund Mandel, lequel n'en revenait pas de retrouver son irremplaçable trésor. Le professeur était si ému que, sans prendre le temps de le remercier, il courut à l'hôpital pour partager sa joie avec ses collaborateurs. Schlomo n'en fut pas vexé; par cet acte, lui, le spécialiste des vols à l'étalage dans les marchés berlinois et de l'enlèvement d'animaux de compagnie à Shanghai, se sentait totalement réhabilité aux yeux des juifs de Hongkew.

C'est ce qu'il croyait — mais il entendrait bientôt une tout autre musique.

Car de nombreuses personnes interprétèrent à leur façon cet acte louable : en fait, voyez-vous, il a pris part au vol mais, de peur d'être démasqué, il a rendu la trousse. Un voleur reste un voleur; comme on dit : voleur un jour, voleur toujours !

Schlomo marchait dans les rues, gros, pataud et ridicule dans son long manteau élimé, il rôdait comme un pestiféré, réprouvé de tous, ne rencontrant que des regards mauvais ou railleurs. Aux yeux de tous, il était un criminel endurci, oui, un criminel et rien de plus. Un juif indigne — Dieu nous pardonne ! qui ne méritait même pas d'accéder à la synagogue !

Voilà ce qu'ils croyaient.

Elisabeth ne comprit pas pourquoi Schlomo prenait congé d'elle de façon aussi officielle, alors que ce n'était ni la première fois, ni la dernière qu'il se rendait en ville pour son trafic de chiens. Mais ce jour-là, il était triste et un peu cérémonieux; il alla même jusqu'à baiser la main d'Elisabeth, ébahie, lui demandant pardon s'il l'avait blessée en quelque manière. Puis il descendit vers le fleuve.

Le lendemain matin, on découvrit le corps de Schlomo Finkelstein sur la vase glissante près de la rive du Soochow, égorgé, le dos criblé de seize coups de couteau.

49

Un mois après ces événements affligeants, qui avaient affecté durablement l'humeur déjà maussade du professeur Mandel, le jour du shabbat fut illuminé par un nouvel espoir, inattendu. Le commissaire, Monsieur Go, convoqua les membres du Comité des réfugiés pour leur annoncer solennellement la nouvelle : les usines de pneus et d'objets en caoutchouc de Qingpu, à une trentaine de kilomètres au sud-ouest de Shanghai, recherchaient un millier d'ouvriers.

Du travail pour un millier de personnes — ce n'était pas une nouvelle, c'était une bénédiction !

S'efforçant de contenir sa joie débordante, Rabbi Levin demanda avec une feinte indifférence :

– Excusez-moi, Monsieur Go, mais que vont faire nos hommes là-bas ? Je ne crois pas qu'il y ait parmi eux des experts dans le domaine, comment dire… du caoutchouc. Et comment seront-ils payés ?

– Parce que vous croyez que je suis moi-même un professionnel du caoutchouc ! Je suis germaniste, pas fabricant de garrots ! s'emporta l'ex-professeur d'allemand. En revanche, il y a sur place des Japonais qualifiés, et le maniement des presses, des fourneaux et des tours est facile à apprendre. Je suppose que ce n'est pas la mer à boire que de charger, décharger et transporter la production. Je me trompe ?

Il se tut. Fidèle à son habitude, il les fixa l'un après l'autre, comme s'ils étaient des élèves censés réciter leur leçon du mercredi précédent, avant de poursuivre :

– La journée vous sera payée douze dollars shanghaiens en moyenne. Pas de jour de repos, on est en guerre. Chacun prélèvera deux dollars par jour à mon intention. Ça me paraît la juste rémunération de mes efforts pour vous trouver un travail — et de quoi bouffer... Alors, messieurs les juifs ?

« Messieurs les juifs » sollicitèrent un délai de vingt-quatre heures pour discuter de cette proposition avec leur communauté. Et du problème des deux dollars, la juste rémunération des efforts de Monsieur Go.

La nouvelle se répandit dans la Zone à la vitesse de la lumière : un travail stable pour deux dollars américains la journée, contre deux dollars shanghaiens de pot-de-vin : ce n'était pas énorme, mais c'était mieux que rien ! Au bout d'à peine une heure, l'orchestre dut interrompre sa répétition, car la petite synagogue était pleine à craquer d'hommes excités qui voulaient savoir quand, où et comment y aller. Et ce qu'on y ferait exactement. Et les femmes, elles pouvaient y aller ? Et les enfants ? Debout près du bouddha doré, Rabbi Levin n'était pas en mesure de répondre à toutes les questions. Cependant, il transmit la décision du Comité des réfugiés : un seul homme par foyer. Un seul, pour qu'un maximum de familles en bénéficie ! Un millier d'hommes qui garantiront la subsistance d'un millier de familles. Outre les deux dollars shanghaiens pour Monsieur Go, chacun verserait vingt pour cent de sa paye au fonds d'entraide.

Des protestations fusèrent : qu'est-ce qu'il restera pour nous, alors ? Le rabbin céda lâchement la parole à Simon Zinner.

– Telle est notre décision ! tonna l'ancien flûtiste. Mettons-nous d'accord sur un point : pas de tricheries quant aux vingt pour cent pour les malades, les handicapés et les chômeurs ! On y tient fermement ! C'est clair ? Un point c'est tout ! Faites la liste des noms et donnez-la à Rabbi Leo avant ce soir. En premier lieu, vous inscrivez les chefs de familles nombreuses. Si le père est malade ou impotent, vous mettez le nom du fils aîné. Mais attention : si vous oubliez quelqu'un de nécessiteux, vous encourez ma colère, ainsi que celle du bouddha derrière moi ! Alors, mes frères, lundi à six heures pile, tous ceux qui figurent sur la liste doivent être là, sur la place !

Le rabbin conclut ainsi ce prêche inhabituel :

– Un millier d'hommes ! Béni soit ce jour de shabbat ! *Baruch ata Adonaï Elohenu... Amen* !

Lundi matin, dès avant l'aube, de tous les coins de Hongkew Sud affluaient déjà vers la petite place devant la pagode-synagogue des hommes pour la plupart porteurs de lanternes chinoises, car dans la Zone il n'y avait pas d'éclairage public. Pendant les longues nuits, seul les miaulements lugubres de quelques chats redevenus sauvages, pas encore passés à la casserole, peuplaient les épaisses ténèbres. À présent, le jour chassait péniblement celles-ci, le ciel rosissait à l'est, les deux dragons au-dessus de leurs têtes vomissaient des flammes rouges — comme irrités d'avoir été réveillés d'aussi bonne heure. Les gens s'assemblaient en groupes bruyants et excités et commentaient l'événement extraordinaire qui augurait peut-être de meilleurs lendemains. Ils portaient des casse-croûte dans de petits balluchons ou du papier journal, car ils ne savaient pas si là-bas ils seraient nourris ou pas. Ce problème fondamental était débattu sous tous les angles, comme seuls les juifs savent le faire; l'opinion qu'ils seraient nourris avait cependant fini par prévaloir. Surtout si l'usine appartenait à l'État !

Parmi eux se trouvait également Theodor Weissberg, taciturne et renfermé comme d'habitude. Malgré sa crainte de perdre son travail s'il en prenait un autre, il avait décidé d'y aller. Il en avait assez de son existence humiliante de groom dans l'hôtel, de sa vie de domestique morne, monotone et absurde. Il y avait bien les pourboires : il avait honte, mais il les acceptait tout de même, avec dégoût. Et voilà que les Japonais proposaient du travail; quelque dur qu'il fût, c'était au moins un travail d'usine normal et digne ! Il savait ce qu'il risquait : le Hollandais ne lui pardonnerait pas une seule journée d'absence et le remplacerait aussitôt par quelqu'un d'autre. Qu'il aille au diable avec son «Impérial» et ses hommes d'affaire allemands !

Theodor n'avait pas parlé de cette décision à Elisabeth, ne sachant si elle l'approuverait ou non. Depuis qu'ils s'étaient installés sous un escalier dans la partie administrative de l'ancienne usine sidérurgique, elle s'intéressait de moins en moins à la réalité environnante, s'absentant de la vie concrète — comme on laisse dériver son esprit sur les bancs d'une école ou d'une église. Elle n'était tout simplement plus là. Elle se rendait à *La Montagne bleue*, chantait ses chansons allemandes puis rentrait chez elle, mais la vie semblait être pour elle comme un pis-aller — peut-être parce qu'elle ignorait comment faire pour ne pas vivre. Elle n'avait plus d'envie, plus d'espoir, elle ne savait même pas que cela portait un nom — survivre.

Guidée par Mister Go qui, en manque de sommeil, râlait pour des broutilles, toujours cravaté et costumé de noir, la foule informe se mit en marche en traînant les pieds en direction du pont sur le Soochow protégé par des soldats japonais — ligne de démarcation de la Zone. Au-delà du pont vrombissaient une quinzaine de camions militaires japonais, emplissant tout le quartier d'une fumée diesel bleuâtre.

50

Les grands camions ouverts, pleins à craquer, fonçaient cahin-caha sur la route de Qingpu mal entretenue, accidentée et semée de nids-de-poule. Tout autour défilaient des collines vertes avec leurs terrasses infinies de rizières juxtaposées ou superposées, le tout piqué çà et là de petites pagodes de pierre — chapelles ou bien tombeaux des ancêtres. Des villageois matinaux, pataugeant jusqu'aux genoux dans l'eau, le dos en sueur, criaient après leurs dociles buffles noirs qui, le cou tendu, tiraient leur herse sur la vase grasse du fond. Aux oreilles des voyageurs parvenaient de brèves interjections et le son des clochettes de bois plates, suspendues au cou des buffles, tandis que, réverbérés sur la surface de l'eau, trottinaient gaiement, parallèlement aux camions, les soleils matinaux — un pour chaque rizière. Des villages, on n'en voyait pas, mais au-delà des collines, on sentait le souffle de la vie paysanne avec ses coqs lointains et ses pleurs d'enfants. Et la poussière grise que soulevait la colonne de camions ne déplaisait pas aux hommes, car elle sentait la campagne et les herbes sèches, loin de la puanteur d'essence et de vase de Shanghai. On avait le cœur à la fois léger et gros de vivre cette journée extraordinaire, au milieu de la fraîche verdure, des collines, des montagnes violacées au loin, des hérons dans les rizières. Ici, au milieu de ces horizons, sous ce ciel bleu — c'était la première fois de leur vie qu'ils le voyaient si bleu —, survolés par les grues blanches, les hommes prenaient conscience plus douloureusement, avec une tristesse silencieuse, de la perte de leur monde ancien.

L'expédition tourna court.

Car lorsqu'aux rizières eut succédé un champ inégal, stérile, et qu'au loin eurent commencé à se profiler des cheminées fumantes et de grands bâtiments blancs — des silos ou quelque chose de ce genre, sans doute les faubourgs industriels de Qingpu —, les camions ralentirent et finalement s'arrêtèrent au milieu de la plaine.

Loin devant eux, une foule énorme — des centaines d'hommes, de femmes et d'enfants — barrait la route. Un officier japonais bondit de la cabine du premier camion et accourut au-devant d'eux. Aux camions parvinrent des cris hachés par la distance, les mots indistincts d'une altercation. Les gens criaient en chinois, le Japonais hurlait dans sa langue maternelle. On ignorait ce qui se passait au juste, toujours est-il que la colonne ne bougeait pas.

Impatients, les hommes serrés dans les camions tendaient le cou, tâchant de regarder par-dessus les cabines des chauffeurs pour se faire une idée de la situation. En tout cas, malgré la distance considérable, on voyait que les gens là-bas étaient des Européens, des hommes presque tous vêtus de coutil bleu.

Là-dessus se produisit ce à quoi on s'attendait le moins : la voix distincte d'un homme, franchissant la distance grâce à un mégaphone, prononça en russe :

– Eh, vous, là-bas ! Y a-t-il quelqu'un qui parle yiddish ou hébreu ? Pigé ? Yiddish ? Hébreu ?

Dans les camions, les hommes se sentirent comme foudroyés — du yiddish, de l'hébreu à Qingpu ? C'est quoi cette Chine, c'est quoi ce bled tordu ? !

Rabbi Leo Levin bondit prestement de son camion et se dirigea vers la foule massée à une centaine de mètres devant lui. Passant près de la cabine du premier camion, il entraperçut le visage inquiet du commissaire Go à l'intérieur. Le roi des juifs ne paraissait pas moins surpris par cet imprévu.

– Je parle yiddish et hébreu, dit le rabbin.

Un grand gaillard portant des vêtements de coutil bleu fit quelque pas vers lui, et laissa tomber d'un ton lugubre en yiddish :

– On a appris que vous étiez des juifs allemands et autrichiens.

– Oui, pour la plupart, répondit le rabbin; toujours sans comprendre.

– Nous sommes des juifs russes et depuis longtemps nous travaillons tous dans les usines de caoutchouc. Retournez en paix là d'où vous venez. Nous faisons grève.

– Grève ? Personne ne nous l'a dit…

– Maintenant, c'est moi qui vous le dis. Allez-vous-en.

Le rabbin regarda alentour, consterné; les juifs de la Zone, descendus de leurs camions, rejoignaient déjà leur rabbin car ils pressentaient un problème.

– Vous là, écoutez ! lança l'un d'entre eux, toujours en yiddish. Écartez-vous de notre chemin. Nous cherchons du travail !

– Allez en chercher ailleurs. Ici, c'est notre usine, dit calmement le géant.

– Mais nos enfants meurent de faim !

– Les nôtres aussi.

Simon Zinner, Theodor Weissberg et le rabbin essayèrent en vain de retenir leurs hommes qui, poussant un cri de guerre spontané, se ruaient en avant pour briser la muraille humaine et ouvrir une brèche aux camions. Les juifs russes brandirent leurs bâtons de bambou; des enfants se mirent à crier. Des coups commencèrent à pleuvoir de toutes parts; l'effusion de sang était imminente. L'officier japonais leva son pistolet et tira en l'air toutes ses balles.

Cela eut pour effet immédiat de dégriser tout le monde : les hommes se retirèrent, et entre les deux groupes s'ouvrit à nouveau un espace — tel un abîme infranchissable, une tranchée militaire. Tout essoufflées, les deux parties silencieuses échangeaient des regards pleins d'une haine sauvage.

L'officier se retourna vers les camions et déclama une longue tirade en japonais. Puis le calme s'instaura.

Simon Zinner brisa le silence ainsi rétabli, disant en russe :

– Pardon. On n'était pas au courant.

Sur quoi il s'adressa aux siens en allemand :

– Montez dans les camions ! On rentre dans la Zone.

L'officier remit le pistolet dans son étui : il était visiblement agacé d'avoir été utilisé — lui et ses collègues — dans une affaire louche.

«Ce ne sont pas des pneus, mais de la haine que nous produisons !» — voilà à peu près ce qui lui vint à l'esprit avant de regagner son camion.

51

Vladek fit un signe de tête amical aux deux policiers, avant de traverser le gazon ras devant la mission allemande. Le gravier blanc de l'allée crissait sous ses bottes militaires espagnoles qui vivaient leur seconde et de toute évidence dernière jeunesse. Il s'arrêta un instant pour examiner avec curiosité le pavillon en berne, signe de deuil national. Sous le vent, le svastika se tordait et se perdait dans les plis, comme s'il était lui-même brisé par le chagrin. Du toit de la résidence, de part et d'autre du porche hémicirculaire flanqué de deux colonnes, descendaient de longs drapeaux noirs claquant au vent — telles des langues noires léchant la façade. Ainsi l'avait ordonné le Führer, pour que le monde bouleversé et attristé plaignît les héros de Stalingrad, foudroyés dans cette bataille titanesque contre le bolchevisme. L'anéantissement de quarante-huit divisions et de trois brigades par l'armée rouge, ainsi que la capture du Feld-maréchal Paulus et de tout l'état-major de la Sixième armée allemande, portaient un coup très dur à l'Allemagne, digne d'un deuil national. C'est ainsi que périssaient les Vikings — fiers et inflexibles. Quant aux divisions roumaines, hongroises et italiennes qui avaient fondu avec les neiges sur les rives de la Volga, il n'y avait personne pour les pleurer. En tout cas, pas Hitler, qui avait traité leurs hommes de couards et de traîtres.

L'un des policiers qui montaient la garde attendit que Vladek s'éloignât, avant de traîner paresseusement les pieds vers sa guérite d'où il téléphona à quelqu'un.

Ce n'était pas la première fois que Vladek venait ici : il avait déjà interviewé ce grand-père affable de baron, et même bu du cognac français en sa compagnie. C'était Hilde qui les avait mis en contact. Le baron von Dammbach avait trouvé sympathique ce jeune journaliste suisse, jovial et franc, qui ne posait pas de questions embarrassantes, comme s'il devinait que, sur certains aspects de la guerre, les opinions personnelles du baron tranchaient avec les mots d'ordre du moment. Ce qu'il appréciait également, c'était qu'à la différence de la plupart des Suisses germanophones, avec leur dialecte horrible et incompréhensible, ce jeune homme parlait un allemand académique, il est vrai teinté d'un accent bavarois assez prononcé. Une fois, Hilde l'avait aussi présenté à la baronne von Dammbach qu'ils avaient croisée par hasard dans l'entrée de la résidence. La baronne avait les yeux rougis par les larmes : elle venait de rentrer du port où elle avait pris congé de son vieil ami, Sir Washborn, qui déménageait à Bombay.

Aujourd'hui Son Excellence Ottomar von Dammbach n'était pas dans son assiette et, bien qu'il eût accepté de donner une interview, il demanda à sa secrétaire, mademoiselle Braun, d'accueillir l'invité et de lui proposer ce que bon lui semblerait, tout en excusant le baron : «Le deuil national, vous voyez...» Mademoiselle Braun avait de l'expérience : elle savait comment éconduire avec tact les visiteurs indésirables...

Le baron alluma un cigare et aspira une bouffée, pour aussitôt écraser la braise dans le cendrier, dégoûté et furieux. Il ne voulait pas fumer, il n'avait aucune envie de vivre. Il essaya de prendre connaissance du rapport quotidien de sa secrétaire sur le courrier en provenance de Berlin, mais referma le dossier avec agacement. La journée ne commençait pas bien; il ne supportait pas ces drapeaux de crêpe de Chine noire que le vent agitait devant ses fenêtres par intermittence, comme pour lui rappeler sans cesse que ses journées devaient s'écouler dans une profonde et orgueilleuse affliction. Or le baron souffrait d'hémorroïdes, il était loin de se sentir dans la peau d'un Viking, encore moins dans celle d'un fier et inflexible descendant des Celtes.

Rien qu'un diplomate vieillissant et fatigué, certes bel et bien affligé, mais pour une tout autre raison. Il prenait conscience d'appartenir à une autre époque, usée et définitivement achevée, qui avait emporté dans ses eaux denses et noires le souvenir de Verdun, de l'humiliation nationale à Compiègne, et même de la République de Weimar. Malgré tout, quoi qu'on ait pu dire au sujet de certaines erreurs et autres faux pas politiques, c'était une époque plus honnête, plus humaine. Peut-être se leurrait-il volontairement, peut-être l'Allemagne était-elle toujours la même, intacte et immuable. Peut-être. Mais le baron voulait qu'on le laisse tranquille, il aurait préféré que l'Allemagne continue de vivre avec ses anciennes illusions et valeurs. Car Hitler ne pouvait rien proposer en échange, si ce n'est ses idées aussi périlleuses que démentes de domination mondiale. En tout cas, cette époque-là avait été beaucoup plus raisonnable que celle-ci qui, telle une tumeur cancéreuse, rongeait le ventre du *Vaterland*. L'Allemagne était condamnée, condamnée, condamnée ! Aucun doute là-dessus. Il est vrai que le Reich hitlérien n'avait pas encore perdu de territoires — même après Stalingrad, ils demeuraient intacts et à l'abri. Mais il avait perdu quelque chose de plus important : l'espoir. L'espoir aussi était un espace, qui rétrécissait à présent comme une peau de chagrin, tandis que les idéaux nationaux tournaient à l'échec moral — piétinés dans les bourbiers de la guerre perdue, éparpillés aux quatre vents. À présent, l'Allemagne se piquait elle-même, tel un scorpion acculé au fond d'une impasse. Mais ce ne serait pas sa fin : ce serait la nôtre.

Le baron s'approcha de la grande porte-fenêtre et regarda au-dehors, vers le gazon tondu. Le vent balança sous son nez le drapeau noir, comme pour lui rappeler qu'il était en deuil.

Triste, il l'était déjà de toute façon.

Les pieds croisés sur la table, Dieter écoutait la radio en fumant; la chaîne allemande diffusait sans arrêt de la musique wagnérienne; finies les publicités pour des restaurants chinois et des cabarets, évanouis les récits pleins d'entrain ou apitoyés sur la patrie dès qu'un «Junkers» bourré de voyageurs allemands s'était posé à Shanghai. C'était un jour de deuil.

La salle de l'émetteur radio se trouvait sous les toits; une porte métallique frappé d'un «Entrée interdite» en allemand barrait le chemin aux visiteurs indésirables. Ici on pouvait se sentir isolé du reste du monde, en toute sécurité; tel était bien le cas de Dieter, qui en cette heure matinale, après avoir conduit le baron, pouvait se tourner les pouces jusqu'à midi.

Il était chauffeur, ce Dieter, chauffeur personnel du baron von Dammbach. Conformément à la politique très stricte d'économies, il faisait également office de radio : une véritable sinécure, vu les rares contacts radiophoniques du baron avec Berlin ou l'ambassade de Tokyo. On recourait aux messages codés de façon extrêmement parcimonieuse, de crainte de les voir intercepter par les Américains, les Anglais et les Russes dont les réseaux d'espionnage tendaient leur toile dans tout l'Extrême-Orient.

Consciencieux et appliqué au point d'être tatillon, toujours maître de soi, Dieter ne s'était jamais permis de familiarités avec le baron et son épouse. Il connaissait bien sa place, les limites admises du rapprochement, ainsi que ses obligations. S'il se permettait un comportement plus léger à l'égard de la secrétaire, mademoiselle Hilde Braun, c'était parce qu'elle se tenait à peu près sur même échelon administratif que lui dans cette représentation diplomatique allemande perdue au bout du monde.

L'échec de Stalingrad l'avait profondément bouleversé; il admirait l'héroïsme et l'endurance surhumaine du soldat allemand — mal équipé et mal préparé pour un froid pareil, où même les chaînes des tanks gelaient et cassaient — qui se battait dignement, quoique vainement. Mais en même temps, il remerciait le destin de l'avoir placé à un poste qui le dispensait de participer à cette héroïque épreuve. À coup sûr, ce n'était pas une sinécure de conduire une automobile dans les rues sales de Shanghai, chaotiques et bondées de passants, de rickshaws et de bicyclettes, mais tout valait mieux que de clopiner, affamé et gelé, à travers l'infinie blancheur mortelle de la Russie.

Lorsque, comme convenu, le policier de garde à l'entrée lui téléphona pour annoncer l'arrivée du Suisse, Dieter retira aussitôt ses pieds de la table. À l'insu du baron, il avait pour tâche de surveiller les contacts des employés avec des personnes étrangères, surtout si elles n'étaient pas de nationalité allemande. Tout cela au nom de la sécurité du Reich. Non que le chauffeur eût des soupçons particuliers à l'endroit de ce journaliste suisse, mais il n'ignorait pas ses liens étroits avec mademoiselle Braun. Ce n'était pas interdit, mais ce n'était pas souhaitable pour autant, vu que la secrétaire du baron assistait souvent à des conversations confidentielles et avait accès à plus d'un secret d'État. Dieter n'avait aucune raison de se méfier de mademoiselle Braun — il n'y avait aucun mal à ce qu'elle eût un ami, pourvu qu'il ne fût pas juif. Et ce jeune journaliste était un interlocuteur agréable, jovial et direct qui l'avait tutoyé d'emblée — il le considérait comme un ami depuis ce jour lointain où le baron avait ordonné à Dieter d'aller récupérer sa secrétaire qu'on venait de relâcher et qui attendait sur le trottoir, devant les bureaux de la police de Shanghai.

Les visiteurs, du moins ceux qu'on ne renvoyait pas immédiatement, étaient introduits dans l'antichambre — petit salon hémicirculaire au-dessus du porche aux colonnes, garni de coûteux meubles chinois de la dynastie Ming, en bois laqué rouge et brocart de soie. Toutefois, aux murs étaient suspendues non de vieilles estampes chinoises, mais des œuvres de Lucas Cranach, conçues presque à la même époque mais à l'autre bout de l'Eurasie — en vertu d'une idée d'harmonie entre les mondes et les cultures proposée par un architecte allemand des années vingt, l'époque où avait été aménagée la résidence. C'est ici que, jadis, la délégation de la communauté juive de Hongkew avait attendu d'être reçue par le baron, tandis que le serviteur chinois, silencieux comme une ombre, servait du thé et du café aux visiteurs. Dieter le savait très bien. Il ouvrit le coffre fermé à clé, que dissimulait le portrait du Führer, et en sortit un casque qu'il brancha dans la prise appropriée. Un sifflement prolongé en grésillement s'en échappa, mais tout était en ordre. D'ici il pouvait entendre tout ce qui se disait dans n'importe quelle pièce importante du bâtiment — et jusque dans le bureau du baron lui-même. Il pouvait tout entendre sans pourtant rien voir — la télévision n'en était qu'à ses débuts.

Hilde entra en trombe dans la petite antichambre et déposa un baiser furtif sur la joue du visiteur suisse. Puis elle lui annonça que le baron regrettait de devoir annuler l'interview d'aujourd'hui : « En raison de la défaite de Stalingrad, le baron s'excuse de ne pouvoir...»

Tout en parlant, elle pointa du doigt le lustre de cristal. Vladek acquiesça.

Le Chinois entra, s'inclina rituellement et servit le thé. Ils parlèrent des dernières nouvelles du front — Vladek se lança dans un éloge des héros de Stalingrad, sur un ton de parfaite sincérité. Le chauffeur aux écoutes se réjouissait probablement d'entendre cela dans la bouche d'un étranger. À ceci près que Dieter entendait «héros allemands», alors que le journaliste suisse en sous-entendait d'autres. Mais ce n'étaient là, comme Hilde se plaisait à le dire, que détails du paysage.

Si le baron se rongeait d'inquiétude, Hilde était carrément à cran. La cause en était justement Dieter, le chauffeur. La veille au soir, elle était restée au bureau pour trier le courrier de Berlin tout juste arrivé par avion à l'aéroport de Lunghua. La résidence était plongée dans l'obscurité et le silence; seule la lampe verte sur le bureau de la secrétaire jetait un cercle lumineux sur les textes qu'elle photographiait par le petit œil de verre du briquet. Page après page. Tout devait ensuite être remis dans des enveloppes scellées de cire rouge. Elle seule était autorisée à décacheter lesdites enveloppes avant d'en rapporter le contenu au baron.

Peu après dix heures, quelqu'un tenta d'ouvrir sa porte, et elle sursauta. On frappa, mais Hilde prit le temps de tout remettre en ordre. Puis elle ouvrit.

– J'ai vu de la lumière. Pourquoi fermes-tu à clé ? demanda Dieter tout en jetant un regard suspicieux sur le bureau.

– Dois-je t'expliquer pourquoi une dame a parfois besoin de s'enfermer ?

– Tes règles ?

– Crétin !

Il inspecta à nouveau le bureau, fit quelques pas et, avec effronterie, jeta un coup d'œil dans les toilettes, avant de renoncer :

– Pardon, je voulais juste voir pourquoi c'était allumé. Si tu n'as pas trop de travail, je pourrais t'emmener au cinéma. En ce moment on joue un film de Paul Wegener.

– Merci, Dieter, répondit-elle à la main tendue en signe de paix. J'ai encore du boulot. Tout ce tas de courrier doit être inventorié et déposé sur le bureau du baron demain matin à neuf heures. Paul Wegener peut attendre.

Un soupçon préoccupait le chauffeur qui tarda à sortir, examina à nouveau la pièce et finit par articuler distraitement :

– D'accord. Bonne nuit, alors.

À présent Hilde devait remettre à Vladek un nouveau microfilm — le courrier de la veille.

– Tu veux qu'on aille au théâtre ? lui demanda-t-elle.

– Au théâtre ? Mais quel genre de théâtre, à Shanghai ?

– Qinxi.

– Traduit dans une langue intelligible, ça donne quoi ?

– Pareil, Qinxi. Un genre médiéval. Une sorte d'opéra pékinois.

Il se renfrogna.

– Mon Dieu, un opéra ! En chinois, en plus !

– Je doute que tu puisses mieux comprendre si c'était en italien. Les fromagers de ton village des Alpes ne doivent pas savoir ce qu'est l'opéra. Ce sera amusant d'y aller, histoire de travailler la culture générale. Surtout la tienne.

C'était amusant, en effet, mais pendant les trente premières minutes uniquement. Au bout d'un moment, assourdi par les cymbales et les tambours, Vladek, au désespoir, lui chuchota à l'oreille :

– Combien de temps va durer cette torture raffinée, pratiquée au nom de la culture générale ?

Elle répondit avec un sourire en coin :

– C'est une version abrégée — huit heures seulement. Ne te mets pas martel en tête, on s'en va.

Son attitude conciliante n'avait rien à voir avec l'ennui qu'éprouvait Vladek devant cette représentation exotique. Elle devait plutôt à la présence d'un individu assis juste derrière eux, un Européen blond qui — lui avait-il semblé — tendait l'oreille pour capter leurs chuchotements.

52

Dehors il faisait frais, mais la brise semblait annoncer le printemps. Hilde regarda attentivement alentour : le blond ne les avait pas suivis. Elle n'en dit mot à Vladek de peur que celui-ci ne la traite de paranoïaque.

– Il est vrai que c'est un peu fastidieux pour nous..., dit-elle d'un air coupable, comme si c'était elle qui avait inventé le Qinxi. Un langage scénique stylisé que nous autres Européens ne comprenons pas du tout. Ce serait drôlement bien, si toute notre vie était comme un opéra chinois — claire et sans ambiguïté : sur scène, l'honnête homme a toujours le visage peint en rouge, le tricheur en blanc, le courageux en jaune, les dieux en doré.

– Et moi ?

– Toi, tu es en or, bien sûr !

Elle jeta encore un regard furtif derrière elle, mais ne vit rien de suspect. Elle mit la main dans la poche de l'imperméable de Vladek où elle trouva la sienne, puis glissa les doigts dans sa paume. Elle était chaude et moite.

Il palpa la petite bobine dans sa main. Cette nuit même Kleinbauer la développerait, le lendemain Cheng Sujing contacterait le messager qui faisait la navette en bateau entre Shanghai et Inko dans la baie de Laodun. De là, la pellicule serait transférée sur le train de Shenyang, connu aussi sous le nom de Mukden.

Après Mukden, sa trace se perdrait. Provisoirement. Car la section berlinoise B-4 auprès de la Direction générale de la sécurité du Reich avait envoyé un message codé, d'où il ressortait que de graves fuites d'informations confidentielles à destination des services secrets russes se produisaient à partir d'une mission diplomatique allemande, probablement en Extrême-Orient. Apparemment, un réseau d'espionnage allemand agissant à Moscou avait flairé l'affaire. À Shanghai, le message codé avait été reçu non par le baron von Dammbach, mais par son chauffeur personnel, qui assumait d'autres fonctions parallèles pour le compte de ladite section B-4.

Un rickshaw à deux places les emporta rue Lafayette, dans la régie française, pour les déposer devant *Le Calme céleste*, prestigieux établissement bien connu de tous les coolies de Shanghai. Le propriétaire chinois, qui parlait un français convenable, les conduisit par l'escalier raide chichement éclairé de lanternes rouges à pompons de soie. L'escalade fut interminable, comme s'ils montaient au septième ciel de la tranquillité. À chaque palier s'ouvrait un couloir, tout aussi rouge et sombre, avec de lourds rideaux séparant les pièces destinées aux dîners intimes ou familiaux. Il leur proposa un cabinet particulier, isolé du couloir par un paravent sculpté. Le menu se composait d'innombrables plats de viande, de poisson et de légumes presque crus, aussi minuscules que savoureux, dévoilant à l'Européen des univers gastronomiques entiers, nouveaux et inconnus. Des jeunes filles silencieuses, en tenue traditionnelle, débarrassaient du plateau tournant les plats terminés pour les remplacer par d'autres.

Hilde maniait depuis longtemps avec aisance les baguettes qui lui avaient causé tant de difficultés quand elle avait dîné dans le restaurant japonais à Paris en compagnie du docteur Hiroshi Okura. Chaque fois qu'elle en utilisait, elle se souvenait avec un sentiment de culpabilité du Japonais timide qui lui avait offert un collier de perles roses, avant de disparaître à jamais de sa vie.

Ou du moins le croyait-elle.

Ici, dans les dédales du restaurant, ils ne pouvaient être espionnés : *Le Calme céleste* regorgeait d'étrangers et de gens du quartier; une musique chinoise tendre et discrète emplissait l'espace tissé de soie, de gros pompons et de lumière cramoisie qui noyait le tout dans une épaisse sauce rouge.

Elle saisit entre ses baguettes un morceau de viande qu'elle examina rêveusement sans l'approcher de ses lèvres, visiblement obsédée par une pensée fort éloignée des rituels culinaires d'Extrême-Orient.

– Tu as l'air soucieux, dit-il.

– Un repas digne de l'empereur de Chine. Et je pense aux juifs de Hongkew et à la famine qui les attend. Car plusieurs experts berlinois ont prévenu le baron d'une imminente catastrophe économique à Shanghai. Est-ce que je t'ai dit que les Japonais avaient cherché à duper les juifs ? Il s'est avéré qu'ils comptaient sur eux pour remplacer les grévistes.

– Oui, je sais, tous les journaux ont parlé de la grève. Mais à Hongkew on ne lit sûrement pas la presse. Écoute-moi maintenant : je te demande encore une fois de ne plus aller là-bas pour rencontrer le rabbin ! C'est un indice trop révélateur, mets-toi ça dans la tête. Et ne compte plus sur tes fables de bulletin — ça ne prendra pas. Écoute bien le premier commandement : tu ne prendras pas ton adversaire pour un imbécile. Estime toujours qu'il est au moins aussi intelligent et perspicace que toi. Si tu règles ton comportement sur ce postulat, tu auras une longueur d'avance sur lui. Voilà une leçon importante pour les demoiselles débutantes.

– Je t'en remercie, dit-elle, un peu fâchée. Mais ce n'est pas moi qui suis allée chez le rabbin, c'est lui qui est venu me voir !

C'était la stricte vérité. Rabbi Leo Levin avait réussi à soutirer au commissaire Go un laissez-passer d'un jour. Le commissaire avait bien commencé par renâcler, d'autant que le demandeur ne se montrait pas disposé à lui donner au moins un billet de dix. Mais lorsque le rabbin eut mentionné d'un ton faussement indifférent qu'il devait se rendre à la résidence allemande pour voir Son Excellence von Dammbach, Monsieur Go, avec un soudain respect, lui accorda aussitôt le laissez-passer sollicité. C'était un jeton vert en tôle de la taille d'un bouton, frappé d'un «J» pour «*Jude*». Son détenteur n'était autorisé à traverser le pont frontière du Soochow que durant le jour en question. Le soir, avant que ne débutât le couvre-feu, le jeton devait être restitué à la chancellerie de la Zone. Tout retard était sévèrement puni, et le contrevenant perdait à jamais le droit de traversée. Sauf «les pieds devant», disait Go, le roi des juifs. Car le cimetière juif se trouvait au-delà du pont, dans le petit champ argileux près du fleuve, non loin de la décharge publique.

Le rabbin avait demandé de l'aide à Hilde pour un cas compliqué et délicat : l'Allemande de pure race Elisabeth Müller-Weissberg, cantatrice autrefois réputée, épouse d'un violoniste juif de notoriété mondiale, souffrait d'une dépression grave causée par ses conditions de vie. Le baron von Dammbach ne pourrait-il intercéder pour qu'elle et son mari restent vivre à Hongkew, mais surtout en dehors de cette Zone trois fois maudite ?

Hilde se rendit sans hésiter dans le bureau du baron, mais en ressortit tout abattue : selon son patron, la loi sur les mariages mixtes était aussi précise que sévère. Tant que l'Allemande ne divorcerait pas du juif, les démarches en vue d'un traitement particulier de sa famille ne seraient pas légalement fondées. «Ils n'ont qu'à réfléchir avant d'épouser n'importe qui, et en assumer les conséquences !» avait tranché von Dammbach, sans plus rien vouloir entendre.

Ayant perdu son énième petite bataille, Rabbi Leo Levin regagna Hongkew à pied, sans dire mot de sa visite à Theodor Weissberg. Celui-ci avait sa fierté, pas question de l'ulcérer en le plaçant dans la position humiliante du mendiant à qui on refuse l'aumône.

– C'est ça qui te tracasse : le sort de la cantatrice ?

– Ça aussi, bien sûr. D'autant plus que je le connais, son violoniste de mari. Mais ce qui me tracasse davantage, c'est le comportement de Dieter. Il m'observe d'une manière bizarre, j'ai l'impression qu'il me surveille. Je me fais peut-être des idées mais hier, tard dans la soirée, il a débarqué dans mon bureau — il ne le fait jamais quand le baron se trouve à la résidence.

– Faut ouvrir l'œil, ma cocotte…

– Je t'ai dit mille fois de ne pas m'appeler ma cocotte !

– D'accord, pardon, ma poule… Reste sur tes gardes, mais pas de paranoïa pour autant. Cela empêche de garder la tête claire. Très souvent les choses sont plus simples qu'il n'y paraît. Il se peut qu'il te fasse la cour. Suivant l'exemple de son patron, von Dammbach.

– Arrête, tu dis n'importe quoi !

– Je suis dans mon élément, comme disait ma tante. Au fait, où gardes-tu mon briquet ? Il est possible qu'il fouille le bureau en ton absence.

– Qu'il fouille tant qu'il veut ! Le briquet est dans une boîte à chocolats, en compagnie de gommes, d'agrafes et autres babioles de bureau, que j'enferme dans le coffre-fort. Seuls von Dammbach et moi en possédons la clé. Tu préfères que je porte le briquet sur moi ?

– Non, surtout pas ! À Shanghai, tout sac à main peut faire l'objet d'une déclaration de vol le jour même de sa fabrication.

Hilde se tut, fouilla distraitement avec ses baguettes dans le plat de légumes sautés et finalement, suivant le fil d'une pensée qui la travaillait, elle demanda avec hésitation :

– Vladek, est-ce que tout ça a un sens ?

– Quoi donc ?

– Ce que vous faites… toi et tes hommes… Si vous ne pouvez pas, si vous n'avez même pas le droit d'intervenir, d'aider quelqu'un en perdition… Comme, par exemple, ces pauvres malheureux de Hongkew…

– C'est la règle du jeu. Serrer les dents et ne pas s'impliquer, même si ton cœur saigne. Rester en toutes circonstances un observateur impassible. Ça, c'est le deuxième commandement dans notre… profession, disons. Une fois, je suis intervenu pour défendre une idiote qui voulait se battre contre toute la police de Shanghai pour une gamine. Et on a failli me couper la tête comme à un poulet !

– Merci pour l'idiote. Mais dans ce cas-là, si toute intervention vous est interdite, en quoi pouvez-vous changer le monde ? Le rendre meilleur ?

– Je ne sais pas. Pour le moment, nous n'avons qu'un but : empêcher Hitler de le changer. Car il le rendrait pire. Mais en tout cas, je pense que ça nous change, nous… Car nous apprenons la vérité sur les autres non par les actualités du cinéma ou par les journaux. Nous ne sommes pas des observateurs à distance : aucun risque que les détails paraissent flous. Au contraire, nous sommes sur le territoire de l'adversaire, d'où le monde semble vraiment différent.

– Dans quel sens ?

– Dans le sens que, vu de l'extérieur, on sait tout ou disons l'essentiel sur les nazis : leur barbarie forcenée, les exécutions massives, les camps, les juifs, les Polonais... Aussi clair et univoque qu'une affiche de propagande. Mais quand tu es à l'intérieur, tu vois leur armée autrement que sous forme de flèches dessinées sur une carte des opérations, tu distingues aussi des hommes et des destins séparés, des généraux pleins de suffisance ou de désespoir, des soldats désorientés transformés en assassins. Ou bien des assassins qui se demandent à présent comment échapper à la vengeance imminente. Tu distingues les dupeurs des dupés... Tu remarques par exemple, dans un ravin, cinq soldats allemands en capotes légères qui, les doigts bleuis, coupent des steaks dans la cuisse d'un cheval d'artillerie gelé, les mettent à cuire sur un feu, puis mordent dedans à belles dents. Ou bien tu commences à compatir aux malheurs d'un Allemand de dix-sept ans qui, n'ayant encore ni vécu ni aimé, écrit dans les ruines de Stalingrad une lettre à sa mère restée en Saxe, que celle-ci ne recevra jamais. C'est ce qu'on voit de l'intérieur. Ça change complètement l'idée qu'on se fait de l'adversaire et du vrai visage de chacun... On commence à distinguer les nuances, débarrassé des préjugés et des incantations, à enregistrer le drame d'autrui. Et le nôtre alors ? Sais-tu en quoi consiste notre drame ? Dans le fait que partout, vraiment partout, les hommes au pouvoir tiennent à ce que les informations, qu'on leur fournit au prix de tant de risques et de victimes, correspondent à l'idée qu'ils se font de l'ennemi — aussi prédéterminée que dans ton opéra Qinxi. C'est pourquoi les services qu'on nomme joliment « spéciaux » sont si souvent en conflit avec le pouvoir qu'ils servent. Car ils contestent ses schémas trop commodes, détruisent les châteaux de sable de ses illusions. Ou plutôt…

Vladek eut le sentiment qu'elle était complètement absente.

– Tu es là ? demanda-t-il. Est-ce que tu essaies de comprendre ? Ça aussi, c'était pour ta culture générale.

Elle tendit la main par-dessus la table pour caresser la sienne.

– Je t'aime.

– Encore ?

– Enfin.

53

Ce soir-là, Elisabeth arriva plus tôt que prévu à *La Montagne bleue* — en fait, agacée par les gens qui montaient et descendaient bruyamment l'escalier sous lequel Theodor avait improvisé un abri triangulaire avec des parois en contreplaqué, elle ne parvenait plus à supporter la pagaille quotidienne dans l'usine. Comme d'habitude, il n'était pas à la maison, si ce trou sous l'escalier pouvait être appelé ainsi. À sa grande surprise, le Hollandais de l'hôtel *Impérial* ne lui avait pas trouvé de remplaçant et l'avait réembauché — à contrecœur, il est vrai.

Ce qui la faisait sortir de ses gonds, c'étaient les enfants qui couraient juste au-dessus de sa tête, les vieux qui, pour lutter contre leur ennui, débattaient de problèmes politiques devant les murs de carton de son réduit. Les gens excités échangeaient des informations sur ce qui s'était passé à Stalingrad, récits souvent agrémentés de sornettes — à en croire un mythomane inconnu, un coup d'État avait eu lieu à Berlin et Hitler s'était suicidé. Même cela n'avait pu l'émouvoir, tant elle était agacée par tout ce qui l'entourait.

Ici au moins, à *La Montagne bleue*, elle disposait d'une loge relativement calme, avec pour seule ouverture sur le monde une bouche d'aération grillagée, et de longues heures de solitude, tandis qu'en bas le Hongrois démontait et remontait Gershwin ou Strauss.

Cette soirée-là avait commencé de manière singulière : le propriétaire Yen Qingvey avait déposé sur sa coiffeuse, devant le miroir, une rose blanche, une fiole en néphrite remplie d'un parfum d'Orient, et un petit mot : «*Happy Birthday* !». Il connaissait le jour de son anniversaire grâce à son passeport.

Qingvey, suivant les principes de la plupart des patrons chinois, conservait les papiers de ses employés pendant toute la durée de leur contrat — une sorte de garantie d'honnêteté. Cette rose et cette fiole en néphrite exprimaient la reconnaissance du propriétaire pour la cantatrice qui attirait de nouveaux clients venus des bateaux militaires et marchands allemands dont le nombre augmentait en proportion inverse des navires anglais et américains subitement évaporés.

Yen Qingvey ignorait que plus rien ne pouvait faire plaisir à la disciple de Zarah Leander. Son âme était malade. D'autre part — malgré sa répulsion croissante pour tout ce qui l'entourait, pour Shanghai tout entier, pour Hongkew, pour cette taverne de marins, pour tout ce qu'il y avait de chinois, pour les juifs, voire pour son mari —, elle s'étonnait de n'éprouver aucune nostalgie envers l'Allemagne, pas même une ombre de tristesse. Elle ne ressentait qu'une profonde fatigue, ne désirait rien d'autre que rester tranquille — après l'intolérable vacarme de l'usine sidérurgique. Elle n'habitait plus le monde réel. Tout ce qu'elle voulait, c'était se coucher dans le calme et dormir longtemps, dormir pour l'éternité.

Elisabeth était assise devant le miroir, vêtue d'une simple combinaison : elle n'avait pas la force d'enfiler sa robe de soie aux reflets dorés qui descendait jusqu'aux pieds en moulant tout son corps, sa robe de scène. En bas, dans le cabaret, les premiers clients avaient commencé à boire; elle entendait les sons lointains du piano. *Un Américain à Paris.*

Une Allemande à Shanghai.

Elle se regarda dans le miroir jauni écaillé, toucha du bout des doigts le fin réseau de rides au coin de ses yeux : trente-huit ans ! Ça y est, la vie passe et tout ce qui a été ne se reproduira jamais — ni le bien, ni le mal. La roue du temps ne peut faire marche arrière, c'est ainsi ! Sa venue ici était-elle une erreur ou aurait-ce été pire si elle était restée à Dresde, laissant partir Theodor ? Du pareil au même — la vie ne repasse pas les plats. Un cul-de-sac, un virage en épingle à cheveux, un saut dans l'inconnu sans avoir droit à une seconde chance.

On frappa doucement; la porte s'entrouvrit et Yen Qingvey glissa la tête dans la loge.

– Je peux ? demanda-t-il avec tact, tout en se faufilant à l'intérieur sans attendre la réponse. Je ne vous dérange pas ? Je ne voulais que vous souhaiter bon anniversaire. Et du bonheur, et davantage de succès encore.

Elle regarda le reflet de l'homme dans le miroir, jeta un long châle de soie à franges sur ses épaules, se redressa d'un air las et s'assit sur le bord de la coiffeuse.

– Merci pour la rose et le parfum, *mister* Yen. J'avais même oublié que j'étais née. Je vous suis reconnaissante; vous êtes le seul à avoir pensé à moi.

– Mais bien sûr ! Vous êtes ma star. Sublime et irremplaçable !

– C'est un plaisir de vous entendre…, dit-elle, impassible, et avant même de s'en rendre compte, elle se retrouva dans ses bras. Elle sentit un lourd parfum de patchouli indien se mêler à une haleine qui empestait le whisky.

– Tous mes vœux… Vous me permettez de vous embrasser ? dit-il, haletant, en faisant glisser le châle des épaules de la cantatrice.

Elle vit de près les pores dilatés du visage rougeaud, les dents espacées qui mordaient sa lèvre inférieure, et elle sentit à nouveau les relents de whisky. Ce jour-là, il s'y était mis de bonne heure, *mister* Yen !

Dégoûtée, Elisabeth le repoussa, mais il se rua à nouveau sur elle. Elle ne pouvait pas reculer, bloquée par sa coiffeuse. Alors, elle le frappa du dos de la main en disant :

– Fous le camp, sale brute ! Sors de ma loge, espèce de gros porc puant, répugnant !

Yen Qingvey, qui avait couché avec la moitié des filles du cabaret et s'était habitué à leur docilité silencieuse et servile, en fut comme pétrifié. Elle vit changer son regard. Ses yeux s'emplirent lentement d'une colère sauvage, à peine contenue.

– Ce n'est pas comme ça qu'on parle à son maître ! fit-il d'une voix presque inaudible. Tu m'entends, espèce de pute allemande ? Personne ne s'est jamais permis de parler comme ça à Yen Qingvey !

La gifle fut si violente qu'Elisabeth sentit sa tête partir en arrière. Puis il sortit, claquant la porte derrière lui.

Elisabeth s'affala sur sa chaise, passa la main sur sa joue devenue brûlante. Elle demeura longtemps ainsi prostrée dans une espèce d'inconscience ahurie. Puis, soudain envahie par la colère, elle projeta avec force la fiole en néphrite sur son reflet. Le miroir se cassa, divisant son visage fatigué en triangles disloqués, sur lesquels se mit à couler un poisseux liquide jaunâtre qui exhalait la même forte odeur de patchouli.

– Un miroir cassé, dit-elle à haute voix. Sept ans de malheur. Sept de plus !

En bas, dans le cabaret, le Hongrois passait à des airs allemands et autrichiens, signe que son heure était venue.

Elle se redressa péniblement, ôta ses chaussures de ville et fit le geste d'enfiler ses escarpins. Du soulier gauche bondit un rat apeuré qui effleura son pied, avant de disparaître sous un meuble en poussant un cri.

Elisabeth hurla d'horreur et de dégoût. Et c'est alors seulement qu'elle éclata en sanglots.

Elle pleura à chaudes larmes, le front appuyé contre le mur blanchi.

Une demi-heure plus tard, le Hongrois, qui n'y tenait plus, monta chercher la cantatrice, mais la loge de celle-ci était fermée à clé. Il frappa à la porte; personne ne répondit. Il frappa encore et encore. Silence total.

Lorsqu'on eut défoncé la porte, on retrouva Elisabeth, la mezzo-soprano Elisabeth Müller-Weissberg, l'ancienne vedette de Carnegie Hall, pendue à l'aide de son long châle de soie, celui qui s'ornait de franges. Après l'avoir tordu, elle en avait noué l'extrémité à la grille d'aération.

54

Sur le coup de minuit, Theodor Weissberg s'en vint comme d'habitude à pied pour raccompagner sa femme en rickshaw jusqu'à leur «domicile». Le cabaret était plein et enfumé; les clients contaient fleurette aux filles; le barman s'essoufflait à servir les commandes. Qingvey lui-même, accoudé au comptoir devant un verre de whisky, donnait tous les signes du plus profond abattement. Le Chinois saoul bondit instantanément de sa chaise, prit Theodor à part et chercha en bégayant ses mots pour lui annoncer délicatement ce qui s'était passé.

À l'autre bout du cabaret, le Hongrois leva un instant les mains de son piano, jeta un regard de compassion sur Theodor qui ne comprenait toujours rien, avant de se retourner aussitôt pour plaquer à nouveau ses doigts sur le clavier, comme s'il craignait d'être soupçonné de complicité. Le drame de la cantatrice l'avait profondément bouleversé, mais dans les moments particulièrement délicats il faisait toujours preuve d'une curieuse maladresse et se renfermait, incapable d'exprimer ses sentiments. En semblables circonstances, il était coutumier de gaffes aussi énormes qu'involontaires. Aussi préférait-il rester à l'écart.

Aussi blanc que les murs de la loge, Theodor contemplait Elisabeth gisant sur le dur divan chinois, sans encore prendre conscience qu'elle fût morte. Définitivement, irréversiblement, sans recours. Il lui semblait qu'elle avait perdu connaissance, que ce n'était qu'un malaise et qu'elle se relèverait d'un moment à l'autre. Le Hongrois lui proposa silencieusement une cigarette; il la prit, l'alluma, sans pourtant se rendre compte qu'il fumait.

On ne pouvait dire que Yen Qingvey fût un homme mauvais — il avait agi comme il était admis en Chine que le maître se comportât avec ses subordonnés, ni pire ni mieux. Soudain dessaoulé, il se montrait très perturbé par l'incident, non seulement parce qu'il se sentait coupable, mais aussi parce qu'il ne voulait pas avoir affaire à la police. Tous les propriétaires d'établissements où se pratiquait le commerce de filles, de drogue, de cigarettes et de whisky de contrebande et que fréquentaient des marins traînant toujours dans leur besace quelque marchandise illicite, redoutaient comme la peste semblables scandales publics.

Aussi marchanda-t-il longtemps, très longtemps, avec le coolie d'un rickshaw à deux places — de ceux qui somnolent devant le cabaret dans l'attente de clients attardés, il multiplia la somme, la doubla encore. Finalement il vainquit la peur du pauvre coolie aux pieds nus de s'impliquer dans cette affaire de transport secret et nocturne d'un cadavre.

Puis Qingvey mit dans la poche de Theodor, lequel ne comprenait toujours rien, cinq billets de cents dollars shanghaiens glissés dans le passeport de la défunte.

– Le rickshaw est payé, ne vous inquiétez pas. Quant à l'argent, si vous permettez, il est pour l'enterrement. Nous l'aimions bien, c'était une chanteuse exceptionnelle. Mais il est dans notre intérêt commun qu'il n'y ait pas d'enquête policière, vous comprenez ?

Theodor acquiesça, bien qu'il ne comprît toujours rien.

Le Hongrois aida Yen Qingvey à sortir le corps par la porte de service et à l'installer dans le rickshaw. Tous deux soutinrent Theodor au moment de monter à son tour, et le coolie emprunta à grandes foulées régulières les rues latérales de Shanghai plongées dans le sommeil.

Dans un virage, la tête d'Elisabeth vint se poser sur l'épaule de Theodor.

Cela faisait bien longtemps qu'elle n'avait pas eu ce geste.

Le bouton de tôle verte n'était même pas nécessaire. Les soldats japonais de garde sur le pont du Soochow connaissaient déjà le couple — la femme élégante et son mari chiffonné qui s'en revenaient aux petites heures de la rive opposée.

À trois heures du matin, des voisins de l'escalier réveillèrent le rabbin. Il accourut, s'affaira, aida à transporter le corps jusqu'à la synagogue. On l'installa sur le support en bois du chandelier à sept branches, derrière lequel trônait le bouddha, toujours aussi énigmatiquement souriant.

– Allez-vous-en, je vous prie, murmura Theodor. Je veux rester seul avec elle... S'il vous plaît.

Le rabbin lui serra silencieusement l'épaule et quitta la petite synagogue le dernier, refermant tout aussi silencieusement la porte derrière lui.

Theodor s'assit sur un coffre et demeura des heures les yeux rivés sur le visage de la morte éclairé par la flammèche d'une bougie solitaire.

Au bout d'un moment, il entendit des pas derrière lui et se retourna : c'était Schlomo. Le gros voleur pataud tira à lui un fauteuil Empire et s'assit de l'autre côté de la morte. Il y avait un fauteuil en tous points semblable dans leur maison du 3/5 rue Dante-Alighieri à Dresde; Elisabeth aimait à s'y asseoir pour lire. Schlomo resta muet un bon moment, fixant tristement la femme à qui il avait été si dévoué. Sur son cou béait une plaie sanguinolente. Le râle sortait droit de sa gorge :

– Je vous demande pardon, monsieur Weissberg, ce n'est pas mon affaire, mais tout cela est de votre faute. Vous êtes coupable et personne d'autre. Elle n'aurait pas dû vous suivre. Pourquoi l'avez-vous amenée ici ? Ne saviez-vous pas que rien de bon n'attendait les juifs ?

Theodor ne chercha pas à plaider sa cause — il savait que Schlomo avait raison.

Il fut réveillé par les premiers rayons du soleil qui pénétraient par les interstices du toit défoncé. La bougie avait achevé de se consumer. En face de la morte, nul fauteuil Empire — Schlomo avait dû l'emporter avec lui.

Mister Go, le roi des juifs, refusa d'autoriser qui que ce fût à quitter la Zone à l'exception de Theodor et du rabbin. Le cas ne l'intéressait guère : le professeur Mandel avait délivré un acte de décès stipulant noir sur blanc qu'Elisabeth

Müller-Weissberg, Allemande née à Dresde le 17 avril 1905, était morte d'une péritonite aiguë. Cela lui suffisait : ce n'était ni le premier ni le dernier cas de la sorte à Hongkew.

On l'enterra au cimetière allemand près de l'église évangélique. Le pasteur prononça une banale et impassible oraison funèbre, Mère Antonia chanta *Ave Maria* et la fanfare des nonnes exécuta un morceau de Haendel.

Le Hongrois assistait à l'enterrement, mais jamais il ne détacha son regard de certain point invisible. Ses pupilles étaient dilatées — phénomène généralement attribué à l'abus de certaines poudres blanches.

Alors qu'on s'y attendait le moins, le fleuriste de *Nanking Road* livra un gros bouquet. Trente-huit roses blanches.

Sur le ruban de deuil se détachaient des idéogrammes chinois. De tous les Européens, seule Mère Antonia avait pu les déchiffrer :

«*À la divine cantatrice, dont j'implore le pardon. Yen Qingvey.*»

55

L'*Hauptsturmführer* Willy Stockman n'était pas venu à Shanghai pour perdre son temps avec ces juifs. Ceux-ci représentaient un souci collatéral — il y avait des spécialistes de la «solution finale» pour s'en occuper. Si Berlin tenait à appliquer les lois du Reich aux juifs allemands réfugiés en Chine, il fallait envoyer sur place des gens habitués à débrouiller des situations merdiques en pays étranger. Après tout, Shanghai n'était pas un satellite allemand, au même titre que les pays alliés comme la Hongrie, la Bulgarie et la Roumanie où se trouvaient encore des juifs dont étaient censées venir à bout les autorités locales. Cela supposait des aptitudes diplomatique que Willy Stockman ne possédait pas. Son souci principal était la sécurité du Reich. Rien d'autre. Une tâche autrement plus cruciale que le destin d'un quelconque Moshé. Aussi avait-il été envoyé ici en tant que chef du groupe d'experts de la S.S. et de la Gestapo appelés à couvrir l'arrière-garde du *Vaterland* contre les attaques en provenance de ce coin du monde.

Au port, il accueillit avec espoir et satisfaction l'arrivée du bateau en provenance de Kôbe à bord duquel avait embarqué le groupe de repérage d'émetteurs radio illégaux jusqu'alors basé au Japon. Il y avait fait de l'excellent boulot, démontrant encore une fois la supériorité de l'électronique de pointe allemande sur la ferraille déglinguée des Japonais. La nouvelle invention, connue sous le nom de «Pelengator», avait comme prévu repéré l'émetteur secret : quoi qu'en eussent ces gueulards de Japonais, c'est elle qui avait permis la liquidation du groupe «Ramsay» de Tokyo — nid d'espions dirigés par le docteur Richard Sorge, cette moitié d'Allemand né à Bakou. Il fallait être juste : les services locaux s'étaient chargés du reste, des tâches techniques. À présent, Shanghai était à l'ordre du jour, avec son chaos de transmissions cryptées qui tissait dans l'éther une dense toile d'araignée où s'entrelaçaient des émetteurs secrets américains, soviétiques, anglais, français et on ne sait quoi encore.

Le groupe venu de Tokyo avec toute sa technologie consistait en tout et pour tout en un fourgon blanc portant le logo voyant de la société japonaise «Bushido» — peintures, feutres et matériel de dessin. En plus du chauffeur, un caporal des forces de liaison et de transmission allemandes, il comprenait quatre experts en repérage radio, envoyés à l'origine par Berlin. Il arrivait rarement que l'anneau métallique monté sur le fourgon suscitât la curiosité des passants : les Japonais ne nous avaient-ils pas apporté quantité de publicités bizarres ? Le fourgon lui-même ne quittait en catimini le garage de la police shanghaïenne qu'une fois la nuit tombée, s'arrêtant discrètement dans des ruelles obscures et étroites éloignées du centre-ville, jamais au même endroit — dans ces conditions, il était bien difficile de remarquer le pivotement à peine perceptible de son anneau métallique.

Depuis une dizaine de jours environ, les hommes du fourgon s'intéressaient particulièrement à un cercle négligemment tracé au crayon rouge épais sur le plan de la ville, à l'angle de la rue Shussan et de *North-Sichuan Road*. Là, à l'intérieur du cercle, se croisaient les lignes droites que les gars du fourgon traçaient avec précision chaque fois que, dans le 32ᵉ secteur d'ondes courtes, ils captaient le toc-toc discret du morse. C'est approximativement de cette zone que provenaient les signaux extraordinairement brefs et rapides, après quoi le quartier replongeait dans le silence. Délaissant le fourgon blanc, les hommes s'en allèrent inspecter le quartier. Les bâtiments alentour, hauts de plusieurs étages, montraient quantité d'appartements, de bureaux, de restaurants, d'ateliers de couture, de salons de thé, de boutiques. C'est de là, quelque part dans ce méli-mélo architectural, que provenaient les brefs signaux en morse !

D'où précisément ? — c'était au capitaine Masaaki Saneioshi de trouver. Ses hommes, toujours en civil, faisaient preuve d'une inlassable politesse avec les habitants des immeubles, ils arpentaient le quartier, demandaient des personnes inexistantes, interrogeaient les concierges à propos de firmes imaginaires, répertoriaient minutieusement les habitants et les employés. Tout avait été discrètement vérifié une dizaine de fois, sans que jamais la moindre hypothèse plausible ne se fît jour.

Comme il arrive presque toujours lors de semblables opérations, la réponse fut trouvée par hasard. Non par les grands experts en repérage radio, mais par un technicien débutant en charge de l'entretien du récepteur dans le fourgon de la société « Bushido ». Il s'appelait Walter, Walter Haberle, ancien de l'École marine de Brême, spécialisé dans la radiotechnique navale.

Quand le fourgon eut commencé à se positionner aux petites heures dans les ruelles les plus proches de l'endroit indiqué, le jeune homme remarqua certain phénomène d'une étrange régularité : quelques instants avant le début de la transmission cryptée, les trois idéogrammes chinois au néon de l'atelier photo Agfa s'éteignaient. Presque aussitôt après la fin de la transmission, le néon se remettait à clignoter comme il le faisait jour et nuit, sans interruption. De crainte d'être la risée de ses compagnons d'armes, Walter Haberle n'osa pas communiquer tout de suite sa découverte. D'autant plus que parmi les centaines d'objectifs du quartier, l'atelier Agfa, situé dans la maisonnette chinoise coincée entre les immeubles à plusieurs étages, faisait l'objet de cette note de la Kempeitai : « A. Kleinbauer. Allemand. Éprouvé. Au-dessus de tout soupçon. »

Walter Haberle poursuivit son observation et lorsqu'il eut commencé à deviner à la seconde près le début de la transmission et l'instant où les trois signes chinois se rallumeraient, il décida d'en informer ses collègues. Il leur fit également part de sa déduction que le support métallique des idéogrammes ne fût rien d'autre qu'une antenne radio. Une astucieuse antenne qui ne pouvait cependant fonctionner sans problème, en évitant les perturbations électromagnétiques, qu'aux moments où les idéogrammes de néon étaient éteints.

L'École marine de Brême pouvait être fière de son ancien élève !

À deux heures et quart du matin, à peine les trois idéogrammes éteints et repéré le toc-toc rapide et sec du morse, les hommes de la Kempeitai attaquèrent de tous les côtés.

L'opération était observée depuis la ruelle latérale obscure où s'était arrêtée, tous phares éteints, l'Opel noire du capitaine Masaaki Saneioshi. Sur la banquette arrière, tout comme par la pluvieuse nuit de l'exode juif vers Hongkew Sud, était assis l'*Hauptsturmführer* Willy Stockman qui grillait cigarette sur cigarette.

– Il y en a au moins trois à l'intérieur, dit Saneioshi-*san* en se retournant vers l'Allemand. J'ai ordonné à mes gars de ne tirer qu'en cas d'extrême nécessité. Je les veux vivants. Tout comme nous avons pincé les autres à Tokyo.

– Exact. Les vivants sont plus bavards que les morts.

Lorsqu'ils eurent défoncé la porte d'entrée et fait irruption dans l'atelier, deux civils se ruèrent dans l'escalier étroit. Mais ils durent s'arrêter sur les premières marches et se plaquer contre le mur, car à l'étage Kleinbauer faisait parler son Walter 9 mm, tandis que Cheng Sujing s'efforçait de détruire les preuves en tous genres. Il ne disposait que de très peu de temps pour cela. Aussi Kleinbauer cria-t-il entre deux coups de feu :

– Brûle tout ! Mets le feu tout de suite !

Cheng Sujing hésita, jeta un regard rapide sur Vladek qui défonçait la grille de la petite fenêtre en voûte, puis sur le géant qui barrait de sa corpulence le couloir qui séparait l'escalier du laboratoire.

– Non ! Sauve-toi le premier ! cria Cheng Sujing.

Kleinbauer, touché à plusieurs endroits, palpa sa chemise, regarda son énorme main ensanglantée et hurla :

– Tu m'entends ? Fais ce que je te dis, espèce de macaque chinois ! Mets le feu et foutez le camp !

Lorsque les hommes du capitaine Saneioshi furent enfin parvenus à grimper l'escalier, l'étage de l'atelier et le toit recouvert de tuiles vertes émaillées, aux coins recourbés à la chinoise, étaient envahis par les flammes. Au milieu de la noire fumée toxique du celluloïd carbonisé, ils butèrent sur un corps : le colorieur de photos de famille, l'amateur invétéré de vodka russe, l'Allemand au-dessus de tout soupçon… Alfred Gottfried Kleinbauer s'était tiré une balle dans la tempe.

La police ne trouva dans l'atelier rien d'autre que des traces de sang qui menaient vers la fenêtre en voûte brisée donnant sur les cours chinoises obscures.

Quand les pompiers arrivés en coup de vent eurent éteint le feu, ils repérèrent, plongée dans le réactif presque entièrement évaporé de la cuve à lavage, une pellicule microscopique ayant survécu aux flammes. Une fois roulée, elle ne serait pas plus grande qu'une graine de soja.

56

La porte s'ouvrit brusquement et dans le bureau, à la suite de Willy Stockman, se précipitèrent deux civils allemands, revolver au poing, comme s'ils affrontaient une unité entière de mitrailleurs, alors que dans la pièce ne se trouvait que la secrétaire de von Dammbach.

Hilde se redressa, s'efforçant d'adopter un ton de tranquille indifférence, mais sa voix se mit à trembler :

– En quoi puis-je vous être utile ?

– Tu le sauras toujours assez tôt ! rugit Stockman. Où est le baron !

– Je vais l'informer…

– Pas la peine. Nous avons déjà parlé au téléphone.

Et sans cérémonie il fit irruption dans le bureau de von Dammbach.

– Ne la laissez pas sortir, celle-là ! intima-t-il à ses deux sbires avant de refermer la porte derrière lui.

Assise à son bureau, Hilde sentait son sang refluer; un frisson lui parcourut le dos, rampa jusqu'à sa nuque et l'emprisonna dans des tenailles glacées. La peur paralysait son esprit et sa volonté. Où était Vladek à ce moment pour qu'il lui conseille quelle attitude prendre ? Lui était-il arrivé un malheur, à lui aussi ? Ceux de la Gestapo savaient-ils quelque chose ou bien ne faisaient-ils que tâter le terrain à tout hasard ?

La porte d'entrée s'entrouvrit; Dieter glissa la tête par l'ouverture, lança un regard sur Hilde assorti d'un rictus puis referma la porte.

Les deux agents civils se tenaient debout de part et d'autre du chambranle — silencieux, inexpressifs, imperturbables.

Peu de temps après, sortirent du bureau le baron et Stockman. Les lèvres du vieux diplomate, habituellement si maître de lui, étaient blanches; son menton tremblait d'émotion.

– Mademoiselle Braun, il s'agit probablement d'un fâcheux malentendu, mais écartez-vous tout de même. J'ai donné l'autorisation de perquisitionner.

– Puis-je poser une question ?.... commença Hilde, mais l'*Hauptsturmführer* l'interrompit brutalement :

– C'est nous désormais qui allons poser des questions. Pour l'instant tu te tais !

Il tourna la tête vers ses hommes et ce fut le signal : dans les tiroirs, derrière les fauteuils, sous le bureau, sous les rambardes — tout fut inspecté attentivement, diligemment, sans mettre sens dessus dessous les dossiers et les objets. Plutôt que des agents des services politiques, les civils étaient sans doute des flics expérimentés de la «Kripo», la police judiciaire allemande à l'impeccable technique.

– Donnez-moi la clé du coffre-fort ! ordonna Stockman.

Hilde jeta un regard tout à la fois apeuré et interrogateur en direction du baron — qui acquiesça.

– Donnez-la-lui.

Elle retira de son cou la chaînette à laquelle était suspendue la lourde clé jusqu'à présent dissimulée dans sa blouse. Elle la tendit avec autant d'hésitation qu'elle l'eût fait d'un pistolet destiné à la tuer. Car son ultime espoir était l'absence de preuve : les documents pouvaient très bien être microfilmés dans l'avion ou à l'aéroport, par n'importe quelle personne ayant accès à la résidence. À présent, sa vie était suspendue à cette clé du coffre-fort !

Toujours avec la même minutie, les dossiers furent sortis du coffre, feuilletés puis méticuleusement remis à leur place. Jusqu'à ce que vînt le tour de la boîte en carton planquée quelque part dans le fond.

Le baron von Dammbach demeurait toujours près de la porte grande ouverte de son bureau, le visage livide, le menton levé, dans la pose altière d'un noble injustement soupçonné d'un acte de bassesse.

«C'est la fin ! Tout est fini !» Hilde n'osait pas même imaginer ce qui s'ensuivrait. Plus d'une fois elle avait pensé à l'aspect sous lequel pourrait se présenter un échec — elle n'était pas assez sotte pour ne point l'envisager. Mais l'échec, bien que son caractère évitable le distingue de la mort, présente bien des points communs avec celle-ci : nous restons en permanence sous sa menace fatidique, mais nous n'en repoussons pas moins constamment cette pensée. Cela fait partie de la nature humaine.

L'agent renversa le contenu de la boîte sur le bureau : agrafes, gommes, élastiques et épingles, tube de colle. Des fournitures de bureau et rien d'autre. Hilde elle-même en fut ébahie : hier encore le briquet y était, elle en était d'autant plus certaine qu'elle avait personnellement changé la pellicule !

– Où est l'appareil ? demanda Stockman.

– Quel appareil ?

– Ne fais pas l'idiote ! L'appareil photo !

– Je ne comprends pas de quoi vous parlez...

– Tu comprendras bientôt. Très bientôt ! Emmenez-la ! Puis, se tournant vers von Dammbach : «Désolé pour le dérangement, monsieur le baron. Vous ne vouliez pas me croire. Vous êtes convaincu maintenant ?»

Le baron, l'air absent, eut un imperceptible hochement de tête.

Dieter arrêta la voiture devant l'entrée du jardin. Le Jardin anglais était protégé par une haute grille de fonte; son grand portail, dont le sommet s'ornait des symboles dorés de la couronne britannique, était grand ouvert. C'est seulement à la tombée de la nuit qu'il serait fermé à clé pour tenir les voleurs, les ivrognes et autres clochards à distance de ce lieu de rencontres et de détente soigneusement entretenu, digne de rivaliser avec les parcs des palais d'Europe. Après la fin de la journée de travail et en l'absence d'autres engagements plus séduisants, le baron von Dammbach et son épouse, respectant la tradition familiale, s'y promenaient quotidiennement une petite heure, une petite heure sereine avant d'aller dîner.

– Merci Dieter. Tu reviens nous chercher d'ici une heure, comme d'habitude.

– Entendu, monsieur le baron.

Le jardin était vraiment magnifique, avec ses arbres exotiques aux branches pendantes, avec ses arbustes vivaces et ses pelouses bien entretenues. Dans le lac paisible, au milieu de rochers curieusement déformés, apportés ici du fin fond de la Chine, se reflétait une petite pagode gracieuse.

Tous deux marchaient silencieusement sur l'allée de gravillon rouge, saluant poliment d'un signe de tête leurs connaissances de l'élite shanghaienne — dont les rangs s'étaient éclaircis ces derniers temps suite à l'expulsion de leurs amis des régies américaine et anglaise.

Au bout d'un moment, la baronne Gertrude von Dammbach, fixant le bout de ses chaussures dont elle fouillait les petits cailloux sous ses pieds, murmura :

– Je ne peux m'empêcher de penser à elle... La pauvre ! Tu penses qu'elle s'en sortira ?

– Je ne pense pas. Ceux-là mordent comme des bouledogues.

– Son ami suisse aura certainement des ennuis lui aussi.

– Si ce n'est pas déjà le cas.

– Mais pourquoi donc a-t-elle fait ça ? Pourquoi ?

Le baron fit une longue pause avant de répondre :

– Elle avait sans doute ses raisons. Ce n'est pas une simple d'esprit, elle n'est pas non plus du genre à se laisser tenter par l'argent. Elle avait certainement ses raisons : il est peu probable que nous les sachions un jour… L'amour, peut-être… si le jeune Suisse lui aussi… ou bien… Non, je ne sais pas, franchement, je n'en sais rien. Je ne veux pas me prononcer.

– Tu ne peux pas l'aider ?

– Je crains que non.

Ils se trouvaient à présent sur le *Garden Bridge*, le lieu de promenade connu de tout Shanghai.

Accoudée au parapet, la baronne ne détachait pas les yeux de l'eau qui coulait à leurs pieds dans son long voyage vers l'océan.

– La pauvre…, murmura-t-elle à nouveau.

Le baron, une cigarette non allumée entre les lèvres, regarda alentour puis fourra la main dans la poche de son trench-coat anglais d'où il sortit le briquet. Il l'alluma; une haute flamme en jaillit aussitôt. Il tira une bouffée, aspirant profondément la fumée. Il éteignit le briquet, le tourna entre ses doigts, regarda pensivement le petit œil de verre sur le côté, avant de le jeter dans l'eau.

Le pont était trop haut pour qu'on pût l'entendre disparaître à jamais dans les profondeurs d'un brun trouble.

57

Le jour ne s'était pas encore levé quand on frappa au portail métallique menant au jardin des

Bassat au 342 route du Cardinal Mercier. On frappa une deuxième fois, puis une troisième. C'était un passage latéral entre le jardin et le solide mur de brique entourant la propriété voisine — c'est par là qu'en d'autres temps les livreurs de légumes, de pain et de viande rentraient tous les matins avec leur boghei directement dans la cour qui donnait accès aux cuisines.

À travers les interstices, on aperçut enfin la flammèche d'une lampe à pétrole et la voix du vieux jardinier Wu Laozian se fit entendre :

– Qui est-ce ?

– Bo, c'est Chin Lankao, tu te souviens de moi ? Le fils de Wang le menuisier… Chin Wang qui faisait des autels pour les dieux de famille.

Le vieillard de l'autre côté du portail se tut un moment : on ne savait pas très bien s'il cherchait dans ses souvenirs ou bien s'il refusait de croire ce qu'il entendait. Finalement, il demanda sur un ton sceptique :

– Tu prétends être Lankao ?…. Mais ça fait longtemps que Lankao est parti au loin.

– Me voilà de retour.

– Lankao le Fou ?

– Lui-même, bo Laozian. Avec la balafre sur la joue. L'ami de tes fils.

– Ô dieux ! s'exclama le vieil homme ému, retirant promptement le loquet de fer.

C'était après la guerre du Japon que Lankao et les fils de Laozian, plutôt que de rester à Shanghai pour hériter du métier de leur père, avaient décidé une nuit de quitter la ville et de se faire soldats. À quand cela remontait-il ? Cinq, six ou sept ans ? La vieillesse fait basculer les jours et on finit par confondre ce qui s'est passé la veille avec des événements vieux de sept, ou sept fois sept lunes. Wu Laozian se souvenait bien du jour où une bombe japonaise était tombée sur la maison du menuisier, tuant Chin Wang et sa femme, la mère de Lankao. Alors le jardinier Laozian, avec l'autorisation de la maîtresse de maison, madame Bassat, avait pris en charge le jeune garçon, l'élevant avec ses fils. C'était une mauvaise tête, ce Chin Lankao : il se battait souvent avec les gamins du quartier, ce qui lui avait valu une estafilade à la joue lors d'une bagarre au couteau. Pareilles stupidités mettaient hors de lui Wu Laozian, lequel, sans cesser de marmonner, n'en avait pas moins soigné le blessé — le vieux jardinier s'y connaissait dans ce genre d'affaire.

Les folies prirent fin le jour où la flotte militaire japonaise eut débarqué et que ses troupes eurent investi la ville — les trois jeunes hommes décidèrent de fuir pour se joindre à la résistance. Wu Laozian ne pardonna jamais à son pupille cette énième frasque : il savait parfaitement que ce n'étaient pas ses fils qui avaient décidé cette fugue nocturne — c'était bel et bien un coup de tête de

Lankao et de personne d'autre ! Et le voilà qui était revenu à présent, au bout de tant d'années !

Cela faisait longtemps que Wu Laozian voyait mal et même ses lunettes neuves à monture de corne ne lui étaient pas d'une grande aide. Aussi rapprocha-t-il la lampe du visage de Lankao pour l'examiner. Il avait mûri et aurait pu passer pour un bel homme si sa cicatrice ne sautait pas aux yeux — une profonde balafre qui sinuait depuis le coin de l'œil jusqu'aux lèvres. Le vieillard regarda par-dessus l'épaule du visiteur — non loin de là était arrêté un rickshaw flanqué d'un coolie presque nu, et il lui semblait bien que dans la voiture sombre se trouvait un passager.

– Tu n'es pas seul ? demanda le vieil homme.

– J'amène un camarade à moi, bo Laozian. Est-ce que le rickshaw peut entrer ? Je t'expliquerai.

– Qu'il entre. Puisqu'il est avec toi.

Sur le lit fait de planches et recouvert d'une simple natte était allongé le passager du rickshaw : Cheng Sujing, le journaliste du *China Daily Post*, grièvement blessé à la cuisse et un pied foulé ou peut-être cassé transformé en une énorme boursouflure où dominaient le rouge et le bleu. Laozian lava soigneusement à l'alcool de riz son couteau de jardinier, avant de pratiquer deux incisions croisées pour extraire la balle. Il évacua le pus, désinfecta la plaie, toujours à l'alcool de riz, puis versa une poudre jaune vert à base de plantes et de champignons séchés. Il savait bien, lui, le vieux jardinier, ce qu'il fallait appliquer sur une plaie vive et profondément infectée !

– Et qui vous a tiré dessus ? Sa chair est déchirée et pourrie jusqu'à l'os, c'est grave… Le pied non plus ne me plaît pas du tout !

Le vieillard qui avait commencé à entourer la blessure d'une bande de tissu, leva la tête. Sa voix se voila d'une nuance d'inquiétude :

– Vous avez fait quelque chose de mal ? Un vol ou quelque chose comme ça ? Je te connais bien, toi, ce n'est pas pour rien qu'on t'appelle le fou !

Sur le front du blessé perlaient des gouttes de sueur. Il serrait les dents pour ne pas crier. Tout en l'observant, Lankao dit sur un ton soucieux :

– Pas du tout, bo ! Ça fait longtemps que je ne suis plus fou. Mais le sobriquet m'est resté. Aussi indélébile qu'une balafre… Il a été blessé par des policiers japonais.

– Japonais ? Pourquoi donc ? Ça s'est passé quand ?

– Il y a à peu près deux semaines…

– Deux semaines ? Vous avez perdu la raison ! Deux semaines ! Et s'est seulement maintenant que vous cherchez de l'aide pour votre blessé ?

– On voulait le sortir de la ville, mais ça n'a pas marché. Il y avait partout des barrages et on a dû rebrousser chemin. Ce n'est pas facile de passer à travers les mailles du filet avec une civière sur les épaules. Je t'expliquerai un jour, pas maintenant, dit Lankao, jetant inconsciemment un regard furtif sur le coolie décharné assis dans un coin.

Le vieux jardinier l'observa également. Ici, à la lumière, on pouvait voir la différence entre lui et n'importe quel coolie de *Nanking Road* : les yeux ! La différence était dans les yeux. Le regard de la plupart des coolies était docile et inexpressif ou bien impassible ou encore morne et rusé à la fois — la ruse du chien battu et affamé qui essaie de dérober un os dans le dos de son maître. Les yeux de ce coolie étaient vifs et brillants; ils papillonnaient pensivement d'homme en homme et quelque chose d'insaisissable, d'indéfinissable, laissait penser qu'il s'agissait d'un homme du pinceau, de l'encre de Chine et des lettres, peut-être même un maître — en tout cas un homme cultivé, descendant d'une classe différente de celle du coolie héréditaire.

«Celui-ci n'est pas un coolie !» pensa le vieillard. «En aucun cas. D'ailleurs toute cette affaire me paraît louche !» C'est ce qu'il remua en pensée, avant de demander à haute voix, comme s'il craignait la réponse :

– Et comment vont mes fils ? Ils sont vivants ? Tu les as vus ?

– J'ai vu Tsuan, l'aîné. Il va bien. Il te passe le bonjour. C'est lui qui m'a conseillé de te chercher en cas de besoin… C'est ce qu'il m'a dit : si tu as besoin de quelque chose, va chez mon père, transmets-lui mes hommages et demande-lui ce que tu veux. Il ne refusera jamais, je le connais bien le vieux…

Le jardinier lui lança un regard de travers plein de suspicion.

– Ah bon ? s'étonna-t-il. Et qu'a dit l'autre, le cadet ?

Lankao demeura silencieux un instant avant de bafouiller, consterné :

– Lui, je ne le vois pas, il est dans une autre armée. Chez Tchang Kaï-chek.

Le vieux Laozian tressauta.

– Si je comprends bien, ça signifie que Tsuan est chez Mao ?

– Tout juste. Chez Mao.

– Mais se peut-il que l'un de mes fils soit avec Tchang et l'autre avec Mao ? Ces deux armées se font la guerre !

– C'est bien vrai, elles se font la guerre. C'est comme ça en Chine, bo Laozian, le frère contre le frère. Et les Japonais contre les deux. C'est comme ça, quoi qu'on en dise…

Il consulta sa montre, jeta un regard en direction du coolie et dit :

– Il nous faut partir avant l'aube…

– Comment ça, partir ? Le blessé ne peut même pas marcher !

– Non. Mais je comptais te le laisser… Pour un moment.

– Me le laisser ? s'exclama le vieillard, pris de court. Un inconnu blessé par les Japonais ? Pour combien de temps ?

– Eh bien, jusqu'à ce qu'il se remette…

– Pour un bon moment, donc !

Pour la première fois Lankao, Lankao le Fou, rit et son visage se déforma étrangement à cause de sa profonde cicatrice :

– Pour un petit moment, bo. Très petit !…. Car la guerre sera bientôt finie. À ce moment-là, nous l'amènerons à l'hôpital. Dans le grand hôpital d'État. Merci d'avoir accepté…

– Comment ça, accepté ? dit Laozian, fâché. Tu ne me l'as même pas demandé !

– Eh bien, voilà, je te le demande : laisserais-tu un homme blessé dans la rue ? Je te le demande : à toi de me répondre.

Le vieillard resta silencieux un moment, réfléchit, passa la main dans sa chevelure poivre et sel, lissa sa barbe de mandarin médiéval.

– Bon, d'accord ! lança-t-il enfin d'une voix toujours vibrante de colère. Vous débarquez sans être invités et vous faites comme chez vous ! D'accord, je n'ai rien à vous dire. Je vais lui préparer une infusion contre la douleur qui le fera aussi dormir. J'ai une plante spéciale… Quant à toi, si tu vois mon fils Tsuan, salue-le pour moi. Et dis-lui de ne pas tirer sur mon fils Luan. Dis-lui que je l'en conjure !

58

Le rickshaw couvert s'arrêta sur le quai où se balançaient des centaines de jonques comme blotties les unes contre les autres pour se réchauffer durant les nuits humides le long du fleuve. Un quartier de jonques qui se balançait au rythme de la respiration de l'eau, comme s'il se fût agi de l'échine d'un monstre marin, un des nombreux quartiers mobiles de ce type près de la mégalopole où les gens naissaient, grandissaient, s'aimaient puis mouraient, sans attendre de la vie rien d'autre que ce qu'en avaient obtenu leurs aïeux...

Des ménagères matinales déversaient dans le fleuve les eaux usées de leur lessive, d'autres, déjà accroupies devant leur petit poêle, faisaient cuire leur premier riz, quelque part on bâilla bruyamment, un bébé pleura... La nouvelle journée commençait — dans la simplicité, la pauvreté et l'ignorance.

Lankao le Fou descendit du rickshaw, regarda alentour et siffla doucement. Aussitôt, Vladek émergea de sa planque au milieu des hottes à poisson.

Le coolie, ou plutôt l'homme qui jouait ce rôle, les conduisit, par le pont de planches, de jonque en jonque, toujours tout droit, vers le clapotis des eaux. Là, se balançait au gré du ressac une grande barque de pêcheur — de celles qui prennent le large afin de pourchasser les bancs de thons.

Lankao et le coolie s'écartèrent un peu, chuchotèrent longuement et finalement se séparèrent. Lankao fit un signe de tête à Vladek puis sauta dans la barque — le jeune homme en fit autant.

L'instant d'après, le moteur se mit à vrombir. Le coolie fit un bref signe énergique de la main et, sans même attendre que les hommes se mettent en route, rebroussa chemin vers le quai en passant de jonque en jonque.

La barque, surmontée d'une petite cabane en bois au niveau de la quille, n'était servie que par un pêcheur taciturne aux pieds nus, sans doute coréen. C'est seulement au large de Shanghai qu'il tendit d'une main ferme et expérimentée la grande voile noire, telle une aile déployée de chauve-souris, un papillon ou un énorme éventail pour dames. Et elle se fondit parmi les centaines d'éventails analogues — noirs, gris, rouges — qui semblaient s'être échappés des limites de la grande ville pour se déployer depuis l'embouchure jusqu'à l'horizon infini. À la manière des jonques, les eaux brunes du Yang-Tseu-Kiang se répandaient dans la mer pour rencontrer le bleu pur de l'océan et se perdre en lui.

C'était en début de matinée; le temps était propice à la pêche.

Les deux rives du fleuve s'éloignaient toujours davantage l'une de l'autre, tandis qu'à l'ouest s'estompait, avant de disparaître complètement dans la fine brume, la puissante silhouette de Shanghai.

Au large, l'eau, curieusement calme, se teintait des nuances nacrées d'un abalone ouvert; le bleu de mer virait tendrement et imperceptiblement vers les teintes rosées du jour naissant sur lesquelles flottaient les reflets des nuages blancs.

Vladek était assis au fond de la barque sur une natte sale pliée, empestant le poisson pourri et les algues mortes — il fumait, silencieux et maussade. L'échec était bouleversant, écrasant. Après le fiasco de «Ramsay» à Tokyo, ce qui s'était passé à Shanghai était une véritable catastrophe ! Kleinbauer n'était plus : ce pauvre alcoolique de fainéant de Saxon s'était tiré une balle dans la tête pour sauver les autres, Cheng Sujing risquait de rester hors service pendant longtemps, Vladek devait fuir. Contrairement à ce qui s'était passé à Tokyo, la police n'avait procédé à aucune arrestation après la destruction de l'atelier Agfa. Ce qui signifiait que personne ne pourrait trahir le réseau. Car il ne fallait jamais oublier que les gens n'étaient pas de bois : plus d'un malheureux tombé entre les mains de la Kempeitai avait fini par craquer, révélant des noms, des contacts et des adresses.

Il n'avait pas même pu appeler Hilde, ce qui aurait contrevenu aux règles de la plus élémentaire prudence : les flics avaient certainement mis son téléphone sur écoute pour reconstituer l'histoire.

Hilde ! Il eut un pincement au cœur en pensant à elle. Une vague angoisse le saisit — réussirait-elle à passer au travers et à détruire toutes les preuves ? Une dizaine de jours avaient passé : un délai suffisant pour qu'il s'avisât que quelque chose ne tournait pas rond et qu'un danger de mort la menaçait. Pourvu seulement qu'elle ne le demande pas, pourvu qu'elle comprenne qu'elle ne devait pas le demander ! Peut-être se tracassait-il sans raison : le baron était déjà informé de l'affaire, ce qui signifiait qu'Hilde en avait aussi eu vent...

Il jouait de malchance : après Paris, c'était la seconde fois qu'il disparaissait sans réussir à l'appeler ! Et si les flics se demandaient où il avait disparu, ils tomberaient immanquablement sur elle. Il est vrai que ni la Kempeitai ni la Gestapo ne savaient qu'il s'était trouvé dans l'atelier cette nuit-là, mais sa disparition ne pouvait passer inaperçue. Qu'en savaient-ils, que pouvaient-ils en savoir ? En tout cas, si un malheur arrivait à Hilde, ce serait sa faute à lui. À lui seul ! C'est lui qui l'avait mêlée à ce jeu dangereux, à ce jeu avec le feu. D'autre part, le monde, le monde entier, menait une lutte à la vie, à la mort contre le nazisme. Et comme dans chaque bataille, il y avait des êtres aimés parmi les victimes. À qui la faute ? Y avait-il des pécheurs et des justes dans cette lutte inhumaine ? Et qui étaient-ils ?

Autant de vaines questions sans réponse. À moins qu'elles n'eussent mille réponses différentes. Mais pourvu que Hilde soit épargnée, pourvu qu'elle n'ait pas à boire le calice jusqu'à la lie !

C'est à cela que pensait Vladek en quittant l'embouchure du grand Yang-Tseu-Kiang. Les horizons étaient lointains; un jour il retrouverait le chemin de sa patrie perdue.

Mais plus jamais il ne reverrait Shanghai !

59

Tandis que la barque du Coréen emmenait ses passagers toujours plus loin de la côte, à un mille de distance, le *Kawasaki-maru*, grand navire battant pavillon japonais, lança trois saluts assourdissants en pénétrant dans l'estuaire du Yang-Tseu-Kiang. À son bord, parmi les passagers matinaux accoudés au bastingage, curieux et impatients d'entrevoir Shanghai, se trouvait un petit officier japonais aux épaisses lunettes rondes — le docteur et colonel des services sanitaires Hiroshi Okura.

Une heure plus tard, le colonel était déjà dans le port où il loua un rickshaw qui le conduisit à «la maison près du pont» — *Bridge House*, le département local de la Kempeitai.

C'était la belle époque pour la Kempeitai, une période glorieuse selon l'évaluation du capitaine Masaaki Saneioshi. Une appréciation experte de la fructueuse coopération avec les amis de la Gestapo et de la S.S. ! Saneioshi-*san* était content du travail accompli, tandis que l'*Hauptsturmführer* Stockman écumait de rage. Car en Allemagne, tu pouvais en une nuit rafler et déporter vingt mille personnes sans que les voisins s'en rendent compte, tandis qu'ici, dès le lendemain, la presse s'était empressée d'ébruiter le cas de l'Agfa, se répandant en conjectures toutes plus invraisemblables les unes que les autres à propos de la place et du rôle de mademoiselle Hilde Braun. La nouvelle Mata Hari, comme l'avaient décrite les petites gazettes avides de sensations. Ici, moyennant cent dollars américains, tout journal pouvait se procurer des informations confidentielles auprès de n'importe quel chef de police — et les Japonais considéraient cette corruption comme un modèle d'ordre et de discipline ! Suite à ces fuites, la plupart des émetteurs radio cryptés replièrent leurs antennes, tout comme les escargots replient leurs cornes, et se turent. Les Allemands disent : «*Einmal ist Keinmal*» : une fois, ça ne compte pas. Tandis que les Japonais comptaient jusqu'à un et se disaient satisfaits de leur succès, sans prendre la peine de se demander quelles proportions il aurait pu prendre s'ils avaient su la fermer ! Il est vrai qu'on avait repéré encore trois radios, mais autant aller à la chasse au tigre pour tuer un chat ! L'un des émetteurs envoyait bien des messages codés — interdits par principe —, mais leurs destinataires étaient des sociétés de Tokyo qui s'intéressaient à des secrets industriels relatifs aux prix du riz et de l'étain ou encore aux tendances de la bourse de Shanghai. Les deux autres étaient des émetteurs amateurs dont se servaient des étudiants de l'École polytechnique pour communiquer entre eux — après avoir reçu une paire de claques, ils écoperaient dans le pire des cas de quelque peine symbolique.

Ce jour-là, néanmoins, le fourgon endormi de « Bushido », qui ressemblait à un pêcheur patient mais au bord du désespoir dont l'hameçon ne bougeait plus depuis une éternité, repéra soudainement un signal d'appel qui reçut une réponse immédiate, ce qui eut pour effet de remonter le moral de l'*Hauptsturmführer* Stockman. Les gars du fourgon bondirent, tout excités, et se mirent à tracer sur le plan de nouvelles lignes cernant les paramètres du dialogue radio en cours. Tard dans la nuit, on avait à nouveau repéré une transmission codée depuis la même source, curieux et intriguant à tous égards. Tout d'abord parce que l'émetteur repéré n'était pas tombé muet d'effroi comme les autres. Soit ses animateurs n'avaient pas eu vent des échecs récents, soit, tels des coqs de bruyère, ils étaient assourdis par leur propre chant amoureux. Ensuite, ce qui était plus incroyable encore, le signal provenait non pas d'un des quartiers du centre de Shanghai, mais de Hongkew, ce bidonville où les gens n'écoutaient même pas la radio — les uns, parce qu'ils n'en possédaient pas, les autres, parce qu'ils ignoraient jusqu'à la signification de ce mot.

Le quatre avril, avant l'aube, à l'heure où l'usine sidérurgique baignait encore dans un silence somnolent, quelques vieux qui, malgré les suppliques, les interdictions et les injonctions, continuaient à sortir tôt le matin dans la cour de l'usine pour uriner, aperçurent dans l'obscurité un fourgon blanc qui s'était niché en silence entre les bâtiments administratifs et l'atelier de montage. Quelques minutes plus tard, une centaine d'hommes en uniforme envahirent la cour. Les vieux ne distinguaient ni les policiers des soldats, ni les Chinois des Japonais, mais ils comprirent qu'il y avait du vilain.

Un ordre bref fut donné et les assaillants encerclèrent au pas de course le château d'eau.

Les tentatives de quelques Japonais assez courageux pour gravir les escaliers métalliques tordus et parfois interrompus, impraticables par endroits, avaient été accueillis par des coups de revolver venus d'en haut. La tour défiait les assauts — elle semblait imprenable.

Malgré tout, l'affaire fut bouclée en moins d'une heure — un délai acceptable pour l'*Hauptsturmführer* Stockman lui-même, qui ne faisait pourtant pas grande confiance aux Japonais. Car à proximité du pont, du côté de la Cité intérieure, était disposée une batterie antiaérienne japonaise. C'est elle qui fit tout le boulot en moins de deux. L'un des canons tira trois obus qui transformèrent en un tas de ruines le sommet du château d'eau où les deux excentriques avaient élu domicile : le flûtiste Simon Zinner et l'astrophysicien Markus Aronson, le vendeur de feuilletés au riz. Il est vrai que les malfaiteurs n'avaient pas été capturés vivants, mais l'émetteur — quel que fût son usage — s'était tu pour de bon.

Accouru très en retard, essoufflé par son irrépressible désir de se mettre au service de la Kempeitai, le commissaire Go donna des informations précises sur les hommes ayant habité cet élargissement circulaire aux fenêtres en voûte et aux deux petits balcons latéraux. Il espérait obtenir une part de gloire en annonçant qu'il les avait toujours soupçonnés, ces deux-là ! Mais les Japonais, aussi bien que les Allemands, avaient trop de soucis pour prêter attention au roi des juifs, au meilleur connaisseur de la question juive au Japon, au germaniste, qui avait personnellement traduit *Mein Kampf*.

Le seul qui eût pu voir de quoi il retournait, gardait le lit, atteint d'une forte fièvre, dans la maisonnette blanche du jardinier Wu Laozian. Un jour qu'il se trouvait au bain russe, Cheng Sujing n'avait-il pas prévu qu'avant de quitter Shanghai, le major Smadley, de la mission américaine, ne pourrait laisser son domaine sans personnel de confiance pour arroser ses plantes...

60

Le capitaine Masaaki Saneioshi ne fut pas peu surpris quand on lui rapporta qu'un colonel des services sanitaires impériaux demandait à le voir. Sa stupéfaction ne fit que grandir lorsque le colonel, visiblement déconcerté, lui annonça le but de sa visite inopinée : il demandait une entrevue avec la détenue Hilde Braun.

Saneioshi-*san* invita poliment le petit homme aux lunettes à s'asseoir, lui proposant une cigarette.

– Excusez-moi, colonel, mais puis-je vous demander d'où vous tenez l'information que cette dame aurait été arrêtée ? Et qu'elle serait détenue chez nous ?

– Plusieurs journaux ont parlé de cette affaire, répondit Hiroshi Okura. J'en ai eu vent en Corée où je dirige l'hôpital militaire de Kwangju... Mademoiselle Braun est une vieille connaissance qui m'est très chère… Je vous serais reconnaissant d'autoriser une rencontre.

Le capitaine Saneioshi se mit à tortiller pensivement un bout de papier, il leva à deux reprises ses yeux curieux sur ce petit colonel timide et laissa finalement tomber :

– Pour commencer, l'enquête suit son cours et tout contact avec le monde extérieur est à déconseiller. Inutile de vous faire un dessin. Ensuite, vous rendez-vous compte qu'une rencontre non réglementaire avec une telle personne mettrait en péril votre carrière et votre honneur d'officier ? Un militaire japonais qui entretient des relations avec une espionne d'un pays ennemi !

– Oui, j'ai lu tout ça. Mata Hari. Il n'y a pas de raison que je m'inquiète, Saneioshi-*san*. Mes raisons sont personnelles… très personnelles…

Une lueur brilla dans les yeux de Saneioshi.

– Petit intermède d'amoureux ?

– Excusez-moi mais cela ne vous regarde pas. En aucune manière…

– Tout me regarde. N'importe quelle vétille. La marque de son rouge à lèvres. L'identité de la personne qui l'accompagnait au restaurant *Le Calme céleste* et la composition du menu… À propos, savez-vous qu'elle a un amant ? Un journaliste qui s'est récemment évanoui dans la nature et se faisait passer pour un Suisse.

L'espace d'une seconde, le docteur Okura ressentit une désagréable sensation de vide à l'estomac. Être jaloux d'une femme libre de choisir n'avait aucun sens : entre eux il n'y avait jamais eu davantage qu'une belle amitié et à Paris, ils s'étaient séparés dans les meilleurs termes, comme on dit... Mais c'était une sensation incontrôlable, une impression illogique de droits bafoués, un sentiment primitif, interdit ! Il ne s'était jamais imaginé qu'elle resterait à Paris comme une veuve japonaise qui portait son deuil ! Hiroshi Okura en était bien conscient, mais la conscience n'empêchait pas les sentiments. Il dit avec précaution :

– Je suis désolé d'intervenir dans des questions... comment dire... strictement confidentielles... Mais est-ce que mademoiselle Braun a effectivement servi l'espionnage ennemi ?

– Pour le moment, elle n'a rien avoué. Nous ne disposons que de preuves indirectes. Je ne pourrais vous en dire plus.

– Je suis prêt à me porter garant pour elle, si la parole d'un colonel japonais a quelque valeur pour vous. Quels que soient vos convictions ou vos soupçons, c'est à mes yeux une personne on ne peut plus intègre, incapable de commettre un crime.

– À vos yeux, je ne dis pas... Mais tout est une question de point de vue, mon colonel. Les définitions d'un crime sont très variables. Je respecte vos sentiments, mais je crains de ne pouvoir vous aider…

Là-dessus, Okura, d'ordinaire si délicat, fit un geste qu'en d'autres circonstances il ne se serait jamais permis; il le fit avant même d'y avoir pensé, spontanément, sur un coup de tête. Il plongea la main dans la poche intérieure de sa veste d'officier et sortit son portefeuille d'où il tira mille dollars américains qu'il déposa sur le bureau du capitaine.

– Laissez-moi la voir un petit moment, je vous en prie ! Cinq minutes !

Le capitaine le regarda avec un étonnement compatissant. Il fallait que ce docteur Okura fût mordu pour offrir tant d'argent en échange d'une si brève entrevue ! Saneioshi compta l'argent d'un air concentré quoiqu'un peu las, posément. Il prit le temps de le ranger avant de dire dans un soupir :

– D'accord, mais je crains que vous ne le regrettiez… Vous êtes médecin, vous en avez vu de toutes les couleurs. Et pourtant je vous mets en garde — puissiez-vous ne pas vous repentir d'avoir insisté… Laissez votre arme ici, je vous prie.

Les cellules se trouvaient au sous-sol; on y accédait par la cour intérieure. Les deux officiers descendirent les marches de brique, guidés par un surveillant en chef qui ouvrait les portes une par une au long de l'interminable couloir en voûte vaguement éclairé par des ampoules nues. Après le passage du capitaine et du colonel, le surveillant verrouillait soigneusement les portes grillagées. Le docteur Hiroshi Okura, qui avait grandi aux bons soins de ses riches parents et gaspillé du temps et de l'argent dans les établissements scolaires de Nouvelle-Angleterre et de Paris, n'avait jamais vu pareille horreur — un autre monde, obscur, clandestin et inconnu. Dans les vastes cellules étaient assis à même le sol de pierre humide ou adossés aux murs, les mains sur la nuque, des dizaines d'hommes détenus pour on ne savait quel motif — pas pour des délits de droit commun en tout cas, puisque la Kempeitai était une police politique. Des gardes-chiourme japonais arpentaient lentement le couloir, inspectant les cellules et frappant d'un air menaçant avec leurs trousseaux de clés sur les grilles dès que quelqu'un s'avisait de baisser les bras.

La cellule de Hilde était la dernière : la prisonnière s'y trouvait seule, éclairée par la lumière du couloir. Assise à même les grandes dalles, elle se balançait presque imperceptiblement et — c'est du moins ce qu'il avait semblé au docteur Okura — fredonnait tout bas une petite chanson.

Les yeux du docteur, dont la vue laissait déjà à désirer, eurent du mal à s'habituer à la pénombre. Cela valait mieux — car il ne prit que trop tôt conscience de l'horrible spectacle.

En apercevant les deux hommes, Hilde parut chercher dans ses souvenirs, puis elle sourit. La partie droite de son visage était transformée en une énorme bouffissure bleue; son œil était complètement fermé, et lorsqu'elle eut souri, un vide noir s'ouvrit — de ce côté-là, toutes ses dents avaient été brisées. Quelques plaies à la tête, semblables à des cercles inégaux de peau arrachée, révélaient des trous dans sa chevelure.

– Qu'est-ce que vous lui avez fait ? murmura Okura, horrifié.

– Je vous avais averti que le spectacle n'était pas des plus agréables. Mais tout ce que nous faisons, nous le faisons au nom du Japon ! répondit froidement le capitaine.

Hilde regardait vers les deux Japonais en uniforme de son unique œil valide, tout en continuant de se balancer.

– Vous me reconnaissez, mademoiselle Braun ? demanda le docteur, le cœur serré.

Elle fit un signe de tête, sans exprimer de la joie ni un quelconque changement d'humeur. Apparemment, tout lui était égal.

– Puis-je vous être utile en quoi que ce soit ? Je vous apporterai des vêtements chauds et des médicaments, j'espère qu'on ne me refusera pas cela… Avez-vous besoin de quelque chose ?

Elle secoua la tête.

Puis elle bafouilla en français :

– Hiroshi-*san*… Je suis déjà portée par des vents blancs, ne vous souciez pas de moi…

– Parlez en allemand ou en anglais ! intervint Saneioshi.

Mais elle ne lui prêta aucune attention, comme si elle ne l'avait pas entendu.

– Si vous voulez faire quelque chose pour moi... excusez-moi, j'ai du mal à parler, j'espère que vous me comprenez.

– Si vous continuez à parler en français, je mettrai fin à cette entrevue ! s'écria de nouveau le capitaine.

Elle ne fit qu'agiter la main, et c'est seulement à ce moment-là que le docteur Okura remarqua que les bouts de ses doigts saignaient : on lui avait arraché les ongles.

– Hiroshi-*san*, s'il vous plaît, allez à Hongkew... Vous me comprenez ?

– Hongkew, je comprends, répondit-il d'une voix sourde.

– Trouvez le rabbin. Là il y a un rabbin. Dites-lui que je suis juive et que je demande à être enterrée dans le cimetière juif. Si on veut de moi.

– Ça suffit ! Je vais mettre un terme à tout ça ! hurla le capitaine Saneioshi.

S'efforçant de sourire, Hilde bafouilla en allemand :

– J'y ai déjà mis un terme, espèce de brute !

Le colonel des services sanitaires impériaux Hiroshi Okura pleurait silencieusement, sans avoir honte de ses larmes.

Cinq jours plus tard, le docteur Okura dut poser un autre millier de dollars sur le bureau du capitaine Saneioshi pour récupérer la dépouille de Hilde Braun.

Sa dernière volonté fut respectée : rabbi Leo Levin célébra l'office funèbre selon la tradition juive et la morte fut enterrée dans le sol argileux du cimetière juif près du fleuve, à Hongkew. Outre le colonel japonais, le rabbin et les trois vieux sages de la synagogue, auxquels revenait le soin rituel de laver la morte et de l'envelopper dans un suaire, personne ne vit ni ne sut ce qu'on lui avait infligé à la Kempeitai. Car chez les juifs le couvercle du cercueil est cloué : les mortels n'ont pas le droit de regarder les défunts dans les yeux. «On a tort», se dit le rabbin, tout en prononçant machinalement la prière des morts. «Il conviendrait parfois de le faire. Pour que les gens sachent et s'en souviennent !»

Personne ne connaissait son nom juif : il ne figurait nulle part. Ils ne connaissaient pas même sa date et son lieu de naissance — ses papiers étaient restés à la Kempeitai. Aussi, sur le marbre blanc commandé par Okura, le tailleur de pierre n'avait-il gravé sous l'étoile de David que :

«Hilde Braun
vent blanc des terres lointaines»

61

Et survint la catastrophe économique dont les experts allemands avaient averti en temps voulu le baron von Dammbach. L'effondrement du dollar n'était que la manifestation extérieure de la crise : en moins d'un mois, le cours du dollar américain grimpa de six jusqu'à mille dollars shanghaiens. Tout juste le prix d'un œuf — mille dollars et pas un *cent* de moins.

Bien que la Chine de Tchang Kaï-chek eût sa propre économie, relativement indépendante, d'innombrables capillaires invisibles reliaient Chunking et Shanghai — on ne pouvait dire laquelle des deux villes avait entraîné l'autre dans ce krach économique inouï. Car les nationalistes se mirent à collecter l'or «patriotique» de la nation et à l'expédier à Taïwan, délivrant en retour des coupures de papier — des «yuans-or». Par suite de cette ponction sur la réserve d'or dans les territoires contrôlés par Tchang Kaï-chek, un dollar américain s'échangeait contre vingt millions de «yuans-or».

Catastrophe économique à Shanghai, tragédie humanitaire à Hongkew. Le travail se faisait de plus en plus rare. Mère Antonia n'en pouvait plus : les moyens nécessaires au fonctionnement de la soupe populaire s'épuisaient de jour en jour. Les seuls subsides, aussi dérisoires fussent-ils, venaient des quelques centaines d'hommes, véritables squelettes ambulants, employés à réparer la chaussée défoncée de Lunghua. Force était d'avouer que la plupart faisaient très bien leur travail : on voyait qu'ils étaient passés par Dachau.

Le découragement du professeur Sigmund Mandel, devenu semblable à une ombre pour cause de fatigue et de malnutrition, atteignit des sommets le matin où l'hôpital se retrouva sans médicaments, sans pansements et sans même le moindre flacon d'iode.

Il régnait un total désespoir dans la Cité intérieure.

Même les lointains échos des fronts d'Europe et du Pacifique échouaient à remonter le moral de la Zone. Même les nouvelles officieuses relatives à la capitulation de l'Italie et à l'avancée irrésistible de l'Armée rouge vers les frontières du Reich allemand, ou bien encore à la prise, par les alliés anglo-américains, des Îles Marshall, des Philippines et d'Okinawa, étaient reçues avec scepticisme comme autant de fantasmes de vieillards.

Et aussi paradoxal que cela puisse paraître, ce fut durant cette période de dépression générale que le «philharmonique» de Theodor Weissberg connut son apogée. Le violoniste qui avait tout perdu, irréversiblement — depuis Elisabeth jusqu'à son ultime espoir de survie —, se lança corps et âme dans les dimensions salutaires de la musique. L'ancien flûtiste Simon Zinner, l'organisateur et l'âme de l'orchestre, n'était plus : les corps déchiquetés des deux aventuriers du château d'eau avaient été descendus par des chasseurs japonais. Mais il n'était plus besoin d'un organisateur hors pair pour rassembler l'orchestre — pour la plupart au chômage, ses musiciens étaient les premiers à demander quand aurait lieu la énième répétition dans la pagode-synagogue.

Ils répétaient à moitié morts de faim; c'est à peine si Mère Antonia parvenait à leur dénicher un bol de bouillie de riz ou de soupe aux petits pois.

Mais parfois, au moment même où la situation paraît sans espoir et sans issue, elle connaît un revirement inattendu. Par cette belle journée ensoleillée, l'orchestre présentait une formation quelque peu étrange voire frivole, bien loin des conceptions académiques d'un philharmonique. Car Theodor Weissberg dirigeait *Le Beau Danube bleu* dans la cour de l'usine sidérurgique, et son orchestre s'était mêlé à la fanfare des nonnes. On ne pouvait dire que le résultat fût impeccable, mais tout le monde se fichait de subtilités pareilles ! Des centaines de couples valsaient sur la terre battue de la cour, comme s'il se fût agi du bal de printemps de l'Opéra viennois.

C'était le 9 mai de l'an de grâce 1945. La fin de la guerre en Europe.

Les carmélites chinoises avaient jadis accueilli les arrivants avec *Le Beau Danube bleu*; elles s'apprêtaient maintenant à prendre congé d'eux avant qu'ils empruntent le chemin du retour vers leurs terres lointaines.

Tout le monde était sincèrement heureux : pour la première fois depuis si longtemps ils caressaient l'espoir d'une fin, définitive, irréversible, de ce fléau mondial. Entraînés par la danse, les jeunes, les vieux et les enfants savouraient le pressentiment du retour imminent.

C'est alors que survint la tragédie et que cette journée devint la pire de toute leur existence : tout à coup, le ciel fut obscurci par d'innombrables avions qui se mirent à lâcher sur Shanghai un véritable tapis de bombes.

– Les Japonais ! s'écria quelqu'un. Tout le monde aux abris !

Une fuite aussi panique que désordonnée s'ensuivit. Une même pensée traversa l'esprit de la plupart des fugitifs : tandis qu'à l'Ouest, en Europe, l'Allemagne capitulait, le Japon tenait à démontrer qu'il était toujours maître de la situation. Mais pourquoi bombardaient-ils Shanghai spécialement — la ville n'était-elle pas à eux ?

Ils se trompaient amèrement, ces fugitifs, car les avions n'étaient pas japonais.

C'étaient des « forteresses volantes » américaines en provenance de la base d'Okinawa récemment conquise, qui noyaient méthodiquement Shanghai sous leurs vagues dévastatrices.

Nanking Road était fendu comme d'un coup de couteau sur toute sa longueur; les façades des maisons s'écroulaient les unes après les autres et découvraient, comme sur une scène de théâtre, des chambres à coucher, des cuisines, des salles de restaurant, des réceptions d'hôtel...

Fous de panique, les gens couraient à travers la fumée opaque, les flammes et les murs qui s'écroulaient, sous le grondement affolant des bombardiers. Ceux-ci continuaient de déferler, systématiques, impassibles, sans être le moins du monde inquiétés par la défense antiaérienne japonaise réduite au mutisme.

On ne savait au juste ce qui avait provoqué la colère des pilotes américains — à moins qu'un commandant maladroit ne leur eût fourni des coordonnées erronées ? Toujours est-il qu'ils déversèrent leur dernière charge de bombes sur Hongkew, et cela au cœur même de la Zone, dans la Cité intérieure !

Le quartier surpeuplé se mit littéralement à bouillir sous l'effet des déflagrations; les maisonnettes de bois et de terre volèrent en éclats dans tous les sens. L'air s'emplit de fumée, de poussière, de cris et de pleurs d'enfants dominés par le grondement monotone, puissant, menaçant des avions qui piquaient parfois si bas qu'on distinguait leurs signes de reconnaissance. Ceux qui dansaient quelques minutes auparavant sur les eaux du Danube bleu prirent conscience d'une vérité paradoxale, absurde, insensée : l'Amérique massacrait les gens qui l'attendaient avec tant d'espoir !

Perché sur le toit de sa synagogue improvisée déjà incendiée lors des bombardements japonais, le rabbin Leo Levin hurlait en direction du ciel :

– Bâtards ! Idiots ! Vous ne voyez pas où tombent vos bombes ? Hé, vous m'entendez, couillons de la lune ?

Mais ils n'entendaient rien, les couillons de la lune, pas plus qu'ils ne voyaient le petit homme ébouriffé qui agitait les poings sur le toit d'une pagode…

Les victimes se comptaient par dizaines; le professeur Mandel, tout maculé de sang, les manches retroussées, luttait pour la vie des blessés. Des juives et des nonnes l'aidaient dans la mesure du possible. Faute de bandages, on déchirait des draps et des chemises. On utilisait l'alcool de riz des petits bistrots; on lavait les blessures à la bière car il n'y avait pas de désinfectant, pas même de l'eau bouillie.

À un moment donné, sans que personne ne l'ait vu venir, le docteur Okura, colonel des services sanitaires impériaux, apparut à côté du professeur Mandel.

– Je suis venu vous aider, dit-il simplement en enlevant sa veste militaire.

– Oui, je vous remercie… Mais comment nous aider dans cet enfer ? Nous n'avons ni mercurochrome ni pansements ni seringues ni éther ni adrénaline. Nous n'avons rien ! fit le professeur Mandel dans un accès de désespoir.

– Je sais, répliqua le Japonais. Votre rabbin m'en a parlé. Vous aurez tout ça.

Peu après, devant l'école primaire de Hongkew transformée en salle d'opération, s'arrêta une ambulance frappée de plusieurs croix rouges ainsi que du nom de l'Hôpital militaire de Shanghai en japonais et en anglais. Deux infirmiers japonais se mirent à décharger des cartons de médicaments et d'autres fournitures dans des quantités telles que le professeur n'en avait même jamais rêvé durant toutes ces années.

Puis s'instaura un silence de mort. En ce neuvième jour de mai, le soleil s'était couché depuis longtemps à l'ouest, tôt voilé par la fumée de Shanghai en flammes. Mais deux hommes — un professeur licencié en Allemagne en raison de son origine juive et un colonel japonais accouru à Hongkew, n'écoutant que son cœur, l'un et l'autre ensanglantés jusqu'aux coudes — continuaient leur lutte pour sauver des vies…

Final de la Symphonie n° 45 de Joseph Haydn, dite «des adieux». *Adagio*

Des mois avaient passé depuis ce jour de mai; Shanghai renaissait de ses ruines.

Cette fois-ci, les nonnes dans le port ne jouaient pas de valse : la moitié de leurs instruments avaient volé en éclats lors du bombardement. À présent, leurs partitions gazouillaient, perchées sur les fils télégraphiques ou au sommet des arbres plantés au bord de l'eau, ou bien elles picoraient aux pieds des passagers qui empruntaient la passerelle du bateau. D'ailleurs, même intacts, les instruments n'auraient servi à rien. C'est ce qu'avait voulu dire Mère Antonia, en lançant sur un ton presque fâché : «Essayez donc de souffler dans un trombone quand vous pleurez !»

Car elle pleurait, tout en embrassant le rabbin. Elle n'avait dit mot de sa dette envers lui — elle lui devait toujours huit graines de haricot : un maudit carré de dix que ce malin de Leo Levin avait sorti au dernier moment.

Les gens continuaient de monter la passerelle de l'énorme long-courrier. C'était le sixième de suite. Sixième et dernier pour le moment à destination de l'Europe.

Accoudé au bastingage, Theodor Weissberg regardait en amont du grand et éternel Yang-Tseu-Kiang — là où Hongkew plongeait dans la brume à l'approche du soir. Puis il se retourna pour jeter un regard sur la puissante silhouette de Shanghai. Là, au-delà de Nantao, se trouvait le cimetière allemand. Et aussi la tombe d'Elisabeth Müller-Weissberg, la cantatrice venue ici sans y être obligée. Elle restait à Shanghai pour toujours, après avoir soufflé sa chandelle et quitté la vie en silence.

Il ne se réjouissait pas de quitter ce maudit Hongkew. Il était plutôt triste, car une partie de sa vie, une partie si importante, sans oublier la personne qui y était associée, restait ici, à Shanghai. C'était pour cela, ou peut-être selon la logique impénétrable de l'âme, qu'il commençait à aimer cette ville énorme, folle, tordue, cruelle. On connaît les raisons de la haine, mais sait-on celles de l'amour ?

Le professeur Mandel chercha des yeux son collègue japonais, mais il ne le trouva pas parmi les personnes qui les accompagnaient au port. Il ne pouvait l'y trouver : au même moment, le colonel Hiroshi Okura était au cimetière juif, dans la Cité intérieure désertée, où il venait de déposer un grand bouquet de roses thé sur la tombe de Hilde Braun. Il y demeura un moment silencieux, après quoi il emprunta les ruelles vides à proximité du pont qui avait naguère servi de frontière entre les différents cercles de l'humiliation.

Une fois arrivé sur le port, l'énorme long-courrier s'éloignait déjà : tout blanc, avec des milliers de points noirs qui emplissaient ses trois ponts. Les nonnes avaient quitté le quai, tout comme les autres personnes venues prendre congé des anciens réfugiés.

Le colonel resta assis un moment sur un banc, fixant pensivement le navire qui fit hurler trois fois sa sirène en guise d'adieu à la ville, avant de disparaître dans une courbe du fleuve. Puis il déplia à nouveau le télégramme froissé qu'il serrait dans la main, relut le texte qu'il connaissait déjà par cœur — et il ne put s'empêcher de rire. Dans le chaos de la débâcle, le télégramme était resté en souffrance à la poste centrale de Shanghai, et c'est seulement ce matin-là que quelqu'un l'avait découvert et le lui avait transmis.

Son ministère à Tokyo le convoquait au rapport. Saneioshi-*san* avait accompli son devoir jusqu'au bout — avant de se faire hara-kiri. Le docteur Okura ne lui en voulait pas de l'avoir dénoncé : le capitaine Masaaki Saneioshi avait tout de même manifesté un certain sens de l'honneur et de la dignité — il était mort en véritable descendant des samouraïs, en se passant au fil du sabre hérité de ses aïeux.

Quant à ceux de Tokyo qui avaient envoyé le télégramme, c'étaient vraiment de drôles de zèbres ! Il y avait eu Hiroshima et Nagasaki, il y avait eu la défaite et la capitulation signée à bord du croiseur *Missouri*, mais les fonctionnaires n'en continuaient pas moins de faire consciencieusement leur travail, à la japonaise, jusqu'au dernier moment. Tout comme les ongles des morts qui continuent un temps de pousser après leur mise en terre !

Le colonel était-il coupable de tout ce qui s'était passé pendant cette guerre monstrueuse ? Ou de ce que le capitaine Masaaki Saneioshi avait infligé à Hilde ? De l'hôpital de Kwangju où il soignait silencieusement les filles coréennes, mises de force à la disposition des soldats japonais ? De ses soirées en solitaire où il écrivait de tendres haïkaïs, tandis qu'au même moment, dans les casernes, des régiments entiers passaient sur le corps de ces malheureuses ?

Telles étaient les pensées que remuait le colonel, sans détacher les yeux du télégramme.

La faute d'Hiroshi Okura n'était qu'une petite faute, minuscule, aussi minime que celle de chacun de ses compatriotes : simples Japonais de bon cœur et de bonnes mœurs. Des millions de petites culpabilités tissées de silence, d'impassibilité, d'obéissance, de mythique honneur militaire… À présent, chacun devait racheter sa petite faute pour expier la grande faute historique de sa patrie. Car le Soleil Levant devait être lavé et nettoyé du péché pour continuer de se lever…

Assis à l'extrémité de l'embarcadère, le pêcheur aux pieds nus distingua au milieu des cris des cormorans comme un bruit lointain de planche brisée. Il regarda alentour mais ne vit rien de spécial : l'officier japonais dont l'uniforme ne s'ornait d'aucune épaulette était toujours assis sur le banc au bord du fleuve. De là, on ne pouvait voir le trou laissé par une arme à feu sur sa tempe.

À Shanghai, ce fut la dernière balle de la Seconde Guerre mondiale.

Pour le personnage de Vladek, l'auteur a utilisé des éléments de la vie et du destin de trois Bulgares : Ivan Vinarov, le lieutenant Christo Boëv et Ivan Karaïvanov. Après l'échec de l'insurrection antifasciste de 1923 en Bulgarie, tous trois ont émigré et se sont mis au service de l'espionnage soviétique. À des moments différents, Vinarov et Boëv ont opéré dans divers pays d'Europe et en Chine; Karaïvanov a effectué des missions secrètes à Shanghai, au Japon et en Afrique. Après la fin de la Seconde Guerre mondiale, Ivan Vinarov a obtenu le grade de général dans la Bulgarie nouvelle, tandis que Christo Boëv a organisé l'espionnage militaire du pays, avant de finir sa carrière en tant qu'ambassadeur à Tokyo. Jusqu'à ce jour, la personnalité de Karaïvanov demeure voilée de secret.

Hilde Braun emprunte les traits de deux de ses contemporaines : Luise Klaas et Josepha Engelberg.

Le colonel Okura est le véritable colonel Okura, le capitaine Saneioshi de la Kempeitai, le véritable capitaine Saneioshi de la Kempeitai, tout comme Go, «le roi des juifs», a bien existé dans la réalité. Les survivants de Dachau n'ont pas oublié le scharführer *de la S.S. Hansi Steinbrenner.*

Le vrai nom de famille de Cheng Sujing était Chan. En réalité, Chan a trouvé la mort. Mais tant de femmes et d'hommes courageux ont péri dans ce combat que l'auteur a eu pitié de lui et l'a laissé, grièvement blessé, chez le vieux Wu Laozian.

Kleinbauer, ainsi que tous les autres personnages dont les noms ont parfois été modifiés, sont tout aussi authentiques que l'histoire que vous venez de lire.

A.W.

Cet ouvrage a été composé par
Atlant'Communication
aux Sables-d'Olonne (Vendée).

Achevé d'imprimer en décembre 2004
dans les ateliers de Normandie Roto Impression s.a.s.
61250 Lonrai

N° d'imprimeur : 04-3277
Dépôt légal : décembre 2004

Imprimé en France